TRÊS AMIGAS,
TODOS OS DOMINGOS

Edward Kelsey Moore

TRÊS AMIGAS, TODOS OS DOMINGOS

Tradução de
ANA DEIRÓ

Título original
THE SUPREMES AT
EARL'S ALL-YOU-CAN-EAT

Copyright © 2013 by Edward Kelsey Moore
Todos os direitos reservados.

Esta é uma obra de ficção. Nomes, personagens, lugares e incidentes são produtos da imaginação do autor ou foram usados de forma fictícia. Qualquer semelhança com pessoas reais, vivas ou não, acontecimentos ou lugares, é mera coincidência.

Direitos para a língua portuguesa reservados
com exclusividade para o Brasil à
EDITORA ROCCO LTDA.
Av. Presidente Wilson, 231 – 8º andar
20030-021 – Rio de Janeiro – RJ
Tel.: (21) 3525-2000 – Fax: (21) 3525-2001
rocco@rocco.com.br
www.rocco.com.br

Printed in Brazil/Impresso no Brasil

preparação de originais
VILMA HOMERO

CIP-Brasil. Catalogação na fonte.
Sindicato Nacional dos Editores de Livros, RJ.

M813t	Moore, Edward Kelsey
	Três amigas, todos os domingos/Edward Kelsey Moore; tradução de Ana Deiró; – Rio de Janeiro: Rocco, 2013.
	Tradução de: The Supremes at Earl's all-you-can-eat. ISBN 978-85-325-2870-4
	1. Ficção norte-americana. I. Cardoso, Ana Lúcia Deiró. II. Título.
13-04620	CDD–813 CDU–821.111(73)-3

Para mamãe e papai

Capítulo 1

Naquela madrugada acordei com calor. Despertei de um sono profundo com o rosto ardendo e a camisola colada no corpo. O mostrador luminoso do relógio na penteadeira, do outro lado do quarto, indicava 4:45h, eu ouvia o sibilar do ar-condicionado e sentia sua brisa soprar sobre o rosto. Havia ajustado a temperatura para 16 graus antes de ir dormir. Portanto, o bom senso dizia que deveria estar friozinho no quarto. Bem, o bom senso e o fato de que meu marido James, que roncava a meu lado, estava vestido para o inverno apesar de estarmos em pleno verão. Ele dormia como uma criança – uma criança de 1,82 m, careca e de meia-idade – envolto no casulo que havia feito para se agasalhar com o lençol e o cobertor que eu chutara para o lado durante a noite. Apenas o topo de sua cabeça marrom era visível acima do estampado floral das roupas de cama. Apesar disso, cada centímetro de mim gritava que no quarto fazia quarenta graus.

Levantei a camisola e deixei-a cair, tentando abanar o ar frio para minha pele. Aquilo não adiantou nada. Minha amiga Clarice afirmava que meditação e pensamento positivo haviam-na ajudado a tornar mais fácil sua trajetória durante a menopausa, e ela estava sempre atrás de mim insistindo para que eu tentasse. Então, fiquei deitada imóvel no escuro de antes do amanhecer, pensando em coisas frescas. Invoquei uma velha recordação de verão, de estar saltando com as crianças na água fria que jorrava do *sprinkler* giratório amarelo em nosso quintal. Visualizei o gelo que se formava todos os invernos no riacho que corria atrás da casa de meus pais, em Leaning Tree, fazendo com que parecesse embrulhado em papel-celofane.

Pensei em meu pai, Wilbur Jackson. Minha mais antiga recordação dele era o delicioso friozinho que eu sentia quando criança, sempre que ele me pegava no colo, nas noites de inverno, depois de voltar para casa a pé da oficina de carpintaria, de que era dono. Recordei como o frio se irradiava do macacão de papai e da sensação ao passar as mãos sobre os pelos cobertos de geada de sua barba.

Mas já fazia séculos que a loja de papai deixara de existir. A propriedade de Leaning Tree, com riacho e tudo, se tornara domínio de vários locatários ao longo de meia década. E meus filhos estavam, cada um, no mínimo vinte anos acima da idade de dançar sob o esguicho de um *sprinkler*.

Nenhum dos pensamentos, pelo menos não os de que consegui me lembrar, se demonstraram capazes de resfriar minha pele ardente. Xinguei Clarice por seus conselhos inúteis e por me fazer pensar nos velhos tempos – receita certa para a insônia – e decidi seguir para a cozinha. Havia uma jarra de água na geladeira e sorvete de noz-pecã no congelador. Calculei que comer uma coisinha gostosa pudesse me trazer de volta ao normal.

Sentei-me na cama com cuidado para não acordar James. Normalmente ele era boa-praça e cordato ao extremo. Mas se eu o fizesse acordar antes do raiar do dia num domingo, ele me olharia atravessado desde o serviço religioso da manhã até a hora do jantar. Assim, para não perturbá-lo, movi-me em câmera lenta enquanto me levantava, enfiava os pés nos chinelos e seguia até a porta do quarto no escuro.

Apesar de já haver feito o trajeto da cama até a cozinha milhares de vezes em total escuridão, por causa de crianças doentes ou por incontáveis outras emergências noturnas durante as décadas de nosso casamento, e apesar de a mobília em nosso quarto não haver mudado nem um milímetro de lugar em vinte anos, quando mal tinha dado cinco passos do percurso enfiei o dedo mindinho do pé direito na quina de nossa velha cômoda de mogno. Xinguei de novo, desta vez em voz alta. Olhei por cima do ombro para ver se havia acordado James, mas ele continuava roncando, enrolado nas roupas de cama. Com calor e cansada, e o dedo latejando no chinelo verde atoalhado, tive que lutar contra o desejo intenso de correr, acordar James e insistir para que ele se levantasse e me fizesse companhia naquele sofrimento. Mas fui boazinha e continuei a caminhar pelo quarto, pé ante pé.

Além do rosnado suave do ronco de James, a três aposentos de distância, o único som na cozinha era o zunido grave do ventilador de teto meio torto girando acima da minha cabeça. Acendi a luz da cozinha e olhei para o ventilador que girava cambaleante em seu eixo. Com o dedinho ainda doendo e ainda com vontade de distribuir mau humor, decidi que, embora não tivesse justificativa para reclamar com James pelos meus fogachos nem por meu dedo machucado, com certeza e racionalmente eu poderia botar para fora parte da tensão berrando com ele por haver instalado incorretamente o ventilador 18 anos antes. Mas tal como o desejo de acordá-lo e exigir empatia, consegui me livrar da tentação.

Abri a porta da geladeira para pegar a jarra de água e decidi enfiar a cabeça no interior gelado. Consegui entrar até quase os ombros, me deliciando com a baixa temperatura, quando tive um acesso de riso ao pensar que alguém que entrasse na cozinha e me visse com a cabeça enfiada na geladeira, em vez de no forno, diria: "Bem, aqui está uma mulher gorda que não tem nenhuma ideia de como funciona um suicídio na cozinha."

Agarrei a jarra de água e vi, ao lado, uma tigela de uvas que pareciam frescas e deliciosas. Tirei a tigela e a jarra e as coloquei sobre a mesa da cozinha. Então, fui buscar um copo no escorredor de louça e o trouxe para a mesa, tirando, no caminho, os chinelos para apreciar o piso frio de linóleo contra as solas de meus pés descalços. Sentei no que havia sido meu lugar à mesa por três décadas e despejei água no copo. Enfiei um punhado de uvas na boca e comecei a me sentir melhor.

Adorava aquela hora do dia, aquela hora pouco antes do nascer do sol. Agora que Jimmy, Eric e Denise estavam crescidos e tinham saído de casa, as primeiras horas do dia não estavam mais relacionadas a minutos que demoravam a passar, enquanto eu permanecia atenta a tosses, choros ou, mais tarde, pés adolescentes entrando ou saindo de mansinho da casa. Estava livre para apreciar o silêncio e a maneira como a luz cinza amarelada do sol nascente entrava pelo aposento, transformando tudo de preto e branco em cores. Era a viagem do Kansas para Oz bem ali na minha cozinha.

Naquela manhã, quando a luz do dia chegou, trouxe consigo uma visitante, Dora Jackson. Pus a mão sobre a boca para conter um grito de surpresa no instante em que vi minha mãe entrando na cozinha. Ela veio da porta dos fundos, seu corpo baixo e largo gingando num passo irregular por ter tido uma fratura na perna esquerda mal corrigida por um médico do interior, quando era menina.

As pessoas costumavam nos chamar, mamãe e eu, de "as gêmeas". Somos duas mulheres redondas – de busto grande, cintura grossa e quadris largos. Temos em comum o que com frequência foi caridosamente chamado de rosto "interessante" – olhos estreitos, bochechas carnudas, testa larga, dentes grandes, mas perfeitos. Cresci e fiquei alguns centímetros mais alta do que ela, com 1,60 m. Mas se vocês vissem fotografias de nós duas, jurariam que éramos a mesma mulher em idades diferentes.

Minha mãe adorava sua aparência. Andava pela cidade em suas pernas desiguais, os seios grandes apontando o caminho à frente, e você sabia só de olhar para ela que mamãe acreditava ser a mulher mais gostosa do pedaço. Nunca cheguei a amar meu corpo em forma de tubo da maneira como mamãe amava o dela, mas aprender a imitar aquele seu andar confiante provavelmente foi a coisa mais esperta que fiz na vida.

Naquela manhã de domingo, mamãe estava com seu melhor vestido, o que ela geralmente só usava em casamentos de verão e na Páscoa. Era azul-claro com delicadas flores amarelas, galhos e folhas verdes bordados ao redor da gola e nos punhos das mangas. O cabelo estava penteado para cima, preso em um coque, como costumava usar em ocasiões especiais. Ela se sentou à mesa, defronte a mim, e perguntou:

– Você está sem sorvete, Odette?

– Estou tentando seguir uma alimentação mais saudável, talvez perder alguns quilos neste verão – menti, não querendo admitir que estivera pensando nas uvas como um primeiro prato.

– Fazer dieta é um desperdício de energia – rebateu mamãe. – Não há nada de errado em ter uns quilinhos a mais. E você realmente não devia beber tanta água a esta hora do dia. Você costumava molhar a cama.

Sorri e, numa demonstração infantil de independência, bebi mais água. Depois tentei mudar de assunto.

– O que traz a senhora aqui, mamãe? – perguntei.

– Pensei em vir e contar a você como me diverti com Earl e Thelma McIntyre. Passamos a noite inteira em claro lembrando os velhos tempos e rindo como loucos. Tinha me esquecido como Thelma era engraçada. Deus do céu, como foi divertido. E aquela danada da Thelma sabe enrolar um baseado como ninguém, uns tubinhos bem apertadinhos com a folga certa no lugar do filtro. Disse a ela...

– Mamãe, por favor – interrompi. Olhei por cima do ombro como sempre fazia quando ela começava a falar sobre aquele assunto. Minha mãe havia sido uma fumante inveterada de maconha durante toda sua vida adulta. Dizia que era para o seu glaucoma. E se você a lembrasse de que ela nunca tinha tido glaucoma, ela lhe encheria os ouvidos com um discurso sobre as virtudes dos cuidados preventivos para a visão.

Além de ser contra a lei, o problema do hábito de minha mãe, e o motivo pelo qual eu automaticamente olhava por cima do ombro quando ela começava a falar sobre aquilo, era que James havia trabalhado para a Polícia Estadual de Indiana durante 25 anos. Mamãe fora apanhada uma vez, há 25 anos, comprando um saquinho de maconha no campus da universidade do estado, na extremidade norte da cidade e, como um favor a James, o chefe da segurança do campus a havia trazido para casa em vez de prendê-la. O chefe da segurança do campus jurara manter aquilo em segredo, mas coisas assim nunca ficam em segredo numa cidadezinha pequena como Plainview. Na manhã seguinte, todo mundo sabia o que acontecera. Mamãe ficou satisfeitíssima e achou a maior graça quando o fato de ter sido flagrada comprando maconha foi o tema do sermão na igreja uma semana mais tarde. Mas James não achou graça nenhuma quando aquilo aconteceu, e nunca acharia.

Eu estava ansiosa para que mamãe voltasse aos trilhos e continuasse com sua história sobre a noite com os McIntyre, deixando de fora todas as partes ilegais, porque a principal entre as muitas peculiaridades de minha mãe era o fato de que, por muitos anos, a vasta maioria de suas conversas fora com pessoas mortas. Thelma McIntyre, a excelente enroladora de baseados, estava morta havia vinte e alguns anos. Earl Grande, por outro lado, estava muito bem apenas um dia antes quando eu o vira no restaurante do Earl, o bufê de preço único. Se, de fato, ele tivesse visitado mamãe, não era uma boa notícia para Earl Grande.

– Então, quer dizer que Earl Grande está morto? – perguntei.

– Imagino que sim – respondeu ela.

Fiquei sentada ali por algum tempo, sem dizer nada, só pensando em Earl Grande ter deixado a terra. Mamãe olhou para mim como se lesse meus pensamentos.

– Está tudo bem, querida. De verdade. Ele não poderia estar mais feliz.

Descobrimos que mamãe via fantasmas num jantar do Dia de Ação de Graças nos idos dos anos 1970. Mamãe, papai, meu irmão mais velho Rudy, Jimmy, Eric e eu – eu estava grávida de Denise naquele outono – estávamos todos reunidos ao redor da mesa. Em respeito à tradição, eu havia me encarregado de tudo na cozinha. De flores, mamãe entendia. Era dela o melhor jardim da cidade, mesmo antes de dedicar uma parte do terreno aos seus adorados pés de maconha. Mas para fazer comida mamãe nunca levara jeito. Da última vez em que havia tentado preparar a refeição num dia de festa, acabamos dando o presunto caramelado preto e acinzentado para o cachorro e jantado ovos cozidos. O cachorro comeu um pedaço do presunto e uivou durante seis horas seguidas. O pobre animal nunca se recuperou de todo. Assim, eu me tornei a *chef* da família aos 10 anos de idade e acabamos sendo os donos do único cachorro vegetariano do sul de Indiana.

Aquele jantar de Ação de Graças havia começado muito agradavelmente. Eu havia preparado o melhor banquete da minha vida e todo mundo adorou. Brincamos, comemos e comemoramos o fato de termos Rudy conosco. Meu irmão fugiu para Indianápolis assim que se formou na faculdade, portanto não o víamos muito e meus meninos mal conheciam o tio. Todo mundo estava se divertindo, exceto mamãe, que andara irritada e distraída a tarde inteira. Ela ficou ainda mais agitada à medida que a refeição prosseguia, resmungando consigo mesma e ralhando com qualquer um que lhe perguntasse o que havia de errado. Finalmente ela se levantou da mesa e atirou o prato de manteiga num canto vazio da sala de jantar, gritando:

– Que diabo! Para o inferno com tudo isso! Já aturei tudo o que podia de você, Eleanor Roosevelt! Ninguém a convidou para vir e está na hora de você ir embora.

Ela sacudiu um dedo indicador acusador em direção ao canto da sala onde o tablete de manteiga, com o prato verde abacate ainda colado nele, deslizava pela parede deixando uma esteira brilhante, como o caminho de um caramujo retangular. Mamãe olhou para os rostos espantados ao redor da mesa.

– Não fiquem olhando para mim deste jeito – disse. – Ela pode ter sido uma senhorinha perfeita quando estava na Casa Branca... cheia de toalhinhas rendadas e lavandas. Mas desde que morreu, não fez nada além de aparecer por aqui caindo de bêbada, tentando criar confusão.

Mais tarde, Jackie Onassis também veio ver mamãe, mas ela foi mais bem-comportada.

Papai reagiu aos fantasmas de mamãe tentando, sem sucesso, persuadi-la a consultar um médico. James e eu nos preocupamos com ela reservadamente, mas na frente das crianças fingíamos que não havia nada de errado com a avó deles. Rudy decidiu que Indianápolis não era de forma alguma longe o suficiente da loucura da família e se mudou para a Califórnia um mês depois. E mora lá desde então. Mamãe estendeu a mão sobre a mesa da cozinha e cutucou meu braço.

– Você vai ficar espantada com esta – falou. – Sabe aquela mulher com quem Earl vivia? – "Aquela mulher" era a segunda esposa de Earl Grande, Minnie. Mamãe não suportava Minnie e se recusava a dizer o nome dela e a aceitar seu casamento com Earl Grande.

– Thelma disse que aquela mulher instalou uma fonte no salão da frente, onde Thelma e Earl tinham o aparelho de som. Você pode imaginar? Você se lembra de como era bom aquele aparelho de som? Era o melhor que já ouvi. Eles economizaram durante anos para comprá-lo. Tivemos algumas festas inesquecíveis naquela casa.

Mamãe me observou comer mais algumas uvas.

– Earl a elogiou e me falou muito bem de você – disse. – Ele sempre foi louco por você, você sabe. E, é claro, ele também adorava o James.

James também adorava Earl Grande. Earl McIntyre era a coisa mais próxima de um pai que James algum dia teve. O pai de James era um filho da mãe de um canalha bandido, ordinário, que abandonou James e a mãe quando James era pouco mais do que um bebê de 2 ou 3 anos. Ele ficou por perto apenas o tempo suficiente para deixar algumas dolorosas cicatrizes, e então fugiu da cidade pouco antes da polícia apanhá-lo, indo causar prejuízos em outro lugar. A cicatriz visível em James era uma linha em forma de meia-lua virada para cima, ao longo do queixo, feita por um corte de navalha destinado a sua mãe. As cicatrizes mais profundas, invisíveis, que ele deixou em James, só eu via. Eu e Earl Grande.

Depois que o pai de James fugiu, Earl Grande e dona Thelma decidiram assumir a responsabilidade de cuidar para que a mãe de James sempre tivesse comida na mesa. Quando o restaurante do Earl, o Coma-de-Tudo, com bufê de preço fixo, primeiro estabelecimento comercial de propriedade de um negro no centro de Plainview, foi inaugurado, em meados da década de 1950, Earl Grande podia não estar ganhando um tostão, mas contratou a mãe de James como sua primeira empregada. E eles a mantiveram na folha de pagamento muito tempo depois que um enfisema a impossibilitou de trabalhar. Mais importante, os McIntyre ficaram de olho em James, para que ele não se tornasse como o pai. Serei eternamente grata a eles por isso.

 Era assim que Earl Grande era, um homem bom e forte que ajudava as pessoas a também se tornarem fortes. Todo o tipo de gente, e não apenas os negros, gostava dele. Você podia levar um problema para Earl Grande e ele se sentava e ouvia você contar todos os infortúnios de uma vida inteira. Balançava a cabeça pacientemente como se tudo aquilo fosse novidade para ele, apesar de ser um homem que tinha visto muita coisa na vida e provavelmente já tinha ouvido seu tipo particular de tristeza centenas de vezes. Depois que você acabava de falar, ele esfregava as mãos enormes na barba branca por fazer, que contrastava com sua pele negra como carvão.

 – Bem, o que nós vamos fazer é o seguinte. – E se tivesse bom senso, você fazia fosse lá o que ele dissesse. Earl Grande era um homem esperto. Ganhou algum dinheiro, manteve a dignidade e ainda conseguiu viver até uma velhice bem avançada – algo que um homem negro da sua idade no sul de Indiana não deveria conseguir fazer. Algo que muitos haviam tentado fazer, mas não conseguiram.

 Agora, se o que mamãe dizia merecesse crédito, Earl Grande estava morto. Mas aquilo era um bocado duvidoso.

 – De que eu estava falando? Ah, sim, da fonte. Thelma disse que a fonte no salão da frente tinha mais de 1,80 m de altura, nada menos. E que era a estátua de uma garota branca nua, com um jarro, jogando água na cabeça de outra garota branca nua. Quem inventa esse tipo de coisa? – indagou mamãe.

 Eu me servi de outro copo de água e refleti. Mamãe com frequência se enganava quando se tratava de suas percepções do mundo –

físico ou dos fantasmas. Ela própria tinha dito muitas vezes que fantasmas podiam ser travessos e enganadores. A história toda sobre Earl Grande estar morto podia ter sido uma peça pregada em mamãe pela beligerante Eleanor Roosevelt de pileque. Decidi tirar aquilo da cabeça até mais tarde quando nos encontraríamos com nossos amigos para o jantar habitual depois da igreja. Naquele domingo, nos reuniríamos, como sempre fazíamos, no restaurante do Earl. Earl Pequeno e sua mulher, Erma Mae, tinham assumido o comando daquela casa comercial já havia vários anos, mas Earl Grande ainda aparecia quase todo dia para ajudar o filho e a nora. Verdade ou mentira, eu teria a resposta naquela noite.

– Mas diga lá, por que você está bebendo toda esta água a esta hora? – quis saber mamãe.

– Acordei com calor e precisava me refrescar – respondi, bebendo mais um gole. – Fogacho.

– Fogacho? Pensei que estas suas mudanças de menopausa tivessem acabado.

– Também pensei, mas acho que ainda estou mudando.

– Bem, talvez fosse bom você ver isso com um médico. Você não vai querer mudar demais. Sua tia Marjorie começou a mudar e ficou mudando até que se transformou em um homem.

– Ela não fez isso e a senhora sabe.

– Tudo bem, talvez ela não tenha mudado completamente até virar homem, mas Marjorie deixou crescer um bigode, raspou a cabeça e passou a usar macacão para ir à igreja. Não estou dizendo que o estilo não ficasse bem nela; estou dizendo apenas que você pode riscar uma linha reta entre o primeiro fogacho que ela teve e a briga de bar em que morreu.

Comi uma uva e concordei:

– Tem razão.

Ficamos sentadas em silêncio, eu pensando em Earl Grande, apesar de dizer a mim mesma que não pensaria, e mamãe pensando em Deus sabe o quê. Ela se levantou e foi até a janela que dava para o quintal lateral.

– Vai ser uma manhã de domingo realmente bonita – disse. – Adoro quando faz calor. Você devia descansar um pouco antes de ir para a igreja. – Ela deu as costas para a janela e, falando comigo como costumava fazer quando eu era criança, disse: – Ande, trate de ir para a cama já, neste instante.

Obedeci. Botei o copo na pia, coloquei de volta na geladeira a tigela semivazia de uvas e a jarra de água, e me encaminhei de volta ao quarto. Então, virei-me e disse:

– Dê um alô a papai por mim.

Mas mamãe já tinha saído pela porta dos fundos. Através da janela, eu a vi caminhando lentamente pelo jardim triste e muito malcuidado. Ela parou e sacudiu a cabeça em desaprovação ao ver os talos mirrados, as verduras de folhas comidas por insetos e as flores desbotadas que enchiam meus lamentáveis canteiros. Sabia que ouviria uma séria repreensão em sua próxima visita.

De volta a meu quarto, meti-me na cama, aconchegando-me a meu marido. Apoiei-me num cotovelo, inclinei-me sobre James e beijei a feia cicatriz em seu queixo. Ele gemeu, mas não despertou. Tornei a me deitar e me apertei contra as costas dele. Então, estendi a mão por cima dele e a deixei parar sobre o estômago de James. Bem apertadinha contra meu homem no centro de nossa cama king-size, adormeci ouvindo o ritmo de sua respiração.

Ao longo do ano que se seguiu, pensei muito naquela manhã de domingo e em como a visita de mamãe me fizera parar de sentir calores e me alegrara. Mesmo durante os piores problemas e provações que vieram depois, eu sorria sempre que me lembrava daquela visita e de como tinha sido carinhoso da parte dela vir à minha casa, toda elegante e bem arrumada, usando aquele vestido azul-céu que eu não vira mais durante os seis anos que se passaram desde que a enterramos vestida com ele.

Capítulo 2

Nasci numa árvore, um sicômoro. Isso foi há 55 anos, e fez de mim uma celebridade local. Meu status de celebridade, contudo, durou pouco. Dois outros bebês, também meninas, que mais tarde se tornaram minhas melhores amigas, nasceram poucos meses depois de mim de maneiras que fizeram minha entrada em cena no sicômoro parecer menos espantosa. Só menciono a árvore porque me disseram a vida inteira que isso explica como eu acabei sendo como sou – corajosa e forte, de acordo com aqueles que gostam de mim, e masculinizada e teimosa de acordo com os que não gostam. Isso provavelmente também explica por que, depois de passado o choque inicial, não fiquei muito abalada quando minha mãe morta apareceu para bater papo.

 Comecei a vida naquele sicômoro porque minha mãe tinha ido ver uma bruxa. Mamãe era inteligente e durona. Trabalhou duro todos os dias de sua vida até cair morta com um derrame quando se preparava para atirar uma pedra em um esquilo que estava cavando e comendo os bulbos de seu jardim tipo vitrine. Contudo, toda a dureza de mamãe se evaporara quando ela se descobriu a meio caminho de seu décimo mês e se perguntando se aquela gravidez algum dia acabaria. Sete anos antes, Rudy nascera exatamente no dia previsto. Mas, ao nascimento de meu irmão, se seguiu a perda de três bebês, nenhum deles conseguindo ficar dentro do útero de minha mãe por mais que alguns meses. Agora eu viera, mas me recusava a sair.

 Antes de ir ver a bruxa, mamãe havia tentado todo o tipo de coisa que suas parentas do interior lhe haviam orientado a fazer para que o bebê nascesse. Minha avó a aconselhou a comer pimentas fortes em todas as refeições, afirmando que o calor da pimenta faria o bebê sair. Mamãe fez isso durante três dias e acabou com uma indigestão tão violenta que se enganou duas vezes, achando que estava em trabalho de parto. Por duas vezes, ela e papai foram ao hospital para negros, em Evansville, e em ambas as vezes ela voltou para casa sem nenhum bebê.

A irmã de mamãe cochichou-lhe que a única maneira de fazer o bebê sair era sexo.

– Foi assim que o bebê entrou aí. E é o único modo seguro de fazer com que saia – aconselhou tia Marjorie.

Mamãe gostou da ideia de sexo, no mínimo para passar o tempo enquanto esperava, mas papai não ficou nada entusiasmado. Ela já tinha duas vezes o peso dele mesmo antes da gravidez, e quando montou nele certa noite enquanto ele dormia, exigindo satisfação, a expressão aterrorizada em seus olhos enquanto ela pairava acima dele a fez desistir daquela solução e, em vez disso, recorrer à bruxaria.

Como eu disse, isso foi em 1950, e naquela época uma porção de gente em Plainview, negra e branca, de vez em quando consultava uma bruxa. Alguns ainda consultam, mas, hoje em dia, apenas os mais pobres e mais supersticiosos, principalmente os que moram nos pequenos povoados apalachianos fora da cidade, são os únicos que admitem.

Mamãe foi à bruxa esperando receber uma poção ou um cataplasma – cataplasmas eram muito apreciados por bruxas –, mas, em vez disso, o que ela recebeu foram instruções. A bruxa lhe disse que, se ela subisse nos galhos de um sicômoro exatamente ao meio-dia e cantasse seu hino favorito, o bebê nasceria.

As bruxas eram assim. Quase sempre misturavam um toque de alguma coisa aprovada pela igreja batista – uma oração, um *spiritual*, ou um cântico advertindo sobre a impiedade dos luteranos – de modo que as pessoas pudessem ir consultá-las sem precisar se preocupar com a possibilidade de ter que pagar por isso mais tarde com sua alma imortal. Isso absolvia os clientes de culpa e fazia com que os pregadores as deixassem em paz.

Assim, numa tarde de ventos, minha mãe carregou uma escada de mão velha e bamba para um sicômoro junto ao bosque atrás da casa. Apoiou a escada contra o tronco da árvore e subiu. Então, aninhou-se no forcado de dois galhos, tão confortavelmente quanto era possível, considerando seu avançado estado de gravidez, e começou a cantar.

Mamãe costumava fazer piada dizendo que se tivesse escolhido alguma coisa mais sossegada, algo do tipo de "Mary, Don't You Weep" ou "Calvário", poderia não ter dado à luz uma filha tão estranha. Mas ela cantou com gosto "Jesus é Minha Rocha", e balançou e bateu os pés com aquele belo espírito gospel até que derrubou a escada e não pôde mais descer. Nasci à uma hora e passei o resto da tarde no sicômoro até que meu pai nos resgatou quando chegou em casa de volta da loja, às seis da tarde. Fui batizada com o nome Odette Breeze Jackson em homenagem ao fato de eu ter nascido ao ar livre.

Como quase sempre acontecia quando uma criança nascia em circunstâncias excepcionais, velhos que afirmavam conhecer bem a sabedoria dos ancestrais se sentiram na obrigação de usar a ocasião para fazer advertências sinistras. Minha avó liderou o coro, prevendo um futuro triste e sombrio para mim. Conforme explicou, se um bebê nascesse fora do chão, teria nascido sem seu primeiro temor natural, o medo de cair. Aquilo desencadeava uma terrível reação em cadeia, resultando na criança ser amaldiçoada com uma vida de imprudências. Ela disse que um menino imprudente tinha alguma esperança de crescer e se tornar um herói, mas uma menina imprudente tinha mais probabilidade de se tornar uma tola irresponsável. Minha mãe também aceitava isso como verdade, embora estivesse mais inclinada para a noção de que eu pudesse me tornar uma heroína. É preciso lembrar, é claro, que minha mãe era uma mulher adulta que havia achado que subir numa árvore no décimo mês de gravidez era uma boa ideia. Seu julgamento tinha que ser considerado com suspeita.

Quase todo mundo, parecia-me, acreditava que vir ao mundo de qualquer maneira que pudesse ser considerada fora do comum era um mau augúrio. As pessoas nunca diziam "Parabéns por conseguir ter o bebê dentro daquele barco a remo no meio do lago". Apenas sacudiam a cabeça e cochichavam umas para as outras que aquela criança com certeza se afogaria um dia. Ninguém jamais falava, "Puxa, como você foi corajosa por ter seu bebê sozinha dentro de um galinheiro". Apenas diziam que a criança teria titica de galinha no lugar de cérebro e então passariam a tratar a criança como se de fato tivesse, mesmo que se tratasse claramente de um pequeno gênio. Como a criança amaldiçoada nascida na água e a imbecil nascida em meio às aves, nasci no sicômoro e nunca teria o bom senso de saber quando sentir medo.

Por falta de melhores informações e por não ter muito juízo, eu dava ouvidos ao que se dizia a meu respeito. Cresci convencida de que era uma pequena guerreira negra. Andava pela vida imperiosamente como se fosse a Rainha das Amazonas. Eu me metia em brigas com homens adultos que tinham duas vezes o meu tamanho e eram dez vezes mais malvados do que eu. Fazia coisas que me deixavam bastante mal falada e depois ia lá e fazia todas elas de novo. Naquela manhã em que vi pela primeira vez minha mãe morta na cozinha, aceitei o fato de haver herdado seu estranho legado e passei o tempo todo da visita que ela me fez comendo uma tigela de uvas em vez de sair correndo e gritando.

Contudo, conheço a verdade a respeito de mim mesma. Nunca fui destemida. Se algum dia acreditei em algo semelhante, a maternidade acabou com esse mito rapidamente. Entretanto, sempre que a lógica me dizia que estava na hora de dar as costas e fugir, uma vozinha sussurrava em meu ouvido:

– Você nasceu num sicômoro.

E, para o bem ou para o mal, o som daquela voz sempre me manteve firme em minha posição.

Capítulo 3

Clarice e Richmond Baker ocuparam cadeiras em pontas opostas da mesa da janela no Coma-de-Tudo, e esperaram que seus quatro amigos chegassem. O restaurante ficava à distância de uma caminhada fácil da igreja Calvary Baptist, e eles sempre eram os primeiros a chegar para o jantar de depois da igreja. A igrejinha rural de Odette e James Henry, a Holy Family Baptist, era a que ficava mais longe do bufê a preço fixo do Earl, mas James era um motorista veloz e, sendo policial, não temia multas por excesso de velocidade, portanto eles geralmente chegavam logo a seguir. Barbara Jean e Lester Maxberry frequentavam a grande First Baptist, a igreja dos ricos. A First Baptist olhava para Plainview do alto de seu poleiro na Main Street e era a mais próxima do restaurante, mas Lester era 25 anos mais velho do que o resto do grupo e com frequência andava devagar.

    Clarice viu seu reflexo no vidro da janela e imaginou que ela e Richmond deviam parecer um pavão luminoso e seu par apagado. Do pescoço aos joelhos, ela estava escondida sob um vestido modesto, mas bem cortado, de linho bege. Recostado em sua cadeira e acenando um alô para amigos sentados em outras mesas pelo salão, Richmond exigia atenção no terno cinza-claro de verão que Clarice havia escolhido para ele na noite anterior, junto com sua camisa favorita – uma camisa social de algodão num tom de azul-ultramarino das pedras do aquário.

    Ele sempre havia usado cores fortes. Richmond tinha uma beleza tão grande de boneco Ken que as mulheres em sua vida, primeiro a mãe e depois Clarice, não conseguiam resistir ao desejo de vesti-lo com cores vivas e exibi-lo. Por ocasião do primeiro encontro de Richmond com Clarice, sua mãe havia adornado o filho adolescente com um paletó cor de pêssego com acabamento de viés branco ornamentando as lapelas. Uma roupa como aquela teria feito com que qualquer garoto da cidade fosse ridicularizado e chamado de viado – afinal, ainda eram os anos 1960. Mas Richmond aparecera lépido e fagueiro na calçada diante da casa de Clarice e conseguira fazer com que aquela roupa parecesse tão masculina quanto uma galhada de chifres.

Com frequência, Clarice visualizava aquela maneira descontraída e vigorosa com que ele andava antes que as cirurgias o houvessem deixado todo rijo. Era como se ele fosse inteiramente construído de músculos magros, encadeados com tiras de elástico bem esticadas.

Por coincidência, Clarice havia escolhido uma saia cor de pêssego para aquele primeiro encontro. A saia combinava com o paletó luxuoso tão perfeitamente que todo mundo que os viu na cidade mais tarde presumiu que eles houvessem combinado aquilo. Clarice e a mãe haviam espiado através das cortinas e o observaram subir para a varanda na frente da casa. Sua mãe, que estava tão entusiasmada quanto Clarice, havia enterrado os dedos em seu braço até que Clarice se afastou. O tempo todo ela falava sem parar que as roupas combinando eram um sinal de que Clarice e Richmond haviam sido feitos um para o outro.

Clarice, contudo, já vira todos os sinais de que precisava. O jovem Richmond tinha um rosto quase bonito, com uma boca bem delineada e cílios longos. Tinha uma bolsa de estudos para jogar no time de futebol da universidade do outro lado da cidade. Era filho de um pregador, seu pai tendo sido o pastor da igreja deles antes de se mudar para uma congregação maior, do outro lado da fronteira do estado, em Louisville. E ele tinha aquelas mãos lindas.

Clarice ficara encantada com aquelas mãos muito antes que elas trouxessem glória a Richmond por saber segurar uma bola de futebol no colegial, na universidade e numa carreira profissional que só havia durado uma temporada.

Ao completar 11 anos, Richmond usava as mãos já grandes para se mostrar para as garotas, arrancando nozes dos longos galhos das árvores que ladeavam as ruas entre o pátio da escola e o bairro deles. Ele fazia grunhidos e caretas ao quebrar as nozes entre as palmas das mãos até se cansar da brincadeira e se juntar aos outros garotos de seu grupo, atirando as nozes nas garotas enquanto elas corriam para casa gritando e rindo.

As crianças haviam apelidado as nogueiras de "árvores de bombas-relógio" porque quando as nozes estavam passadas, elas se tornavam pretas e faziam um barulho baixo de tique-taque em dias quentes. Anos depois, Clarice sempre pensava que era justo que sua primeira recordação do garoto que se tornaria seu marido fosse uma lembrança dele atirando bombas-relógio em sua direção.

Iluminado pelo sol da tarde da janela do Coma-de-Tudo, Richmond Baker ainda parecia muito o jovem jogador de futebol de queixo quadrado. Mas Clarice estava dando o melhor de si para não olhar para ele. A cada vez que olhava o marido, ela se lembrava das horas que passara sentada, acordada, esperando e se preocupando até que ele finalmente entrasse cambaleante às 3:57h da madrugada. O simples fato de vê-lo lhe trazia à mente aqueles terríveis minutos de espera escoando lentamente e depois, quando ele finalmente chegava em casa, o tempo deitada na cama a seu lado, fingindo dormir e se perguntando se teria força física suficiente para sufocá-lo com o travesseiro.

No café da manhã, ele havia se arrastado até a cozinha, coçado o saco e lhe contado uma história que ela sabia que era mentira. Era a velha história de sempre de ter trabalhado até tarde e descobrir que todos os telefones, num raio de 16 quilômetros, estavam quebrados. Para o novo milênio, ele havia atualizado a desculpa para incluir telefones celulares misteriosamente sem sinal. Ele merecia algum crédito por se manter em dia com a época, ela pensou. Depois de contar sua mentira, ele havia se sentado à mesa da cozinha, soprado um beijo na direção da mulher e se dedicado a comer o café da manhã que ela havia preparado, atacando-o como se não tivesse feito uma refeição há semanas. Transar por aí, refletiu Clarice, devia estimular o apetite.

Antes da igreja naquela manhã, Clarice refletira sobre sua situação e chegara à conclusão de que o problema era que ela havia perdido o hábito de ignorar os pequenos lapsos de Richmond; ele vinha se comportando muito bem durante os últimos dois anos. Ela calculou que se evitasse olhar para Richmond durante o café, o serviço religioso, e talvez durante a caminhada até o Coma-de-Tudo, conseguiria recolocar em seu cérebro aquela velha parede atrás da qual costumava se esconder em ocasiões como aquela. Então, logo voltaria alegremente a fingir que as coisas estavam muito bem, como fizera ao longo de décadas. Contemplara o piso da cozinha durante todo o café da manhã. Olhara fixamente para as janelas de vitrais durante o serviço religioso. Contara as nuvens no céu e as rachaduras na calçada no caminho até o restaurante do Earl. Mas o remédio não havia funcionado. O latejar em suas têmporas, que aumentava a cada vez que ela olhava para a boca bonita e mentirosa de Richmond se abrir num sorriso, lhe dizia que precisava de mais tempo antes de conseguir retomar a velha rotina, como seu marido aparentemente havia feito.

Clarice ouviu uma voz masculina grave sussurrar:

– Alô, beleza. – Ela olhou para a direita e viu que Ramsey Abrams havia se esgueirado para seu lado. Ele colocou uma das mãos sobre a mesa, a outra nas costas da cadeira e se inclinou até que seu rosto estivesse apenas a centímetros do dela.

Ramsey havia sido o amigo e companheiro número um de Richmond, os dois continuando a aprontar "loucuras de rapaz" muito depois de ambos estarem casados e serem pais de vários filhos. Com o nariz dele quase tocando o dela, Clarice podia ver que os brancos dos olhos de Ramsey estavam rendados com veias muito vermelhas. Ela detectou o odor de rum velho em seu hálito.

Clarice começou a criar mentalmente um quadro de como a noite anterior havia começado. Richmond devia ter estado em seu escritório na universidade onde ele e Ramsey trabalhavam como recrutadores para o time de futebol. Ramsey havia aparecido e dito alguma coisa do tipo:

– *Vamos, Richmond. Venha tomar um drinque rápido comigo. Prometo que estará em casa às dez. Você pode ficar na rua até as dez, não é? Sua mulher não tem você assim tão preso na rédea curta, tem?*

Ela não tinha nenhuma prova concreta de que ele tivesse sido o instigador da noitada de Richmond, e sabia que Richmond era perfeitamente capaz de aprontar uma de bom tamanho sozinho. Mesmo assim, Clarice teve uma vontade louca de esbofetear o rosto idiota de Ramsey e lhe dizer para voltar para o outro lado do salão, para a mesa onde seu filho – Clifton –, o filho que vivia entrando e saindo da cadeia desde os 13 anos, não o outro filho, que cheirava cola de avião e tocava em si mesmo de maneira inapropriada em lojas de calçados femininos – e a mulher dentuça de Ramsey, Florence, estavam sentados trocando olhares furiosos.

– Ramsey, se você continuar me passando cantadas desse jeito, terei que tentar roubar você de Florence – comentou Clarice.

Ele deu uma gargalhada.

– Querida, com certeza não vou impedir você de tentar. Apenas não conte a Richmond.

– Ramsey – disse Clarice –, você é tão travesso – e ela deu um tapa na mão dele daquele jeito que homens como ele interpretam como *"Por favor, continue, garoto levado sensual"*. Então ele se inclinou para ainda mais perto e a beijou no rosto. Clarice deixou escapar um gritinho adolescente, cujo som a fez ter vontade de dar um chute em si mesma. Não, não apenas em si mesma, mas também em sua mãe, por ter martelado aquele negócio de responder à atenção masculina com comportamento frívolo tão firmemente que agora era automático.

Ela sapecou mais um tapa na mão de Ramsey. Desta vez, Clarice acidentalmente permitiu que seus verdadeiros sentimentos por ele dominassem o gesto. Ele deixou escapar um "Aii!" muito sincero e rapidamente tirou a mão antes de se encaminhar para a cabeceira da mesa onde estava Richmond. Enquanto observava Ramsey esfregando os dedos, a dor de cabeça de Clarice diminuiu um pouco.

Ramsey puxou uma cadeira para junto de Richmond e os dois homens começaram a cochichar no ouvido um do outro, parando de vez em quando para dar estrondosas gargalhadas. Clarice imaginou o teor da conversa e seus pensamentos se tornaram violentos de novo.

Ela pegou o garfo do descanso, girou-o como um bastão de líder de torcida com o polegar esquerdo e o indicador, e pensou no sentimento de realização que teria se caminhasse até a outra ponta da mesa e enterrasse o garfo na testa de Richmond. Ela imaginou a expressão de espanto que se espalharia no rosto dele enquanto agarrasse seu maxilar para maior potência, e torcesse o garfo 180 graus no sentido anti-horário. Aquela fantasia pareceu-lhe tão perigosamente boa que ela se obrigou a pôr o garfo de volta na mesa. Então, disse a si mesma, mais uma vez, para desviar os olhos.

Seu olhar foi então atraído para o centro da mesa, e ela reparou na toalha nova pela primeira vez. Aparentemente, o restaurante tinha um novo logotipo. No centro da toalha, e em todas as outras no salão, uma coroa pintada de frutas e legumes formava o nome "Coma-de-Tudo". Dentro do círculo, um par de lábios vermelhos brilhantes projetava uma língua rosa forte para fora.

Clarice podia ver o dedo cafona e espalhafatoso de Earl Pequeno naquela criação. Ele havia herdado o temperamento gentil do pai, mas não muito do seu bom gosto. E ela desconfiava que, apesar do fato de o restaurante não ser mais legalmente dele, Earl Grande não fosse ficar nada contente com a inovação. Aqueles lábios de aspecto horroroso e as frutas e legumes – especialmente a sugestiva cereja e pepinos que formavam o "t-u-d-o" – deixariam os clientes mais conservadores indignados e em polvorosa. Clarice se sentiu grata pelo fato de que seu pastor não fosse cliente habitual; ela podia facilmente imaginá-lo convocando um boicote.

Clarice não conseguia acreditar que não havia reparado nas toalhas novas no instante em que entrara. Elas definitivamente não estavam lá um dia antes, quando havia almoçado naquela mesma mesa com Odette e Barbara Jean. Estava tão habituada com o Coma-de-Tudo do Earl, e o lugar mudara tão pouco ao longo dos anos, que, geralmente, era capaz de dizer se havia uma cadeira fora do lugar. Aquilo revelava em que medida Richmond a deixara abalada.

Clarice e suas amigas se reuniam para almoçar à mesa do Coma-de-Tudo do Earl há quase quarenta anos – desde mais ou menos a época em que tinham sido apelidadas de as Supremes. Naquele tempo, Earl Pequeno estivera loucamente apaixonado por todas elas e havia dado o melhor de si para seduzi-las com ofertas de Coca-Colas e asas de galinha de graça. Clarice tinha certeza de que, se ele houvesse sido um pouquinho mais persistente, aquilo teria acabado funcionando com Odette. Aquela garota vivia faminta. Mesmo quando ainda era criança, Odette comia como um homem adulto.

A primeira recordação que Clarice tinha de Odette era de, no jardim de infância, observá-la enfiar grandes punhados de balas na boca e depois limpar as mãos meladas no vestido. Odette sempre usava horrendos vestidos feitos em casa, de tecidos estampados que não combinavam e com costuras tortas. Clarice ainda se lembrava da primeira conversa delas. Uma vez que o nome de solteira de Odette era Jackson e o de Clarice era Jordan, a ordem alfabética impusera que elas se sentassem lado a lado durante a maior parte de seus anos de escola. Certo dia, de sua carteira durante a aula, Odette tinha estendido a mão e passado a Clarice um caramelo. Clarice dissera para ela:

– Este é o vestido mais feio do mundo.

Odette havia respondido:

– Minha avó fez este vestido para mim. Ela é ótima costureira, mas é cega. – E enfiara mais um caramelo na boca, acrescentando: – Este não é o vestido mais feio do mundo. O mais feio do mundo eu vou usar amanhã.

E usou. E era o mais feio. E elas tinham ficado amigas desde então.

A mulher de Earl Pequeno, Erma Mae, entrou de costas, primeiro a bunda, pelas portas de vaivém que davam para a cozinha, carregando uma bandeja de comida. Erma Mae tinha a maior cabeça que Clarice já vira numa mulher. Quando estava no colegial, aquela enorme cabeça redonda, aliada ao corpo alto e magro e ao peito liso, quase sem busto, lhe valera o apelido de pirulito. O casamento com Earl Pequeno e o acesso a toda aquela comida de graça tinham-na deixado corpulenta dos quadris para baixo, e o apelido não havia pegado. Engordar daquele jeito provavelmente não era a coisa mais saudável para ela, mas havia ajudado a equilibrar a cabeça gigante, algo que, Clarice imaginava, devia lhe trazer algum consolo.

Erma Mae pôs a bandeja sobre o bufê e sentou-se num dos dois banquinhos de madeira ao lado das mesas reluzentes de aço inoxidável das quais ela e o marido supervisionavam seu domínio todos os dias. Depois de se acomodar no banco, Erma Mae fez contato visual com Clarice, acenando para ela.

Quando Clarice acenou de volta, Erma Mae levantou-se e fez uma pequena pirueta para mostrar o novo avental, que, como as toalhas de mesa, tinha aquele horrendo logotipo dos lábios. Clarice falou movendo apenas os lábios:

– Adorei – e pensou: *Espero que você esteja observando, Richmond. É assim que se diz uma mentira convincente.*

– Belinda! – Erma Mae gritou e sua filha veio correndo da cozinha. Erma Mae apontou na direção de Clarice e Richmond, e Belinda pegou um jarro de chá gelado e se encaminhou para a mesa deles. Clarice gostava de Belinda. Era uma garota muito querida e também inteligente. Tinha ganhado dinheiro de bolsa de estudos suficiente para pagar todo o seu curso na universidade. Mas, infelizmente, ela também era a imagem espelhada de sua mãe naquela idade. Se apertasse os olhos enquanto ela estivesse caminhando em sua direção, você juraria que um balão de festa marrom flutuava até você.

Depois de ter servido o chá para Richmond, Belinda acidentalmente bateu com o jarro no copo, fazendo-o cair no chão. Belinda deu um grito e pediu desculpas. E começou a cuidar do problema com sua falta de jeito habitual. Puxou um pano de prato do bolso do avental e avançou para enxugar o chá derramado, mas Richmond a deteve.

– E correr o risco de estragar seu elegante novo avental? Eu não seria capaz de me perdoar – disse ele, enquanto tirava o pano de prato da mão dela. De joelhos, ele se pôs a limpar o chá derramado. Belinda continuou a pedir desculpas enquanto ele trabalhava, e o serviu de mais chá, usando um copo tirado de outro lugar à mesa.

Ver Richmond se ajoelhar, vestido em seu melhor terno de verão, aos pés daquela garota desajeitada e feia, apenas para agradar-lhe, fez com que as lembranças desagradáveis da noite anterior de Clarice retrocedessem um pouco. Aquilo era típico de Richmond. Justamente no momento em que ela estava com a cabeça a ponto de explodir, pensando nas muitas maneiras como ele a havia desapontado, ele fazia com que Clarice se recordasse do que amava nele. Ela o observou passar o pano no piso de carvalho rústico e não pôde deixar de pensar em como aquelas mãos maravilhosas haviam consolado seus filhos e trocado tantas, se não mais, fraldas do que ela. Aquelas mãos também haviam segurado uma colher e dado de comer na boca ao pai dela – três vezes por dia, todos os dias – durante suas últimas semanas de vida, quando ele estava fragilizado demais para conseguir erguer uma colher e era orgulhoso demais para permitir que Clarice ou a mãe lhe dessem de comer. *Aquele* Richmond, o Richmond gentil e altruísta, era o único Richmond que ela vira durante dois anos. Mas o outro Richmond, o que mentia e traía, havia reaparecido, e não existia um número suficiente de palavras gentis ou gestos galantes que pudessem apagá-lo de sua mente.

Belinda se retirou, levando o pano encharcado de chá e ainda parecendo constrangida, mas sorrindo. Richmond voltou a sua cadeira e tomou um gole do chá. Clarice provou o chá e descobriu que estava tão doce que não poderia tomar mais do que um gole. Richmond, que era diabético, não devia de jeito nenhum beber aquilo. Mas quando ela olhou para ele, viu que Richmond não apenas bebia o chá açucarado, mas o estava usando para ajudar a engolir um pedaço de torta de noz-pecã que alguém, provavelmente Ramsey Abrams, havia lhe passado sorrateiramente.

Aquilo era parte da dança que eles dançavam todos os domingos. Richmond comia às escondidas iguarias gordurosas e açucaradas proibidas em sua dieta e Clarice fazia o papel da mãe frustrada, correndo para o outro lado da cabeceira da mesa para puxar-lhe a orelha e exigir que ele lhe entregasse fosse lá o que fosse. A brincadeira sempre acabava com Richmond pestanejando com aqueles seus cílios longos até que ela lhe permitisse uma colherada de fosse lá o que ele estava escondendo. Então, Clarice voltava a sua cadeira, revirando os olhos teatralmente para assinalar como Richmond era um garoto indisciplinado.

Mas naquele dia, Clarice não estava com humor para acompanhar o número dele. Ela o observou mastigar a torta e depois beber o chá doce, mantendo a boca firmemente fechada. Disse a si mesma que desta vez não levantaria nem um dedo para impedi-lo. Richmond poderia acabar no hospital mais uma vez, se quisesse. Se ele não se importava, por que haveria ela de se importar?

Contudo, velhos hábitos evoluem para se tornar reflexos, e Clarice descobriu que não conseguiria se conter. Levantou seu copo de chá bem alto no ar e então bateu nele com a unha do dedo anular esquerdo para chamar a atenção dele. Então, disse:

– Richmond, está doce demais.

Ele espichou o lábio inferior e fez seu olhar triste, mas afastou o copo de chá e o pratinho com o pedaço de torta. Então, desempenhando com perfeição seu papel no pequeno ritual deles, agarrou o garfo e rapidamente pegou mais um pedaço de torta, piscando o olho para ela.

Clarice havia descoberto que o marido era diabético dois anos antes, quando recebera um telefonema do hospital dizendo que ele havia sido encontrado em seu escritório na universidade em estado de coma e que poderia não sobreviver. Richmond havia passado semanas na unidade de tratamento intensivo, e durante os meses seguintes havia ficado quase incapacitado – não sentia os pés, não tinha forças nas belas mãos. Quando ela finalmente o levara para casa, tinha rezado, intimidado, bajulado e seduzido, enfim, feito de tudo para que Richmond ficasse bem de novo.

Clarice obtivera um magnífico sucesso. Ele ficou bem e retomou suas atividades bem antes do que os médicos haviam previsto. E ao se recuperar, ele manifestava sua gratidão pelos cuidados que ela lhe havia dedicado a qualquer um que se dispusesse a ouvir. Na verdade, chegava a parar desconhecidos na rua e dizer:

– Esta mulher salvou minha vida; fez de mim um novo homem.

E Richmond *era* um novo homem. Pela primeira vez no casamento deles, Richmond foi realmente o marido que Clarice sempre fingira que ele era. Todo o amor que ela sentia por ele, a afeição que lhe parecera inconveniente por tanto tempo, subitamente não parecia mais imerecida. Aquilo fora uma segunda chance na vida, um maravilhoso renascimento para ambos. Tinha durado dois anos. Dois belos anos.

Uma mulher *mignon* num vestido cáqui na altura dos joelhos e sapatos altos de verniz pretos passou por Clarice e foi caminhando até Richmond. Ela se inclinou para dizer alguma coisa no ouvido dele, dando a Clarice e à metade do salão de jantar uma visão de seu minúsculo traseiro.

O torno ao redor da testa de Clarice se apertou de novo. Aí está ela, pensou Clarice, o motivo por que Richmond não chegou em casa até quase o sol raiar.

Com os óculos guardados na bolsa, Clarice não foi capaz de identificar a mulher que cochichava com seu marido. Ela estendeu a mão para pegar os óculos, mas se deteve. As únicas pessoas que a viam de óculos com alguma regularidade eram seus alunos de piano. Esta concessão à meia-idade só tinha sido feita depois que ela detectara que um ligeiro declínio no nível geral do desempenho de seus alunos era causado, acabou por se dar conta, por sua incapacidade de ver lapsos técnicos sutis – um dedo achatado, um punho mergulhado justo no momento errado, um ombro levantado transiente. Poucas pessoas sequer sabiam que Clarice tinha óculos, e ela com certeza não ia dar à última parceira de fornicação de Richmond o prazer de vê-la com aparência de matrona. Não naquele dia.

Clarice recostou-se na cadeira, na esperança de que um pouquinho mais de distância pusesse a mulher em melhor foco. Ela se inclinou nos pés de trás da cadeira até sentir que estava à beira de tombar para trás. Somente a ideia de Richmond com sua atual putinha ao lado, rindo dela caída de costas no chão, com seus melhores sapatos altos apontando para o teto, obrigaram Clarice a se endireitar na cadeira.

Tentando não franzir demais os olhos de maneira que Richmond e a desconhecida percebessem, Clarice se esforçou para ver a outra extremidade da mesa. Fosse lá quem fosse a tal mulher, Richmond respondeu a ela com um largo sorriso que revelou até as jaquetas revestidas de alumínio de seus dentes, de um branco de doer os olhos, e que subtraíam ao rosto dele.

Exatamente naquele momento, Clarice sentiu algo se partir dentro dela. O olhar de admiração no rosto de Richmond enquanto ele flertava, bem na cara dela, com aquela vadia magricela vestida em poliéster era demais para engolir. Clarice tinha passado décadas sem fazer cenas, por maior que fosse a provocação. Mas agora, ali, na mesa da janela do Coma-de-Tudo do Earl, diante de alguns de seus mais velhos amigos, ela estava pronta para saltar rumo a território desconhecido.

Antes que tivesse tempo para pensar no que estava fazendo, Clarice se levantou da cadeira e gritou:

– Richmond! – Alto o suficiente para que o restaurante ficasse em silêncio enquanto as pessoas das mesas ao redor interrompiam as conversas para olhar para ela. Mas a chance de Clarice de permitir que 35 anos de revolta e raiva contidas jorrassem como torrente evaporou quando a mulher cochichando com Richmond se virou para olhá-la e Clarice viu que era Carmel Handy. Ela era bonita, bem-feita de corpo, e estava bem-vestida e penteada, e também tinha, no mínimo, 90 anos de idade. O sorriso de colegial que Clarice vira no rosto do marido tinha sido exatamente isso. Dona Carmel fora professora de inglês de ambos na nona série.

O fato de que sua principal suspeita houvesse se revelado ser dona Carmel foi, Clarice tinha que admitir, uma virada um bocado irônica do destino. Carmel Handy era, naquela ocasião, a heroína pessoal de Clarice por causa da lenda local sobre seu casamento.

O que as pessoas contavam era que William Handy certa vez havia desaparecido por um fim de semana inteiro numa excursão de esbórnia. Quando voltara para casa, dona Carmel o havia confrontado e dissera que a única desculpa possível que ele poderia ter para desaparecer daquela maneira era que devia ter-se esquecido de onde morava. Ela havia recitado o endereço deles. Pine Street Dez, em voz alta. E, para tornar a ocasião mais memorável, pontuara as palavras do endereço com três golpes na cabeça do sr. Handy com uma frigideira de ferro batido. Não o matara, mas o transformara de Grande Bill Sacana em William, o Bonzinho, de um dia para o outro.

Aquilo havia acontecido antes que Clarice nascesse, se é que de fato havia acontecido. Bisbilhotices tinham tendência de se tornar permanentemente emaranhadas nos fatos em cidades pequenas como Plainview. Mas, até os dias atuais, esposas furiosas no sul de Indiana evocavam a lenda da "Dama da Frigideira" sempre que queriam obter toda a atenção dos maridos.

Richmond e dona Carmel ficaram encarando Clarice, esperando que ela explicasse sua explosão. Ela os encarou de volta, tentando encontrar palavras. Mas as palavras se recusavam a vir. Tudo em que ela conseguiu pensar foi em como devia ter sido prazeroso para dona Carmel recordar ao ordinário do marido de onde ele morava, acertando-lhe a cabeça uma vez para cada uma das três palavras do endereço deles. Uma vez que Richmond e Clarice moravam no Bulevar

Prendergast, mil setecentos e vinte e dois, ela presumia que sua satisfação fosse cinco vezes maior.

Como havia feito muitas vezes no passado, Odette apareceu para salvar Clarice. Através da janela, Clarice viu o carro de James e Odette se espremendo numa pequena vaga bem do outro lado da rua, defronte da casa de dois andares revestida de tábuas e pintada de branco para onde Earl Grande havia se mudado com sua jovem família não muito depois de ter aberto o restaurante Coma-de-Tudo.

Clarice se abaixou, sentando-se na cadeira, e disse:

– Olá, dona Carmel, como vai a senhora? – Então, virou-se para Richmond: – Querido, Odette e James chegaram.

Dona Carmel disse um alô para Clarice e retomou sua conversa com Richmond, que ainda era o queridinho da professora passados 43 anos. Os clientes sentados nas mesas próximas pararam de olhar e retomaram suas conversas quando viram que nada de interessante ia acontecer.

Por motivos que Clarice jamais conseguiria compreender, Odette e James insistiam em circular pela cidade num microscópico Honda já com dez anos de uso, quando James tinha pleno acesso a um veículo bem mais espaçoso e apresentável do departamento de polícia estadual. O carrinho agora parecia ainda pior porque Odette engordara pelo menos mais quatro quilos e meio naquele ano, além dos vinte a mais que acumulara desde os anos Nixon. Ver os malabarismos dos dois para sair do carro minúsculo – Odette redonda como uma maçã e metida num daqueles vestidos largos e disformes, tipo mumu havaiano, que ela sempre usava, e James, esquelético, com mais de 1,80 m de altura – era um espetáculo tal que Clarice não podia deixar de imaginar que estava assistindo a um número de circo.

Enquanto observava Odette e James se aproximarem do Coma-de-Tudo, Clarice se perguntou como era possível que ela tivesse acabado sendo a Supreme que havia se transformado em sua mãe. Odette podia se parecer com Dora Jackson, mas era tão diferente quanto podia ser de sua mãe, que sempre havia metido um pouco de medo em Clarice com as suas conversas sobre fantasmas e sua rudeza caipira. E com toda sua riqueza, civismo e atos caridosos, Barbara Jean estava tão longe quanto podia estar de levar a vida triste e desesperada de sua mãe. Clarice fora a única a seguir o exemplo da mãe. Havia se tornado um pilar de sua igreja, buscando perfeição bíblica a qualquer custo. Quando seus filhos vieram, primeiro Ricky, depois Abe e, finalmente, os gêmeos, Carolyn e Carl, Clarice se certificara de que fossem as crianças mais limpas, mais bem-vestidas e mais bem-educadas da cidade. Havia desempenhado o papel de uma lady, mesmo quando cada minúscula partícula de seu ser desejava cuspir, xingar e matar. E ela havia crescido e se casado com seu pai.

Capítulo 4

Clarice Jordan Baker tinha sido a primeira criança negra a nascer no University Hospital, o fato foi noticiado em jornais negros por toda parte, até em lugares distantes como Los Angeles. A mãe de Clarice, Beatrice Jordan, havia mandado emoldurar os recortes de jornal em molduras douradas rebuscadas e os havia posicionado estrategicamente pela casa. Nenhum convidado podia sentar na sala de jantar dos Jordan ou usar o toalete sem tomar ciência do fato de que a família um dia havia feito história. O recorte que ficava sobre a cornija da lareira na sala de visitas tinha vindo da primeira página do *Indianapolis Recorder*. O título da matéria abaixo da foto dizia "A Nova Família Negra". O artigo sobre o nascimento de Clarice anunciava a chegada da "nova família negra dessegregada dos anos 1950". Seu pai, o advogado Abraham Jordan, não estava na fotografia. Beatrice trabalhava como assistente de enfermagem no University Hospital. E tinha metido na cabeça que um dia seu filho nasceria ali, em vez de no hospital para negros que ficava a uma hora de distância, em Evansville, onde todo mundo em Leaning Tree tinha seus bebês. Felizmente para ela, essa ideia louca coincidiu com a chegada do dr. Samuel Snow, que, naquele ano, tinha vindo da cidade de Nova York para a Universidade do Estado de Indiana, em Plainview, para dirigir o Departamento de Obstetrícia e Ginecologia. Ao chegar ao hospital, o dr. Snow fez saber a todos que, sob o seu comando, o acesso às facilidades não seria mais restrito por questões de raça. A universidade havia concordado com a exigência, acreditando que ele logo superaria aquela excentricidade nova-iorquina depois que se acomodasse à vida do sul de Indiana e adquirisse algum conhecimento de como as coisas funcionavam. Mas o dr. Snow não havia mudado de ideia e Beatrice, que trabalhou até a gravidez estar bastante avançada, deu um jeito de, repetidamente, cruzar o caminho dele e permitir-lhe acreditar que a escolhera a dedo – em vez de o contrário – para a honra de fazer história no University Hospital.

Pelo relato de Beatrice, as pequenas complicações no nascimento de Clarice foram promovidas a horas aterrorizantes durante as quais ela e seu bebê se equilibraram sobre o gume de uma faca entre a vida e a morte. Quando Beatrice percebia na filha alguma resistência em reconhecer sua sabedoria de mãe, rapidamente apresentava a história de como seu sólido julgamento fora o único motivo pelo qual elas não tinham morrido em uma clínica de qualidade duvidosa em Evansville. Clarice a ouvira tantas vezes durante a infância que aquela história se tornara tão familiar para ela quanto *Cinderela* ou *O flautista mágico*. Quando relatava a versão mais longa da provação que sofrera ao dar à luz Clarice, Beatrice com frequência empregava frutas maduras demais como acessórios de palco. Para a versão resumida, ela apenas apertava as costas da mão na testa e murmurava:

– Foi um espetáculo de horrores.

Recém-arrancada das portas da morte ou não, uma hora depois de Clarice nascer, sua mãe estava toda maquiada, penteada, vestida num robe de cetim e reclinada em sua cama de hospital, pronta para os fotógrafos que haviam se reunido para tirar retratos da inspiradora família negra de classe média. Mas o sr. Jordan não pôde ser encontrado. Quando, afinal, localizado, partilhando um momento de intimidade com uma das faxineiras do hospital dentro de um armário de material, os fotógrafos tiraram suas fotos e foram embora. A faxineira pode ter sido ou não a mulher que lhe transmitiu a sífilis que ele transmitiu à esposa, deixando-a estéril e assegurando que Clarice fosse filha única; Abraham nunca teve muita certeza.

E assim as coisas tinham continuado, desde a época em que Clarice teve idade suficiente para compreender o que era o que, até que seu pai ficasse doente demais para quaisquer outras estripulias. Abraham Jordan traía e mentia. Beatrice rezava, consultava o pastor, rezava de novo, e terminava aceitando cada traição com um sorriso. Clarice observou e aprendeu.

Ao contrário da mãe, que fora apanhada de surpresa, Clarice fora devidamente advertida e recebera boas informações a respeito de Richmond. Pouco antes do casamento, Odette teve uma conversa franca com a amiga, obrigando Clarice a abrir os olhos e ver exatamente o quanto Richmond tinha em comum com Abraham Jordan. Clarice quase cancelara o casamento, mas, uma vez que amava tanto Richmond, preferiu confiar nos conselhos da mãe e do mesmo pastor que conduzia Beatrice a uma vida consumida pela amargura. Clarice avaliara suas opções e – como uma tola, como viu mais tarde – decidira fazer um acordo com Richmond que lhe permitiria de novo ficar de olhos fechados. O acordo era que, desde que ele não a constrangesse sendo indiscreto como o pai dela havia sido, ela o aceitaria como ele era e continuaria como se tudo estivesse perfeito.

Ambos haviam respeitado os termos daquele acordo, mas a definição de Clarice de indiscrição se alterou com o correr dos anos. De início, disse a si mesma que podia aceitar os deslizes dele se Richmond estivesse em casa e na cama ao lado dela numa hora decente toda noite. Mas aquilo não durou nem o primeiro ano de casamento. Então, ela decidiu que chegar tarde da noite estava bem, desde que mulheres desconhecidas não telefonassem para a casa deles. Quando ela desistiu disso, passou a impor como limite não ser confrontada com provas físicas.

Como acabou por se revelar, Richmond era craque em não deixar quaisquer provas. Clarice nunca teve que esfregar manchas de batom das cuecas dele nem escovar pó de arroz de suas lapelas. Nunca contraiu quaisquer doenças. E diferentemente de seu pai, que distribuía sêmen com o abandono de um equipamento de fazenda defeituoso, Richmond era cuidadoso. Clarice nunca foi cumprimentada na porta de sua casa por uma mulher mais moça segurando pela mão uma criança que tivesse a boquinha bonita de Richmond.

Naquela tarde de domingo no restaurante do Earl, entre o exemplo de seus pais e os anos que ela passara respeitando sua parte do acordo com Richmond, Clarice disse a si mesma que, com um pouco mais de tempo, ela poderia reencontrar o caminho de volta para aquele estado mental de êxtase, no qual a ausência de doenças sexualmente transmissíveis e não ter filhos bastardos entregues em sua porta eram provas suficientes do amor e do respeito de seu marido. Ela estava enganada.

Capítulo 5

Fiz tudo o que podia para não ficar pensando em minha conversa ao raiar do dia com mamãe, mas aquilo permaneceu em minha mente durante todo o serviço religioso daquela manhã e durante o percurso de carro até o Coma-de-Tudo. Quando chegamos ao restaurante, tentei não ser óbvia ao observar a casa de Earl Grande, em busca de sinais de alguma atividade incomum. Mas tudo estava tranquilo. Não havia carros na entrada, exceto pelo Buick de Earl. Não havia homens de expressão sombria fumando na varanda da frente. Não havia ninguém visível através das cortinas abertas da sala de visitas.

Dentro do restaurante, examinei o salão em busca de Earl Grande. Era hábito dele passar os domingos ziguezagueando entre as mesas, batendo papo com os clientes. Não o vi, então me virei para o bufê, procurando Earl Pequeno ou Erma Mae. Avistei Erma Mae descendo de seu banquinho e seguindo para a cozinha. Decidi interpretar sua presença e a calma na casa do outro lado da rua como bons sinais a respeito do bem-estar de Earl Grande. Sentindo-me otimista e um tanto aborrecida com mamãe por ter-me deixado agoniada com sua informação de cocheira de fantasmas, segui James até nossa mesa.

Quando nos juntamos a eles, Richmond acenava um adeusinho para Carmel Hardy enquanto Clarice sentava-se olhando fixamente para os talheres, com uma expressão estranha no rosto. James sentou-se ao lado de Richmond, e os dois imediatamente engrenaram numa conversa. Não precisei ouvir para saber do que estavam falando. Eles debatiam os mesmos dois tópicos desde 1972. Falavam sobre futebol ou boxe. Especificamente, falavam sobre os atletas famosos do passado e como poderiam se sair se enfrentassem os atletas famosos atuais. Quando Lester chegasse, a conversa se tornaria acalorada. Todas as semanas, ele declarava em voz alta que Joe Louis, o *Brown Bomber*, sozinho, poderia ter enfrentado Ali e Tyson juntos e derrubado um time de futebol inteiro. Se Richmond ou James discordassem, Lester ficaria frustrado e começaria a bater com sua bengala contra a perna de mesa mais próxima, insistindo que sua idade e sabedoria o tornavam mais qualificado para julgar.

    Clarice estava empoleirada na ponta de sua cadeira, exibindo sua melhor postura da escola de charme e uma expressão que devia ser um sorriso. Ela tem um rosto comprido e bonito, com belos olhos bem redondos e uma boca de lábios largos e bem desenhados. Mas, naquele dia, seu maxilar inferior estava espetado para a frente, os olhos franzidos e os lábios contraídos, como se estivesse fazendo uma força enorme para manter alguma coisa lá dentro. Já fazia algum tempo que não via aquela expressão em seu rosto, mas eu a conhecia bem. E tinha uma boa ideia do que aquilo significava. Tive que lutar comigo mesma para não ir até a outra cabeceira da mesa e dar uns bons tabefes em Richmond. Mas aquilo não era da minha conta. E eu sabia, por experiência própria, que minha interferência não seria apreciada.

    Antes que se casasse com Richmond, procurei Clarice e lhe contei algumas coisas que achava que ela devia saber sobre o noivo. Não boatos, não suposições. Sentei-me com minha amiga mais antiga no sofá da sala de visitas de seus pais e fiz com que soubesse que vira Richmond, tarde da noite na véspera, beijando uma mulher que morava na esquina da rua onde moro e que vira o carro dele ainda estacionado na frente da casa da tal fulana naquela manhã. Foi doloroso para mim falar sobre aquilo, amando Clarice como amo. Mas ela costumava afirmar que, quando se tratava de assuntos envolvendo homens, queria que suas amigas lhe contassem a verdade, fria e honestamente, mesmo que isso fosse doloroso. Naquela época eu era jovem, tinha apenas 21 anos, e ainda não compreendia que quase todas as mulheres que diziam aquilo estavam mentindo.

Sendo quem era, Clarice recebeu minhas informações sobre Richmond com tamanha calma, graça e meiguice que não me dei conta de que havia sido destituída de meus deveres de madrinha de casamento e posta para fora da casa dela até estar parada na varanda da frente com a porta batendo na minha bunda. Mas, no dia seguinte, ela apareceu em minha casa, carregando uma braçada de revistas de noiva, agindo como se nossa conversa nunca houvesse acontecido. E, afinal, eu fui sua madrinha de casamento e, desde então, nunca mais lhe disse uma palavra sobre nenhuma das galinhagens de Richmond.

– Você viu Earl Grande hoje? – perguntei a Clarice, depois que acabamos com os beijos e alôs.

– Não, por que está perguntando?

– Por nada. Apenas andei pensando nele – retruquei, o que era a verdade, embora não toda a verdade.

– Tenho certeza de que ele vai aparecer daqui a pouco – afirmou Clarice. – Ele é um homem que não compreende o conceito de aposentadoria. Além disso, tenho a sensação de que prefere estar aqui aos domingos, uma vez que *ela* não trabalha no sabá.

Clarice balançou a cabeça em direção à única mesa vazia no salão. Ficava em um canto no fundo e estava coberta por uma toalha dourada reluzente, enfeitada com estrelas, luas de prata e símbolos do zodíaco. No centro, havia um baralho de cartas de tarô empilhado e uma bola de cristal do tamanho de um melão cantalupe grande. Uma fotografia de 20 por 25 centímetros, emoldurada, de 48 anos, mostrava Minnie McIntyre vestida numa roupa de lantejoulas e penachos, atuando como assistente de mágico, com seu primeiro marido, Charlemagne, o Magnífico. Estava posicionada atrás das cartas de tarô e da bola de cristal. Daquela mesa no fundo do salão do restaurante, Minnie operava seu negócio de leitura da sorte. Ela afirmava que, desde sua morte, Charlemagne invertera os papéis e agora trabalhava como seu assistente e guia no mundo espiritual.

A despeito de meu próprio encontro com uma viajante do mundo dos mortos àquela manhã, eu não acreditava nem por um segundo que Minnie tivesse quaisquer contatos daquele tipo. Não se tratava apenas do fato de que suas previsões eram famosas por estarem sempre redondamente erradas; eu sabia exatamente como os mortos podiam ser imprecisos pelos anos que havia passado ouvindo mamãe reclamar de como seus fantasmas com frequência lhe contavam um monte de mentiras. O problema com Minnie era que suas predições quase sempre tinham alguma coisa de desagradável, faziam com que parecesse que ela estava mais interessada em insultos disfarçados de profecias e em manipular clientes ingênuos do que em comungar com o mundo do além.

Apesar de ser imprecisa, mal-humorada e rude, Minnie trabalhava naquele ramo havia anos, e ainda tinha um fluxo constante de clientes, muitos dos quais eram do tipo que você imaginaria que não fariam aquele tipo de besteira. Clarice não gosta de admitir, mas um dia foi uma dessas clientes.

Num ataque de pânico de noiva, Clarice foi procurar Minnie para uma leitura de tarô uma semana antes de se casar com Richmond. A esposa de Earl Grande, Thelma, ainda estava viva na época, e Minnie ainda não tinha fisgado Earl Grande. Clarice arrastara Barbara Jean e eu para a casa caindo aos pedaços perto do viaduto de entrada para a autoestrada, onde Minnie costumava atender. Ela fez com que jurássemos segredo, uma vez que consultar uma cartomante ficava apenas a milímetros de fazer um trato com o demônio, para as pessoas da igreja de Clarice. Dentro daquele casebre desagradável, inalamos incenso de jasmim e ouvimos enquanto Minnie dizia a Clarice que seu casamento com Richmond seria muito feliz, mas, tendo tirado uma carta do Ermitão e um três de copas invertido, ela se revelaria ser estéril e pareceria gorda em seu vestido de noiva. Clarice ficou doente de preocupação durante toda a sua primeira gravidez. E, durante anos, não conseguiu se convencer a olhar para as fotos do casamento, que ficaram lindas. Depois de quatro filhos saudáveis e três décadas passadas, Clarice ainda não se sentia inclinada a perdoar Minnie. Ela apontou o dedo indicador para a mesa de Minnie e disse:

– Madrasta ou não, Earl Pequeno não deveria manter aquela impostora neste lugar. Deviam existir leis contra esse tipo de coisa. É fraude, pura e simples. – Ela tomou um gole de chá gelado e torceu a boca. – Doce demais – sentenciou.

Eu me preparei para um dos sermões de Clarice sobre os defeitos morais de Minnie McIntyre. Quando estava no tipo de humor daquele dia, ela gostava de identificar defeitos, morais ou outros, em todo mundo, menos no idiota de camisa azul na outra cabeceira da mesa. Minha amiga tinha muitos dons. Tocava piano como um anjo. Sabia cozinhar, costurar, cantar e falar francês. E era uma amiga tão gentil e generosa quanto se poderia desejar. O que ela não tinha realmente era nenhum talento em atribuir culpa a quem merecia.

A igreja de Clarice também não ajudava muito seu humor. A Calvary Baptist não era totalmente pentecostal, mas ainda conseguia ser a igreja cristã mais fundamentalista e agressiva da cidade. Assim, os domingos eram ruins para Clarice, mesmo sem Richmond ter-se comportado mal ou o nome de Minnie ter surgido na conversa. O pastor da Calvary, reverendo Peterson, berrava para sua congregação todas as semanas que Deus estava furioso por uma longa lista de pecados e erros que eles haviam cometido. E que Ele estava ainda mais furioso por causa dos que ainda estavam pensando cometer. Se você não ficasse com humor azedo ao sair de um serviço religioso na Calvary Baptist, isso significava que não estivera ouvindo.

Em minha igreja, a Holy Family Baptist, a única regra clara e rigorosa era que todo mundo tinha que ser gentil com todo mundo. Este ponto de vista era considerado casual demais para a congregação da Calvary, e eles se indignavam com o fato de que não fôssemos mais duros com o pecado ou com os pecadores. O pessoal da Calvary também não gostava nada da igreja de Barbara Jean, a First Baptist, onde os membros provavam sua devoção a Deus fazendo obras de caridade e se vestindo como se estivessem numa passarela de moda, todos os domingos. A velha piada era que a Holy Family pregava o evangelho das boas notícias, a Calvary Baptist o das más notícias e a First Baptist pregava o evangelho das roupas novas.

Contudo, Clarice não começou a recitar a lista de seu catálogo dos modos como o comportamento de Minnie a ofendia. Um olhar pela janela lhe deu uma coisa nova a respeito da qual reclamar. Apontando para fora, ela disse:

– Lá estão Barbara Jean e Lester. Você sabe, ela realmente devia telefonar para avisar quando estiver assim tão atrasada. Não está certo deixar todo mundo preocupado deste jeito.

Em grande medida, Clarice estava apenas descarregando sua tensão, embora não deixasse de ter razão. O calor do verão tendia a agravar os vários problemas de saúde de Lester. E havia uma lista e tanto de problemas. Coração, pulmões, fígado, rins. Se ainda estava dentro do corpo de Lester, estava indo mal. Com frequência, eles apareciam para jantar uma hora atrasados, depois de precisarem parar o carro para Barbara Jean pôr em marcha um dos órgãos vitais de Lester com um dos remédios da clínica portátil que ela mantinha na bolsa.

Assim, quando me virei para observar Barbara Jean e Lester Maxberry se encaminhando para o restaurante, me surpreendi ao ver Lester se movendo de maneira muito mais enérgica do que de hábito. Vestido num terno branco, com um chapéu de feltro branco combinando, suas costas geralmente encurvadas estavam retas e ele quase não se apoiava na bengala de marfim. Levantava alto os joelhos naquele andar quase militar que costumava usar quando se sentia cheio de energia. Era Barbara Jean quem vinha se arrastando lentamente, franzindo o rosto a cada passada.

Barbara Jean usava um vestido justo amarelo vivo e um chapéu amarelo com uma aba de, no mínimo, nove centímetros de largura. Suas panturrilhas estavam cobertas por botas brancas de cano alto com saltos de pelo menos sete centímetros. Mesmo a um quarteirão de distância, dava para ver que as botas a estavam machucando.

A cada passo que dava, os cantos de sua boca se viravam um pouco mais para baixo. Volta e meia, Barbara Jean parava completamente de caminhar para respirar fundo antes de seguir bravamente em frente.

– Ah, pelo amor de Deus, olhe só para aquilo – exclamou Clarice. Ela apontou na direção de nossa amiga que se aproximava. – Não é de espantar que eles estejam tão atrasados. Ela está usando aquele vestido amarelo de novo. Aquela coisa é tão justa que ela mal consegue respirar, quanto mais dar um passo inteiro. E olha só aquelas botas com que ela está tentando andar. Aqueles saltos têm 15 centímetros. Vou lhe dizer uma coisa, Odette, Barbara Jean tem que aceitar o fato de que é uma mulher de meia-idade e que não pode mais usar as coisas que usava quando tinha 22 anos. Ela precisa realmente que alguém intervenha. – Clarice se recostou na cadeira e cruzou os braços na frente do peito.

Clarice nunca diria uma palavra para Barbara Jean sobre a maneira como ela se vestia, e nós duas sabíamos disso. Exatamente como ela e Barbara Jean nunca me diriam na cara que eu era gorda, e Barbara Jean e eu nunca lembraríamos a Clarice que o marido dela era um galinha. Essas eram as ternas demonstrações de consideração que acompanhavam o fato de sermos integrantes das Supremes. Fazíamos vista grossa para os defeitos umas das outras e nos tratávamos bem, mesmo quando não merecíamos.

Quando Clarice começava a falar do jeito como estava falando naquele dia, sempre era resultado de uma coisa: Richmond. Quando ele aprontava das suas, Clarice criava presas que enchiam sua boca de amargura. Na maioria das vezes, ela engolia o veneno, mas de vez em quando escapava um pouco.

– Vou lhe dizer uma coisa – falou Clarice –, eu não seria apanhada naquele vestido nem morta. – Clarice não era de forma alguma gorda como eu, mas era de compleição sólida, por mais que passasse fome. Se qualquer uma de nós algum dia fosse tola o bastante para tentar se enfiar no vestidinho sensual de Barbara Jean, o resultado mais provável *seria* a morte.

A única coisa de que eu não gostava nas roupas de Barbara Jean e Lester era que elas faziam meu estômago roncar. Eu estava morta de fome e aquele vestido dela e o terno creme dele me fizeram pensar em uma fatia de torta de limão com merengue.

A verdade era que Barbara Jean ficava deslumbrante em qualquer coisa que vestisse. Ela tinha sido a garota mais bonita do colégio e se tornou a mulher mais bonita que eu já tinha visto. Mesmo na meia-idade ainda é difícil tirar os olhos dela. Cada traço singular de seu rosto é marcante e exótico. Olhar para Barbara Jean faz com que você pense que Deus é um maravilhoso artista antigo que um belo dia decidiu juntar todas as suas mais lindas criações e com elas desenvolver algo que deixasse suas outras obras envergonhadas. Infelizmente, Deus havia se esquecido de preparar os homens para sua obra-prima, e eles haviam se comportado muito mal por causa da beleza de minha amiga. Como o mundo é injusto, Barbara Jean com frequência tinha pagado por isso.

Barbara Jean e Lester entraram no restaurante do Earl trazendo com eles uma rajada de ar quente que rapidamente dominou o fraco ar-condicionado que zumbia e roncava acima da porta. As pessoas sentadas perto da porta olharam para Lester como se quisessem bater nele com a bengala que usava para manter a porta aberta para a esposa, vários passos atrás dele por causa de escolhas pouco práticas de vestuário e calçado.

Barbara Jean manquejou até a mesa, se desmanchando em desculpas.

– Sinto muitíssimo por estarmos tão atrasados. O serviço hoje foi bastante longo – desculpou-se enquanto se sentava, abria o zíper das botas debaixo da mesa e suspirava de alívio.

Clarice a interrompeu.

– Vamos comer. – Então, levantou-se da cadeira e caminhou a passos firmes até as mesas com *réchauds*.

Os homens seguiram Clarice em direção à comida enquanto eu esperava que Barbara Jean espremesse os pés de volta para dentro das botas. No caminho, ela se inclinou e sussurrou em meu ouvido:
– Richmond andou aprontando de novo?
– É o que estou imaginando – respondi.

Tiramos pratos de um suporte próximo à cabeceira de uma das quatro mesas com *réchauds* – uma para pratos principais, duas para acompanhamentos e a quarta para sobremesas. Então, cada um de nós fez o que fazíamos todas as semanas. James, o magricela, empilhou seu prato com um pouco de tudo. Richmond escondeu comida que lhe era proibida por causa do diabetes debaixo de camadas de feijões-verdes e cenouras assadas. Lester comeu as seleções dos mais velhos, pratos fáceis de mastigar, realçados por alimentos com alto teor de fibras. Clarice não se permitia comer nada frito desde que fizera 28 anos, e aquele dia não foi exceção. Escolheu minúsculas porções de itens de baixa caloria. Por consideração a Clarice, Barbara Jean, que podia comer qualquer coisa e não engordar nem meio quilo, só pegou alimentos de baixo teor de gordura, de modo a não parecer que estava esfregando na cara de Clarice as dificuldades de seu metabolismo. Eu, como sempre, dividi meu prato em partes iguais entre pratos principais e sobremesas. Verduras ocupam muito espaço num prato pequeno.

Quando chegamos ao fim da fila, os homens se encaminharam de volta para a nossa mesa. Nós, mulheres, paramos para dizer alô a Earl Pequeno e Erma Mae, que haviam saído da cozinha e estavam sentados lado a lado em banquinhos na ponta da última mesa de *réchaud*.

– Oi, Earl Pequeno. Oi, Erma Mae – cumprimentei.
– Oi, Supremes – responderam eles juntos.

Perguntei pela saúde deles, de seus filhos e da mãe idosa de Erma Mae. Perguntei a Earl Pequeno quais eram as últimas notícias de sua irmã Lydia e do marido dela, que administrava um restaurante em Chicago quase idêntico ao Coma-de-Tudo. Depois de ficar sabendo que estavam todos muito bem, abordei a pergunta para a qual realmente queria resposta.

– Como vai o seu pai, Earl Pequeno? – perguntei, tentando parecer natural, como quem não quer nada.

– Ah, ele está ótimo. Vai fazer 88 anos no mês que vem e se bobear vai viver mais do que todos nós, imagino. Ele deve aparecer por aqui daqui a pouco. Ultimamente, de vez em quando, ele dorme até mais tarde, mas não vai faltar a um dia inteiro de trabalho, com certeza.

– Especialmente não um domingo – acrescentou Erma Mae, balançando a cabeça na direção da mesa de leitura de cartas vazia de Minnie. Ela disse isso mais para Clarice, uma vez que as duas tinham a mesma opinião no que dizia respeito à Minnie.

Naquele momento, a porta da frente se abriu com um grande estrondo. Earl Pequeno olhou com uma expressão de expectativa infantil, como se realmente acreditasse que o simples fato de ter falado no pai fosse fazê-lo aparecer. Mas Earl Grande não entrou no restaurante. Em vez disso, Minnie McIntyre se deteve na soleira, mantendo a porta aberta e deixando entrar uma corrente de ar quente e úmido no salão, o que fez os clientes próximos à porta gemerem de desconforto e olharem para ela de cara feia.

O traje de Minnie naquele dia era uma túnica vermelho-escura, quase roxa, enfeitada com os mesmos sinais astrológicos que adornavam sua mesa no canto. Usava chinelos dourados em estilo árabe, com os bicos virados em curva para cima, um colar feito com 12 pedaços grandes de vidro colorido, cada um representando a pedra preciosa de cada signo, e um turbante com um sino de prata se projetando do topo. O sino, afirmava ela, era para que Charlemagne, o Magnífico, tocasse sempre que tivesse uma mensagem para ela. Ele era muito consistente. Charlemagne tocava o sino cada vez que Minnie baixava a cabeça para contar o dinheiro de um cliente.

Minnie entrou no restaurante, em passos longos e lentos, os braços estendidos, as palmas viradas para o teto.

Earl Pequeno saiu de seu banquinho e foi encontrá-la junto à caixa registradora. Ele suspirou e disse:

– Dona Minnie, por favor, já conversamos sobre isso. Não posso permitir que a senhora faça leituras aos domingos. Os pentecostais acabarão comigo.

– Você e os seus pentecostais vão ficar contentes ao saber que não terão que se preocupar mais comigo ou com o meu dom por muito tempo. – Minnie retrucou. Ela sacudiu a cabeça de um lado para o outro, enquanto falava, fazendo seu sino tocar repetidamente. Então, baixou o tom da voz normalmente aguda e estridente para um roncar grave, alto o suficiente para que todo mundo no restaurante ouvisse: – Charlemagne diz que estarei morta em um ano.

A maioria das pessoas no restaurante, já tendo ouvido muitas vezes Minnie anunciar profecias de morte que não se concretizaram, não lhe deram atenção. Clarice, Barbara Jean e eu ficamos por ali e esperamos para ouvir o que mais ela teria a dizer.

– Por que não me deixa ir preparar um chá para acalmá-la? – sugeriu Earl Pequeno.

– Não há nada que possa me acalmar; estou diante do fim. E não finja que está triste por vê-lo. Você sempre quis me ver fora do caminho, desde que me casei com Earl. – Ela apontou para Erma Mae e acrescentou: – E você também. Não se atreva a negar.

Erma Mae nunca tinha sido de mentir. Em vez de responder a Minnie, ela gritou para a cozinha:

– Belinda, traga um chá bem quente para a vovó Minnie.

Earl Pequeno conduziu Minnie por trás da caixa registradora e a guiou até seu banquinho. Em voz suave e tranquilizadora, ele disse:

– Sim, isso mesmo. Tome uma xícara de chá, e depois eu acompanho a senhora de volta para casa. A senhora, eu e papai poderemos então conversar sobre esse assunto.

Ela fez um barulho semelhante a um guincho e o descartou com um aceno de mão.

– Não há nada para conversar. Daqui a um ano, estarei morta.

Clarice estava cansada de ouvir as sandices incoerentes de Minnie.

– Minha comida está esfriando. Já acabamos com esta história de ficar ouvindo esta velha embusteira? – cochichou ela em meu ouvido.

– Eu ouvi isso! – berrou Minnie. Ela era velha, mas a gente tinha que reconhecer, ainda tinha uma excelente audição. Ela saltou do banquinho e se atirou na direção de Clarice, pronta para enterrar as unhas pintadas de roxo em seu rosto.

Earl Pequeno a agarrou, conteve e levou de volta para o banquinho. Imediatamente, ela explodiu em lágrimas, fazendo escorrer riscas pretas de rímel por sua face cor de cobre. Talvez Minnie fizesse aquela encenação há tanto tempo que estivesse começando a acreditar nela. Ou talvez tivesse realmente falado com Charlemagne, o Magnífico. Embusteira ou não, todos podíamos ver claramente que aquela era uma mulher que acreditava no que dizia. Até Clarice ficou incomodada ao ver Minnie se descontrolar daquele jeito.

– Minnie, eu sinto muito. Não devia ter dito aquilo – falou.

Mas Minnie não estava pronta para ouvir pedidos de desculpas nem para ser consolada.

– Sabia que isso ia acontecer. Ninguém se importa com o que vai acontecer comigo. Charlemagne me disse que eu estaria morta um ano depois que Earl morresse e ninguém se importa comigo.

Earl Pequeno, que estivera dando palmadinhas nas costas da madrasta enquanto ela chorava, deu um passo para longe dela.

– O quê? – perguntou.

– Charlemagne veio me ver hoje de manhã bem cedo e disse que eu seguiria Earl rumo ao túmulo dentro de um ano. Estas foram suas palavras exatas.

O restaurante ficou silencioso enquanto as pessoas começavam a compreender o que ela dizia.

– Está dizendo que papai está morto?

– Sim, ele morreu ontem à noite enquanto fazia suas orações. Entre isso e as péssimas notícias que Charlemagne me deu esta manhã, tive um domingo horroroso, realmente horroroso, vocês nem imaginam.

Earl Pequeno agarrou os ombros de Minnie e a virou no banco, de modo que ela ficasse de frente para ele.

– Papai morreu ontem à noite... e a senhora não ligou para mim? – Eu ia ligar para você, mas, então, pensei: *Se eu ligar, eles vão achar que têm que vir para cá. Então, virão o pregador, o agente funerário e talvez os netos. Com todo mundo criando tanta confusão, não vou conseguir dormir nem um pouquinho.* Então, pensei bem e cheguei à conclusão de que seu pai estaria morto tanto se eu tivesse uma boa noite de descanso quanto estaria se eu telefonasse para você e não pudesse dormir. Portanto, apenas deixei tudo como estava.

James, Richmond e Lester se levantaram da mesa junto à janela e vieram se juntar a nós. Ninguém disse nada, e Minnie percebeu que aquele não era um silêncio aprovador. Ela olhou para Earl Pequeno e Erma Mae e disse:

– Eu só estava tentando agir com consideração. Vocês também precisavam dormir.

Quando percebeu que todos à volta permaneciam em silêncio, ele deixou escapar mais um gemido e novas lágrimas.

– Isso não é jeito de tratar uma mulher à beira da morte – falou. Earl Pequeno começou a desamarrar o avental.

– Ele está na Stewart's? – perguntou. Stewart's era a maior agência funerária para negros na cidade e para onde a maioria de nós é levada quando a hora chega.

– Não – respondeu Minnie. – Já disse que o deixei ficar como estava. Ele está no segundo andar, ao lado da cama. E isso também não foi fácil para mim. Mal consegui dormir sete horas, com ele lá ajoelhado, olhando para mim a noite inteira.

Earl Pequeno atirou o avental no chão e saiu correndo porta afora em direção à casa do pai, do outro lado da rua. James estava logo atrás, em seus calcanhares.

Erma Mae começou a soluçar. Ela deu a volta na fila para o bufê e se atirou direto nos braços de Barbara Jean, passando por mim e por Clarice, apesar de sermos amigas mais íntimas do que Barbara

Jean. Não fiquei nem surpresa nem ofendida. E tive certeza de que Clarice também não ficou. Todo mundo sabia que Barbara Jean era a especialista em luto.

Enquanto Barbara Jean abraçava Erma Mae e dava palmadinhas em suas costas trêmulas, olhei pela janela e para o outro lado da rua. James e Earl Pequeno haviam acabado de chegar à casa de Earl Grande. Eles subiram correndo os degraus da frente e passaram direto por mamãe, que estava de pé junto ao balanço da varanda. Earl Grande e Thelma McIntyre estavam sentados no balanço de mãos dadas, a cabeça de dona Thelma no ombro do marido. Pelos gestos familiares de mamãe, eu podia dizer que ela estava contando uma de suas piadas. Tinha visto aqueles mesmos movimentos uma centena de vezes. Sabia que piada ela estava contando e que naquele exato momento estava no final da história. Na hora certa, Earl Grande e dona Thelma se dobraram de rir, explodindo às gargalhadas e batendo os pés no assoalho de tábuas de madeira da varanda. Mesmo a dúzias de metros de distância, eu podia ver o sol se refletindo nas lágrimas que escorriam pela face sorridente de Earl Grande.

Capítulo 6

Erma Mae chorou no ombro de Barbara Jean enquanto uma multidão de amigos as rodeava, murmurando palavras de consolo e apoio. Barbara Jean sentiu uma mão alisar suas costas, virou a cabeça e viu Carmel Handy de pé atrás dela, mirrada e ossuda em seu melhor vestido de domingo. Barbara Jean sabia quais seriam as primeiras palavras a sair da boca de dona Carmel e prendeu a respiração, preparando-se para ouvi-las. Dona Carmel não a desapontou.

– Queridinha, sabia que você nasceu no meu sofá? – disse, em sua voz aguda e aveludada.

A mãe de Barbara Jean, Loretta Perdue, estava bêbada quando deu à luz no sofá da sala de visitas da srta. Carmel, uma mulher que ela nunca havia visto antes. Naquele dia, suas amigas haviam-lhe oferecido um chá de bebê no bar de Forrest Payne, onde ela trabalhava como dançarina. Com frequência, Loretta contava a Barbara Jean como tinha bebido apenas uísques sours durante a gravidez, porque todo mundo sabia que cerveja fazia com que o bebê nascesse com o cabelo bem pixaim.

– Vê, docinho – dizia ela –, sua mãe sempre cuidou de você.

Loretta tinha planos de dar à sua filha e a si mesma uma oportunidade de melhorar de vida. Depois de ler a notícia do nascimento de Clarice no jornal, e ver como as pessoas não paravam de falar sobre aquilo, ela decidiu que sua filha seria o segundo bebê negro a nascer no University Hospital. A mãe de Clarice era apenas a esposa de um advogado desconhecido e não era melhor do que ela, na opinião de Loretta. Agora que a barreira da cor havia sido quebrada, ela apenas apareceria no hospital quando lhe ocorresse a dor da primeira contração, e ocuparia seu lugar de direito entre as pessoas de classe mais alta. Como na maioria dos planos de Loretta, as coisas não correram bem assim.

As coisas deram errado para a mãe de Barbara Jean quando o homem com quem ela combinara sair naquela noite lhe fez uma surpresa. Ela havia lhe dito cinco meses antes que ele ia ser pai, e ele parecera satisfeito com a notícia. Ou melhor, ficara satisfeito com o fato de que Loretta não pretendia contar à esposa dele. Ela havia se contentado em aceitar apenas o pagamento mensal de uma pequena quantia em troca de sua discrição. O mesmo acerto também havia agradado a cada um dos três outros homens a quem Loretta havia afirmado que eram o pai de seu bebê por nascer.

Loretta havia marcado um encontro com o Papai nº 4 (de acordo com a ordem em que ela os havia informado da gravidez) numa lanchonete tranquila de beira de estrada, em Leaning Tree, depois do chá de bebê. Durante o jantar, Loretta ia recordá-lo de como estava sendo justa e, então, quando ele estivesse se sentindo apropriadamente agradecido por ela ser uma pessoa tão bacana, casualmente mencionaria como um novo Chevrolet tornaria mais fácil a vida para ela e seu filho. Se fizesse tudo certinho, ao pôr do sol ela teria um carro novo e ele viajaria de volta para a esposa e filhos em Louisville, agradecendo a Deus por haver engravidado uma mulher tão razoável.

Ela se sentara num banco reservado e tomara um café para contrabalançar os efeitos dos uísques sours e esperara que Papai nº 4 viesse se juntar a ela. Quando ele entrou pela porta com Papai nº 2 logo atrás, Loretta soube que estava tudo perdido.

À medida que os homens se aproximavam, Loretta, sempre rápida em recuperar o equilíbrio, fez uma última tentativa desesperada de salvar seu plano ao jogar um pai contra o outro.

– Eu sinto muito, querido – disse. – Tentei tantas vezes dizer a ele que eu amo você e que estava tudo acabado com ele, mas fiquei apavorada demais. Ele é tão malvado; eu não sabia o que ele poderia fazer comigo e com o nosso bebê. Falou para ambos, na esperança de que cada um presumisse que ela falava somente com ele e que ela pudesse sair de mansinho da lanchonete enquanto eles brigassem por sua causa. Mais tarde, poderia agradecer separadamente tanto ao herói conquistador quanto ao valente perdedor por ter defendido sua honra, garantindo a cada um que amava somente a ele. Com sorte, depois que a poeira baixasse, seus planos poderiam continuar sem alterações.

Loretta era de uma beleza deslumbrante e sabia disso. Achava que era apenas lógico que os homens brigassem por ela, e eles com frequência brigavam. Quando adoeceu com a cirrose que a mataria aos 35 anos, o mais difícil para ela – mais difícil do que morrer, na opinião de Barbara Jean – fora dizer adeus a sua beleza. Loretta teve uma morte sofrida e feia. A doença no fígado gradualmente consumiu seu lindo rosto redondo e seu corpo generoso, reduzindo-os a nada – uma terrível virada do destino para uma mulher que, de acordo com a descrição de um de seus homens, "parecia feita de bolas de basquete e pudim de chocolate".

Os Papais nº 2 e nº 4 apresentaram uma frente unida na lanchonete, com o Papai nº 4 se encarregando praticamente de toda a conversa. Ele disse a Loretta que ela nunca mais receberia um centavo de nenhum dos dois e continuou falando como se fosse algum tipo de detetive genial por ter, sozinho, desvendado seu plano. A verdade, relatada num rompante por Papai nº 2, era que Loretta tinha sido vítima de sua falta de sorte habitual. Os pais haviam acabado sentados lado a lado na espelunca de Forrest Payne e, depois de terem consumido quantidade suficiente do uísque aguado de Forrest para soltar a língua, começaram a se gabar de suas mulheres. Não havia levado muito tempo para que se dessem conta de que ambos se gabavam da mesma mulher.

Forrest Payne tinha pretensões de manter um clube de cavalheiros em vez de uma espelunca de striptease e puteiro caipira, portanto cumprimentava todos os clientes à porta, vestido em seu personalíssimo smoking amarelo-canário. E os acompanhava a seus lugares com todos os floreios de um *maître d'hotel* francês. Uma vez que ele não confiava em mais ninguém para cuidar da porta e da cobrança do dinheiro do couvert artístico, Loretta sabia que devia ter sido o próprio Forrest quem, pessoalmente, sentara os dois lado a lado, a despeito do fato de que ela havia deixado instruções explícitas de que nenhum dos pais de seu bebê devia ser acomodado a uma distância menor que três metros um do outro.

O Papai nº 4 se inclinou sobre a mesa e balançou o dedo para o nariz de Loretta.

– Fui esperto demais para você, garota. Você foi vencida em seu próprio jogo – disse.

Loretta olhou fixamente para o Papai nº 4, que outrora havia sido seu favorito, e se perguntou o que exatamente algum dia vira nele, com sua boca larga e desproporcionada e seus estranhos olhos de aspecto egípcio. Então, pensou no anel que ele lhe havia comprado, um rubi de tamanho decente com minúsculas safiras azul-escuras ao redor, formando um desenho de margarida, e se lembrou do motivo por que o havia tolerado. Loretta tirou as mãos de cima da mesa para que ele não visse o anel e não resolvesse exigir que ela o devolvesse. Contudo, quando tentasse botar o anel no prego, um ano mais tarde, descobriria que as pedras eram vidro.

O Papai nº 2 surpreendeu Loretta ao explodir em lágrimas. Ele enterrou o rosto nas mãos, chorou e gemeu como se tivesse sido ferido com um espeto de ponta afiada, balbuciando coisas sobre o filho perdido. Papai nº 4 pôs o braço ao redor dos ombros de seu novo amigo e colocou em palavras os sentimentos de ambos por Loretta. Ele se inclinou para ela e embarcou numa sessão escandalosa de xingamentos bastante criativos. Os outros clientes na lanchonete olharam na direção deles, querendo saber qual o motivo de toda aquela comoção.

Loretta acreditava firmemente que, se uma mulher fosse esperta, se comportaria como uma dama durante o dia, pouco importando o que fizesse depois do pôr do sol. Aquela situação, com um pai chorando a não mais poder e o outro explorando em voz alta os limites de seu vocabulário, era exatamente o tipo de coisa que fazia com que você fosse ostracizado por gente decente – o tipo de gente com quem ela pretendia passar seu tempo assim que tivesse dado à luz seu bebê no University Hospital e elevado seu status. Loretta deixou apressadamente o reservado e, para benefício de qualquer um que pudesse ouvir, disse:

– Posso ver que nenhum de vocês dois pretende se comportar como um cavalheiro. Não vou me arriscar a perder a compostura por causa do comportamento grosseiro de vocês. – Mas o que disse a si mesma foi: "Fodam-se vocês dois. Ainda tenho o Papai nº 1 e o Papai nº 3."

Loretta encaminhou-se para o escritório de Forrest Payne para lhe dar um esporro daqueles, mas na metade do caminho sua bolsa de água se rompeu. Ela então se encaminhou para a casa mais bem cuidada do quarteirão, calculando que os donos provavelmente teriam um telefone – nem todo mundo tinha telefone em 1950. Carmel Handy, uma professora que Loretta teria conhecido se não tivesse abandonado os estudos na sexta série, era a dona do bangalô de tijolos com belo jardim em que escolheu parar. Dona Carmel veio atender às batidas insistentes à porta e se viu confrontada por uma moça muitíssimo atraente, e muitíssimo grávida, se apoiando contra o batente da porta.

Entre gemidos de dor, a garota disse:

– Oi, sou a sra. Loretta Perdue, e estava admirando seu jardim e pensando que quem quer que fosse que morasse aqui devia ser alguém de classe e com certeza teria um telefone. Eu mesma tenho um telefone, mas estou muito longe de casa e não estou me sentindo bem. De modo que, se a senhora não se importar, preciso ligar para meu amigo, o sr. Forrest Payne, em seu local de trabalho, e dizer a ele para vir me buscar e me levar para o University Hospital, onde planejo ter meu bebê como as pessoas abastadas. É o mínimo que Forrest pode fazer, uma vez que minha situação é inteiramente culpa dele.

Como estivera em meio à operação de alisar o cabelo com o pente de ferro quente e não queria ficar parada ali com a porta aberta para que quaisquer transeuntes a vissem com meia cabeça feita e a outra metade por fazer, Carmel Handy permitiu que Loretta entrasse em sua casa. Tomando cuidado para não queimar Loretta com o pente de alisar ainda fumegante, ela a ajudou a entrar. No vestíbulo, dona Carmel ouviu educadamente enquanto Loretta recitava o número do telefone de Forrest Payne, o tempo todo pensando em como era engraçado que aquela garota tentasse com tanto esforço fazer com que Forrest Payne parecesse qualquer coisa menos o cafetão que todo mundo em Plainview sabia que ele era.

Dona Carmel levou Loretta para o sofá de sua sala de visitas para descansar enquanto ela fazia a chamada telefônica. Mas em vez de ligar para Forrest Payne – ela não estava nem um pouco disposta a permitir que seus vizinhos vissem aquele homem entrando e saindo de sua casa, não, muito obrigada – ela ligou para uma enfermeira que morava mais adiante no quarteirão.

A enfermeira trouxe Barbara Jean ao mundo bem ali naquele sofá enquanto Carmel Handy dava o primeiro de uma dúzia de telefonemas naquele dia para contar a suas amigas o que havia acontecido em sua casa e exaltar os benefícios de plastificar o estofamento da mobília. Aquele primeiro telefonema começou assim:

– Uma garota acabou de parir mais uma das filhas bastardas de Forrest Payne bem na minha sala de visitas – dando início a um disse me disse que seguiria Barbara Jean pelo resto da vida.

O bebê foi batizado de Barbara Jean – Barbara em homenagem à mãe do Papai n° 1 e Jean em homenagem à do Papai n° 3.

Quando a filha de Loretta lhe foi entregue pela primeira vez, ela reparou na boca desproporcionada e semissorridente e nos olhos amendoados, já totalmente abertos, que eram inclinados para cima nos cantos, como os de uma egípcia. Loretta reconheceu aquele rosto imediatamente e disse para si mesma: "Mas esta merda não é impressionante! Era do nº 4 desde o princípio." Então, ela se virou para Carmel Handy e indagou:

– A senhora tem uísque?

Numa manhã de setembro, 14 anos mais tarde, dona Carmel leu o nome de Barbara Jean em voz alta na lista de chamada de sua turma da nona série de inglês. Depois de colocar sua prancheta sobre a escrivaninha, dona Carmel aproximou-se de Barbara Jean e, pela primeira vez, pronunciou as palavras que iniciariam quase todos os encontros delas durante as quatro décadas seguintes.

– Menina, sabia que você nasceu no meu sofá?

Depois de Barbara Jean ter-se casado com Lester e de o negócio dele ter decolado, boa parte da cidade fez fila para puxar o saco dela e cair nas boas graças de Lester. Mas Carmel Handy continuou a cumprimentá-la da mesma maneira. Barbara Jean imaginava que fosse um sinal positivo do caráter de dona Carmel que o fato de ela ter-se tornado rica não mudasse em nada a maneira como sua velha professora se comportava com ela. Barbara Jean tinha vergonha de admitir, mas se sentia aliviada quando, já na casa dos 80, dona Carmel tivesse criado o hábito de dizer a toda mulher negra mais ou menos da mesma idade de Barbara Jean que cruzasse o seu caminho que Barbara Jean havia nascido no sofá dela. Com o passar do tempo, a história do bebê nascido na sala de visitas se tornou tão emaranhada no cérebro em curto-circuito de dona Carmel que quase todo mundo se esqueceu que a história era baseada em fato ou que tivesse alguma coisa a ver com Barbara Jean.

O quarteirão onde ficava a casa de Carmel Handy foi um dos primeiros a serem demolidos quando empreiteiros do mercado imobiliário e a universidade compraram a maior parte de Leaning Tree nos anos 1980 e 1990. No dia em que eles derrubaram aquele pequeno bangalô de tijolos, Barbara Jean foi dirigindo até a rua de dona Carmel, parou, fez um brinde e bebeu uma taça de champanhe sentada no banco da frente de sua Mercedes nova.

Parada ali no Coma-de-Tudo, no centro de um círculo de pesar em expansão pela morte de Earl Grande, Barbara Jean ouviu Carmel Handy recordando, mais uma vez, de suas origens humildes. Naquele momento, Barbara Jean pensou no gosto do champanhe que havia bebido naquele dia em seu carro enquanto observava os operários porem fim à existência da casa de dona Carmel. Aquela lembrança deliciosa a ajudou a não gritar.

Capítulo 7

Na noite anterior ao funeral de Earl Grande, Barbara Jean sonhou que ela e Lester estavam caminhando por uma estradinha de terra batida, muito sulcada, em um dia frio de outono. Eles exalavam nuvens de névoa branca enquanto folhas vermelhas cor de ferrugem, amarelas e marrons flutuavam em círculos ao redor deles, como se estivessem no centro de um ciclone. Por causa da tempestade de folhas, Barbara Jean quase não conseguia distinguir o caminho diante deles. Ela se segurou com força no braço de Lester para se impedir de torcer o tornozelo nos sulcos de pneus entalhados na terra. Até mesmo em seus sonhos ela sempre usava salto alto.

Depois de algum tempo, a tempestade amainou o suficiente para verem o rio adiante. Na margem oposta, um garotinho acenou para eles. Então, justo quando eles levantavam as mãos para acenar de volta, uma mulher num vestido prateado iridescente apareceu, pairando no ar acima da cabeça deles.

– Lester, a água está congelada. Apenas vá andando até lá e busque o menino. Ele está esperando – disse a mulher.

Mas no sonho era novembro ou dezembro e o rio estava claramente apenas meio congelado. Barbara Jean podia ver o borbulhar e a espuma criada pelo fluxo da correnteza logo abaixo da superfície frágil do gelo. Ela enterrou os dedos no tecido grosso do casacão de inverno do marido para impedi-lo de ir para o rio. No instante em que a manga de Lester escapou de sua mão, Barbara Jean acordou com o pulso disparado e ambos os braços estendidos para Lester.

Ela vinha tendo aquele sonho, ou um quase idêntico, ao longo de anos. Às vezes era primavera ou verão no sonho e, em vez da camada perigosamente fina de gelo, era uma ponte de corda decrépita com ripas de madeira podres que se estendia sobre a água. Mas ela sempre sonhava com a mesma estrada, a estradinha de terra batida que outrora formara o limite oeste de Leaning Tree. A estrada havia sido pavimentada há séculos, ou pelo menos era o que tinham dito a Barbara Jean. Ela não estivera por lá havia anos. E sempre sonhava com o mesmo menino acenando, o seu Adam perdido. A mulher no ar também nunca variava. Era sempre sua mãe.

Barbara Jean despertou de seu sonho com dor nas costas por ter estado encolhida durante horas em uma das duas poltronas *Chippendale* que ficavam junto da lareira na biblioteca de sua casa. As poltronas haviam sido reestofadas, a uma despesa assustadora, com um tecido de veludo molhado, de cor vinho Borgonha, adornado com uma estampa de flores de lis que combinava com o design do papel de parede pintado à mão da biblioteca. Toda primavera, no Festival de Portas Abertas de Casa e Jardim de Plainview, as pessoas falavam com muito entusiasmo daquelas poltronas, e Barbara Jean as adorava. Mas eram terríveis para a base de sua coluna se sentasse nelas por tempo demais.

A casa de Barbara Jean e Lester ficava no cruzamento da avenida Plainview com a Main Street. Era uma gigantesca casa estilo Queen Anne, de três andares, com uma pequena torre na quina e seis varandas cobertas separadas, que outrora havia sido chamada de Casa Ballard, e ainda o era pela maioria dos habitantes de Plainview com mais de 50 anos de idade. Fora construída, em 1870, por um ladrão local chamado Alfred Ballard, que saqueara algumas das melhores casas do Sul derrotado durante a Guerra Civil e voltara para Plainview rico. Os descendentes do sr. Ballard eram completamente destituídos de seu tino para os negócios e de sua crueldade. Não conseguiram fazer nenhuma contribuição para a fortuna que herdaram, desperdiçaram o dinheiro que Ballard lhes deixara e, finalmente, perderam a casa para a receita federal. Em 1969, depois que ele expandiu seu negócio de manutenção de jardins para o Kentucky e obteve um contrato para cuidar de todos os jardins estatais na metade norte do estado, Lester comprou a Casa Ballard para sua jovem esposa e o filho deles, Adam. Na época, era uma ruína eviscerada, caindo aos pedaços e, embora adorasse a casa, Barbara Jean não tinha nenhuma ideia do que precisava ser feito para recuperá-la. Clarice, contudo, havia sido criada pela mãe com a presunção de que um dia iria supervisionar uma mansão imponente. De modo que Barbara Jean entregou todas as decisões do processo de reforma à amiga. Barbara Jean ficou de fora e apenas observou enquanto Clarice transformava a maciça casca vazia que era sua casa no tipo de lugar espetacular em que Clarice teria morado se o destino, sob a forma de um jogador de futebol americano, de 130 quilos, alimentado com milho de Winscosin e olhos injetados de sangue, que jogava como volante, não tivesse aparecido e transformado Richmond de lenda em potencial da NFL em recrutador na universidade, cujos dias de glória no futebol há muito haviam passado. Por respeito à amiga, Clarice nunca aceitara nenhum crédito por seu trabalho árduo. Em vez disso, havia pacientemente orientado Barbara Jean, ensinando-lhe tudo o que sabia sobre arte, antiguidades e arquitetura. Entre a experiência prática que Barbara Jean adquiriu cuidando das necessidades de sua casa velha e extravagante e a orientação de Clarice, ela afinal acabou por superar o nível de expertise da professora.

Quando se levantou da cadeira antiga para alongar as costas, sua Bíblia caiu no chão. Depois de ter jantado com Lester, contado os comprimidos dele e de tê-lo levado para deitar-se, a noite se tornara um borrão. Ela não se lembrava que estivera lendo a Bíblia antes de pegar no sono. Contudo, fazia sentido. Ela tendia a pegar o livro sagrado quando estava num humor sombrio, e, sem dúvida, as sombras haviam se fechado ao seu redor naquela noite.

Clarice tinha dado aquela Bíblia à Barbara Jean em 1977, logo depois de Adam morrer. Lester ficara assustado quando sua esposa parara de falar e de comer e depois se recusara a sair do quarto de Adam, de modo que chamara Odette e Clarice. Elas imediatamente puseram mãos à obra, cada uma das amigas de Barbara Jean administrando as curas em que tinha mais confiança. Odette cuidou dela como uma mãe, cozinhando refeições de aromas maravilhosos que lhe dava de comer na boca nos piores dias. E, durante as longas horas que passava sentada na cama ao lado de Barbara Jean enquanto a amiga chorava em seu peito largo, a brava Odette sussurrava em seu ouvido que aquele era o momento de ser destemida.

Clarice veio brandindo a Bíblia encadernada em camurça marrom, impressa em relevo com o nome de Barbara Jean com letras douradas na capa e "Salvação = Igreja Batista Calvary", na contracapa. Durante semanas, Clarice leu para ela sobre as provações de Jó e lhe recordou que o quinto capítulo de São Mateus prometia: "Bem-aventurados os que choram, porque eles serão consolados."

Mas ambas as amigas de Barbara Jean haviam trazido remédios para a doença errada. Mais do que coragem ou piedade, ela precisava, e vasculharia a Bíblia de Clarice de trás para a frente e de frente para trás procurando ao longo dos muitos anos que se seguiram, era alguma pista sobre como sair de baixo do pedregulho da culpa que repousava sobre seu peito e lhe tirava a respiração. Por bem-intencionado que tivesse sido, o presente de Clarice apenas armara Barbara Jean com uma lista de bons motivos para estar seriamente furiosa com Deus enquanto o peso da culpa a triturava a pó.

Barbara Jean finalmente conseguiu sair do quarto de Adam depois que ela e Deus chegaram a um entendimento. Ela continuaria a sorrir e balançar a cabeça durante os serviços todas as semanas na First Baptist, exatamente como sempre fizera, e não o repreenderia por ser tão exigente e caprichoso quanto a pior criança de 2 anos, pronto a estender as mãos cobiçosas a qualquer momento e tomar para si fosse lá o que brilhasse mais intensamente. Em troca desta consideração, Barbara Jean pedia apenas que Deus a deixasse em paz. Durante décadas, o pacto havia funcionado bem. Então, com a morte súbita de Earl Grande, Deus recordou Barbara Jean de quem Ele era. Arauto da Morte, mestre comediante, portador do relâmpago. Ele deixou bem claro para ela que não tinha quaisquer intenções de cumprir os termos do acordo entre eles.

Barbara Jean pôs a Bíblia sobre a mesa de velas do século XVIII ao lado de sua cadeira e caminhou até o espelho acima da lareira para se examinar. Ela não estava assim com tão má aparência – o rosto um pouco inchado, mas nada que uma bolsa de gelo não resolvesse. Além disso, o sol não havia raiado ainda, de modo que ela ainda teria tempo para descansar um pouco e se certificar de que estaria bem e bonita para Earl Grande. Barbara Jean estava decidida a se despedir do amigo exibindo sua melhor forma.

Ela já havia separado a roupa para ir ao serviço religioso naquela noite, antes de ir para a biblioteca. Por uma questão de respeito, usaria um vestido preto. Mas escolheu sapatos magenta, um cinto combinando e um chapéu branco com ramos de rosas de couro vermelhas e pretas ao redor da aba larga para acompanhar. O vestidinho preto era curto, bastante acima dos joelhos e tinha uma minúscula fenda na costura do lado direito. Clarice o detestaria e teria que morder a língua para se impedir de falar. Mas Barbara Jean não o estaria usando para Clarice. Ela o estaria usando para Earl Grande.

Quando ainda era adolescente e tinha vergonha de ter que usar as roupas escandalosas e vulgares que sua mãe lhe dava, Earl Grande fizera questão de dizer a Barbara Jean que ela estava bonita todas as vezes que a encontrava. Não como um velho safado diria nem nada disso. Ele apenas sorria para ela e dizia:

– Você hoje está divina – de uma maneira que fazia com que ela sentisse como se estivesse vestindo roupas de alta costura. Ou ele a via entrar no restaurante com uma das saias chamativas e curtas demais de sua mãe, se virava para dona Thelma e dizia:

– Você não acha que Barbara Jean se parece exatamente com uma flor? – Em qualquer outro lugar da cidade ela poderia ter sido lixo, mas entre as quatro paredes do Coma-de-Tudo, ela era uma flor.

Muito tempo depois de Barbara Jean ter outras escolhas e saber se vestir, de vez em quando ela escolhia um dos vestidos mais chamativos e mais justos de seu armário e entrava se pavoneando no Coma-de-Tudo numa tarde de domingo só para dar a Earl Grande motivo para dar uma palmada no joelho e dizer:

– Essa é a minha garota.

Naquelas ocasiões, ela saía do restaurante se sentindo vinte anos mais moça do que quando havia entrado. De modo que por Earl Grande ela ia se espremer num vestido preto no qual não poderia fazer mais que respirar devagar e superficialmente e pareceria um mulherão nele, ou morreria tentando.

Barbara Jean sabia que devia ir para a cama, mas não estava com sono, só ainda um pouco tonta por causa da vodca. Ela não se lembrava de ter tirado a garrafa do armário de bebidas, mas lá estava ela ao lado da Bíblia. Aquele era seu padrão. Quando estava com a cabeça cheia demais de pensamentos – geralmente a respeito dos velhos tempos, sua mãe ou seu filho – ela recorria à Bíblia ou à garrafa e acabava com ambas no colo antes que a noite terminasse. Sentada numa de suas poltronas cor de Borgonha, bebia vodca numa das pequenas xícaras antigas que Clarice encontrara para a casa. Barbara Jean bebia aos golinhos e lia até que as lembranças fossem embora.

Ela sempre bebia vodca, em parte porque uísque tinha sido a bebida de sua mãe e porque havia jurado que nunca tocaria naquela bebida. Além disso, a vodca era segura porque as pessoas não podiam sentir o cheiro quando você bebia. Se só bebesse vodca e soubesse se controlar, ninguém falaria mal de você, não importa quantas vezes enchesse sua pequena xícara.

Ela pôs a tampa de volta na garrafa e a guardou novamente no armário de bebidas. Então, pegou a xícara e o pires, levou-os para a cozinha e os deixou sobre o balcão para a empregada lavar na manhã seguinte. Quando voltou à biblioteca para apagar as luzes, contemplou a possibilidade de abrir de novo a incômoda Bíblia. Barbara Jean estava no estado de humor certo, e aquilo não levaria muito tempo. Depois de algumas vodcas, a forma de estudo da Bíblia de Barbara Jean era fechar os olhos, abrir o livro em seu colo e deixar que seu dedo indicador passeasse sobre a página aberta. Então, ela leria o verso mais próximo da ponta de sua unha. Havia feito isso durante anos, dizendo a si mesma que um dia seu dedo cairia exatamente na coisa certa e acenderia alguma luz dentro de sua cabeça. Mas, na maioria das vezes, passara incontáveis noites descobrindo quem tinha sido o pai de quem e lendo relatos intermináveis de punições aparentemente aleatórias em que a Bíblia era especialista.

Barbara Jean pensou no dia por vir e decidiu ir para a cama. Para não perturbar Lester, que tinha sono leve, iria se deitar em um dos quartos de hóspedes. Se ele perguntasse na manhã seguinte por que ela não fora para a cama, diria que tinha ido direto para o quarto de hóspedes depois de ter ficado acordada até tarde para escolher a roupa para o enterro de Earl Grande. Se estivesse com um semblante bem-disposto e suficientemente repousado, talvez ele não desconfiasse de que ela havia passado mais uma noite na biblioteca, bebendo e estocando munição para sua batalha em curso com Deus.

Barbara Jean tirou os sapatos antes de sair da biblioteca, de modo que o som de seus passos não fizesse barulho enquanto atravessava o assoalho de madeira em padrão de espinha de peixe do grande *foyer*. Subiu a escada devagar e cuidadosamente, recordando-se de uma das advertências de sua mãe sobre os deslizes que poderiam impedir Barbara Jean de ter acesso à vida melhor e mais respeitável da qual Loretta fora privada. Loretta dizia que se uma mulher caísse na escada as pessoas sempre fofocariam que ou ela estava bêbada ou tinha apanhado de seu homem. E você não podia permitir que se dissesse nem uma coisa nem outra a seu respeito se quisesse ser amiga do tipo de gente que realmente podia fazer alguma coisa por você. Aquela era a maneira como Loretta dividia o mundo, entre aqueles que podiam ou não podiam fazer alguma coisa por ela. E passou a maior parte de sua vida arquitetando planos para arrancar as coisas que queria das pessoas que ela acreditava que as possuíssem. No final, aquilo não a ajudou em nada.

Pés calçados em meias, Barbara Jean andou devagar pelo corredor do segundo andar de sua casa. Passou nas pontas dos pés pelo quarto que dividia com Lester. Depois pelos quartos de hóspedes. A porta do quarto de Adam a atraiu com a mesma certeza que a teria atraído se tivesse estendido um par de braços e a tivesse puxado para um abraço. Ela abriu a porta e olhou para dentro do quarto, para as prateleiras baixas cheias de brinquedos fora de moda, a pequena escrivaninha com desenhos desbotados feitos a creiom, cadeira em miniatura com o suéter verde-claro atirado em cima como se seu dono fosse irromper pelo quarto a qualquer segundo para recuperá-lo. Por toda a parte para onde Barbara Jean olhou havia coisas que ela havia jurado às amigas que tinha jogado fora ou dado décadas antes. Ela sabia que não devia entrar naquele quarto; não lhe fazia nenhum bem. Mas mesmo assim entrou com passos meio trôpegos por causa da vodca. E se consolou em saber que, na manhã seguinte, provavelmente não se lembraria de ter sentido o sofrimento na alma e o fogo no cérebro que sempre a levavam àquele mesmo lugar.

Barbara Jean entrou e fechou a porta. Enroscou-se na cama pequena de criança, em cima dos caubóis e índios a cavalo empenhados numa perseguição interminável sobre o edredom. Então, fechou os olhos – não para dormir, disse a si mesma – só para descansar e pôr em ordem os pensamentos antes de ir para um dos quartos de hóspedes e passar as poucas horas que ainda restavam da noite. Momentos depois, Barbara Jean estava de novo naquela estradinha de terra batida, agarrando o braço de seu marido enquanto sua mãe tremeluzente flutuava acima de sua cabeça, sussurrando:

– Ele está esperando.

Capítulo 8

O funeral de Earl Grande foi realizado na igreja de Clarice, a Calvary Baptist. Ele não era muito de ir à igreja, mas a família de sua nora frequentava a Calvary há quase tantas gerações quanto a de Clarice. Parecia a escolha perfeita até começar a encher e se tornar claro que o estádio de futebol da universidade seria o único lugar que poderia ter acomodado todo mundo confortavelmente.

Cada banco da igreja estava lotado de gente enlutada. Centenas de pessoas que não conseguiram assento enchiam os corredores laterais, apoiando-se contra o reboco das paredes. Pequenos grupos que não haviam conseguido entrar na igreja enfiavam a cabeça pelas portas laterais do santuário, dizendo "amém" para a homilia do reverendo Peterson e balançando a cabeça no ritmo da música junto dos que estavam dentro.

Denise, Jimmy e Eric sentaram-se na fila atrás de mim e de James. Sem que tivéssemos que pedir, os três haviam chegado naquela manhã para confortar o pai e prestar homenagem ao homem que fora o único avô que eles realmente haviam conhecido, uma vez que meu pai morrera quando ainda eram pequenos. Eles haviam viajado das cidades onde moravam, em Illinois, na Califórnia, e em Washington, para estar conosco, e eu estava contente e orgulhosa com o fato de terem vindo.

Embora a abordagem da Calvary Baptist à fé fosse um pouco rigorosa demais para o meu gosto, fiquei satisfeita por o serviço religioso ser lá. Para mim, aquela igreja era a mais bonita da cidade. A Calvary tem apenas metade do tamanho da First Baptist, mas tem 12 belíssimas janelas com vitrais, um arco-íris que se projeta no santuário sobre o mural da crucificação na parede atrás da pia batismal.

O ponto alto do mural é a pintura mais sexy de Jesus que você já viu na vida. Ele tem maçãs do rosto altas e encaracolados cabelos negros como piche. Os braços bronzeados estendidos são fortes e musculosos e ele tem o estômago firme de um modelo brasileiro de roupas de baixo. Sua boca parece estar soprando beijos para a congregação e a coroa de espinhos está inclinada de um jeito que lhe confere um ar elegante e descontraído ao estilo de Frank Sinatra. Tudo combina de tal modo que faz com que você se pergunte se Jesus o está convidando a se juntar à igreja ou a sair correndo para jogar-se junto a Ele e uma dúzia de seus atraentes amigos bíblicos numa partida de vôlei de praia.

A pedido de Earl Pequeno, Clarice tocou duas peças ao piano depois do elogio do reverendo Peterson. Uma foi "His Eyes is on the Sparrow" e a outra foi uma peça que o programa identificou como um *intermezzo*, de Brahms. Ambas eram lindas, mas ela fez todo mundo chorar a não poder mais ao final da música de Brahms.

Clarice é uma tremenda pianista. Além de ligar o equipamento de som, nunca fui uma grande apreciadora de música, mas até eu percebo que algo de especial acontece quando Clarice se senta ao piano.

Quando éramos crianças, todas pensávamos que Clarice ia ser famosa. Ela venceu concursos para tocar com a Sinfônica de Indianápolis e a Sinfônica de Louisville enquanto ainda estava no colegial. Conservatórios ao redor do país lhe ofereceram bolsas completas, mas ela ficou em Plainview por causa de Richmond. Ele lhe retribuiu o gesto partindo-lhe o coração. Entrou para a NFL e a deixou para trás sem sequer se despedir. Então, logo depois que Clarice fez planos para se mudar para Nova York e dar início à sua carreira, Richmond voltou para a cidade com o tornozelo esmagado e sem futuro no futebol. Ele lhe jurou amor eterno e implorou que o perdoasse e cuidasse dele. No ano seguinte, Clarice se tornou sua esposa e dez meses depois do casamento deu à luz o primeiro filho. Não muito tempo depois, vieram os outros filhos e Clarice iniciou sua carreira como professora de piano local.

Ficar em Plainview e desistir do futuro que todas nós esperávamos que ela tivesse foi escolha de Clarice. Não foi um crime cometido contra ela por seu marido. E nunca a ouvi se queixar nem uma única vez que sentia ter se privado de algo. Mas enquanto observava minha amiga ao piano, abaixo do Jesus sedutor, se balançando a um ritmo interno, não pude deixar de pensar que estávamos tendo a oportunidade de ver o grande tesouro de que Richmond egoistamente privara o mundo, conservando-o só para si.

Três dos quatro filhos de Clarice e Richmond estavam sentados ao lado dos meus. Como os meus, Carolyn, Ricky e Abe também haviam percorrido longas distâncias para vir. Só Carl, o gêmeo de Carolyn, não havia aparecido, apesar do fato de que sua esposa, a quem ele dissera que estaria em Plainview por toda a semana, ter telefonado para a casa de Clarice várias vezes aquela manhã tentando falar com ele. Mesmo enquanto tocava, Clarice olhava o tempo todo por cima do ombro, buscando o rosto do filho caçula em meio aos presentes. Mas eu tinha certeza de que, bem lá no fundo, Clarice sabia que ele não viria. Carl poderia estar em qualquer lugar. E onde quer que fosse, não era provável que estivesse sozinho. O bonitão Carl era a bela maçã que não caíra longe da árvore grande e burra de Richmond.

Depois de ver Earl Grande ser enterrado ao lado de dona Thelma, voltamos de carro para casa para buscar a comida que eu havia preparado para o jantar do funeral. Então, seguimos para a casa de Earl Grande e Minnie.

Não, agora é apenas a casa de Minnie. Earl Grande morava do outro lado da rua do Coma-de-Tudo, até onde me lembro, e ia ser difícil nos habituarmos à triste e nova realidade.

Encontramos a viúva posicionada na varanda coberta cercada por visitantes solidários. Minnie deixou claro que ninguém receberia permissão para entrar sem antes ouvir o relato da visita que ela havia recebido de seu guia espiritual e a predição de que sua própria morte ocorreria em algum momento durante os próximos 360 dias. De modo que ficamos parados em meio ao calor enquanto ela representava novamente a história. Assim que a decência permitiu, James e eu oferecemos nossas condolências pela morte de seu marido e por sua própria morte vindoura e corremos para dentro da casa.

    O lugar havia mudado bastante desde a época em que eu passava boa parte do tempo por ali. Mas era de se esperar. Minhas lembranças eram principalmente de ir a incontáveis festas de crianças naqueles aposentos com Earl Pequeno e nossos coleguinhas de escola. A última vez em que eu havia ultrapassado a porta da frente provavelmente fora vinte anos antes, por ocasião do funeral de dona Thelma.

    O interior agora era uma combinação do velho com o novo. Para onde quer que eu olhasse, enfeites e móveis da primeira sra. McIntyre brigavam com coisas que obviamente haviam sido trazidas pela segunda esposa. A velha mesa de carvalho onde eu havia comido muitas vezes ainda ocupava a maior parte do espaço da sala de jantar, mas um enorme e reluzente lustre folheado a ouro fora pendurado acima dela. Com centenas de lâmpadas de vidro transparente e luzes trêmulas cor de laranja em seu interior, imitando luzes de velas, o lustre era, definitivamente, um acréscimo feito por Minnie.

    Retratos de família e cenas bordadas em meio-ponto, emoldurados por dona Thelma, dividiam as paredes com fotografias e pôsteres da jovem Minnie num maiô cintilante. Nas fotos, Minnie estava no palco exibindo um punhado de cartas de baralho ou olhando fixamente para a câmera em surpresa boquiaberta enquanto Charlemagne, o Magnífico, a fazia levitar acima da cabeça.

    Eu nunca havia compreendido por que Earl Grande se casara com Minnie. Eles não podiam ser mais diferentes em termos de temperamento, e eu nunca presenciara um momento de nada que se parecesse com verdadeira afeição entre eles. Mas olhando as velhas fotografias que adornavam as paredes, a cornija da lareira e praticamente todas as outras superfícies visíveis, aquilo fez mais sentido para mim. Naqueles retratos, ela era glamourosa e desejável, uma criatura exótica e mágica, com certo ar de mistério. Todos nós pensávamos em Earl Grande como uma figura paterna e um amigo. Mas não fora ele um homem como qualquer outro? Talvez, quando olhasse para Minnie, ele não visse a velha maldosa que agora sentava-se na varanda, recebendo os convidados com as palavras:

– Obrigada. Você sabia que estarei morta em um ano?

Talvez Earl Grande a olhasse e visse a corista deslumbrante e sorridente que tirava coelhos de uma cartola. Talvez ver Minnie assim o tenha ajudado a enfrentar os anos solitários até voltar a encontrar dona Thelma.

Vi a tal fonte de que mamãe havia me falado durante sua visita à minha cozinha naquela semana. Ocupava um quarto do espaço da sala de visitas e era uma visão ainda mais pavorosa e chocante do que mamãe havia comentado. Tinha 1,80 m de altura, e as duas donzelas nuas que mamãe descrevera – uma agachada, a outra de pé acima dela, molhando-a com a água que escorria de um jarro – eram em tamanho natural e com detalhes realistas. Luzes cor de rosa, vindas de arandelas na parede acima e atrás da fonte, as iluminavam, dando à superfície lisa do mármore o brilho rosado de pele. Uma das luzes submersas no círculo de água abaixo das estátuas estava com defeito. A luz piscava, acendendo e apagando, fazendo com que parecesse que as estátuas estavam tremendo.

– Difícil desviar o olhar disso, não é? – disse uma voz. Eu me virei e vi Thelma McIntyre de pé a meu lado. Sempre uma dama, dona Thelma estava vestida para o funeral do marido num vestido preto de luto de muito bom gosto. Seu rosto estava coberto por um véu.

Balancei a cabeça em concordância, mas não respondi nada em voz alta. Assim que mamãe saíra da minha casa naquela primeira noite, eu havia decidido que guardaria para mim mesma quaisquer visões que tivesse de fantasmas. Não queria fazer com que James passasse pelo que todos nós havíamos passado com mamãe, nos levando praticamente à loucura ao manter um diálogo quase constante com um ou outro amigo invisível. Além disso, eu também estava perfeitamente feliz em continuar vivendo sem que todo mundo pensasse que eu enlouquecera e me dirigindo aquele sorriso do tipo "pobre coitada, ela não consegue evitar", com que as pessoas na cidade haviam tratado minha mãe depois que a notícia de que ela conversava com os mortos se espalhara.

– Venha até aqui, Odette – chamou uma outra voz, da direção da sala de jantar. Eu me virei meio esperando ver outra amiga morta.

Em vez disso, me deparei com Lydia, a filha de Earl Grande, acenando para mim da mesa de três metros, cheia de comida, que se vergava sob o peso de incontáveis pratos cobertos. Com dona Thelma me acompanhando, levei minha contribuição para o banquete até a sala de jantar.

Enquanto ajudava Lydia a ajeitar as coisas na mesa, abrindo espaço para a minha travessa, James anunciou que estava faminto e começou a empilhar comida em um prato. Mamãe, Earl Grande e uma mulher branca e bem-vestida, que eu não reconheci de imediato, se encaminharam em meio à sala repleta em direção a mim e a dona Thelma. As pessoas estavam de pé, ombro a ombro na sala, mas mamãe e seus amigos deslizaram pelo espaço com facilidade, espremendo-se entre os convidados de um modo que fez com que eles parecessem piscar, aparecendo e desaparecendo de vista, como luzes de uma árvore de Natal.

Ao chegar à mesa, mamãe começou a contar.

– Um, dois, três, quatro, cinco, seis. São seis presuntos. Dois defumados, dois assados, um cozido e um frito. Impressionante. – Mamãe era de uma geração que acreditava que se demonstrava respeito pelo morto com um tributo em carne de porco. Ela virou-se para Earl Grande, que parecia sinceramente comovido com o relicário de carne de porco em sua sala de jantar e exclamou: – Seis presuntos. Earl, você realmente era amado.

Justo naquele momento, Lydia retirou o papel laminado do prato que eu havia trazido, inclinou-se sobre a travessa e inalou profundamente.

– Mmmm, caramelado com mel e nozes e com corte em espiral. Deus a abençoe – elogiou.

– Sete! – gritou mamãe e Earl Grande pareceu corar um pouco.

Dei-me conta de que Barbara Jean e Lester estavam do outro lado da mesa quando ouvi Barbara Jean dar um tapa na mão do marido e dizer:

– Pare aí mesmo. Morangos fazem sua garganta fechar. – Ele recebeu outro tapa ao estender a mão para outra travessa com frutas diferentes e teve que ser advertido sobre os efeitos negativos de cítricos em sua medicação para úlcera.

– Lester esteve doente? – perguntou mamãe.

Não pude deixar de rir. Perguntar se Lester estava doente era a mesma coisa que perguntar se o sol nasceria de manhã. Seus órgãos vitais haviam entrado num estado de semiaposentadoria há séculos. Fiquei surpresa que mamãe houvesse se esquecido.

Vendo minha reação, mamãe acrescentou:

– Sei que ele esteve doente. Só estava querendo saber se andou passando ainda pior. – Ela apontou na direção de Lester enquanto ele e Barbara Jean se sentavam ao lado de James na sala de visitas.

A mulher branca desconhecida, que apenas momentos antes estivera de pé ao lado de mamãe e de Earl Grande, seguira Lester até sua cadeira. Postada ao lado dele, ela o examinou atentamente enquanto Lester começava a comer o prato que havia sido aprovado por sua mulher.

– A questão é que ela geralmente não se interessa pelas pessoas a menos que estejam à beira da morte. Ela rondou ao redor de seu pai um mês inteiro antes que ele morresse – explicou mamãe.

Só então reconheci a mulher e sem querer deixei escapar um gritinho. De pé na sala de visitas, com sua estola de raposa, estava a antiga primeira-dama, a sra. Eleanor Roosevelt. Eu não devia me surpreender em ver a sra. Roosevelt. Ouvira falar de suas esquisitices e comportamento estranho quase todos os dias durante as últimas décadas da vida de mamãe e não tinha nenhum motivo para acreditar que as duas tivessem se separado. Mesmo assim, há pessoas que você simplesmente não espera encontrar na sala de visitas de um velho amigo.

– Eleanor não serve para muita coisa ultimamente – disse mamãe –; também não pode servir, bebendo do jeito que bebe... mas ela tem um verdadeiro dom quando se trata de saber quem está perto de bater as botas.

– Bem, diga-lhe que é provável que ela vá ter uma longa espera – sussurrei. – Lester tem batido à porta da morte há mais de dez anos, mas ela nunca se abre para ele.

Clarice e Richmond entraram carregando mais um presunto e Clarice imediatamente foi cercada por gente ansiosa em lhe dizer como tinha gostado de seu recital de piano durante o serviço religioso. Depois que escapou de seus admiradores, Clarice veio até a mesa e passou o presunto para Lydia. Mamãe então se afastou, presumivelmente para contar a Earl Grande, que fora a algum lugar com dona Thelma, que o número de presuntos chegara a oito. Clarice viu a fonte na sala de visitas e gemeu:

– Você já viu aquilo? O que aquela mulher fez com esta casa é um crime. – Ela se calou de repente; suas boas maneiras não lhe permitiam embarcar numa tirada antiMinnie na casa da própria Minnie, uma hora depois de seu marido ter sido enterrado.

Fizemos nossos pratos e fomos nos juntar a Barbara Jean, Lester e James na sala de visitas. Ao nos aproximarmos, Lester reclamava que a luz piscando na fonte começava a deixá-lo com dor de cabeça.

– Provavelmente é mau contato em uma lâmpada. Não levaria mais que três segundos para consertar. – Eu esperava que Barbara Jean advertisse Lester contra quaisquer noções que ele pudesse ter sobre consertar uma lâmpada debaixo da água. Seria bem típico de Lester se meter na água e sair de lá com algum micróbio que o deixasse internado no hospital por uma semana.

Mas Barbara Jean olhava fixamente outra coisa. Seus olhos estavam cravados na janela panorâmica e na aglomeração de gente ao redor de Minnie do lado de fora, na varanda. Algo que ela tinha visto causara a expressão que dominava seu rosto, numa mescla de espanto e terror. Por um momento, tive certeza de que não era a única na sala capaz de ver fantasmas. Lentamente, como uma marionete erguida por barbantes esticados, Barbara Jean começou a se levantar da cadeira. Em seu transe, ela não pareceu se lembrar que tinha um prato de comida no colo e eu precisei correr e agarrar o prato antes que caísse no chão.

Clarice me viu agarrar o prato no ar e perguntou:
– O que está acontecendo?

Então, nos viramos para onde o olhar de Barbara Jean estava cravado e compreendemos. Lá, em meio ao círculo de rostos cor de canela e mogno que rodeavam Minnie na varanda, havia um rosto branco. Um rosto que reconheci, e que nunca pensei que fosse ver de novo. Quase trinta anos haviam se passado desde que Clarice e eu puséramos os olhos nele pela última vez, mas nós duas sabíamos que era Chick Carlson. Seus cabelos negros estavam cheios de fios grisalhos e Chick agora estava mais largo ao redor da cintura. Mas ele tinha acabado de sair da meninice ao partir de Plainview, de modo que não era nenhuma surpresa. Mesmo de onde eu estava sentada, podia ver o azul-claro de seus olhos e perceber que, na meia-idade, ele se tornara uma versão madura do garoto bonito que Clarice havia proclamado como o "Rei dos Garotos Brancos Bonitos" no dia em que o víramos pela primeira vez, em 1967. Barbara Jean e Chick haviam se amado profunda e tolamente, da maneira que só gente jovem pode se amar. E aquilo quase havia matado os dois.

Enquanto Chick se inclinava para segurar a mão de Minnie e oferecer suas condolências, Barbara Jean, cambaleando um pouco em seus saltos altos vermelhos, afastou-se de nós e seguiu em direção à janela panorâmica.

Então, as coisas enlouqueceram.

Um barulho alto na sala atraiu a atenção de todo mundo. Foi uma espécie de "uhuoop" grave, como o breve latido de um cachorro de grande porte. Depois disso, houve um estalo alto e as luzes se apagaram. Ainda estávamos no meio da tarde e havia muita luz entrando pelas janelas, mas a súbita obscuridade fez as pessoas se espantarem. Então, houve uma série de ruídos de pancadas, outro som de latido e um espirrar de água.

Lester agora estava de pé a meu lado. Suas mangas estavam arregaçadas, e seu melhor terno preto para enterros encharcado. Ele disse:

– Só estava tentando consertar aquela maldita luz na fonte – falou baixando o olhar, enquanto pingava água no tapete. – Acho que caí dentro dela. – Ele levantou a mão direita para que eu visse. As pontas de seus dedos pareciam queimadas. – E também machuquei a mão. Aquela lâmpada deve estar em curto-circuito.

Mamãe se aproximou e parou entre mim e Lester. Sua testa se franziu em confusão e Lester, virando-se diretamente para mamãe, falou:

– Dora, é você?

– Oi, Lester, que bom ver você de novo – respondeu mamãe.

– Ah, merda! – exclamei.

Dona Thelma, Earl Grande e a sra. Roosevelt se aproximaram de nós. Dona Thelma passou um baseado aceso para mamãe, que o ofereceu a Lester.

– Dê um tapinha, meu bem. Tudo vai fazer sentido em um minuto.

Lester, cujo terno havia secado completamente ao longo dos últimos poucos segundos, continuou a parecer meio inseguro com relação ao que havia acontecido.

– Sim, parece uma boa ideia – disse, aceitando o baseado oferecido por mamãe.

– Barbara Jean – gritou alguém e ela se virou de onde estava parada, a apenas alguns metros da janela. O aglomerado de gente se abriu entre Barbara Jean e o canto da sala onde estava a fonte. Agora, ela e eu víamos o que a maioria das pessoas na sala já havia visto. Lester estava no chão, metade fora e metade dentro da fonte, agora às escuras, com as duas estátuas de mármore caídas sobre dele.

Barbara Jean correu para junto de Lester enquanto Richmond tirava as grandes estátuas de cima dele como se fossem feitas de bolas de algodão em vez de pedra. James gritou para que alguém discasse 9-1-1 e se ajoelhou para iniciar a RPC. Eu sabia que era tarde demais.

Lester – o verdadeiro Lester, não a casca vazia que estava sendo amassada e levando pancadas de meu marido bem-intencionado – já apertava a mão de Eleanor Roosevelt e lhe dizia como ele sempre havia admirado suas obras filantrópicas e seus feitos.

Mamãe se virou para mim.

– Tenho que confessar, eu estou surpresa – disse.

Ninguém olhava na minha direção, de modo que respondi em voz alta:

– Bem, a senhora falou que a sra. Roosevelt era boa em descobrir quem estava perto de morrer.

– Ah, não, não isso. Sabia desde o início que ela estava certa quanto a isso. É só que sempre presumi que fosse Richmond quem morreria debaixo de duas garotas brancas nuas. – Mamãe então se afastou, desinteressada da comoção junto à fonte.

Juntei-me às minhas amigas. Clarice tinha os braços ao redor de Barbara Jean e ambas estavam sentadas no chão. Ajoelhei-me ao lado delas e agarrei a mão de Barbara Jean. Ela olhou fixamente para o corpo de Lester, que se sacudia sob os esforços inúteis de James em ressuscitá-lo. Ela sacudiu a cabeça lentamente de um lado para o outro e disse, no tom suave de uma mãe que delicadamente ralhava com um filho travesso, mas muito amado:

– Eu não posso tirar os olhos de você, não é? Nem por dois segundos.

Capítulo 9

Clarice e Odette se mudaram para a casa de Barbara Jean depois que Lester morreu. Durante o pouco que restava de julho e ao longo de agosto, elas se certificaram de que Barbara Jean se vestisse e comesse alguma coisa todo dia. Durante as primeiras noites, dormiam uma de cada lado da cama. Não que Barbara Jean dormisse muito. Toda noite, elas a ouviam esgueirar-se para fora do quarto e descer a escada para se sentar sozinha na biblioteca. Barbara Jean voltava para a cama pouco antes do nascer do sol e fingia que havia dormido a noite inteira.

Barbara Jean quase não falava. E quando falava, não dizia uma palavra sobre Lester. A maior parte do tempo ela caminhava pela casa, parando de repente onde estava e sacudindo a cabeça, como alguém dormindo que tentasse acordar de um pesadelo. Ela não estava em condições de ser deixada sozinha para tomar quaisquer decisões. E havia tanta coisa que tinha que ser feita. Clarice e Odette se surpreenderam ao saber que, embora tivesse passado tantos anos lutando contra doenças quase fatais, o único preparativo que Lester tinha feito para seu passamento fora o breve testamento em que deixava tudo para Barbara Jean. Assim, enquanto Odette cuidava de Barbara Jean, podia-se contar com Clarice para organizar o serviço religioso e o enterro. Ela planejou tudo, do terno com que Lester seria enterrado ao cardápio do jantar fúnebre. Ela cuidou de tudo com um sorriso gentil, engolindo até a irritação ao ter que lidar com o pastor e os grã-finos da igreja First Baptist – um grupo de gente extremamente elegante e pretensiosa, todos ansiosos em demonstrar à viúva do rico falecido como o haviam adorado profundamente. Foi uma empreitada e tanto, mas enterrar quaisquer sinais de discórdia e certificar-se de que tudo corresse sem percalços e exatamente como devia ser era o que Clarice tinha sido criada para fazer. E ela ficou feliz pelo fato de que seus talentos singulares, adquiridos a um custo pessoal bastante alto, pudessem ser usados para ajudar a amiga.

Quando um homem rico morre, os abutres rapidamente descem em bando. E Lester tinha sido mais rico do que todo mundo imaginava. Ele fora rico para os padrões de Plainview na época em que ainda cortejava Barbara Jean. Havia se tornado rico para os padrões de Louisville não muito depois de eles terem se casado. E, conforme se descobriu, havia morrido rico para os padrões de Chicago e bem de vida para padrões de Nova York. Seus parentes mais cobiçosos começaram a bater na porta de Barbara Jean, pedindo dinheiro, bem antes que o primeiro punhado de terra batesse sobre a tampa do caixão. Um primo até então desconhecido apareceu dizendo que Lester havia lhe prometido umas férias no Havaí. Uma sobrinha-neta queria interessar Barbara Jean em uma "oportunidade de negócio absolutamente segura", que precisava apenas de "um pequeno capital inicial". Vários parentes homens de Lester apareceram – com olhares pouco apropriados, banhados em água de colônia Old Spice – todos eles preparados para oferecer orientação e um ombro forte para a bela viúva chorar.

Aquele tipo de situação, refletiu Clarice, era exatamente o motivo para o qual Deus havia criado Odette. Quando os cantos da boca de Odette se viravam para baixo e seus olhos se estreitavam, ninguém ficava por perto para ver o que ia acontecer. Ela montou guarda a Barbara Jean, pondo para correr com apenas um olhar qualquer um que constituísse ameaça em potencial. E fez isso enquanto lutava o tempo todo com fogachos que a faziam pegar fogo todas as noites.

As Supremes montaram residência na casa de Barbara Jean por três semanas. Odette saía todos os dias para passar algum tempo com James, mas sempre voltava à noite para ficar com Barbara Jean. Clarice foi ver se estava tudo bem com Richmond algumas vezes na primeira semana, pretendendo preparar-lhe o jantar e monitorar sua diabetes. Mas na quinta vez que apareceu em casa e não o encontrou, nem viu qualquer sinal de que Richmond tivesse voltado para casa desde que ela fora para a casa de Barbara Jean, perguntou a si mesma por que estava fazendo aquilo, e não conseguiu encontrar uma boa resposta. De modo que, naquele dia, Clarice se certificou de que o freezer estivesse bem abastecido com um mês de refeições, e deixou um bilhete para Richmond, dizendo que voltaria quando Barbara Jean estivesse recuperada. Ela ficou fora durante as duas semanas seguintes, limitando seu contato com Richmond a uma mensagem telefônica diária que sempre ficava sem resposta.

Na manhã seguinte a sua temporária declaração de independência de Richmond, Clarice sentou-se ao piano na sala de Barbara Jean depois do café da manhã. O piano era uma beleza vitoriana, um Steinway Grand, quadrado, com gabinete de pau-rosa. Era um excelente instrumento e Clarice achava que era uma pena que seu papel ultimamente fosse apenas decorativo. Passou um dedo pelas teclas brancas e então pelas pretas e ficou feliz da vida ao descobrir que estava afinado. Então, começou a tocar.

A música atraiu Barbara Jean para a sala, seguida de perto por Odette. Elas ouviram e depois aplaudiram quando Clarice acabou.

– Isso foi muito bonito – elogiou Barbara Jean. – Meio alegre e triste ao mesmo tempo.

– Chopin. Perfeito para a ocasião – respondeu Clarice.

Barbara Jean apoiou os cotovelos no piano.

– Você se lembra de como Adam costumava imitar você?

– Claro que lembro – respondeu Clarice, torcendo a boca para se fazer de ofendida.

Barbara Jean virou-se para Odette.

– Adam costumava fazer imitações incríveis de Clarice depois de suas aulas de piano. Ele se curvava sobre o teclado, se balançava e gemia. Era a coisa mais engraçada do mundo vê-lo arrancar de si toda aquela paixão enquanto tocava... o que era? "O Bife"?

– "Heart and Soul" – respondeu Clarice.
– Isso mesmo. "Heart and Soul". Da primeira vez que ele fez isso, Clarice e eu rimos tanto que acabamos de joelhos, chorando. Foi de morrer de rir.

Odette ouvira aquela história no dia em que havia acontecido e centenas de vezes depois, mas Barbara Jean estava rindo e era bom demais ouvir o som de suas risadas para fazer qualquer comentário que a fizesse parar.

– Ele adorava música. Eu aposto que ele teria sido realmente um bom músico – continuou Barbara Jean.

– Com certeza. Ele tinha talento para música. Tinha uma facilidade natural. Adam tinha tudo.

– Sim, tinha mesmo – concordou Barbara Jean.

Barbara Jean falou sobre Adam durante o resto daquela manhã.

– Vocês se lembram de como ele adorava desenhar? Passava horas em seu quarto com creions e lápis de cor. – Nunca vou me esquecer de como ele ensinou os meninos de Odette a dançar como James Brown. Ainda vejo Eric se arrastando e requebrando pela sala com suas calças esportivas. – Ele não era o menino mais elegante que vocês já viram? Nunca conheci um menino que se importasse tanto com o que vestia quanto ele. Um arranhão em um de seus sapatos e ele fazia bico o resto do dia.

A manhã seguinte começou da mesma maneira. Elas tomaram café e Clarice tocou piano. Então, Barbara Jean falou sobre Adam, permitindo que as lembranças dele a trouxessem de volta à vida. Finalmente, houve tanta conversa e risos que parecia que as três haviam sido convidadas para uma longa festa de adolescentes, reunidas para dormir em casa de uma amiga. Exceto que, naquela festa, evitava-se cuidadosamente falar sobre homens. Não se tocou no nome de Lester Maxberry. Nem no de Richmond Baker, o que Clarice achou muito bom. E definitivamente não se falou em Chick Carlson, que Clarice e Odette fingiram não ter visto na casa de Earl Grande depois do funeral.

A despeito das circunstâncias, na manhã de meados de agosto em que Barbara Jean agradeceu a Odette e a Clarice pelo apoio, e gentil mas firmemente, ordenou que se fossem, Clarice lamentou ter que ir embora. Disse a si mesma que sua relutância em pôr fim à festa era porque se divertira muito com suas amigas, revivendo uma parte da juventude que haviam passado juntas. Mais tarde, ela admitiu a si mesma que temia pelo que sabia em seu coração que encontraria quando chegasse em casa.

Quando Clarice abriu a porta e entrou em casa depois de haver passado duas semanas fora, ela chamou o nome de Richmond numa casa vazia. Nada da comida que ela havia preparado para ele havia sido tocada. E os lençóis estavam tão limpos quanto haviam estado quando os pusera na cama duas semanas antes.

Quando Richmond voltou para casa, dois dias mais tarde, lhe deu um beijo no rosto e perguntou por Barbara Jean.

– Ela está melhor – respondeu Clarice. – Você está com fome?

Ele respondeu que sim, beijou novamente a esposa na face depois que ela lhe disse que lhe prepararia fatias de pernil com batatas cozidas, um de seus pratos favoritos.

Richmond tomou um banho de chuveiro enquanto Clarice cantarolava "Für Elise" e preparava o jantar. Ele nunca lhe deu nenhuma explicação sobre onde estivera dormindo, e Clarice nunca lhe perguntou nada.

Capítulo 10

Odette, Clarice e Barbara Jean se tornaram as Supremes no verão de 1967, pouco depois do fim de seu primeiro ano no colegial. As aulas haviam acabado apenas duas semanas antes e Clarice estava na casa de Odette se preparando para ir para o Coma-de-Tudo. De vez em quando, Earl Grande abria o restaurante para os amigos de seu filho nas noites de sábado. A garotada achava aventureiro e adulto sair de Leaning Tree e ir até o centro de Plainview para um programa noturno. Uma noite no Coma-de-Tudo fora o primeiro gostinho que tiveram de liberdade adulta. Na verdade, haviam escapado de seus lares e de seus pais para bebericar Coca-Cola e comer asas de frango diante dos olhos mais vigilantes da cidade. Eles não podiam estar sendo mais severamente monitorados em qualquer outro lugar no planeta. Earl Grande e dona Thelma tinham um talento especial para identificar e neutralizar criadores de caso e nenhum tipo de travessura adolescente lhes escapava.

A sra. Jackson bateu na porta do quarto de Odette enquanto Clarice revirava as gavetas da cômoda de sua melhor amiga em busca de algo para alegrar, ou esconder, aqueles vestidos horrorosos que Odette sempre usava. A avó cega que fizera suas roupas quando ela era menina estava morta, mas o estilo e o gosto ainda viviam no triste armário de roupas de Odette.

– Antes de vocês irem para o restaurante do Earl, eu quero que levem isto até a casa da sra. Perdue para mim – pediu a sra. Jackson, estendendo uma caixa de papelão atada com barbante. Manchas de gordura cobriam a maior parte da superfície da caixa, que exalava um aroma de torrada queimada e alho cru. Até mesmo os três gatos de

Odette, gatos de rua que haviam percebido sua verdadeira natureza escondida sob a aparência exterior de "trate-de-ficar-longe-de-mim", e a tinham seguido até em casa para ser adotados, se encolheram repugnados pelo odor do pacote. Depois uivaram alto e correram pela porta aberta. Odette pegou a caixa da mão da mãe e perguntou:
– Quem é a sra. Perdue?
– Você sabe, a mãe de sua amiguinha Barbara Jean – respondeu a sra. Jackson. – O enterro dela foi hoje, de modo que assei uma galinha para a família.

Clarice olhou para o relógio e sentiu que devia dizer alguma coisa. Ela havia feito planos para se encontrar com Richmond e seus amigos às sete horas. Eram apenas cinco e meia, mas Clarice sabia, por experiência própria, como podia ser demorado o processo de transformar Odette de sua figura habitual em alguém a quem um rapaz quisesse tomar nos braços. Simplesmente não havia tempo para mais nada.

Clarice estava indignada. Ela era uma boa garota. Tirava excelentes notas. Raramente se passava uma temporada sem que ganhasse algum prêmio por seus recitais de piano ou obtivesse uma menção no jornal, que se juntaria aos artigos sobre seu nascimento, adornando as paredes da casa de seus pais. Mesmo assim, era monitorada todas as horas do dia. Toda sua vida social ficava em segundo plano diante das quatro horas de estudo de piano diárias, como preparação para as duas aulas que tinha por semana com Zara Olavsky, uma pedagoga, mestre de piano de renome internacional, que lecionava na escola de música da universidade. Clarice tinha a obrigação de dar notícias de hora em hora quando estava fora de casa. E precisava chegar em casa mais cedo do que qualquer adolescente da cidade.

Seus pais se tornaram ainda mais vigilantes naquele ano, com Richmond na faculdade e Clarice ainda no colegial. Não havia quaisquer encontros a menos que ela fosse junto com Odette. Clarice tinha certeza de que, com a personalidade áspera de Odette na presença dos garotos e com aquelas roupas horrorosas que ela usava, que pareciam rosnar "mantenha distância", seus pais consideravam Odette um seguro ambulante de virgindade. Não que o rosto de Odette fosse feio. Ela podia ser bonitinha sob a luz correta. E seu corpo era decente, com um busto grande e roliço. Deus sabia que havia muitos garotos que desejavam ardentemente enfiar uma mão no decote de sua blusa. Mas nenhum garoto queria passar a mão boba na garota que não tinha medo. Ela era realmente difícil demais para valer a pena o esforço. Richmond tinha cobrado todos os favores que lhe eram devidos para conseguir que seus colegas de faculdade saíssem com ela. Não demoraria muito e ele teria que começar a pagá-los.

Mas Richmond conseguira um rapaz para sair com Odette naquela noite e os pais de Clarice haviam concordado em permitir que ela ficasse na rua uma hora a mais do que o habitual. Ia ser uma noite perfeita. Agora, a mãe de Odette estava tentando estragá-la.

Reclamações chorosas geralmente funcionavam com a mãe de Clarice quando ela queria se livrar de uma tarefa desagradável ou estender seu tempo na rua, de modo que Clarice fez uma tentativa com Dora Jackson.

– Mas, sra. Jackson, nós vamos para o Coma-de-Tudo e Barbara Jean mora na direção oposta e eu estou de salto alto – argumentou.

Odette falou movendo apenas os lábios:
– Cale a boca.

Mas apesar de saber, pela expressão no rosto da sra. Jackson, que devia parar de falar, Clarice ainda retrucou:
– E, além disso, Barbara Jean não é nossa amiga. Ela não é amiga de ninguém, exceto dos garotos com quem anda. E ela fede, sra. Jackson. Ela realmente fede. Ela toma banhos de perfume barato todos os dias. E minha prima Veronica a viu pentear o cabelo no banheiro da escola no ano passado e saiu uma barata do cabelo dela.

A sra. Jackson estreitou os olhos para Clarice e falou, bem devagar e em voz baixa:
– Odette vai levar esta galinha a Barbara Jean para mostrar alguma gentileza àquela criança no dia do enterro da mãe dela. E se você não quiser ir, não vá. Se estiver preocupada com seus pés, pegue um

par de tênis emprestado com Odette. Se estiver preocupada com baratas caindo do cabelo dela, dê um passo para trás se ela sacudir a cabeça. Ou talvez você devesse apenas voltar para sua casa.

A única coisa pior em que Clarice podia pensar do que atrasar seu encontro com Richmond para cumprir aquela tarefa ridícula de que a sra. Jackson se recusava a ser dissuadida era a ideia de voltar para casa. E com sua acompanhante ocupada com outra coisa, seria obrigada a ficar em casa e fazer companhia à mãe a noite inteira. Vendo seus planos com Richmond correndo o risco de desaparecer, Clarice se apressou em salvá-los. Falando rapidamente, concordou:

– Não, senhora. Eu vou com Odette. Na verdade, não cheguei a acreditar naquela história ridícula da barata. Veronica gosta de inventar coisas.

A sra. Jackson deixou o quarto sem dizer outra palavra, e Odette e Clarice seguiram para a casa de Barbara Jean.

Plainview tem a forma de um triângulo. Leaning Tree é sua seção sudeste. Para chegar à casa de Barbara Jean, as duas garotas teriam que andar para sul ao longo da Estrada do Muro e depois seguir por ruas secundárias até a ponta do triângulo.

O muro que dava nome à estrada tinha sido construído pela cidade quando negros alforriados começaram a se estabelecer em Plainview depois da Guerra Civil. Um grupo de líderes da cidade, encabeçado por Alfred Ballard – cuja casa um dia seria propriedade de Barbara Jean – decidiu construir um muro de pedra de três metros de altura e oito quilômetros de comprimento para proteger os brancos ricos que moravam no centro quando a guerra entre as raças que eles esperavam finalmente ocorresse. Embora, mais adiante ao norte, os brancos pobres estivessem do lado leste do muro junto com os negros, os líderes da cidade imaginavam que eles pudessem se defender sozinhos. Quando os novos habitantes demonstraram ser menos assustadores do que havia sido previsto, o entusiasmo pelo projeto evanesceu. O único trecho do Muro Ballard que atingiu a meta plena dos três metros foi a parte que dividia Leaning Tree do centro da cidade. O resto acabou se limitando a pilhas isoladas de pedras, criando uma linha divisória pontilhada que atravessava a cidade.

Aquela parte da história de Leaning Tree era um fato bastante bem aceito por todo mundo. As crianças de Plainview aprendiam os detalhes na escola, com os aspectos estéticos do muro substituindo grande parte da política racial. Mas a história contada na escola e o que as crianças negras aprendiam em casa seguiam direções radicalmente diferentes com relação ao tema do nome de Leaning Tree – Árvore Inclinada.

Na escola, elas aprendiam que os primeiros colonos chamavam a área sudeste da cidade de Leaning Tree por causa de um misterioso fenômeno natural – algo com relação à posição do rio e das colinas fazia com que as árvores se inclinassem em direção ao oeste.

Em casa, na mesa do jantar, as crianças de Leaning Tree aprendiam que não havia absolutamente nenhum mistério nas árvores inclinadas. Seus pais lhes diziam que, como o terreno do centro da cidade ficava mais alto, o Muro de Ballard lançava uma sombra sobre a área negra da cidade. As árvores precisavam de sol, de modo que elas se inclinavam. Toda árvore que não morria na sombra daquele muro ficava alta, de copa pesada, e visivelmente torta. E assim nasceu o nome.

A casa de Barbara Jean ficava na pior rua do pior bairro de Leaning Tree, a apenas oito quarteirões da casa de Clarice, e só a cinco da de Odette. À medida que caminhavam pelo quarteirão de Barbara Jean, Clarice examinava as redondezas e pensava que aquele lugar poderia perfeitamente ter sido o lado escuro da lua pela total falta de semelhança que tinha com a rua de classe média, ordenada e ajardinada onde ela morava, ou com o charme antiquado da velha casa de fazenda de Odette, com suas elegantes janelas octogonais e cerca de ripas de madeira recortadas, cortesia do pai carpinteiro de Odette. Naquele bairro, as pessoas moravam em minúsculos caixotes de paredes tortas e fragmentadas, tinta descascando e sem esgoto encanado. Crianças barulhentas de cabelo pixaim corriam pelos jardins que eram principalmente terra batida salpicada com retalhos de ervas.

A casa de Barbara Jean era a melhor de seu quarteirão, mas isso não queria dizer muita coisa. Era um pequeno casebre marrom, cuja pintura havia desbotado até se tornar de um tom cáqui esbranquiçado. A casa só era melhor do que as vizinhas porque, ao contrário de todas as outras da rua, os vidros de todas as janelas pareciam intactos. Odette subiu os dois degraus que levavam à porta e tocou a campainha. Ninguém veio abrir.

– Vamos apenas deixar o embrulho encostado na porta e tratar de ir embora – falou Clarice, mas Odette começou a socar a porta com o punho cerrado.

Alguns segundos depois, a porta abriu-se apenas o suficiente para Odette e Clarice verem um homem grande de olhos vermelhos e pele marrom acinzentada e manchada, encarando-as. Seu nariz era achatado e torto, como se tivesse sido quebrado algumas vezes. Ele não tinha pescoço que se pudesse discernir, e a maior parte de seu rosto era ocupada por uma boca excepcionalmente larga. A camisa brigava com a barriga para permanecer fechada. Coroava tudo o cabelo que tinha sido alisado e endurecido de laquê até parecer a peruca de plástico de uma fantasia do Dia das Bruxas.

O homem franziu os olhos por causa da luz do sol e perguntou:
– Vocês querem alguma coisa? – Suas palavras saíam assoviando através do espaço entre seus dentes da frente.

Odette levantou a caixa e respondeu:
– Minha mãe mandou isso para Barbara Jean.

O homem então abriu a porta completamente. Esticou a boca num sorriso que fez com que uma sensação de arrepio subisse pela nuca de Clarice, dando-lhe a impressão de que ele estava a ponto de lhe dar uma mordida. Mas Clarice sentiu-se aliviada com o fato de que finalmente poderiam entregar a caixa e ir embora daquele lugar. Mas o homem deu um passo para trás na escuridão além da porta, falando:
– Entrem. – Então, ele gritou: – Barbara Jean, suas amigas estão aqui para ver você.

Clarice queria ficar no degrau da entrada e esperar que Barbara Jean saísse, mas Odette já entrava porta adentro e acenava para que ela a seguisse. Ao entrar na sala, viram Barbara Jean parecendo surpresa e constrangida por ver duas garotas da escola que ela mal conhecia entrando em sua casa.

Barbara Jean ainda vestia as roupas do enterro, uma saia preta justa demais e uma colante blusa preta cintilante. Era uma sem-vergonha, pensou Clarice. Durante a caminhada até a casa de Barbara Jean, Clarice admitira a si mesma que aquela missão de misericórdia era a única coisa correta a fazer. Mas, enquanto silenciosamente criticava os trajes de luto sensuais de Barbara Jean, outro lado de sua natureza tomou a dianteira e ela animadamente começou a se imaginar descrevendo a roupa de Barbara Jean para a mãe e sua prima Veronica. As reações seriam impagáveis.

A sala era atravancada por peças de mobília vistosas e exageradamente adornadas, que há muito haviam ultrapassado seus melhores dias. A cada passada, a passadeira de plástico que protegia o tapete cor de laranja vivo estalava sob seus pés. A aparência do lugar dava a impressão de que alguém com algum dinheiro, mas sem nenhum bom gosto nem bom senso, outrora houvesse morado ali e deixado todos os seus pertences.

Odette aproximou-se de Barbara Jean e estendeu a caixa.

– Sentimos muito quando tivemos a notícia de sua perda. Minha mãe mandou isso. É uma galinha assada.

– Obrigada – respondeu Barbara Jean e estendeu a mão para pegar a caixa, parecendo ansiosa em apressar a partida de suas visitantes. Mas o homem agarrou e tomou a caixa justo quando Odette a entregava.

– Venham até a cozinha – falou ele, caminhando em direção aos fundos da casa. As garotas não se moveram e, do aposento vizinho, o homem gritou: – Andem, venham. – Meninas obedientes que eram, as três o seguiram.

A cozinha parecia em pior estado que os dois aposentos por onde Clarice e Odette passaram para chegar a ela. O piso era tão rachado que se podia ver a lona alcatroada sob o linóleo. Pratos sujos tanto se amontoavam no interior da pia de metal enferrujada quanto se empilhavam pelo balcão de madeira. Os assentos de verniz vermelho das cadeiras estavam descosidos nas costuras, deixando sair o estofamento branco e sujo pelas costuras abertas.

Onde, se perguntou Clarice, estavam as tias, as amigas mulheres e as primas que deviam todas aparecer para cozinhar, limpar e consolar depois de uma tragédia? Mesmo os piores, os primos mais desprezados de segundo ou terceiro grau de sua família teriam merecido pelo menos uma tarde de atenção num dia de enterro. Mas ninguém se dera ao trabalho de vir até aquela casa.

O homem se sentou à mesa e com um gesto as convidou a sentar. As três garotas se sentaram e olharam umas para as outras, sem saber o que dizer. Ele se virou para Odette e falou:

– Diga a sua mãe que eu e minha enteada apreciamos muito a gentileza dela. – Ele estendeu a mão e deu uma palmadinha no braço de Barbara Jean, fazendo-a encolher-se e afastar-se rapidamente, sua cadeira fazendo um barulho alto quando os pés de metal rasparam o piso arranhado.

Mais do que nunca Clarice queria ir embora, mas Odette não fazia nada para adiantar o processo. Ela apenas observava atentamente o homem e Barbara Jean, como se tentasse decifrar um enigma.

O homem se serviu de uma dose de uísque de uma garrafa de Old Crow diante dele sobre a mesa. Então, pegou seu copo manchado e o esvaziou de um só gole. Clarice nunca vira um homem beber uísque puro e não conseguiu evitar ficar olhando boquiaberta. Quando ele reparou seu olhar fixo, falou:

– Perdoem-me, meninas. Onde estão minhas boas maneiras? Barbara Jean, pegue copos para nossas convidadas.

Barbara Jean pôs a mão na testa e se afundou um pouco mais na cadeira.

Odette agradeceu:

– Não, obrigada, senhor. Só viemos trazer a comida e buscar Barbara Jean. Minha mãe disse para nós levarmos Barbara Jean para jantar em nossa casa e não aceitar não como resposta.

Barbara Jean olhou para Odette e se perguntou se ela estaria louca. Clarice chutou Odette por baixo da mesa com a ponta do sapato. Odette não emitiu qualquer som nem teve qualquer reação. Apenas ficou ali sentada, sorrindo para o homem, que servia seu segundo drinque.

– Não. Não acho que ela deva ir a lugar nenhum esta noite – retrucou ele, a boca larga torcendo numa expressão desagradável que fez o estômago de Clarice se contrair. Ela teve a sensação de que algo ruim estava prestes a acontecer e pôs os pés com firmeza no chão para poder correr se precisasse. Mas o homem relaxou, abrindo novamente a boca naquele sorriso canibal e dizendo: – Barbara Jean passou por muita coisa hoje e deve ficar em casa com sua família. – Ele olhou ao redor do aposento e fez um gesto expansivo, circular com a garrafa de uísque, como se indicasse um bando de parentes agitados e cheios de atenções ao redor. Então, pôs a garrafa de volta na mesa e tocou no braço de Barbara Jean mais uma vez. E mais uma vez ela recuou horrorizada fugindo ao seu toque.

– Por favor, deixe-a vir – insistiu Odette. – Se voltarmos sem ela, mamãe vai fazer o papai nos trazer de volta de carro para buscá-la. E eu detesto andar no banco de trás daquela radiopatrulha. Fico com vergonha.

– Seu pai é tira, é?

– Sim, senhor. Em Louisville – respondeu Odette.

Clarice não pôde impedir o queixo de cair ao ouvir Odette mentir com tamanha convicção.

O homem pensou alguns segundos e mudou de ideia. Levantou-se da cadeira, cambaleou fortemente e se deteve bem atrás da cadeira de Barbara Jean. Então, inclinou-se para a frente, apertou a parte de cima dos braços dela com as mãos grandes, apoiou o queixo no topo da cabeça dela e disse:

– Não há necessidade de dar ao seu pai o trabalho de vir até aqui. Sua mãe está certa. Minha garotinha deve estar entre mulheres esta noite. Apenas não fique na rua até tarde demais. Não gosto de me preocupar.

Ele ficou parado por algum tempo, segurando os braços de Barbara Jean e balançando enquanto ela olhava fixamente para a frente.

– Tenho que trocar de roupa – disse ela finalmente, deslizando para o lado e se desvencilhando das mãos dele. O homem perdeu o equilíbrio e teve que se agarrar na cadeira para impedir-se de cair para a frente e desabar por cima da mesa.

Barbara Jean deu apenas alguns passos e abriu uma porta próxima à cozinha. Entrou no menor quarto que Clarice jamais vira. Era na verdade apenas uma despensa com uma cama e uma penteadeira maltratada no interior. A cama era de criança, pequena demais para uma adolescente. Clarice observou pela porta entreaberta enquanto Barbara Jean tirava a blusa preta cafona. Então, ela pegou um vidro de perfume na penteadeira e apertou o esguicho várias vezes, sobre os braços, onde o homem a havia tocado como se aplicasse um antisséptico. Ao ver o reflexo de Clarice no espelho acima da penteadeira, ela bateu a porta.

O homem endireitou-se e disse:

– Vocês me desculpem. Preciso dar uma mijada. – E saiu arrastando os pés, mas parou na porta da cozinha e se virou de volta para Clarice e Odette. Então, piscou o olho para elas, dizendo: – Sejam boas meninas e não bebam todo o meu uísque enquanto eu estiver fora. – E saiu da cozinha. Alguns segundos depois, elas o ouviram se aliviando e cantarolando mais adiante no corredor.

Quando se viram sozinhas, Clarice aproveitou a oportunidade para chutar Odette de novo. Desta vez, Odette reclamou:

– Ai, pare com isso.

– Por que você fez aquilo? Poderíamos já ter ido embora daqui.

– Nós realmente não podemos deixar Barbara Jean aqui com ele – retrucou Odette.

– Sim, podemos. Esta é a casa dela.

– Talvez, mas não vamos deixá-la sozinha com ele logo depois de ela ter enterrado a mãe.

Não adiantava discutir com Odette depois que ela enfiava uma ideia na cabeça, de modo que Clarice calou-se. Estava claro que Odette vira aquela garota com olhos de gato abandonado e havia decidido adotá-la.

Quando Barbara Jean saiu de sua cela apertada, vestia uma blusa vermelha cintilante e a mesma saia preta. O cabelo, que estivera puxado para trás e preso, agora caía ondulado sobre seus ombros, e ela havia passado batom para combinar com a blusa. Ela podia feder a perfume barato, mas parecia uma estrela de cinema.

O homem voltou para a cozinha e disse:

– Você está igualzinha à sua mãe.

Barbara Jean encarou-o com um ódio tão intenso que Clarice e Odette sentiram como se um vento quente tivesse varrido o aposento.

O homem caiu sentado em sua cadeira e estendeu a mão para a garrafa.

– Até logo, Vondell – disse Barbara Jean, saindo da cozinha e seguindo pelo corredor antes que Clarice e Odette começassem a se despedir do homem de olhos remelentos sentado à mesa.

Do lado de fora, elas pararam diante da casa, olhando umas para as outras. Clarice não conseguiu suportar o silêncio, e mentiu da maneira como havia sido ensinada a fazer ao conhecer o parente desagradável de alguém.

– Seu padrasto parece simpático.

Odette revirou os olhos.

– Ele não é meu padrasto – reagiu Barbara Jean. – Ele é... minha mãe... Ele não é nada, é isso o que ele é.

Elas caminharam cerca de meio quarteirão juntas, em silêncio novamente. Depois de algum tempo, Barbara Jean falou:

– Escutem, agradeço vocês terem me tirado de dentro daquela casa. Realmente agradeço. Mas vocês não têm que me levar a lugar nenhum. Posso apenas ficar caminhando por aqui por algum tempo.

– Ela consultou o relógio, um acessório barato de loja de conveniência, com pedrinhas de strass amarelas ao redor do mostrador e uma correia rachada de verniz branco. – Vondell provavelmente estará dormindo daqui a umas duas horas. Então, vou poder voltar. – Para Odette, ela falou: – Agradeça à sua mãe por fazer a galinha. Foi realmente muita gentileza.

Odette enganchou o braço no cotovelo de Barbara Jean.

– Se você vai andar, pode muito bem andar conosco. E pode conhecer a última vítima que o namorado de Clarice arrastou à força da faculdade para vir me distrair enquanto ele tenta se dar bem com ela.

– Odette! – gritou Clarice.

– É verdade e você sabe disso – retrucou Odette. – Então ela puxou Barbara Jean na direção do Coma-de-Tudo. – Ah, e Barbara Jean, você pode fazer tudo o que quiser, mas de jeito nenhum coma a galinha da minha mãe.

⌇

Mais tarde, quando a mãe e a prima perguntaram a Clarice por que havia ficado amiga de Barbara Jean naquele verão, ela sempre respondia que era porque tinha passado a conhecer e a apreciar a meiguice e o senso de humor de Barbara Jean, e porque tivera um forte sentimento de solidariedade cristã depois de conhecer melhor as dificuldades da vida de Barbara Jean – a mãe morta, o bairro horroroso onde ela morava, o buraco triste que era seu quarto e aquele homem, Vondell. E essas coisas um dia seriam verdade. Num intervalo de poucos meses, a mãe e a prima de Clarice descobririam que qualquer crítica mesquinha ou julgamento duro a Barbara Jean seria recebido com um silêncio gelado ou uma repreenda áspera e pouco comum por parte de Clarice. E Clarice finalmente confessaria a Odette que sentia uma tremenda culpa por ter sido a fonte de muitos dos boatos que corriam a respeito de Barbara Jean. Sua prima podia ter dado início à história da barata no cabelo de Barbara Jean, mas Clarice fora quem mais o espalhara.

Na época, ao mesmo tempo que ouvia em sua mente os motivos mais nobres para fazer aquela nova amiga, ela sabia que havia mais do que isso. Aos 17 anos, Clarice não conseguia ver a verdadeira medida em que era governada por uma devoção escravizante ao seu próprio interesse, mas compreendia que seu principal motivo para tornar-se amiga de Barbara Jean era que aquilo a beneficiava. Na noite em que ela e Odette entregaram aquela galinha de cheiro pútrido, Clarice havia descoberto que a presença de Barbara Jean era surpreendentemente conveniente.

Quando Clarice, Odette e Barbara Jean entraram no Coma-de-Tudo, pela primeira vez, Earl Pequeno as conduziu à mesa mais invejada, próxima à janela. Um grupo de amigos dele estava sentado lá, mas ele os pôs para fora, dizendo:

– Cedam o lugar. A mesa está reservada para as Supremes. – Depois daquilo, todos os garotos na casa, mesmo aqueles que Clarice sabia que tinham dito as mais absurdas mentiras a respeito de Barbara Jean e do que ela supostamente teria feito com eles, vinham até a mesa da janela, balbuciando e gaguejando suas melhores cantadas adolescentes.

Richmond apareceu com James Henry a reboque alguns minutos mais tarde, quando as garotas já estavam à mesa. Clarice fez uma anotação mental de dar uma bronca em Richmond mais tarde por tê-lo trazido. James era o pior de todos os pares habituais que Richmond havia arrumado para Odette. Ele era bastante bom sujeito e tinha certo carinho por Odette desde que, aos 10 anos, ela dera uma surra em dois adolescentes depois que o haviam chamado de "Frankenstein" por causa daquela feia cicatriz de faca que ele tinha no rosto. Mas ele era, na opinião de Clarice, o garoto mais chato na face da terra. Ele mal era capaz de entabular uma conversa. E quando o fazia, era patético. O único tópico sobre o qual James falava mais longamente com Odette era o jardim da mãe dela. Ele trabalhava para a firma de conservação de jardins de Lester Maxberry e vinha aos encontros armado com uma porção de sugestões úteis para Odette passar à sra. Jackson. James era o único garoto que Clarice conhecia que podia sentar no banco de trás de um carro estacionado no acostamento de uma estrada escura com uma garota e conversar com ela sobre nada além de composto de estrume.

Pior que tudo, James estava sempre exausto. Ele precisava estar no trabalho bem cedo pela manhã e tinha aulas na universidade durante a tarde. Portanto, quando a noite começava a ficar animada, James começava a cabecear de sono. Odette via a cabeça de James cair e anunciava:

– Meu par está dormindo. Está na hora de irmos para casa. – Era intolerável.

Odette tinha uma opinião ligeiramente diferente de James Henry. Ele podia ser a pior escolha para encontros duplos de acordo com os propósitos de Clarice, mas Odette ficava contente com ele. De certo modo, achava enternecedor quando ele pegava no sono durante os encontros. Quantos outros garotos permitiriam se mostrar assim tão vulneráveis na frente de uma garota – de boca aberta e roncando? E ele era extremamente bem-educado. James se tornara um visitante frequente, nunca deixando de aparecer e agradecendo pessoalmente a Dora Jackson pela comida que ela regularmente levava a sua casa depois que sua mãe ficara acamada por causa do enfisema. Isso, a despeito do fato de, certo dia, Odette ter visto James sabiamente enterrar ao lado de sua casa as costeletas de porco metade cruas, metade queimadas, que sua mãe havia preparado. Ela presumia e tinha esperanças de que todas as refeições que sua mãe dava a Henry também acabassem debaixo da terra. Mesmo assim, cada embrulho incomível era recebido com uma gratidão imerecida por parte de James.

Odette conhecia o suficiente a respeito de homens para saber que tinha que manter a guarda levantada em todas as ocasiões. Assim, não havia eliminado a possibilidade de que, por baixo daquilo tudo, James pudesse ser tão estúpido e obcecado por sexo quanto seu amigo Richmond. Mas ela estava disposta a tolerar a cabeça dele caindo em seu ombro de vez em quando enquanto tentava compreendê-lo.

Richmond e James abriram caminho em meio à multidão de rapazes reunidos em volta da mesa da janela. James se comportou da mesma maneira de sempre. Sentou-se ao lado de Odette, elogiou seu vestido feito em casa, perguntou sobre o jardim de sua mãe e então bocejou. Richmond foi outra história. Para surpresa e diversão de Clarice, Richmond, naquela altura um herói de futebol universitário, sentiu-se ameaçado por todos os outros rapazes tontos de tanta testosterona rodeando sua garota, apesar do fato de que eles realmente estivessem ali por causa de Barbara Jean. Normalmente, ele se contentava em sentar no centro da aglomeração, divertindo e fazendo rir os rapazes que se aproximavam da mesa com suas piadas, contando-lhes histórias sobre sua quebra de recorde em seu primeiro ano no time. Clarice tinha a sensação de que a plena atenção dele se limitava aos breves momentos em que ficavam sozinhos. Naquela noite, contudo, Richmond passou o tempo todo com o braço ao redor de seus ombros, sussurrando em seu ouvido e se mostrando bem mais atencioso com ela, de modo a claramente demarcar território no que dizia respeito a ela.

Barbara Jean era como mágica, pensou Clarice. Quanto mais garotos vinham olhá-la de perto, mais Richmond se sentia compelido a defender seu território. Aquela noite foi um acontecimento maravilhoso de flertes, danças e uma sucessão ininterrupta de leites maltados e Coca-Colas grátis, oferecidas por admiradores. Quando James afinal pegou no sono e chegou a hora de irem embora, Earl Grande teve que interceder para impedir uma briga de socos para decidir quem levaria as Supremes para casa.

Quando saíam do Coma-de-Tudo e seguiam para o carro de Richmond, Clarice sussurrou para Odette:

– Barbara Jean é nossa nova melhor amiga, tudo bem?

– Tudo bem – respondeu Odette. E ao final daquele verão, era mesmo.

Capítulo 11

Seis semanas depois dos funerais de Earl Grande, minhas férias de verão acabaram e voltei ao trabalho. Eu era gerente de serviços de alimentação na Escola de Ensino Fundamental James Whitcomb, o que era uma maneira elegante de dizer "a chefe do rango". Normalmente, eu gostava de voltar para o trabalho e começar o novo ano letivo. Mas naquele outono foi duro.

James ainda estava se adaptando à vida sem Earl Grande e sua presença constante. Com frequência o peguei estendendo a mão para o telefone, apenas para vê-lo pôr o aparelho de volta no gancho enquanto uma breve sombra de sofrimento surgia em sua face. Sempre que isso acontecia, eu sabia para quem ele estivera pensando em ligar. Eu fizera a mesma coisa depois de perder mamãe tão subitamente. A mãe de James havia morrido relativamente jovem, mas havia passado anos de cama, consumida pela doença, e James havia aprendido a viver sem ela bem antes de sua morte. Perder um pai, e isso era o que Earl Grande tinha sido para James, num piscar de olhos era um novo tipo de perda para James e ele precisaria de algum tempo para aprender a lidar com aquilo.

Barbara Jean também estava indo mal. Ela tentava aparentar que estava tudo bem. Não estava histérica nem chorosa, e parecia sempre tão bem-arrumada e vestida com apuro como sempre. Mas era fácil ver que Lester e Earl Grande morrerem daquele jeito, um atrás do outro como havia acontecido, a deixara bem deprimida. Ela vivia nas profundezas de seus próprios pensamentos, afastando-se cada vez mais de Clarice e de mim a cada dia.

Clarice estava bastante ocupada com Richmond. Ele voltara, a todo vapor, à rotina de traições constantes. Era como nos velhos tempos. Richmond galinhava abertamente, pouco se importando com quem soubesse. Pessoas que mal o conheciam e mal conheciam Clarice fofocavam sobre o assunto. Clarice fingia não perceber, mas ardia com tamanha raiva que havia dias em que eu tinha esperança, pelo bem dos dois, de que Richmond dormisse com um olho aberto.

E eu. Depois de haverem amenizado por algum tempo, meus fogachos estavam de volta com força total. Na maioria das noites, as primeiras horas do dia me encontravam me refrescando na cozinha e batendo papo com mamãe, em vez de dormindo. Eu adorava a companhia de mamãe, mas a privação de sono me fazia mal. Sentia-me exausta e parecia, como mamãe dissera sem meias palavras, "Um cocô de gato enrolado em migalhas".

Em meados de outubro, eu estava farta de me sentir mal, de modo que fui ao médico e relatei uma longa lista de sintomas. Contei a ele sobre os fogachos e sobre minha fadiga. Reclamei que estava ficando esquecida e, segundo dizia James, irritadiça. Não estava disposta a contar o principal motivo pelo qual havia decidido consultá-lo. Não tinha nenhum desejo de explicar ao meu médico que havia marcado consulta porque a ex-primeira dama, Eleanor Roosevelt, vinha mostrando um grande interesse por mim ultimamente. Lembrava-me, muitíssimo bem, de como ela havia girado em órbita ao redor de Lester pouco antes de ele se eletrocutar. Aquilo me deixara inquieta.

De início, a sra. Roosevelt apenas me visitara junto com mamãe, mas então ela começou a aparecer sozinha. Certas manhãs, eu entrava em meu escritório apertado, perto da cafeteria, na Escola Riley e lá estava ela, dormindo em uma das cadeiras dobráveis enferrujadas ou estendida no chão. De vez em quando, ela aparecia como se saída de lugar nenhum e se inclinava sobre meu ombro enquanto eu fazia pedidos de comida pelo telefone. Tomei a decisão de ir ao médico depois que a sra. Roosevelt apareceu para me cumprimentar durante uma semana inteira, sorrindo largamente e me oferecendo um gole de sua garrafa de bolso. (Mamãe estivera certa a respeito da sra. Roosevelt e seu problema de bebida. Aquela mulher estava com a garrafa de bolso na boca, de manhã, de tarde e de noite.)

A sra. Roosevelt e mamãe se sentaram a um canto do consultório durante meu check-up e durante os exames que vieram mais tarde. Elas me acompanharam novamente uma semana depois daquela primeira consulta e ficaram ouvindo enquanto meu médico, o dr. Alex Soo, me disse que eu tinha um linfoma não Hodgkin.

Alex era meu amigo. Ele era um coreano gorducho, cerca de um ano mais moço que meu filho Jimmy. Quando assumira o consultório de meu antigo médico, há alguns anos, eu havia sido sua primeira paciente.

Alex viera para a cidade logo depois que minha filha Denise saíra de casa, e assim que pus os olhos no rosto redondo e liso de Alex, decidi adotá-lo e mimá-lo a mais não poder, quer ele quisesse ou não. Quando descobri que morava sozinho e que não tinha parentes por perto, importunei-o com convites para vir passar as festas comigo e com minha família. Virara uma tradição anual. Às vezes, quando Alex não tomava cuidado, escorregava e me chamava de "mãe".

Agora, aquele rapaz gentil estava sentado, retorcendo os dedos atrás da escrivaninha de mogno que parecia grande demais para ele. Ele se esforçou muito para não me olhar nos olhos enquanto enumerava os detalhes do que acontecia no interior de meu corpo e o que precisava ser feito para deter aquilo. O próximo passo, disse, era ouvir uma segunda opinião. Ele já tinha marcado uma consulta para mim com um oncologista no University Hospital, "um dos especialistas mais respeitados em seu campo". E usou termos como "média de sobrevida de cinco anos" e "ciclos de quimioterapia bem tolerados". Fiquei com pena dele. Estava se esforçando tanto para se manter calmo que sua voz saia robótica e ao mesmo tempo cheia de emoção reprimida, como um ator canastrão fazendo o papel de médico numa novela de televisão.

Depois que acabou seu discurso, deu um suspiro de alívio. Os cantos de sua boca se curvaram ligeiramente para cima, como se ele estivesse orgulhoso de si mesmo por ter conseguido ultrapassar um grande obstáculo. Quando conseguiu olhar para mim de novo, começou a me oferecer seu prognóstico mais otimista.

– De maneira geral, seu estado de saúde é muito bom. E nós sabemos de muita coisa a respeito deste tipo de câncer. – Ele prosseguiu dizendo que eu podia ter sorte. Podia ser uma daquelas raras pessoas que se submetiam à quimioterapia quase sem sofrer efeitos colaterais.

Suas palavras tinham a intenção de me confortar, o que apreciei. Mas parte de minha mente já saíra do consultório. Em minha cabeça, estava contando a meus filhos angustiados que não se preocupassem comigo. Eles agora eram adultos e viviam espalhados pelo país, mas ainda precisavam da atenção dos pais. Denise era uma jovem mãe, cheia de temores e preocupação sobre cada estágio do desenvolvimento de seus filhos, que desafiavam os livros que ela acreditava que trariam ordem à maternidade. Jimmy e a esposa estavam ambos decididos a prosperar e se matariam de trabalhar se eu não os convencesse a tirar umas férias de vez em quando. E Eric, que era caladão como o pai e ninguém, exceto eu, que o ouvira, ao telefone chorar de soluçar por um amor perdido, sabia que ele sentia tudo com duas vezes mais intensidade do que seu irmão ou irmã.

A partir do momento que eu contasse às Supremes que estava doente, Clarice tentaria controlar minha vida. Primeiro ela ia querer assumir o comando do tratamento médico. Então, deixaria meus nervos em frangalhos ao tentar me arrastar para a igreja para receber unções e coisas do tipo. E Barbara Jean apenas ficaria muito quieta e acreditaria que eu já estava praticamente morta. Vê-la chorar e ficar de luto por mim antes da hora me traria de volta lembranças de tudo o que ela havia perdido na vida e me deixaria muitíssimo deprimida.

Apesar de ter sido criado por nossa mãe, meu irmão havia crescido e se tornado um homem que acreditava que mulheres eram vítimas impotentes de suas emoções e hormônios. Quando descobrisse que eu estava doente, falaria comigo como se eu fosse criança e me infernizaria a vida exatamente como havia feito quando éramos crianças.

E James. Pensei na expressão que costumava ver no rosto de James, sob aquela horrível luz amarelo-acinzentada do pronto-socorro, sempre que um de nossos filhos sofria algum acidente infantil. A menor das dores para as crianças significava desespero para ele. Sempre que eu ficava de cama com um resfriado, ou uma gripe, James permanecia a meu lado com um termômetro, remédios e uma expressão de agonia no rosto enquanto durasse a doença. Era como se James houvesse juntado todo o amor e carinho que seu pai havia negado a ele e a sua mãe e estivesse determinado a derramá-lo sobre mim e sobre nossos filhos, multiplicado por dez.

Naquele momento, tomei a decisão de guardar toda aquela história só para mim por tanto tempo quanto fosse possível. Ainda havia uma chance remota de que tudo fosse apenas um falso alarme, não havia? E se a quimioterapia fosse de fato "bem tolerada", eu poderia contar tudo a todo mundo mais adiante, quando quisesse. Se tivesse sorte, dentro de cinco ou seis meses, poderia me virar para James e meus amigos num belo domingo no Coma-de-Tudo e dizer:

– Ei, alguma vez contei a vocês sobre a ocasião em que tive câncer?

Depois que fiquei quieta, sem dizer nada por algum tempo, Alex começou a falar mais depressa, acreditando que devia me dar algum tipo de consolo. Mas não era eu quem precisava ser consolada. Atrás dele, no parapeito da janela do consultório, mamãe estava sentada, com as duas mãos sobre o rosto. Ela chorava como eu nunca vira antes.

– Não, isso não pode estar certo. É cedo demais – balbuciou mamãe.

A sra. Roosevelt, que tinha estado deitada no sofá contra a parede do consultório de Alex, levantou-se e foi até junto de mamãe. Deu palmadinhas em suas costas e sussurrou em seu ouvido, mas fosse lá o que ela dissesse, não adiantou. Mamãe continuou a chorar. Agora, ela chorava tão alto que eu mal conseguia ouvir o médico.

Finalmente, esquecendo meu *juramento* de não falar com os mortos na presença dos vivos, disse:

– Está tudo bem. Realmente, está tudo bem. Não há nenhum motivo para chorar.

Alex parou de falar e me encarou por um momento, presumindo que eu estivesse falando com ele. Aparentemente, Alex interpretou minhas palavras como uma permissão para ele se abrir. Segundos depois, estava fora de sua cadeira, ajoelhado a minha frente. Alex enterrou a cabeça em meu colo e logo senti suas lágrimas molhando minha saia.

– Sinto muito, mãe – falou. Então, desculpou-se por não ser mais profissional, assoou o nariz no lenço de papel que tirei da caixa no canto de sua escrivaninha e lhe entreguei.

Acariciei-lhe as costas, satisfeita por o estar consolando em vez de ele me consolar. Inclinei-me para a frente.

– Shh, shhh, não chore – sussurrei em seu ouvido. Falei olhando fixamente para minha mãe enquanto ela soluçava na estola de pele de raposa de Eleanor Roosevelt. – Não estou com medo. Não posso estar, lembra? Eu nasci num sicômoro.

Capítulo 12

Clarice se virou na cadeira para dar uma boa olhada na nova decoração do Coma-de-Tudo. Faltava pouco para o Dia das Bruxas e o restaurante estava todo engalanado para o feriado festivo. As janelas estavam cobertas com teias de aranha de fios de algodão. Uma guirlanda de caveiras de papel crepom rodeava a caixa registradora. Todas as mesas haviam sido decoradas com minúsculas abóboras cor de laranja, cabaças listradas de dourado e verde e uma pequena cesta de vime cheia de balas de milho. Não era a decoração mais bonita que Clarice já vira, mas pelo menos tinha o mérito de cobrir aquele horrendo logotipo do restaurante na toalha de mesa.

Pouco importava o que ela achasse do novo logotipo, estava claro que aquela afronta à sua sensibilidade não ia a lugar nenhum tão cedo. A garotada da universidade havia descoberto as camisetas de Earl Pequeno com os grandes lábios vermelhos, a língua cor-de- rosa e as frutas sugestivas estampadas no peito. Agora uma fileira constante de gente entrava no Coma-de-Tudo e comprava a camiseta cafona e ousada do restaurante.

As Supremes, Richmond e James estavam todos em seus lugares habituais junto à janela da frente. Por causa de Barbara Jean, eles haviam tentado mudar os lugares à mesa depois que Lester morrera – passando os homens para o lado oposto numa semana, depois trocando para colocar James no centro e Richmond na cadeira que era de Lester na semana seguinte. Mas não adiantou. Quanto mais tentavam evitar, mais forte sentiam a ausência de Lester. Barbara Jean finalmente impôs um fim ao troca-troca de cadeiras, dizendo que preferia manter as coisas da maneira como sempre haviam sido.

Todo mundo estava cansado naquela semana. Richmond bocejava a intervalos regulares de alguns minutos – o que não era nenhuma surpresa para Clarice, uma vez que ele passara a noite inteira fora, mais uma vez. Barbara Jean não havia estado totalmente desperta desde a morte de Lester. Ela fingia que estava bem, mas sua mente vagueava constantemente e Clarice sempre tinha a sensação quando conversavam de que apenas metade dela estava presente. James vivia sonolento desde a infância, e Odette de fato chegou a dormir à mesa naquela tarde.

Clarice estava exausta por ter passado a maior parte da noite tocando piano. Ela começara a se apoiar na música para ajudá-la a suportar as noites em que Richmond desaparecia. Em vez de passar acordada se torturando com pensamentos sobre onde andaria seu marido, ela começara a tocar piano até estar cansada demais para sequer pensar. Na noite anterior, Clarice havia começado a tocar as sonatas de Beethoven à meia-noite e, quando se dera conta, estava sublinhando a chegada de Richmond em casa, às seis da manhã, com uma fuga furiosa. Agora seus dedos doíam e ela mal conseguia levantar os braços.

Clarice cutucou o ombro de Odette:

– Acorde. Você está começando a roncar.

– Eu não estava roncando. Eu nunca ronco – respondeu Odette. James a ouviu e deixou escapar uma risada.

– Ouvi cada palavra do que você disse. Você estava falando sobre como ficou surpresa ontem com quantas composições de Beethoven você ainda sabia tocar de memória. Viu, eu estava ouvindo.

– Acabei de contar essa história há dez minutos, Odette. Desde então estive apenas olhando você dormir. Está se sentindo bem?

Odette evitou a pergunta de Clarice.

– Desculpe – falou. – Este ano escolar está realmente me matando. As crianças andam cada vez mais rebeldes. E os pais, bem, eles são simplesmente impossíveis. Parece que todas as crianças têm alguma dieta especial, cheia de restrições, que os pais têm que vir me explicar. E, acredite, eles fazem questão de dizer que vão me processar e processar o distrito escolar, se seus queridinhos algum dia chegarem perto de um amendoim ou de um grão de açúcar refinado. Parece que eles foram todos concebidos em um laboratório em algum lugar: todos são alérgicos a isso e não podem comer aquilo. E tente impedir aquelas crianças de trocar balas cheias de chocolate e nozes agora, às vésperas do Dia das Bruxas. É de deixar qualquer um louco.

Barbara Jean disse:

– As crianças não mudaram, Odette, foi você que mudou. Você está ficando velha.

– Muito obrigada a vocês duas. É uma alegria enorme vir ao jantar de domingo e descobrir que sou uma velha decrépita que ronca. Por que continuo a sair com vocês, suas bruxas, nunca vou compreender.

Clarice deu uma gargalhada.

– Você sai com a gente porque nós somos as únicas que não têm medo de lhe dizer que você ronca e está velha. Mas não fique aborrecida com isso. Estamos todas no mesmo barco.

Do outro lado da mesa, Richmond observou:

– Ora, mas *aquele* é um belo carro.

Todo mundo se virou e viu o carro que Richmond estava admirando. Era um Lexus cinza-aço, perfeitamente bem lustrado, com janelas de vidros tão escuros que não se podia ver quem estava ao volante.

Ninguém falou, cada um à mesa sentindo a ausência de Lester naquele instante. Ele com certeza teria dominado a conversa naquele momento. Lester adorava carros. Ele teria dito que o Lexus era um carro bacana de se olhar, mas pequeno demais. Da década de 1970 em diante, ele havia se queixado que os carros de luxo haviam se tornado desapontadores depois que os fabricantes lhes haviam "tirado o tamanho". Todo ano, ele levava consigo uma fita métrica para o representante da Cadillac e comprava o carro mais comprido da loja, independentemente de cor ou estilo.

O Lexus avançou a não mais que quatro quilômetros por hora. Apenas alguns passos na frente do carro, uma mulher corpulenta, de blusão e calças azuis de moletom, que estavam escuros de suor, corria em câmera lenta, lutando para levantar os pés da calçada.

– Aquela não é a filha de sua prima? – perguntou Barbara Jean.

Clarice respondeu:

– Sim, é Sharon. – A janela do motorista do Lexus foi baixada e Veronica espetou a cabeça para fora da janela. Ela gritou alguma coisa para a filha que os espectadores no restaurante não puderam ouvir.

– O que Sharon está fazendo? – perguntou Odette.

– Acho que está se exercitando – respondeu Barbara Jean.

– Uma garota grandalhona como ela não deveria correr – comentou Clarice. – É suicídio.

O carro parou e eles observaram enquanto Veronica estacionava em fila dupla e saltava. Ela caminhou até junto da filha, que, parada na rua, se dobrava para a frente com as mãos nos joelhos, lutando para recuperar o fôlego. Veronica balançou um dedo para ela. Sharon espichou o lábio inferior e então começou a correr, parada no lugar, bem diante do carro da mãe. Veronica sinalizou com o polegar para cima para a filha e veio se encaminhando para o Coma-de-Tudo.

– Ah, meu Deus, ela não. Sua prima é a última pessoa que eu quero ver hoje – gemeu Odette.

Odette tinha vontade de estrangular Veronica desde 1965. Mas resistia ao impulso por Clarice. Clarice não tinha nenhuma grande afeição por Veronica, mas eram parentes de sangue. Tinha que aturá-la, apesar do fato de sua prima ter sido uma pedra em seu sapato desde que Clarice conseguia se lembrar. E agora ela andava pior do que nunca, o exemplo perfeito, pensava Clarice, do que acontece quando muito dinheiro cai nas mãos de um poço ardente de ignorância.

A família de Veronica fora a última entre os moradores mais antigos de Leaning Tree a vender seu imóvel para a construtora e tinha ganhado muito dinheiro com isso. Se tivesse chance, Veronica falaria durante horas sobre como seu pai fora visionário por ter esperado para vender como esperou. A verdade era que o pai de Veronica odiava tanto a esposa que preferia manter a família pobre a vender a propriedade e permitir que ela vivesse confortavelmente. Como a mãe de Clarice e muitas das mulheres devotas de sua geração, a tia Glory acreditara que divorciar-se do marido e receber a metade, que era sua por direito, de tudo aquilo de que ele era dono a condenaria às chamas do inferno, de modo que o marido sabia que teria que ficar com ela até morrer. Ele havia planejado torturá-la com sua presença por décadas. O que ele não havia planejado fora cair morto de um ataque cardíaco bem no meio de uma das discussões noturnas que tinham regularmente. Glory deixara de ir ao serviço fúnebre do marido para se encontrar com um advogado, especialista em direito imobiliário. Ela havia se mudado para a casa ao lado da de sua irmã Beatrice, num vilarejo para aposentados, em Arkansas, uma semana depois.

 Agora, Glory, Veronica e a família de Veronica viviam todos da grande quantia em dinheiro que haviam recebido pela propriedade, e pela qual Clarice esperava que Veronica agradecesse ao Senhor todas as noites, já que era casada com um homem quase retardado, incapaz de dar de comer até aos peixinhos do aquário quanto mais a uma família inteira, com o dinheiro ridículo que conseguia por mês. E, claro, como a maioria dos moradores mais pobres de Leaning Tree, que haviam tido a sorte de ganhar dinheiro de verdade pela primeira vez na vida ao vender suas terras, o clã de imbecis de Veronica estava queimando a grana tão rapidamente quanto podia. Clarice não tinha dúvida de que Veronica bateria em sua porta pedindo dinheiro brevemente no futuro.

 Veronica tinha um andar estranho, caracterizado por pernas rigidamente retas e movimentos bruscos. Seus passos eram rápidos, curtos – não exatamente correndo, não exatamente andando. Naquela tarde, o simples fato de ver a prima se aproximando rapidamente em direção à mesa de janela fez Clarice ter uma vontade louca de esbofeteá-la com a palma da mão aberta. Mas em vez de esbofeteá-la, Clarice falou:

– Veronica, querida, que adorável surpresa.

Então, as duas jogaram beijinhos uma para a outra. Clarice se preparou para ouvir Veronica falar sobre o novo carro, mas Veronica tinha outros assuntos a tratar. Sem dizer uma palavra de cumprimento a ninguém – algo que era *tão* típico dela – Veronica começou a falar.

– Imaginei que encontraria você por aqui. Tenho uma notícia maravilhosa. Adivinhe o que é. – Clarice estava a ponto de dizer que não tinha como adivinhar qual seria a notícia da prima, quando Veronica gritou: – Sharon vai se casar!

– Parabéns. Eu não sabia nem que ela estava namorando – retrucou Clarice.

– Foi um romance rápido. Ela o conheceu há quatro semanas e os dois se apaixonaram imediatamente. E aqui vai a coisa mais espantosa, isso foi previsto. Fui consultar dona Minnie para uma leitura de cartas no mês passado e ela me disse que Sharon conheceria um homem e se apaixonaria por ele naquela mesma semana. E você nem imagina, ela conheceu o homem de seus sonhos na igreja, no domingo seguinte. – Veronica franziu o nariz para Clarice e disse: – Isso deve ensinar você a não duvidar dos poderes de dona Minnie. Ela acertou em cheio desta vez. Ele era exatamente a pessoa que ela me havia descrito: alto, bonito, bem-vestido. Olhei para ele uma vez e disse a Sharon: "Vá até lá e se apresente. Aquele homem é o seu futuro marido." Alguns encontros depois, ele lhe pediu para se tornar a sra. Abrams.

Veronica havia sido uma crente fiel dos poderes de Minnie desde que fora vê-la para a primeira de muitas leituras alguns anos antes. Clarice estava convencida de que a prima tinha ido ver Minnie pela primeira vez com o propósito específico de espezinhá-la, já que Veronica sabia muito bem o que Clarice pensava da clarividente. Naquela leitura, Minnie previu que o marido de Veronica, Clement, sofreria algum tipo de acidente. Conforme aconteceu, Clement acabou no hospital naquele mesmo dia depois de se machucar no trabalho. Foi a única prova de que Veronica precisou. Agora ela considerava tudo o que Minnie dizia como a verdade completa e indiscutível. Clarice havia-lhe recordado, da maneira mais gentil que pôde, que prever um acidente para Clement não era um feito assim tão impressionante. Clement trabalhava em construção civil e, sendo um rematado idiota, ele se cortava, se espetava ou se queimava em bases semanais. Era o resultado inevitável de botar aquele imbecil no mesmo aposento que serras, pistolas de pregos e maçaricos. Não era preciso ter nenhum poder especial para prever o que aconteceria. Mas Veronica estava convencida de que o destino, já a tendo premiado com o dinheiro que merecia, agora a havia presenteado com um oráculo pessoal para acompanhar sua imaginária proeminência social, e se recusava a ouvir qualquer coisa em contrário.

– Sharon vai se casar com o filho de Ramsey Abrams? – Quando Veronica fez que sim, Richmond olhou para a direita e para a esquerda para ver se alguém podia ouvir e então sussurrou: – Não quero falar mal do garoto, mas Sharon sabe daquela história dele com calçados femininos? – perguntou Richmond.

– Não é *aquele* Abrams – retrucou ela, irritada. – Sharon vai se casar com o outro irmão. – Clifton, o filho dos Abrams que agora estava noivo de Sharon, passara a adolescência puxando fumo e praticando pequenos furtos. Como adulto, estivera mais tempo na cadeia do que fora. Parecia provável a Clarice que, se o filho dos Abrams havia pedido Sharon em casamento, era porque estava tentando pôr as mãos no dinheiro da mãe dela antes que acabasse.

Quando ninguém disse nada, Veronica pareceu adivinhar o que todos estavam pensando.

– Clifton mudou. Foi salvo pelo Senhor e pelo amor de uma boa mulher.

Veronica olhou para a mesa de leitura de cartas de Minnie.

– Estava com esperança de pegar dona Minnie num intervalo entre consultas para que ela me fizesse uma leitura rápida. Quero descobrir o que aquele guia espiritual diz antes de escolher a data do casamento. Falei a Sharon que cuidaria de todos os planos, de modo que ela possa se concentrar em perder peso. Quero que ela esteja como as irmãs em seus casamentos.

– Isso é tão carinhoso de sua parte – comentou Clarice, mas o que pensou foi algo bem diferente. Pensou como as irmãs mais velhas de Sharon eram duas das mulheres mais feias que ela já vira, tendo herdado as sobrancelhas grossas da mãe, os olhos juntos demais, as orelhas enormes, mais o queixo afundado do pai. Por mais magras que as garotas mais velhas fossem, Veronica não estaria fazendo favor nenhum à caçula ao fazer com que se parecesse com as irmãs.

A porta do Coma-de-Tudo se abriu novamente e Minnie McIntyre, envolta numa longa capa preta com dúzias de olhos prateados salpicados por toda parte, entrou majestosamente. Desde o funeral do marido, ela havia se aproveitado do bom coração de Earl Pequeno e, fazendo-o sentir-se culpado, conseguira permissão para leituras de tarô aos domingos. E, claro, ele também estava menos preocupado com a possibilidade de ofender seus clientes mais conservadores do que antes, agora que as mercadorias que havia criado para o Coma-de-Tudo faziam tanto sucesso entre a garotada da universidade.

– Estou contente que esteja aqui, dona Minnie – saudou Veronica. – Eu estava com esperança de que tivesse alguns minutos livres hoje.

Minnie não respondeu. Ela se virou para os ocupantes da mesa.

– Suponho que todos vocês tenham sabido que minha última predição se realizou. Charlemagne abriu os portões do mundo das sombras para mim agora que sabe que vou me juntar a ele brevemente. – Ela cruzou os braços sobre o peito e olhou em direção ao céu como passara a fazer quando falava sobre sua morte próxima.

Clarice não conseguiu se conter e revirou os olhos. Minnie viu, e por um minuto pareceu que daria um soco em Clarice. Mas justo naquele momento, uma mulher acenou e chamou seu nome da mesa de Minnie.

– Veronica, querida, tenho que fazer esta primeira leitura, mas posso encaixar você logo depois – disse.

Ela se afastou dois passos em direção à mesa, mas então virou-se, forçando sua capa a rodopiar dramaticamente a seu redor:
– Sabe, Clarice, tive uma visão ontem à noite e estava ansiosa para lhe contar. Vi Richmond beijando você numa praia em meio a uma neblina, e tive certeza de que haveria uma viagem romântica em seu futuro. A coisa engraçada foi que a neblina se dissipou e vi que o homem em minha visão era Richmond, mas a mulher não era você. Não é estranho?

Minnie ficou parada ali, sorrindo, tanto ela quanto Veronica esperando para ver como Clarice reagiria. Quando Clarice não ficou de olhos cheios d'água e sequer deu a Minnie a honra de lançar um olhar furioso na direção de Richmond, a vidente torceu a boca, aborrecida, e saiu pisando duro pelo salão, em direção a sua cliente.

Veronica levantou o braço direito e estalou os dedos várias vezes. Quando atraiu a atenção de Erma Mae, apenas moveu os lábios:
– Chá gelado.

Enquanto se sentava na cadeira vazia de nossa mesa, resmungou:
– E não leve um ano para trazer. – Então, virou-se para Clarice e disse: – Não vim aqui apenas para ver dona Minnie. Queria pedir a você para me ajudar com o casamento, Clarice. Você organizou uma festa tão bonita no casamento de sua filha que pensei em você imediatamente quando Sharon ficou noiva. A primeira coisa que disse a Sharon foi: "Vamos ligar para Clarice e pedir a ela para fazer seu casamento exatamente da mesma maneira que fez o de Carolyn, exceto pelo orçamento apertado."

Clarice expirou lentamente e sorriu:
– Você é um amor por ter pensado em mim, Veronica. Mas tenho certeza de que você e Sharon serão capazes de planejar um bonito casamento sem a minha ajuda.

Odette, que estivera estranhamente calada naquela tarde, manifestou-se:

– Sim, Veronica, nenhum de nós se esquecerá do cortejo de Páscoa que você organizou na First Baptist. Estava espetacular. – Barbara Jean abaixou a cabeça e fingiu que tossia para esconder o riso. E Clarice fez uma anotação mental para dar a Odette um presente de Natal bem bonito por haver mencionado o cortejo de Páscoa de Veronica naquele momento.

Um par de anos antes, Veronica havia se aproveitado dos temores do conselho da First Baptist de que seu cortejo de Páscoa fosse superado pelo dos brancos da Igreja Luterana de Plainview. Os luteranos haviam recentemente começado a acrescentar brilho de verdade a seu espetáculo de Páscoa – ovelhas vivas e uma procissão iluminada a luzes de velas. Veronica lhes havia prometido que, se lhe entregassem o evento, ela produziria uma extravagância que deixaria os luteranos desmoralizados e de cabeça baixa.

A partir do momento em que suas filhas deram início ao show, com uma dança interpretativa, a coisa inteira se tornou um desastre. As filhas mais velhas não tinham nenhuma coordenação e não eram nada bonitas. E a pobre Sharon, conhecida por ficar sem fôlego apenas por levar uma garrafa de Pepsi de dois litros aos lábios, sentiu palpitações no coração e teve que se sentar e descansar no meio do número.

O ponto alto do show de Veronica, uma dramatização da ascensão de Cristo ao céu, foi arruinado quando o guincho usado para levantar o reverendo Biggs até o telhado travou e o deixou pendurado por um arnês, balançando no ar a nove metros de altura. Os bombeiros levaram horas para conseguir tirá-lo de lá. E a pior parte foi que ninguém tinha qualquer dúvida de que os luteranos ficariam sabendo de todos os detalhes do desastre.

Veronica deslizou o copo de chá gelado, intocado desde que Erma Mae o trouxera, mais alguns centímetros para longe de si de modo a poder apoiar os cotovelos na mesa enquanto dava as costas para Odette.

– Estava pensando que você poderia vir comigo amanhã para ver convites e algumas amostras de tecido para os vestidos das meninas – disse ela a Clarice.

Clarice não queria passar nem um minuto a mais com Veronica. Não faltava muito para as férias e ela logo ficaria presa com as reuniões de sua família. Mas ela também tinha a terrível sensação de que aquilo era um gostinho de justiça lhe sendo empurrado goela abaixo.

Ela havia pedido conselhos a Odette enquanto ajudara a organizar o casamento de Carolyn e, inicialmente, tinha sido sincera ao pedir conselhos a Odette. A cerimônia de Denise, que Odette ajudara a planejar, havia sido linda. Mas depois que Clarice começara, não conseguira se impedir de anotar cada detalhe do casamento para depois dar o melhor de si e ostensivamente fazer muito melhor. Agora Veronica estava lhe pedindo conselhos, e Clarice sabia, sem sombra de dúvida, que sua prima tentaria superar tudo o que Clarice tinha feito para o casamento de Carolyn.

Clarice lembrou-se naquele momento do que achava mais insuportável em Veronica. A prima tinha a tendência detestável de fazer com que ela olhasse para os próprios defeitos justo quando não queria vê-los. Sempre que Clarice estava perto, Veronica tinha que admitir que, nela, via a si mesma. Assustava-a um pouco pensar que a principal diferença entre elas era a influência moderadora de Odette e Barbara Jean.

Graças a mais uma interferência de Odette, Clarice não precisou se comprometer a ajudar a prima naquela tarde.

– Veronica – falou Odette –, acho que talvez Sharon já esteja pronta para retomar sua corrida. – Todos olharam para fora e viram que Sharon havia deixado o carro para trás e avançava pelo quarteirão com renovada determinação em cada passo.

Veronica disse:

– É impossível impedir esta garota de fazer suas corridas. No início, tive certa dificuldade em convencê-la a adotar o programa, mas agora ela segue com dedicação total.

Menos de um segundo depois, Sharon saiu da rua e entrou pela porta da frente da loja Donut Heaven.

– Mas que garota! – resmungou Veronica e saiu correndo do restaurante. Ela pulou para dentro de seu carro novo e dirigiu um terço de quarteirão rua acima até a loja de doces. Entrou rapidamente e saiu segundos depois, arrastando Sharon consigo. Enquanto a mãe a empurrava à força para dentro do carro, Sharon abraçava uma das caixas de papelão rosa-shocking da Donut Heaven contra o peito como se fosse um bebê recém-nascido.

Odette limpou o último restinho de molho do prato com um pãozinho.

– Aquela mulher me estraga o apetite. – Então, roeu a cartilagem da ponta do osso da costeleta de porco.

Naquele dia, eles saíram do Coma-de-Tudo mais cedo do que de hábito, todos alegando cansaço. Durante o resto da noite, Clarice pensou na visão de Minnie. Ela não estava se tornando crente nem nada do gênero. Sabia que não era preciso ter dons psíquicos para visualizar Richmond com outra mulher. Que diabo, não era preciso nem ter um bom par de olhos. Mas ela pensou como era estranho que o fato de ter aquela mulher malvada esfregando o comportamento de Richmond na sua cara, em público, não tivesse nenhum efeito sobre ela. Se um incidente semelhante houvesse ocorrido alguns meses antes, ela teria ficado de cama durante dias. Mas, mesmo no instante em que aconteceu, a única sensação de que Clarice tivera consciência fora um desejo feroz de estar sozinha com seu piano.

Capítulo 13

Depois que o negócio de Lester foi vendido e que todas as questões de dinheiro haviam sido resolvidas, Barbara Jean decidiu que precisava de algum tipo de atividade regular para dar forma a seus dias. De modo que arranjou um emprego. Depois arranjou outro. E então mais outro. Todos os três eram trabalhos voluntários, mas mesmo assim era a primeira vez que ela precisava se apresentar para trabalhar desde que lixara unhas e lavara cabelos em um salão de cabeleireiro quando era adolescente. Nas segundas e quartas-feiras, ela entregava flores a pacientes no University Hospital. Por respeito à sua perda recente, a coordenadora de voluntárias a enviava à ala da maternidade, onde ela encontrava principalmente alegres novos pais e evitava os pacientes de doenças terminais. Entretanto, isso não teria importado. Poderiam ter jogado a morte em sua cara todos os dias e Barbara Jean não teria nem piscado. Com a ajuda ocasional de um golinho da garrafa térmica de chá "batizado" que ela sempre levava consigo – não era prático levar suas pequenas xícaras de casa –, ela havia desligado a parte de si que sofria o luto. E não estava nem um pouco disposta a ligá-la de novo.

    Toda sexta-feira de manhã, Barbara Jean ia à First Baptist e fazia trabalho de escritório. Atendia ao telefone, arquivava e tirava cópias, todas as coisas que outrora havia feito para Lester quando o negócio dele começara a decolar. Depois que o escritório fechava, ela descia até a escola da igreja e liderava a turma de estudos da Bíblia para os novos membros da congregação. Mesmo o pastor, o reverendo Biggs, ficou impressionado com os conhecimentos bíblicos de Barbara Jean. Finalmente, pensou ela, todas aquelas noites bêbadas em sua biblioteca, com a Bíblia presentada por Clarice, estavam lhe servindo para alguma coisa.

Nas terças, quintas e sábados, trabalhava no Museu da Sociedade Histórica de Plainview. O museu, que consistia de uma área de recepção e três pequenas salas, cada uma dedicada a um período da história de Plainview – Território Indígena, Guerra Civil e Moderna – ficava a uma caminhada de vinte minutos de sua casa. Suas principais responsabilidades eram sentar a uma escrivaninha na área de recepção, distribuir folhetos e dizer:

– Por favor, espere debaixo da bandeira do estado de Indiana, generosamente doada ao museu por descendentes do famoso nativo de Indiana, o presidente Benjamin Harrison.

Às vezes, era chamada a vestir uma fantasia de esposa de colono, fingir que batia manteiga ou que mexia comida imaginária em uma vasilha de plástico sobre um fogo de papel machê. Quando não havia nenhum visitante no museu, o que era a maior parte do tempo, ela bebericava o chá de sua garrafa térmica e lia revistas de moda.

Havia muitos dias em que suas duas frases de orientação para os visitantes do museu quanto ao local onde deveriam esperar, debaixo da bandeira, eram as únicas palavras a sair de seus lábios do raiar do dia ao pôr do sol. Via as outras Supremes duas ou três vezes por semana, e aquilo era toda a conversa que ela achava que podia suportar.

Ao caminhar de volta do museu para casa, ela seguia a Avenida Plainview à medida que esta subia em direção ao centro da cidade e à interseção da Plainview com a Main, onde ficava sua casa. Se Barbara Jean virasse a cabeça para a esquerda e olhasse para o declive, tinha a visão perfeita do que restava do Muro Ballard e da entrada para o Conjunto Leaning Tree, como era chamado o conjunto residencial que agora ocupava o bairro onde ela outrora morara.

Certo dia no princípio de novembro, quando ia saindo do museu, olhou para baixo para Leaning Tree. As árvores altas e retorcidas de seus velhos locais de brincadeiras davam ainda mais dramaticidade à paisagem agora que tinham perdido todas as folhas. Barbara Jean olhou fixamente seus esqueletos curvados. Eram mais impressionantes para ela do que nunca. Aquelas árvores haviam se adaptado e vicejado mesmo em face do grave insulto que lhes fora feito. Se estivesse inclinada a pedir algo a Deus, teria sido torná-la mais parecida com aquelas árvores inclinadas.

Barbara Jean dera o melhor de si para se adaptar. Nos três meses desde a morte de Lester, havia organizado seu tempo de modo a estar em movimento quase o dia inteiro, todos os dias. E não era isso o que todo mundo dizia que as viúvas deviam fazer?

Mas examinando aquelas velhas árvores tortas, Barbara Jean precisava admitir a si mesma que não conseguira vicejar. Por mais cheios de atividades que seus dias fossem, eram as noites que os dominavam. Naquela noite, ela entrou em sua bela casa e ouviu a voz de sua mãe sussurrando maus conselhos e fazendo recriminações viperinas em seu ouvido. E depois de conseguir adormecer em sua cama, uma hora depois, estava acordada, totalmente desperta, acreditando ter sentido Lester mudando de posição na cama, e depois ter ouvido sua tosse congestionada no banheiro. *Será que era pneumonia de novo?*

Ela saiu da cama e andou pelos três andares da casa, na esperança de que pudesse achar aquilo calmante. Mas não funcionou; nunca funcionava. Adam ainda enchia todo o espaço, exatamente como havia feito quando estava vivo. Ela ouviu seus passos, correndo de um quarto a outro no terceiro andar, onde havia ficado o escritório de Lester antes que as escadas se tornassem penosas demais para ele. Adam brincava lá naquela noite exatamente como havia feito trinta anos antes. Os quartos de depósito escuros e atravancados e os labirintos de armários com arquivos não eram nenhuma ameaça para um garoto aventureiro que nunca sentia medo, mesmo quando devia sentir. O som de Adam cantarolando consigo mesmo no quarto da TV ao lado da cozinha enquanto lustrava com a flanela aquela coleção de sapatos de que tanto gostava ecoou pelo primeiro andar. Ela o avistou ao piano na sala de visitas, esperando que sua tia Clarice chegasse para lhe dar aula. O museu que havia se tornado o quarto dele parecia ter dominado o segundo andar. Todos os outros quartos eram meras antessalas, convidando-a a entrar no único quarto naquele andar que importava.

Só a biblioteca, com sua garrafa à espera e o Livro, era um santuário dos espíritos que a assombravam. Mas aquele aposento não lhe ofereceu nenhum refúgio quando ela caiu num sono bêbado e exausto em sua poltrona *Chippendale*. Assim que adormeceu, eles retornaram. Loretta, Lester, Adam e agora Chick.

No começo de seu último ano de colegial, Barbara Jean passava a maior parte de seu tempo com Clarice e Odette. Ficava na casa de uma das duas todos os dias depois da escola, fazendo os deveres, ouvindo discos e fofocando até pelo menos oito da noite. Assim, quando chegava em casa, podia passar de mansinho sem ser vista por Vondell, que, era praticamente garantido, estaria bêbado e desacordado no sofá. Nos fins de semana, quando era mais difícil evitar Vondell, ela trabalhava no salão de cabeleireiro de que uma das velhas amigas de sua mãe era dona, e dormia na casa de Odette.

Barbara Jean nunca passava a noite na casa de Clarice. A sra. Jordan sempre se esforçava ao máximo para ser educada e gentil com ela, mas não conseguia chegar a ponto de permitir que a filha de Loretta Perdue passasse uma noite inteira em sua casa. Mas recebia bem as visitas de Barbara Jean. Quando Barbara Jean compreendeu melhor como funcionava o casamento do sr. e da sra. Jordan, sentiu-se bem confortável ao presumir que a simpatia da sra. Jordan com ela fosse resultado de seu alívio ao ver que pelo menos uma das bastardas da cidade não se parecia nada com seu marido.

Era um sábado à noite. As três garotas estavam na casa de Clarice ouvindo discos quando o telefone tocou. A sra. Jordan gritou pela escada para Clarice, dizendo que sua prima Veronica estava na linha. Odette e Barbara Jean seguiram Clarice até a cozinha, onde ficava o telefone, e ouviram a conversa. Ela mal falou alguma coisa, apenas sacudiu a cabeça e exclamou:

– Não... você está brincando.

Quando desligou o telefone, ela se virou para Odette e Barbara Jean.

– Veronica diz que tem um garoto branco trabalhando no Coma-de-Tudo – comentou.

Naquela época, nenhum branco entrava no Coma-de-Tudo. Era um fato inédito que algum branco, mesmo um adolescente, trabalhasse para um homem negro. De modo que aquela era realmente uma notícia importante. Cinco minutos depois de Clarice ter desligado o telefone, as Supremes estavam a caminho do restaurante do Earl.

Quando chegaram, encontraram a maior multidão de sábado à noite que jamais haviam visto. Todas as mesas estavam lotadas, exceto pela mesa de janela que, nos fins de semana, passara a ficar permanentemente reservada para elas. Tiveram que se espremer em meio ao aglomerado de gente para conseguir chegar aos seus lugares. Com os prêmios musicais de Clarice, Richmond sendo o herói local de futebol e Barbara Jean sendo a beldade que era, a mesa da janela geralmente era o centro das atenções no restaurante do Earl. Mas naquela noite ninguém olhou para elas. Todo mundo estava lá para ver o garoto branco.

Quando ele saiu da cozinha com Earl Grande, toda a turma presente ficou silenciosa. Tudo o que se podia ouvir era um sussurro ocasional e a voz de Diana Ross cantando "Reflections", na vitrola automática.

O garoto branco não desapontou. Era alto e magro, de ombros largos e quadris estreitos. Sua pele era tão clara que ele parecia não ter estado exposto ao sol durante anos. O cabelo era preto como graxa Shinola e entre ondulado e cacheado. As maçãs do rosto pronunciadas e o nariz reto fizeram Barbara Jean se recordar dos rostos das estátuas que vira em livros de arte na escola. Os olhos eram de um azul gelado. Mais tarde, Barbara Jean se lembraria de olhar para aqueles olhos e pensar: *Deve ser assim que fica o céu quando se olha para ele através de um diamante*. Ele seguiu Earl Grande de mesa em mesa, anotando pedidos de bebidas, tirando pratos e limpando os tampos onde alguma bebida havia sido derramada. O tempo todo, ninguém no restaurante inteiro emitiu um som. Eles só o observaram.

Foi Odette, nunca acanhada em dizer o que pensava, quem quebrou o silêncio.

– Este – comentou ela – é um garoto branco um bocado bonito. – Várias pessoas a ouviram e começaram a rir. Então, as conversas recomeçaram e a atmosfera retornou a algo perto do normal.

– Tenho que discordar de você, Odette. O que temos aqui é o Rei dos Garotos Brancos Bonitos – disse Clarice. Barbara Jean se desmanchou em risadinhas, mas no fundo achava que talvez fosse verdade. Fazia sentido para ela que, se olhasse para ele por tempo suficiente, uma coroa cravejada de pedras preciosas apareceria em cima da cabeça dele, talvez acompanhada por uma saudação de toque de trombetas, como no comercial de TV da margarina Imperial.

Quando Earl Grande veio até a mesa da janela, seguido pelo Rei dos Garotos Brancos Bonitos, ele disse:

– Oi, meninas, permitam-me apresentar a vocês Ray Carlson. Ele vai trabalhar aqui.

– Oi – balbuciou o garoto e deu uma esfregada na mesa, apesar de ela estar limpa.

As Supremes respondiam ao cumprimento quando Ramsey Abrams, que ouvira a apresentação de Earl Grande, gritou de duas mesas de distância.

– Você é parente de Desmond Carlson? – E o salão tornou a ficar em silêncio.

Desmond Carlson e alguns outros caipiras grosseirões eram o motivo pelo qual os negros não podiam andar pela Estrada do Muro em direção ao norte além de Leaning Tree. Desmond e sua turma dirigiam suas picapes pela extremidade norte da Estrada do Muro, no caminho de saída de suas casas rumo ao centro e aos bares, pelas estradas secundárias que salpicavam a paisagem de Plainview fora dos limites da cidade. Pobres, sem instrução e tendo diante de si um mundo que mudava de uma maneira que eles não conseguiam compreender, Desmond e seus companheiros estavam perpetuamente a uma ou duas doses de uísque de descambar em estupidez e violência. Era hábito deles berrar insultos e arremessar garrafas de cerveja de seus carros em qualquer pessoa de pele escura que encontrassem no trecho de estrada de que tinham se apossado.

Seus amigos se contentavam em criar confusão à noite. Mas se Desmond encontrasse um residente de Leaning Tree na Estrada do Muro a qualquer hora do dia, gritava:

– Dê o fora da porra da minha estrada, crioulo – ou algum outro comentário que deixasse claro seu ponto de vista. Então, às gargalhadas, apontaria sua picape para quem quer que fosse apanhado invadindo "sua" estrada, de modo que "o intruso" tivesse que se jogar na vala do acostamento para evitar ser apanhado pelo carro.

Metade da cidade tinha um medo mortal de Desmond, que estava sempre bêbado, sempre furioso e – diziam os boatos – sempre armado. A polícia de Plainview fazia parte da metade que tinha medo. Usava o fato de que a Estrada do Muro era propriedade da universidade – e, portanto, fora da jurisdição da Polícia Estadual de Indiana – como desculpa para evitar confrontar Desmond e seus companheiros, que tinham todos armas maiores e eram bem mais durões do que os policiais. Os policiais da universidade só estavam equipados para lidar com os garotos bêbados dos grêmios acadêmicos e não estavam dispostos a se meter no meio de uma briga local que poderia acender uma batalha por direitos civis. De modo que os residentes de Leaning Tree andavam seiscentos metros a mais, dando a volta na extremidade leste da Estrada do Muro pelas ruas secundárias que levavam à Avenida Plainview, sempre que saíam de casa para vir ao centro da cidade.

– E então? Você é parente dele ou não? – perguntou Ramsey Abrams de novo.

– Ele é meu irmão – respondeu Ray Carlson e uma onda de pragas, palavrões e resmungos estourou na sala.

– Droga, Earl Grande, por que você foi deixar esse cara trabalhar aqui? – indagou Ramsey.

Earl Grande virou um olhar duro para Ramsey.

– Ramsey, seus dois irmãos estão na cadeia e você não me vê revistando seus bolsos em busca de talheres a cada vez que você sai daqui, não é? Acho que o Ray merece a mesma chance.

E aquilo foi tudo. Earl Grande tinha dito a todo mundo como as coisas deviam ser, e não haveria mais discussão. Ramsey deu um fungado bem alto para mostrar sua desaprovação e voltou a sua comida. Todo mundo também retomou suas atividades de adolescentes: comer, dançar e flertar.

De vez em quando alguém vinha à mesa da janela para cochichar sobre o garoto branco. Earl Pequeno contou às garotas que Ray tinha vindo ao restaurante tentar vender as galinhas que criava. Então, contou que seu pai dera uma refeição a Ray e depois havia lhe oferecido um emprego na hora, sem que o garoto branco pedisse. Ramsey veio repetir sua opinião de que era uma pena que Earl Grande tivesse dado a um homem branco o emprego que devia ser de um negro. Veronica veio, por sua vez, e disse que as garotas em sua mesa concordavam que ele era bonitinho, mas achavam que ele não tinha bunda.

– Quem se importa com a aparência dele quando está indo embora se ele é lindo quando vem em sua direção – respondeu Odette. E a noite continuou assim.

Mais tarde naquela noite, Barbara Jean observou Ray Carlson enquanto ele limpava a mesa ao lado da dela. Enquanto trabalhava, pequenas penas brancas começaram a voar no ar ao seu redor. Cada vez que ele movia o braço, outra pena voava. A princípio, ela não tinha certeza sobre o que estava acontecendo, até perceber que as penas vinham dele. Centenas de minúsculas penas brancas de galinha estavam coladas em sua camisa e calças. Será que ele dormia com as galinhas que criava?

Ray deixou cair tantas penas enquanto limpava a mesa que Richmond Baker fez sua entrada em meio a uma nuvem branca. Richmond estendeu uma de suas mãos enormes e agarrou uma pena que flutuava no ar e depois outra. Além de ser um astro de futebol universitário, Richmond era engraçadinho e metido a esperto vinte e quatro horas por dia. Ele deu uma boa olhada no garoto que soltava penas e falou:

– Ei, Earl Grande, pelo que estou vendo você contratou uma galinha.[1] – Daquele dia em diante, Ray passou a ser chamado de Chick.

Durante a noite toda, Barbara Jean observou Chick trabalhar. Ele era um prazer de olhar. Movia-se depressa e graciosamente, deslizando entre as mesas e manobrando ao redor dos casais que dançavam enquanto eles giravam na frente da vitrola elétrica, colocada no canto onde Earl Grande abrira um espaço para servir de pista de dança ao rearrumar as mesas.

A única vez em que Chick e Barbara Jean falaram diretamente um com o outro depois da apresentação à mesa foi pouco antes de as garotas irem embora naquela noite. Clarice queria dançar mais uma música com Richmond, de modo que Barbara Jean foi enviada até a vitrola automática para escolher uma canção. Ela havia acabado de escolher a música e se virara para voltar à mesa quando se viu cara a cara com Chick.

Seus dois braços estavam carregados de pratos sujos, já que ele se encaminhava para a porta da cozinha, a apenas alguns metros dali. O esforço em segurar os pratos ressaltava os músculos de seus braços magros. Barbara Jean reparou pela primeira vez que ele tinha uma covinha no queixo. Ela teve que cruzar as mãos atrás das costas para se impedir de estender uma delas e apertar aquele delicado buraquinho com o dedo indicador. Nenhum dos dois disse nada por alguns segundos. Então, ele falou:

– Alô – e sorriu para ela.

Ela disse alô em resposta e olhou bem para aquele rosto novamente.

---

1 *Chick*, diminutivo de *chicken*, galinha em inglês. (N. da T.)

Aquilo foi o fim da conversa. Justo naquele instante, um dançarino esbarrou nas costas dele e as pilhas de pratos sujos, talheres e copos que ele havia equilibrado nos braços se inclinaram para a frente e voaram direto para o chão. Barbara Jean teve que pular para trás para evitar ser atingida pelos restos de comida e cacos de louça quebrada. O barulho foi tremendo e, quando viram o que havia acontecido, vários garotos caíram na gargalhada e apontaram como se fosse a coisa mais engraçada que já houvessem visto.

Naquele momento, Earl Grande veio correndo. E foi naquele instante que Barbara Jean viu algo. Foi apenas uma rapidíssima troca de palavras, mas aquilo lhe ensinou lições não só sobre Earl Grande como sobre Chick, o primeiro homem que ela amaria. Chick já estava de joelhos empilhando os pratos e o lixo quando Earl Grande se aproximou, o corpanzil de quase 1,90 m se movendo rapidamente. A reação de Chick foi levantar o antebraço defensivamente sobre o rosto, dizendo:

– Desculpe. Foi sem querer... Foi sem querer...

Barbara Jean reconheceu aquela postura e aquele pedido de desculpas automático, assim como o sentimento de esperar apanhar que o acompanhava. Ela compreendeu então pelo menos uma parte da história de Chick.

Earl Grande ajoelhou-se ao lado dele e usou sua mão enorme para puxar o braço de Chick do rosto. Então passou um braço ao redor do Rei dos Garotos Brancos Bonitos e lhe deu um rápido abraço. Embora a música estivesse alta, Barbara Jean o ouviu dizer claramente.

– Está tudo bem. Você vai ficar bem aqui. Ninguém vai machucar você. – Então, ele ajudou Chick a catar os cacos de pratos.

A cena inteira durou menos tempo do que Aretha levou para soletrar "R-E-S-P-E-C-T" e Barbara Jean ficou parada a alguns centímetros de distância observando tudo. Enquanto Earl Grande e Chick limpavam a sujeira e seguiam juntos para a cozinha, Barbara Jean pensou pela primeira vez em sua vida que havia realmente sido prejudicada por não ter tido um pai.

Passadas mais de três décadas, depois de ter visto Chick parado na varanda no jantar do funeral de Earl Grande e depois de Lester estar morto e enterrado, Barbara Jean tinha que se sentar sozinha todas as noites e pensar. Ela usava muitas daquelas horas para voltar àquela primeira noite em que havia conhecido Chick no Coma-de-Tudo. Repassou tudo aquilo incontáveis vezes em sua cabeça de uma maneira que não fazia havia séculos. A cada vez, perguntava a si mesma se as coisas não teriam acontecido de modo diferente se não tivesse ido até a vitrola automática naquela noite, ou se tivesse apenas se afastado quando aqueles pratos se espatifaram no chão em vez de ficar parada ali e descobrir apenas o suficiente da história de Ray Carlson para desencadear na jovem estudante que ela era o processo que transformou a piedade em amor. Ela perguntou a si mesma se teria havido, talvez, uma maneira pela qual ela pudesse ter percebido o que estava a caminho e tê-lo evitado. Depois de cada round desses pensamentos, ela acabava enroscada em sua poltrona na biblioteca, com sua garrafa de vodca, só querendo saber se algum dia conseguiria parar de empurrar aquele mesmo velho pedregulho morro acima e apenas aceitar que o que havia acontecido era seu destino. Ela herdara a má sorte de sua mãe.

Capítulo 14

Ouvi uma segunda opinião sobre minha doença na sexta-feira depois do Dia das Bruxas. Mais uma vez, mamãe, a sra. Roosevelt e eu tivemos que ficar sentadas ouvindo um discurso sobre o linfoma não Hodgkin. Desta vez, ninguém chorou.

Mamãe disse que eu devia conversar com James assim que voltasse para casa, mas ignorei seu conselho. Eu ainda queria me agarrar à fantasia de que talvez pudesse fazer o tratamento sem nunca ter que contar a ele. Alex Soo não tinha dito que alguns raros pacientes podiam passar pela quimioterapia como se estivessem tomando aspirina? Bem, talvez ele não tivesse dito exatamente isso, mas decidi acreditar que tinha. Decidi confiar na parte do temperamento de James que nunca reparava quando eu usava roupas novas, quando engordava ou emagrecia alguns quilos. Tudo bem, até agora eu só *engordei* alguns quilos, mas o oposto também era provável que fosse verdade. Decidi que a mesma total falta de percepção para certas coisas que costumava me fazer ter vontade de agarrar James pela garganta e sacudi-lo agora seria minha aliada.

Dormi até tarde naquela manhã. A vida sendo engraçada do jeito que é, os fogachos que haviam me mantido acordada à noite durante meses cessaram no dia seguinte àquele em que Alex Soo me dissera que eu podia estar morrendo. Ao entrar na cozinha, a primeira surpresa que tive foi o cheiro de café. Descobrira décadas atrás que James não conhecia a ciência de fazer café. Sempre que ele preparava um bule, acabava saindo uma lama forte intragável ou água suja, não havia nenhum meio-termo.

Mas, naquela manhã, uma jarra de vidro cheia de café descansava na cortiça no centro da mesa da cozinha. Minha caneca, uma confusão marrom e branca de espirais desenhadas sobre argila pelos dedinhos minúsculos de meus netos, que me fora dada de presente no Natal anterior, também estava sobre a mesa. E em seu lugar habitual, atrás de uma caneca de café que combinava com a minha, estava James, que naquele dia devia estar trabalhando.

Ele se empertigou todo, as costas completamente retas e as mãos cruzadas à frente sobre o jogo americano de vime. James me encarou por um momento.

– O que há de errado? – indagou.

– Nada – comecei a dizer, mas ele levantou a mão e me fez parar. Então perguntou de novo, mais devagar desta vez.

– Odette, o que há de errado?

Eu nunca minto para James – bem, pelo menos não com frequência. Servi-me de uma caneca de café marrom-claro e me sentei a seu lado. Exalei e comecei:

– Sabe aqueles fogachos que eu estava tendo? Pois eu descobri que eram mais do que os calores da menopausa.

Então, contei a ele tudo o que os dois médicos haviam me dito. James me escutou sem dizer uma palavra. A única vez que me interrompeu foi quando empurrou a cadeira para trás e bateu nas coxas com as palmas das mãos, um gesto que tinha sido um sinal para que eu sentasse em seu colo nos primeiros tempos do nosso casamento.

Dei uma gargalhada.

– Faz muito tempo que eu não sento no seu colo, querido. – Passando a mão sobre meu estômago redondo, brinquei: – Poderia ser o fim dessa sua cadeira.

Mas James não achou graça na piadinha. Ele bateu com as mãos nas coxas de novo, eu fui até lá e me sentei. Enquanto eu falava, ele foi me abraçando forte, cada vez mais forte contra o seu corpo. Quando, afinal, cheguei ao fim, explicando o que sabia sobre o tratamento, nossos rostos estavam colados um no outro e eu podia sentir as lágrimas descendo por meu rosto.

Chorei pela primeira vez desde que tinha ouvido o dr. Soo me dizer que eu estava com câncer. Não chorava pela vida que talvez fosse deixar. Meses de conversa com mamãe haviam me ensinado que a morte de modo nenhum significava partir. Chorei por James, cujo coração eu poderia partir, por meu marido bonito, mas marcado por cicatrizes, que continuou a me abraçar me segurando no colo apesar do fato de que com certeza suas pernas já deviam estar dormentes sob meu peso. Minhas lágrimas caíram por aquele homem forte que me surpreendeu ao conseguir não chorar, apesar de eu saber, pelas décadas que havíamos passado juntos, que ele devia estar urrando por dentro. Chorei por James, que nunca esperou e nem precisou que eu fosse a garota destituída de medo da árvore, mas apenas que fosse eu.

Ele enxugou meu rosto com um guardanapo de papel.

– Então, quando começamos o tratamento? – perguntou.

– Na terça-feira – respondi. Fizera planos de começar na terça porque aquele era geralmente o dia em que James trabalhava até tarde. Queria o máximo de tempo possível para me recompor depois, caso o primeiro dia fosse difícil.

Ele percebeu imediatamente que eu havia planejado usar seu horário de trabalho como um modo de manobrar para que ele não me visse.

– Então, você decidiu fazer no dia em que trabalho até tarde, hein? Danada. E um pouco covarde, tenho que dizer. – Mas ele não pareceu muito zangado. E também não me largou. – A que horas vamos para o hospital? – perguntou.

– James, você não tem que vir comigo. Existe um serviço no University Hospital que vai me trazer de volta para casa se eu não me sentir bem.

Ele continuou como se não tivesse me ouvido.

– A que horas na terça?

Eu lhe disse e ficou resolvido. James tiraria o dia de folga na terça-feira e iria comigo ao hospital para meu primeiro dia de tratamento.

– Se você não contar logo a Clarice e a Barbara Jean, não vai ter que se preocupar com câncer nenhum – ponderou James. – Elas vão matar você quando descobrirem. Quer ligar para elas agora ou quer ligar primeiro para os meninos e para Rudy?

– Tenho uma ideia melhor – respondi. – A que horas você tem que estar no trabalho?

– Disse a eles que estaria lá por volta do meio-dia, mas posso ligar e ficar aqui em casa com você.

– Não, não vou precisar de você o dia inteiro, a manhã basta. – Então, comecei a desabotoar a camisa dele.

James às vezes pode ser lento para entender as coisas, mas ele entendeu quais eram as minhas intenções imediatamente.

– Sério? – perguntou.

– Claro. Quem sabe como eu vou me sentir depois de terça-feira? É melhor aproveitarmos enquanto podemos. – Beijei James com força na boca. Então, saí de seu colo e estendi a mão para puxá-lo da cadeira.

Enquanto seguíamos para o nosso quarto, de mãos dadas tão apertadas que doía, pensei comigo mesma: *Como foi possível que algum dia eu subestimasse este homem?*

⌒

Depois que contei a Clarice sobre minha rotina de quimioterapia – cada ciclo duraria cinco dias, seguido por algumas semanas de descanso antes que o ciclo seguinte começasse – ela desenhou um calendário de quimioterapia que determinava quem – James, Barbara Jean ou Clarice – tomaria conta de mim a cada dia de tratamento. E fez várias horas de pesquisas para determinar os melhores alimentos para combater o câncer e me criou uma dieta especial. Então, providenciou levas semanais de produtos, verduras e frutas antioxidantes a serem entregues em minha casa. Contratou um personal trainer para mim. Um ex-sargento do corpo de fuzileiros, de pescoço grosso, que trabalhava com jogadores de futebol contundidos na universidade. Ele apareceu na porta de minha casa, berrando ordens e jurando que me poria em forma mesmo que fosse à força. E ela marcou para que eu recebesse um toque de mãos na reunião de orações da quarta-feira à noite, da Calvary Baptist, o que não foi pouca coisa diante do fato de que o reverendo Peterson sequer considerava os membros da minha igreja como cristãos, acreditando que orar por nós era um desperdício de energia.

Apreciei as iniciativas dela. Mas precisava mostrar a Clarice que ela não ia mandar em mim por causa do câncer, mesmo se eu tivesse que ser um pouco geniosa e infantil sobre isso. Remarquei meus compromissos até que a agenda detalhada de Clarice deixou de fazer sentido. Combinei os alimentos saudáveis que Clarice escolheu para mim com manteiga e torresmos de bacon. E o personal trainer, bem... Ele berrou comigo um número excessivo de vezes e perdi a paciência. Da última vez que vi o sargento Pete, ele estava saindo correndo da minha sala íntima com lágrimas nos olhos. E é claro que me recusei a ir à Calvary Baptist para o toque de mãos. Tentei explicar a Clarice que sempre me sentia pior ao sair da igreja do que quando tinha entrado e não achava que aquilo contribuísse para o meu processo de cura. Totalmente exasperada, Clarice me olhou como se eu fosse louca.

– É para o que serve a igreja, Odette, para fazer com que você se sinta mal com relação a si mesma. Você não sabe disso?

Passei na casa de Barbara Jean e lhe contei sobre o meu diagnóstico enquanto tomávamos uma xícara de chá na biblioteca. Ela ficou em silêncio por tanto tempo que eu perguntei:

– Você está bem?

Ela ia começar a dizer "Quanto tempo você tem de vida?" ou "Quanto tempo eles deram a você?", mas pensou melhor depois de pronunciar as primeiras palavras e acabou perguntando:

– Quanto tempo... Há quanto tempo você sabe?

Conversamos durante uma hora, imagino, e quando fui embora ela havia passado a acreditar que, pelo menos, eu tinha uma pequena chance de sobreviver.

Meu irmão Rudy falou que viria cuidar de mim assim que pudesse se livrar dos compromissos. Eu lhe disse que não era necessário, que estava bem e que tinha já gente de sobra cuidando de mim. E fiz troça com ele, como fazia todo ano, dizendo que o sul da Califórnia havia tornado o sangue dele ralo demais para aguentar o outono ou o inverno em Indiana. Mas meu irmão, que era antiquado a ponto de ser irritante, continuou insistindo que viria. Ele só cedeu quando passei o telefone a James e deixei meu marido convencê-lo de que um homem adulto e sensato estava tomando conta de mim.

Denise chorou por um ou dois minutos, mas logo se acalmou e aceitou minha afirmativa de que as coisas não estavam assim tão ruins. Então, ela seguiu minha linha de pensamento e começou a falar de meus netos. Ouvi os dedos de Jimmy digitando no teclado de seu computador enquanto contava a ele. Fatos sempre o tinham confortado, e ele estava quase se tornando um especialista em linfoma quando nos despedimos. Eric mal falou umas poucas palavras ao telefone, mas apareceu em Plainview para uma visita surpresa poucos dias mais tarde. Eric esteve a meu lado todos os segundos durante uma semana e, apesar de eu ralhar com ele para que parasse de ficar atrás de mim o tempo inteiro, adorei tê-lo em casa de novo.

Levando tudo em consideração, eles receberam a notícia de minha doença tão bem quanto era possível. Mesmo quando piorei, provando a todo mundo, e principalmente a mim mesma, que não ia ser aquela rara paciente que passava pela quimioterapia sem ter nem uma dorzinha de estômago, minha turma me apoiou. Acho que o fato de eu estar determinada a assumir o comando durante a doença como havia feito durante tudo o mais em minha vida deixou todos mais otimistas com relação às minhas chances de recuperação. Havia poucas coisas que minhas amigas e minha família achassem mais confortadoras do que me ver de punhos erguidos e pronta para a batalha.

Capítulo 15

Um mês antes do 18º aniversário de Earl Pequeno, uma garota bonitinha na escola lhe disse que ele se parecia com Martin Luther King. Então, ela pôs a mão dele por baixo da blusa dela em nome da solidariedade negra. Aquilo levou Earl Pequeno a celebrar seu aniversário naquele mês de novembro com uma festa à fantasia, de modo que pudesse se vestir como o dr. King, na esperança de encontrar mais moças apaixonadamente devotadas ao movimento pelos direitos civis.

Clarice, Odette e Barbara Jean fizeram planos para se fantasiar como as Supremes, uma vez que seus amigos, famílias e até alguns professores na escola agora as chamavam por aquele apelido. Elas passaram semanas trabalhando nas fantasias. Odette cuidou da maior parte da costura, fazendo vestidos de noite, dourados reluzentes, sem mangas. Elas usaram cola para cobrir de purpurina sapatos antigos. E a chefe de Barbara Jean no salão lhes emprestou perucas de acrílico, com penteados idênticos, de cabelo eriçado e armado, para a ocasião.

Na noite da festa, o plano era que cada uma delas se vestisse em casa. Clarice tinha ganhado um Buick de segunda mão depois que uma terceira aula de piano com a sra. Olavsky foi acrescentada a sua agenda semanal e sua mãe decidiu que bastava de ficar bancando a motorista, de modo que Clarice devia ir buscar as outras em casa para o percurso até o Coma-de-Tudo. Clarice estacionou em frente à casa de Barbara Jean e ela e Odette foram até a porta para buscá-la e pegar alguns acessórios para as roupas. Barbara Jean oferecera lançar mão de sua herança de peles falsas e joias de plástico de tamanho exagerado para ajudar a complementar as fantasias.

Elas esperavam na varanda quando Clarice viu uma expressão estranha surgir no rosto de Odette. Ela não sabia o porquê da reação de Odette. Talvez fosse por algum som ou um cheiro. Mas Clarice apenas levantara a mão para bater à porta quando Odette comentou:
– Tem alguma coisa errada.

Antes que Clarice pudesse falar qualquer coisa, Odette passou direto por ela e girou a maçaneta. A porta se abriu e ela entrou correndo. Sem parar para pensar sobre as possíveis consequências, Clarice a seguiu. Ambas se moviam numa espécie de gingado por causa das limitações impostas pelas roupas.

Usando seu vestido dourado, Barbara Jean estava sentada numa poltrona estofada marrom em um canto da sala. Seus pés nus estavam enfiados debaixo do corpo e ela agarrava a peruca com as duas mãos, apertando-a contra o peito. As peles falsas e as bijuterias que ela e suas amigas usariam naquela noite empilhavam-se no chão diante da cadeira. Ela não levantou o olhar quando Odette e Clarice entraram na sala.

Vondell, seu padrasto ou lá o que fosse, estava de pé ao lado da cadeira de Barbara Jean. Ele havia desaparecido um mês antes, tornando a vida de Barbara Jean mais fácil e dando-lhe a esperança de que não tivesse mais que lidar com ele. Entre as refeições de graça na casa de Odette e Clarice, as gorjetas que recebia no salão e o aluguel barato que pagava pelo casebre em que morava, Barbara Jean pudera se dar ao luxo de viver o sonho de todo adolescente. Tinha uma casa só sua e completa independência.

Mas agora Vondell estava de volta e parecia ainda pior do que da última vez em que elas o haviam visto. Os fios da barba grisalha haviam se tornado mais espessos, e o cabelo alisado tinha crescido, de modo que estava pixaim nas raízes e liso e colado nas pontas. Seu odor permeava o aposento, uma mistura acre de cigarros, uísque e falta de higiene pessoal.

Por um minuto, ele olhou com desagrado para Odette e Clarice. Então disse:

– Barbara Jean, você não me disse que íamos ter companhia esta noite. – A boca larga, semelhante a um sapo, alargou-se num sorriso enquanto ele falava, mas ninguém no aposento percebeu nem uma migalha de boa vontade.

Odette disse:

– Olá, senhor, vamos a uma festa de aniversário esta noite e viemos buscar Barbara Jean. – Ela olhou para Barbara Jean na cadeira e continuou: – Venha, Barbara Jean. Não queremos nos atrasar.

Mas Barbara Jean não se moveu. Ela apenas lançou um olhar para Vondell e voltou de novo a mirar fixamente os joelhos. O homenzarrão agora não estava mais sorrindo. Ele a encarou furioso, desafiando-a a levantar-se da poltrona.

Clarice resolveu dar uma força.

– Pois é, temos que acabar de fazer o *cabelo* e as unhas na minha casa e... – Ela perdeu a coragem e não terminou a frase. De qualquer modo, ninguém estava ouvindo. A batalha estava em curso, travada entre as três outras pessoas na sala.

Houve um longo silêncio durante o qual Clarice ouviu apenas a respiração do homem grandalhão e o som da passadeira de plástico que cobria o tapete que estalava sob seus pés enquanto ela recuava devagar em direção à porta da frente.

– Acho que é melhor vocês irem. Barbara Jean não vai com vocês esta noite – disse Vondell.

O tom de sua voz deixou Clarice morta de medo e ela correu para a porta. Mas Odette permaneceu onde estava. Olhou de um lado a outro e para Barbara Jean, ainda encolhida na poltrona maltratada, como uma criança de 2 anos assustada. Depois voltou a encarar o homem grandalhão que chegara mais para perto de Barbara Jean e alisava seu cabelo numa imitação de afeição paternal que causou acidez no estômago de Clarice.

– Não ouvi Barbara Jean dizer o que quer que a gente faça. Se ela quiser que a gente vá embora, ela pode falar por si mesma – retrucou Odette.

Vondell deu um passo em direção a Odette e pôs as mãos nos quadris, para intimidá-la. Foi cuidadoso em manter o sorriso no rosto de modo que ela soubesse que ele não a estava levando a sério.

– Garota, já lhe disse para sair da *minha* casa. E, creia-me, você não vai querer que eu fale de novo. Agora, trate de ir andando antes que eu ponha você deitada sobre os joelhos e lhe ensine o que são boas maneiras.

Vondell havia assustado Clarice, mas o olhar que Odette lhe lançou naquele momento a assustou quase na mesma medida. Os olhos de Odette se estreitaram e sua boca se torceu. Ela baixou a cabeça como se estivesse se preparando para arremessar-se contra ele. Clarice podia ver que, mesmo que Odette não tivesse assustado Vondell, ela definitivamente o surpreendera. Ao perceber a mudança na postura dela, ele recuou um tanto sobressaltado antes de conseguir se controlar.

Agora, levantando a voz, Odette indagou:

– Barbara Jean, você quer ficar aqui ou quer vir conosco?

Inicialmente, Barbara Jean não respondeu. Então, quase baixo demais para que alguém ouvisse, sussurrou:

– Quero ir com vocês.

– Bem, isso resolve a questão. Ela vem conosco – respondeu Odette.

Vondell não falou com Odette; em vez disso voltou sua atenção para Barbara Jean, posicionando-se novamente a seu lado e agarrando seu braço direito com a mãozorra, levantando-a da cadeira tão desajeitadamente que ela teria caído no chão se ele não a estivesse segurando com toda a força da mão cerrada. Ela deixou escapar um gemido de dor e Vondell rosnou:

– É melhor você dizer a essas garotas para voltarem para casa, ou você vai se meter em encrenca séria. Acabei com a arrogância de sua mãe e posso fazer o mesmo com você.

A voz de Odette baixou uma oitava:

– Se não quiser ter a mão quebrada é melhor largar o braço dela agora mesmo – falou Odette muito lentamente.

Clarice se deixou levar pelo momento e deu sua contribuição.

– Ela vem conosco – disse, tentando agir como Odette.

Mas Clarice não havia nascido numa árvore. Quando Vondell deu dois passos rápidos em sua direção, ela saltou para trás, com um grito estridente. Odette também se moveu, mas para o lado, de modo a ficar entre Vondell e Clarice.

– O que você vai fazer, chamar seu pai? – indagou Vondell. – Sabe, andei perguntando por aí sobre seu pai depois da última vez que você esteve por aqui, e soube que ele não é policial coisa nenhuma. O que ouvi dizer foi que você era aquela criança que nasceu na árvore e que supostamente "não tem medo de nada". Talvez esteja na hora de alguém ensiná-la a ter medo de alguma coisa. – Ele se aproximou dela, espichando o queixo.

Odette afastou-se, chegando até onde Clarice permanecia parada com o punho cerrado ao redor da maçaneta da porta, pronta para fugir. Vondell riu.

– Isso mesmo, boa garota. Corra para casa – falou para Clarice. – Você pode voltar aqui qualquer hora dessas, se quiser, boneca. Mas deixe essa cadela gorda e maluca em casa.

A poucos passos de Clarice, Odette parou, arrancou a peruca da cabeça e a atirou para ela. Clarice agarrou a peruca por puro reflexo e olhou sem entender enquanto Odette se virava de costas para ela.

– Clarice, abra o meu zíper – pediu Odette.

Quando Clarice nada disse nem fez o que Odette havia pedido, ela repetiu:

– Abra o meu zíper. Passei tempo demais fazendo este vestido para deixar que o sangue desse imbecil o manche – disse, cravando os olhos em Vondell. – O senhor está certo a meu respeito. Sou a garota que nasceu numa árvore. E está certo a respeito de meu pai. Ele não é policial. Mas foi campeão na categoria peso médio de 1947 nas Golden Gloves. E desde que eu era pequena, meu pai boxeador me ensinou a lidar com idiotas que queiram me meter medo. Então, deixe-me agradecer-lhe enquanto ainda está consciente, por me dar a oportunidade de demonstrar algumas das merdas especiais que ele me ensinou a usar em ocasiões como esta.

E voltando-se para Clarice, repetiu:

– Agora, Clarice, abra o meu zíper para que eu possa cuidar desse grande monte de bosta fedorenta e ignorante de uma vez por todas.

Com dedos que tremiam tanto que lhe dificultavam segurar o zíper, Clarice cumpriu a ordem. Abriu o zíper e o vestido de Odette deslizou de seu corpo, formando um círculo reluzente a seus pés. Apenas de sutiã branco e calcinhas com estampa floral, Odette ergueu os punhos, flutuando como uma borboleta em direção a Vondell, mas aparentemente preparada para picar como uma abelha.

Por um momento, Vondell parou estupefato, de olhos arregalados e boquiaberto. Ele tentou agir como se estivesse no comando da situação, chamando-a de uma série de palavrões imundos e ameaçando machucá-la. Mas Clarice podia ver, pelo modo como seus olhos dardejavam à esquerda e à direita em busca de uma rota de fuga, que aquela adolescente gorda e baixinha o amedrontara.

Odette continuou a aproximar-se dele e ele continuou a recuar. Vondell atravessou o piso da sala, os pés se arrastando sobre o tapete cor de laranja. Suas mãos agarraram as costas das peças pesadas e descombinadas de mobília que ele teve o cuidado de manter entre ele e Odette. Recuando até sair da sala e entrando no corredor que levava à cozinha, Vondell berrou:

– Não tenho tempo para lidar com essa maluquice de merda. Andem, tratem de ir. Pouco me importo com vocês. – Ele saiu de vista e poucos segundos depois elas ouviram a porta dos fundos da casa se abrir e se fechar com estrondo.

Odette manteve a postura de Golden Gloves pelo que pareceu uma hora, embora provavelmente não tenha se passado mais do que um minuto. Quando Vondell não voltou, ela baixou os punhos, sacudindo os ombros como se tivesse acabado de lutar dez assaltos.

Clarice e Odette se aproximaram de Barbara Jean, que continuava sentada na poltrona marrom, olhando para Odette com espanto e respeito. Clarice pegou as estolas de pele de imitação e as bijuterias baratas do chão enquanto Odette ajudava Barbara Jean a se levantar da cadeira.

– Vamos, Barbara Jean, temos uma festa para ir – disse Odette.

As três se espremeram no banco da frente do carro de Clarice para percorrer o percurso até a festa de Earl Pequeno. Estavam a mais ou menos um terço do caminho quando Clarice finalmente encontrou palavras:

– Aquilo foi incrível, Odette. Eu não tinha ideia de que seu pai a ensinou a lutar boxe – exclamou.

Odette fungou e riu.

– Lutar boxe? Papai nunca pesou mais do que 49 quilos a vida inteira. Com quem ele ia lutar boxe? Vondell teria me quebrado o pescoço se tivesse decidido me enfrentar.

Durante o resto do caminho até o Coma-de-Tudo, Clarice lutou para manter os olhos na estrada, em vez de encarar com incredulidade a amiga completamente louca. Barbara Jean olhava para fora pela janela do carro, exclamando de tempos em tempos:

– Puta merda!

Elas se divertiram muito na festa naquela noite. Flertaram e cantaram em playback as canções das Supremes. Observaram Earl Pequeno, numa fantasia que consistia de seu melhor terno de domingo e uma Bíblia, tentando usar o discurso do "Eu tenho um sonho" como cantada. E admiraram Chick Carlson.

Muitas garotas deram em cima de Chick a noite toda. Liberadas das convenções pelas fantasias, naquela noite elas esqueceram que estavam de lados opostos de uma divisão racial e constantemente interrompiam suas tarefas de ajudante de garçom, convidando-o para dançar. Clarice, Barbara Jean e Odette se divertiram vendo-o saltar pela pista de dança em sua fantasia de caubói – a roupa de todos os dias mais um lenço no pescoço. E se desmancharam em risadinhas enquanto, independentemente de qual fosse a música, ele conduzia cada garota num dois pra lá dois pra cá – a única dança que garotos brancos do interior sabiam naquela época.

Tarde naquela noite, Odette desapareceu por algum tempo. Voltou para a mesa da janela com Earl Grande e dona Thelma, que imediatamente puseram para correr toda a garotada, exceto Barbara Jean, Odette e Clarice. Então, depois de se sentarem de cada lado de Barbara Jean, eles lhes disseram que ela ia se mudar para o quarto que a filha deles, Lydia, havia desocupado ao deixar Plainview dois anos antes. Eles não lhe pediram opinião nem consideraram outras opções. Cada um deles segurou uma das mãos de Barbara Jean ao lhe informar que, a partir daquela noite, o quarto de Lydia era dela e continuaria sendo pelo tempo que ela quisesse.

Barbara Jean protestou apenas por tempo suficiente para mostrar que tinha boas maneiras. Então, concordou. De modo que, naquela noite, graças a Earl Grande, dona Thelma e Odette, Barbara Jean teve uma família pela primeira vez na vida. E Clarice chegou à conclusão de que tinha uma amiga capaz de fazer milagres.

Capítulo 16

Entre eles, Lester e Barbara Jean possuíam quatro veículos quando ele morreu. Quando soube que Odette estava doente, Barbara Jean doou a picape de Lester e seu carro de dois anos para a Sociedade Americana do Câncer. Ela achou que o gesto talvez trouxesse sorte a sua amiga. Aquilo a deixou com a Mercedes e um velho Cadillac.

Lester havia comprado o Cadillac, novo, em 1967, o primeiro de uma longa série de Cadillacs que adquirira ao longo dos anos. Lester tratava o carro como se fosse um bebê, mantendo-o tal como acabara de sair do salão da revendedora, até o dia em que morreu. Aquele foi o único de seus carros que Lester nunca vendeu ou deu quando novos modelos foram lançados. O carro não fora tocado desde a última vez em que Lester o dirigira. Apenas ficara na garagem, ocupando espaço e recordando Barbara Jean do passado.

Um dia quando chegou ao museu para trabalhar seu turno como voluntária na encenação de mulher de colono batendo manteiga, Barbara Jean descobriu que um anúncio havia sido afixado no quadro ao lado da bandeira de Benjamin Harrison. O anúncio pedia aos voluntários contribuições para o leilão anual de Natal. Ela ofereceu o Cadillac.

A julgar pela reação chocada que recebeu ao entrar em contato com o comitê organizador do leilão, um modelo Fleetwood 1967 em perfeito estado era um pouco mais do que eles tinham em mente. Eles haviam esperado doações de coisas do tipo almofadas bordadas a mão para cadeiras, velas de cera de abelha ou cestas de presentes cheias de jarros de morangos em conserva, com tampas forradas de tecido, à moda antiga. Mas depois que compreenderam que Barbara Jean realmente pretendia doar o carro, não um passeio nele ou algum tipo de contrato de *leasing*, aceitaram avidamente o presente. Em troca, ela aceitou o oferecimento de ter uma sala do museu – a que exibia artefatos indígenas –, rebatizada com o nome de Sala de Exposição Lester Maxberry. Quiseram dar à sala o nome de Barbara Jean, mas ela declinou da homenagem. O Fleetwood tinha sido o bebê de Lester. E era ele quem tinha boas lembranças do carro, não ela.

Barbara Jean morava na casa de Earl Grande e dona Thelma havia cerca de um mês quando viu o carro pela primeira vez. Voltava para casa do trabalho no salão quando viu um bando de gente, reunido do outro lado da rua, diante do Coma-de-Tudo. Clarice saiu da aglomeração e chamou seu nome.

Quando chegou mais perto, Barbara Jean notou que uma dúzia ou mais de pessoas reuniam-se em volta do mais lindo Cadillac que ela já vira. De fato, era o único Cadillac novo em folha que Barbara Jean jamais tinha visto fora de comerciais de televisão. Era uma beleza, tão reluzente que era difícil olhar diretamente para ele sob o sol da tarde. Era azul-céu e o lustro brilhante da pintura refletia as nuvens acima tão perfeitamente que olhar para o capô quase a fazia sentir-se tonta, como se não soubesse para que lado ficava o céu. A traseira do carro era longa e tão lisa e fina que parecia que você podia cortar o dedo se o passasse pelas barbatanas afiladas. Ocasionalmente uma das pessoas que circulavam em torno do carro com admiração se inclinava e exalava na superfície clara e reluzente, observando o círculo oval de sua respiração condensada aparecer e evaporar.

Só uma pessoa no grupo ousou fazer contato físico real com o carro. E foi o dono do Cadillac, o sr. Lester Maxberry.

Barbara Jean conhecia Lester, é claro. Ele era famoso. Em um momento ou outro, empregara metade dos garotos de sua escola em seu negócio de manutenção de jardins. James Henry trabalhou para ele durante todo o curso colegial e seus dois anos de faculdade, e todo mundo havia esperado que ele assumisse o negócio um dia. As pessoas continuaram esperando até James surpreender todo mundo e se tornar policial.

Lester às vezes vinha ao restaurante do Earl com James e se sentava com os jovens na mesa da janela. Era sempre simpático, cortês e charmoso, num estilo um tanto avuncular. Conversava sobre esportes com os rapazes, dava conselhos, ou elogiava as garotas. Mas não costumava ficar muito tempo.

– Me deixem ir andando de modo que vocês, jovens, possam aproveitar a noite – e então inclinava o chapéu de feltro que sempre usava e ia embora enquanto eles objetavam.

Barbara Jean gostava da companhia de Lester, mas nunca pensava nele de maneira romântica, apesar do fato de praticamente todas as outras mulheres que ela conhecia pensarem. Ele tinha um corpo pequeno, compacto e o rosto comprido, de olhos caídos, que a maioria das outras garotas achava sexy. Também tinha uma ligeira hesitação no andar, resultado do ferimento que sofrera quando servira o exército, mas o encobria com tamanha elegância e autoconfiança que mais parecia um acessório de estilo. Lester tinha pele clara e cabelos encaracolados, mas não crespos. Ou seja, cabelo bom, numa época em que não havia muitos atributos considerados mais importantes do que uma pele clara e cabelo bom.

Lester estava postado na proa de seu automóvel com um pé no para-lama dianteiro e o quadril apoiado no painel do lado do motorista. Vestia calças azul-marinho de risca de giz, camisa social do mesmo tom de azul-céu do carro novo e um chapéu de feltro preto com uma pena azul na fita. Ele devia estar com frio. A temperatura não devia estar mais que sete graus Celsius naquele dia de dezembro. Mas Lester parecia perfeitamente confortável.

Quando ele viu Barbara Jean, ele levantou-se.

– Ei, Barbie, o que você acha? – indagou.

– É bacana, realmente bacana – respondeu ela. E imediatamente se arrependeu da resposta. "Bacana" soava bobo e adolescente, realmente a palavra errada para dizer a um homem como Lester Maxberry. Ela se corrigiu, dizendo: – É um carro deslumbrante, realmente deslumbrante – e se sentiu melhor.

– Espere até ver isso. É a melhor parte. – Ele deu alguns passos pelo lado do motorista e então se inclinou para dentro pela janela aberta. Apertou a buzina e, depois que ela tocou, virou-se com um grande sorriso no rosto. A buzina havia sido modificada para tocar as três primeiras notas do refrão da canção de Smokey Robinson "Ooo Baby, Baby". O grupo reunido ao redor do carro foi à loucura, alguns fazendo coro:

– Ooo, *Ooo*-ooo.

Barbara Jean foi empurrada para fora do grupo pelos garotos que se adiantaram para fazer perguntas sobre o carro ou apenas para ouvir de novo a buzina, de modo que entrou no Coma-de-Tudo para dizer alô a dona Thelma. Naquela hora, em um sábado, dona Thelma geralmente podia ser encontrada na cozinha do restaurante, começando a assar os bolos e os pães para o movimento de domingo depois da igreja.

Barbara Jean atravessou o salão do restaurante e seguiu para o corredor que levava à área da despensa nos fundos da cozinha, onde ficavam a mesa de padaria e os fornos. Antes de chegar à cozinha, a porta da despensa se abriu e Chick Carlson saiu. Ela o cumprimentou com um gesto de cabeça e continuou caminhando. Mas ao chegar mais perto, viu que ele tinha um corte na testa.

Sabia que não devia perguntar. Sabia que não era de sua conta. Mas mesmo assim perguntou, apontando para o corte pouco abaixo da linha do cabelo.

– O que aconteceu?

Ele disse:

– Meu irmão, ele às vezes se enfurece e... – respondeu e se calou, parecendo constrangido, como se não tivesse pretendido dizer o que dissera. Chick mordeu o lábio e ficou ali parado, o rubor tornando seu rosto cada vez mais vermelho.

Ela não percebeu na ocasião, mas algo teve início entre eles naquele momento, uma necessidade irresistível de contar e fazer coisas antes que o bom senso pudesse intervir e impedi-los. Aquela necessidade se estenderia por muitos anos, por tempo demais. E ela viveria para lamentar isso. Barbara Jean tirou o casaco e arregaçou as mangas da blusa. Então apontou para três pequenas cicatrizes no braço.

– Minha mãe me batia com uma fivela de cinto.

– Tenho certeza de que ela não queria fazer isso – retrucou ele.

– Sim, queria sim. Ela costumava me bater muito quando estava bêbada. Mas em certa medida você tem razão; ela não queria que eu ficasse com as cicatrizes. Apenas estava tão bêbada naquele momento que não se deu conta de que havia agarrado a ponta errada do cinto.

Ele chegou mais perto, estendeu a mão e tocou as cicatrizes com as pontas dos dedos.

– Parecem uma cara. Está vendo? – Ele correu a ponta do dedo sobre a cicatriz maior em forma de arco. – Esta linha parece uma boca e as duas menores acima parecem olhos.

Com aquele leve toque, de repente eles não conseguiram mais parar de falar. Palavras que haviam estado reprimidas enquanto eles se olhavam fixamente no salão do Coma-de-Tudo saíram aos borbotões. Eles não flertaram nem provocaram um ao outro com conversas tímidas como outros adolescentes poderiam ter feito naquela situação. As coisas que contaram um ao outro eram coisas que só podiam dividir entre eles.

– Minha mãe bebeu até morrer – contou ela.

– Meu pai morreu na cadeia – disse ele. – Quando eu era criança, eles me disseram que havia sido ataque de coração, mas descobri mais tarde que ele fora esfaqueado numa briga. Minha mãe fugiu de casa mais ou menos na mesma época. Mal me lembro dela.

– Eu nunca conheci meu pai, mas existem dois sujeitos que pensam que sou filha deles.

– Você não pode ver por causa do cabelo, mas tenho uma cicatriz de 13 centímetros no topo da cabeça, dos pontos que tive que levar depois que meu irmão me acertou com um tijolo por ter tirado comida da geladeira dele.

– Quando eu tinha 14 anos, minha mãe torceu meu braço até deslocá-lo porque saí de casa sem maquiagem.

– Earl Grande me deixa dormir na despensa porque ele descobriu que eu estava vivendo num pequeno galpão na casa de meu irmão junto com as galinhas – contou Chick.

Ela levantou a mão.

– Tudo bem, você venceu. – Então, ambos começaram a rir.

Foi então que ela o fez. Deu um passo na direção dele e o beijou na boca. Barbara Jean se inclinou e se apoiou contra ele até que ele cambaleou para trás, encostando-se na parede. Ela continuou a se apertar contra ele, querendo ficar tão próxima quanto podia.

Barbara Jean não sabia por que o beijava, sabia apenas que tinha que fazê-lo, do mesmo modo como precisava lhe contar coisas que ainda não havia contado a Odette nem a Clarice, coisas sobre sua mãe e seus vários pais. Com ele, aquelas verdades saíam com maior facilidade.

Quando ela começou a se dar conta da tolice que estava fazendo e quis recuar, ele passou os braços ao redor de sua cintura e puxou-a, apertando-a ainda mais contra si. Ficaram parados ali no corredor dos fundos do restaurante se beijando até estarem zonzos e sem fôlego. Só pararam quando ouviram alguém chamando por Barbara Jean.

Chick soltou sua cintura e Barbara Jean recuou até suas costas encostarem na parede oposta. Continuaram sorrindo um para o outro, quando Clarice entrou correndo e gritou:

– Barbara Jean, vamos! Lester quer nos levar para um passeio em seu carro novo. Ele mandou especialmente convidar você – disse, e virou-se:

– Oi, Chick – e então puxou Barbara Jean pelo corredor, parando apenas tempo suficiente para dar a Barbara Jean oportunidade de pegar o casaco que havia deixado cair para mostrar as cicatrizes. Enquanto ela pegava o casaco, Barbara Jean virou-se para dar mais uma olhada no rosto bonito e sorridente de Chick. Então, saiu para fazer seu primeiro passeio no Fleetwood azul de Lester.

Quem presidia o comitê do leilão de Natal do museu era uma mulher chamada Phyllis Feeney. Era uma mulher nervosa, com corpo em forma de pera, que usava tanto as mãos quando falava que parecia estar empregando a língua dos sinais. Quando Phyllis veio buscar o Cadillac, trouxe junto o marido, Andy, gorducho e irrequieto como ela. Phyllis estava ainda mais animada do que de hábito naquele dia, mexendo e brincando com o cabelo. Relaxou um pouco no último segundo quando o carro foi entregue e ela teve certeza de que Barbara Jean não ia dar para trás no acordo.

Barbara Jean os acompanhou até a garagem onde Phyllis entregou as chaves do Cadillac azul de Lester ao seu marido. Então, Phyllis embarcou de volta no Ford em que eles haviam chegado e foi embora. Andy se enfiou atrás do volante do Fleetwood e deu partida no motor gigante. Baixou a janela e comentou:

– Ele ronrona como um gatinho.

Pôs o carro em marcha a ré e saiu da garagem. Justo quando ia chegando ao final da entrada para carros, Barbara Jean gritou:

– Andy, toque a buzina!

– O quê? – perguntou ele.

– Toque a buzina. É a melhor parte.

Ele o fez, e quando ouviu as três notas se elevarem, falou:

– Puxa vida, eu amo este carro. Vou ter que entrar no leilão e tentar ficar com ele. – Acenou um adeus para Barbara Jean e desceu pela Avenida Plainview.

Por uns bons cinco minutos depois que ele sumiu de vista, Barbara Jean ainda podia ouvir o carro de Lester cantando ao longe, bem distante: "Ooo, *Ooo*-ooo."

Capítulo 17

Odette, Barbara Jean e Clarice estavam sentadas, conversando no centro de tratamento do hospital. Clarice, que não conseguia resistir à tentação de julgar a decoração de onde quer que estivesse, aprovou o ambiente. Era bonitinho, se você ignorasse o equipamento médico. A iluminação era menos intensa do que no resto do hospital. E o papel de parede com discretos motivos de flores em tons pastel complementava as confortáveis cadeiras de cerejeira e estofamento em couro, ao lado dos leitos para tratamento. Infelizmente, havia pouco a ser feito para embelezar o centro. Para qualquer lado que olhasse, você era lembrado do motivo pelo qual estava ali.

Faltava pouco para o Natal, mas o centro não havia sido decorado. Os únicos sinais das festas eram o chapéu de Papai Noel usado pela enfermeira de plantão, que mascava chicletes sem parar, sentada a uma escrivaninha no canto em seu posto de controle, e o broche de árvore de Natal que acendia e apagava no colarinho do jaleco amarelo de voluntária do hospital que Barbara Jean usava.

Barbara Jean vestia o jaleco embora não estivesse trabalhando naquele dia. Havia limite de um visitante por pacientes durante a quimioterapia, de modo que Barbara Jean vestira o uniforme para parecer que estava a serviço e contornar o regulamento. Às vezes, Clarice pegava emprestado o jaleco de Barbara Jean para poder vir com James nos dias em que ele acompanhava Odette.

Para passar o tempo naquela manhã e distrair Odette durante o tratamento, Clarice mostrou às outras Supremes as 12 amostras de tecido que Veronica havia deixado em sua casa na noite anterior. Veronica suplicara e lisonjeara Clarice até fazê-la concordar em ajudá-la no planejamento do casamento de Sharon, logo passando-lhe uma lista de tarefas tediosas. A despeito de si mesma e a despeito de Veronica, Clarice descobriu que estava satisfeita por ter aquele trabalho relacionado a casamento. Precisava de tantas distrações quantas pudesse arranjar para evitar preocupar-se com a saúde de Odette e com o pênis errante de Richmond. E o dia tinha apenas um número limitado de horas em que ela podia tocar piano antes que os nós de seus dedos começassem a reclamar. Sua última tarefa fora apresentar opinião por escrito sobre cada uma das amostras de tecido que Veronica lhe trouxera. Cada uma delas era de um tom sutilmente diferente de verde.

– Ela espera que eu ajude a escolher o tecido dos vestidos das damas de honra a partir destas amostras – comentou Clarice. – Vocês podem imaginar? Vestir as tristes figuras que são as filhas de Veronica com qualquer um desses tecidos é pura e simplesmente cruel. E, a propósito, verde é a cor favorita de Veronica, não de Sharon. Sharon queria cor de pêssego, mas Veronica lhe disse que ninguém saberia perceber a diferença entre pêssego e cor-de-rosa, de modo que pareceria apenas um casamento vulgar em rosa. Veronica decidiu que o casamento seria verde e branco.

Odette e Barbara Jean concordaram que veludo verde-garrafa nas garotas mais simples da cidade era uma ideia insana. Barbara Jean declarou que era "abuso de crianças" e Odette, divertindo-se em seu papel de espectadora curiosa de um engavetamento na estrada, falou:

– Mal posso esperar para ver este casamento.

Até mesmo a enfermeira de plantão que estivera fingindo não ouvir, olhou fixamente para as amostras enquanto Clarice as balançava no ar. E parou de mastigar o chiclete por tempo suficiente para exclamar:

– Um horror!

Clarice explicou que tinha que se livrar daquela história de escolher o tecido rapidamente para poder se concentrar numa tarefa ainda mais complicada. Ela deveria encontrar um bando de pombos

brancos que seriam soltos quando Sharon entrasse pela nave da igreja.
– Veronica viu isso na TV e agora quer porque quer. Vocês têm ideia de como é difícil encontrar pombos brancos adestrados? É claro que tudo isso é porque eu usei aquela máquina de bolhas de sabão no casamento de Carolyn. Tudo é assim com Veronica. Carolyn teve bolhas de sabão; Sharon tem que ter pombos brancos. Carolyn teve um "pulando a vassoura"; Sharon vai ter luzes a laser escrevendo "Clifton e Sharon" acima da cabeça deles durante a cerimônia, que mudam para "Aleluia!" quando eles forem declarados marido e mulher.

Barbara Jean perguntou:

– Laser? É mesmo? Seria de se imaginar que ela fosse se manter longe dos efeitos especiais depois que a representação da Páscoa deu tão errado.

– Acho que ela sente que está segura porque não há planos para a festa do casamento sair voando pelos ares. Pelo menos não por enquanto.

Elas riram tão alto da lembrança do pobre reverendo Biggs pairando nas alturas sobre as vigas do telhado da First Baptist que mal escutaram o sibilar da porta automática para o centro de tratamento anunciar que alguém havia entrado. Odette levantou o olhar e sorriu. Barbara Jean e Clarice se viraram e viram Chick Carlson.

Chick vestia um sobretudo creme com um crachá de identificação da universidade preso à gola. Ele levantou o crachá na direção da enfermeira quando ela se aproximou para perguntar quem ele estava ali para ver, depois balançou a cabeça e o deixou passar. Ele aproximou-se das Supremes até postar-se junto aos pés da espreguiçadeira de Odette.

– Oi, todo mundo – cumprimentou-as como se fosse apenas mais um dia no Coma-de-Tudo, em 1968.

– Oi, Chick – respondeu Odette. Não posso me levantar para abraçar você, de modo que é melhor você vir até aqui. – Ele chegou mais perto, se inclinou e beijou Odette na face. Então, virou-se para

Clarice, que lhe estendeu a mão e apertou a mão dele. Depois de uma pausa que foi um pouco longa demais para ser confortável, Barbara Jean disse:

– Oi, Ray. Já faz muito tempo.

Odette sentou-se o mais ereta que pôde na espreguiçadeira e examinou o velho amigo, naquela primeira oportunidade de olhar bem para ele em quase trinta anos. Ele a fez pensar em um caminhante experiente que tivesse acabado de entrar depois de uma boa caminhada pela encosta da montanha. Sua face estava vermelha e as ondas grisalhas e pretas de cabelo haviam sido despenteadas pelo vento, ou naquela manhã ele havia passado horas com um cabeleireiro e um maquiador para ficar com aquele ar de quem envelheceu com o charme e a graça de um astro de cinema. Odette fez o rosto de Chick tornar-se ainda mais vermelho ao comentar:

– Todos esses anos e você ainda continua tão bonito que dá vontade de comer.

Ela lhe falou para puxar uma cadeira, mas ele disse que já estava atrasado e que não podia ficar muito tempo. Contou que havia se encontrado com James a caminho do trabalho naquela manhã e que James lhe falara sobre a sua doença, dizendo onde poderia encontrá-la.

– Então o que trouxe você de volta depois de todo este tempo? – perguntou Odette.

– Estou encarregado de um projeto de pesquisa – respondeu ele. – Trabalhamos com pássaros. Na verdade, aves de rapina... falcões, corujas, gaviões. Eles converteram a velha torre para nós. – Ele apontou na direção da torre apesar de não haver janela no aposento e apesar do fato de as Supremes, como todo mundo na cidade, saberem exatamente de que torre ele estava falando.

A torre era tudo o que restava de um sanatório que outrora ocupara o terreno onde agora se erguia o hospital. Pacientes tuberculosos haviam sido trazidos até ali para fazer a cura de ar fresco. Com cinco andares de altura, a torre se erguia sobre uma elevação na beira do campus e era visível de quase qualquer bom ponto de observação da cidade. Agora, Chick, o garoto que sempre havia andado coberto de penas, mantinha pássaros ali.

– Vocês realmente devem ver o que a universidade fez com a torre – continuou ele. – As instalações são incríveis. Duas vezes maiores que o espaço de que eu dispunha no Oregon.

– Oregon? – perguntou Odette. – Pensei que você tivesse ido estudar na Flórida.

– Eu fui, mas só fiquei por lá cinco meses. É quente demais para mim. Depois de um ano, me transferi para um programa de graduação no Oregon. A faculdade me ofereceu um emprego como professor depois que me formei, e acabei ficando até voltar para cá.

Odette, que nunca era tímida com relação a obter informações, começou a interrogá-lo. Um minuto depois, ela havia descoberto que Chick estava morando em Plainview desde o verão, que tinha sido casado e se divorciado duas vezes, que não tivera filhos de nenhum dos casamentos, e que morava numa das novas casas em Leaning Tree.

Chick sentiu que começava a suar. Desde o dia em que havia aceitado o emprego que significava voltar para sua cidade natal, pensara no que ia dizer quando seu caminho se cruzasse com o das Supremes. Havia preparado um breve discurso, algumas frases sobre sua vida no noroeste, seguidas por uma breve descrição do trabalho que o trouxera de volta a Plainview. Mas ele imaginara recitar sua conversa ensaiada com as Supremes em um ambiente seguro. Agora, por causa de um encontro casual com seu velho amigo James, naquela manhã, Chick se viu tropeçando em meio a uma versão truncada de seu pequeno discurso, numa sala de hospital, cujas paredes pareciam estar se fechando aos poucos a seu redor, mais rapidamente a cada segundo que passava. Ficara completamente perturbado com as perguntas de Odette, com o lugar e com a presença de Barbara Jean, ainda dolorosamente bonita depois do que parecia um milhão de anos e, ao mesmo tempo, tempo nenhum.

Chick afastou-se de seus comentários ensaiados, falando cada vez mais depressa. Ele descreveu andar por andar, as instalações veterinárias abrigadas na torre. Contou-lhes sobre os dois cursos de graduação que lecionava na universidade e como os mais brilhantes de seus alunos agora formavam a equipe jovem e entusiasmada que o auxiliava no projeto das aves de rapina. Chick detalhou os planos para a liberação do primeiro casal reprodutor de falcões reabilitados no verão seguinte. Após ter listado o nome de cada um dos oito pássaros do projeto e contado como cada nome havia sido escolhido, ele se deu conta de que falava há dez minutos seguidos e se interrompeu.

– Desculpem-me – disse. – Vocês me fizeram falar sobre o meu projeto e eu não me calei mais.

– Não precisa se desculpar, é bom ouvir e saber que você gosta de seu trabalho – disse Odette e então riu. – Mas me diga uma coisa Chick, como é esse negócio entre você e as aves?

Ele sorriu, enfiou as mãos nos bolsos do casaco e deu de ombros. Por um momento, ele se transformou mais uma vez no garoto tímido e bonito que elas haviam conhecido há quase quarenta anos.

Ninguém falou nada por alguns segundos. Barbara Jean, Odette e Clarice pigarrearam e se mexeram nas cadeiras. Chick permaneceu parado, olhando fixamente para o chão, deixando claro que havia preparado apenas algumas linhas de diálogo para aquele encontro e, tendo-as esgotado e as seguido num discurso longo e desencontrado, não tinha mais o que dizer.

Barbara Jean preencheu o silêncio com um comentário que surpreendeu a todos.

– Vi você depois do funeral de Earl Grande.

Pasma com suas próprias palavras, Barbara Jean deixou escapar um pequeno gemido enquanto seus olhos se arregalaram. Olhou para Odette e para Clarice, várias vezes, em rápida sequência. Por um momento, Clarice pensou que Barbara Jean pudesse perguntar qual das duas havia falado. Mas é claro que aquele comentário jamais teria saído dos lábios de nenhuma das duas amigas. Clarice e Odette haviam cuidadosamente evitado comentar sobre o dia do funeral de Earl Grande – o dia da morte de Lester – durante meses. E nunca, nem uma única vez, haviam mencionado a Barbara Jean que a tinham visto olhando fixamente pela janela para Chick pouco antes de Lester decidir executar aqueles funestos reparos elétricos.

Chick e Barbara Jean se encararam, sem dizer nada. Clarice desandou a falar loucamente sobre como Earl Grande fora um grande amigo para todos eles, Odette assentiu em concordância. Barbara Jean cruzou as mãos sobre o colo para fazê-las parar de tremer.

Então Chick disse:

– Bem, é melhor eu ir.

Odette o fez prometer que apareceria em sua casa para uma visita, e trocaram despedidas corteses e educadas. Então, Chick deu alguns passos até a porta que levava para o vestíbulo de saída. Mas antes de deixar a sala, virou-se e acrescentou:

– É realmente um prazer ver todas vocês assim tão bonitas.

Pareceu tanto a Clarice quanto a Odette que aquele último comentário havia sido endereçado diretamente a Barbara Jean.

Assim que Chick saiu do centro, Barbara Jean dobrou-se para a frente na cadeira e enterrou o rosto nas mãos. Ela respirou fundo duas ou três vezes e então se endireitou na cadeira.

– Eu vou buscar um café – anunciou. – Alguém quer alguma coisa? – Antes que qualquer das duas amigas pudesse responder, ela se levantou e correu em direção à porta. Odette gesticulou com a cabeça para que Clarice a seguisse e Clarice obedeceu.

– Você está bem? – perguntou Clarice.

– Ele estava muito bem, não é? – respondeu Barbara Jean.

– É verdade, ele estava muito bem. Cresceu e se tornou um belíssimo homem.

– Não. Eu quero dizer que parece que a vida dele está indo bem. Ele não parece ter tido uma vida triste, arruinada ou coisa assim.

Clarice concordou que Chick parecia ter tido uma vida boa, bem-sucedida, sem saber para onde Barbara Jean estava indo com aquela conversa.

– Sim, ele foi bem-sucedido na vida – continuou Barbara Jean. – Saiu-se muito bem. Agora trabalha para a universidade. Leciona. Gosta do seu trabalho. Ray está bem.

Parecia a Clarice que Barbara Jean tentava convencer a si mesma. É realmente uma maravilha, pensou Clarice, como aquele velho demônio inconveniente, chamado amor, pode empinar a cabeça e começar a mexer com você quando menos se espera. Ela apostaria um milhão de dólares que Barbara Jean não queria sentir nada por Chick, o homem que amara antes de ter idade para ter juízo e saber que não devia. Mas estava escrito no rosto dela. Jogo acabado, história encerrada. Barbara Jean estava dominada por um afeto que simplesmente se recusava a morrer, por mais que a vida e o tempo houvessem tentado matá-lo. Ah, irmã, pensou Clarice, sei exatamente como você se sente.

Por vários minutos, Barbara Jean e Clarice olharam pela janela, para a vista do estacionamento do hospital e para a torre de tijolos vermelhos, onde Chick, naquele momento, provavelmente se aprontava para passar o dia, cuidando de seus pássaros. Clarice observou grupos de estudantes caminharem colina acima, em direção à parte principal do campus, o vapor de suas respirações no ar frio de dezembro. Ao longe, ela viu o orgulhoso galo de cobre do cata-vento que encimava o torreão no canto nordeste da casa de Barbara Jean se erguendo acima do topo das árvores, que tinham perdido todas, exceto as mais tenazes de suas folhas. Mais ao longe, podia ver os restos do Muro Ballard e os tetos bem ordenados das novas casas em Leaning Tree.

Plainview estava linda. A camada de neve que caíra havia transformado a cidade numa cena perfeita de cartão-postal, pronta para ser fotografada para o catálogo da universidade ou retratada em tela bordada em meio-ponto. Ela estava a ponto de dizer isso a Barbara

Jean quando algo novo surgiu à vista, fazendo com que ambas se retesassem.

Um Chrysler branco, com o teto solar aberto a despeito do frio, entrou pelo estacionamento e parou em frente às portas logo abaixo da janela onde elas estavam. Um homem saltou do carro e cumprimentou a moça que saiu correndo do prédio para se encontrar com ele. Ele deu a volta até o lado do passageiro do Chrysler e abriu a porta para a mulher. Ela perdeu o chapéu – uma réplica do estilo popular na década de 1970, com abas largas – quando uma rajada de vento o derrubou no instante em que ela se inclinava para embarcar no carro. O homem o agarrou para ela, graciosamente apanhando-o em pleno ar. Então, de modo brincalhão, ele bateu no traseiro da mulher com o chapéu. Ela o tomou dele e, com um movimento de cabeça que lançou os cabelos negros e compridos para trás, entrou no Chrysler. O homem era o marido de Clarice.

Barbara Jean manteve o rosto virado para a frente e não disse nada. Mas espiou Clarice pelo canto do olho. Clarice continuou olhando fixamente enquanto o carro deixava o estacionamento. Ela se sentiu mais constrangida por Richmond do que por si mesma enquanto o observava sair acelerando do estacionamento e pegar a estradinha que descia a encosta e levava à autoestrada, cantando pneus como um adolescente arruaceiro querendo se mostrar. O cantar dos pneus foi tão alto que elas ouviram mesmo através das janelas de grosso vidro laminado.

Depois que o carro desapareceu de vista, Clarice falou:

– Ele disse que estaria em Atlanta com Ramsey Adams em busca de jogadores para recrutar durante os próximos dois dias.

Ainda sem olhar diretamente para ela, Barbara Jean retrucou:

– A garota trabalha na loja de presentes do hospital. As flores que levo para meus pacientes nos dias de trabalho voluntário são entregues na loja de presentes. Eu a vejo pelo menos duas vezes por semana quando vou lá separar as flores. O nome dela é Cherokee.

– Cherokee? Como a tribo de índios?

– Não, Cherokee como o jipe. O pai dela é dono de uma oficina de automóveis e aparentemente ele leva o trabalho para casa. Ela tem irmãos chamados Tercel e Seville.

– Você está brincando.

– Não. Eles se chamam Cherokee, Tercel e Seville Robinson.

– Você entende? – falou Clarice. – É por isso que não posso odiar Richmond, não importa o que ele faça. Justo quando tenho vontade de quebrar o pescoço dele, ele sempre encontra uma maneira de me fazer rir.

Barbara Jean estendeu a mão para segurar a mão de Clarice.

– Vamos voltar e ver se Odette acabou. – Elas deixaram a janela e caminharam de volta pelo corredor até o centro de tratamento, balançando as mãos dadas como um par de menininhas de 5 anos.

Pouco antes de chegarem à porta, Clarice comentou:

– Chick Carlson e essa tal de Cherokee no mesmo dia. Juro, Barbara Jean, às vezes acho que esta cidade é simplesmente muito pequena.

– Clarice, querida – respondeu Barbara Jean. – Você disse tudo.

Capítulo 18

Na noite de 21 de dezembro, Clarice atendeu ao telefone que tocava em sua sala de visitas e ouviu uma voz conhecida. Era uma voz doce de tenor, com um cecear sutil, como o de um menino de coro que tivesse nascido com língua de cobra. Era a voz do sr. Forrest Payne.

Em vez de alô, ele apenas disse:

– Ela está aqui.

Clarice não precisou perguntar do que nem de quem ele estava falando.

– Sinto muito. Logo estarei aí – respondeu.

Ela ouviu, do outro lado da linha, o som de *snick-snick* de um isqueiro sendo aceso. Então, o sr. Payne, o infame cafetão e senhor das putas da cidade, com sua voz bonita e sedutora, falou:

– Feliz Natal, Clarice. Deus abençoe você e sua família. – Ele desligou antes que Clarice fosse obrigada a retribuir a gentileza de seus votos.

Clarice chegou ao Clube de Cavalheiros Pink Slipper 15 minutos depois de ter recebido a chamada de Forrest Payne. Sua mãe estava parada no topo de uma pequena colina a leste do estacionamento. Alta e magra, Beatrice Jordan estava elegante no casacão preto, de gola, punho e barra de arminho, que o pai de Clarice lhe dera vinte anos antes, depois de ter feito com ela algo especialmente humilhante, cujos detalhes Clarice nunca soubera. Com mãos cobertas por luvas natalinas de couro vermelho, Beatrice segurava um megafone.

– Vocês são filhos de Deus – berrava. – Parem de fazer o que estão fazendo. A conduta pecaminosa vai fazer cair sobre vocês uma tempestade de fogo. Venham para os braços do Senhor e serão salvos.

Clarice ouvira o sermão de sua mãe no alto da colina dúzias de vezes. Sempre começava da mesma maneira.

– Você é um filho de Deus. Pare de fazer o que está fazendo. Sua conduta pecaminosa vai fazer cair sobre você uma tempestade de fogo. Venha para os braços do Senhor e será salvo. – Depois disso, um verso da Bíblia.

À medida que Clarice se aproximava, a mãe passou a recitar São Paulo aos Romanos, 8:13.

– Porque se viverdes segundo a carne, morrereis, mas, se pelo espírito mortificardes as obras do corpo, vivereis. – Beatrice gostava especialmente dos versos mais ameaçadores.

O primeiro sermão com megafone da mãe de Clarice na frente do Pink Slipper ocorreu durante uma visita à cidade natal, não muito depois de ela ter se mudado, logo depois da morte do marido. Clarice estivera em casa, esperando a chegada da mãe. A expectativa acabara por se transformar em preocupação, levando-a se postar diante da janela para ver despontar o carro alugado da mãe, quando o telefone tocara. Forrest Payne, o homem da voz bonita, lhe havia contado que sua mãe estava no estabelecimento dele com um megafone. Clarice não acreditara até levar o telefone para fora de modo a ouvir a voz amplificada da mãe crepitando advertências sobre a danação.

– Clarice, estou ligando para você em vez de ligar para a polícia em sinal de respeito aos muitos anos que seu pai, que Deus tenha a sua alma, trabalhou como meu advogado – dissera o sr. Payne. – Mas ela desconfiava que na verdade era em respeito ao fato de seu pai ter gastado muito dinheiro no Pink Slipper. Forrest Payne devia ter dado seu nome a um dos quartos ou pelo menos a um dos postes em que as strippers dançavam em homenagem a Abraham Jordan.

Depois que Clarice persuadiu a mãe a parar de fazer sermão e a levou de volta para casa daquela primeira vez, Beatrice informou a filha de que finalmente estava pronta a admitir as infidelidades do falecido marido. Mas também deixou claro que havia entrado em um outro tipo de negação, recusando-se a considerar Abraham responsável por seu mau comportamento contumaz. Em vez disso, atribuía a culpa de suas traições às vagabundas e aos amigos mal escolhidos do sexo masculino, que ela acreditava terem-no conduzido ao caminho do pecado. Beatrice concentrava sua fúria justificada em Forrest Payne e seu antro de pecado e iniquidade.

Assim, duas vezes por ano, a mãe de Clarice, uma dama e a epítome de todas as coisas dignas de uma senhora, aparecia no Clube de Cavalheiros Pink Slipper de Forrest Payne, armada de megafone e de uma sede inesgotável de vingança. É aterrorizante, pensou Clarice, o que o casamento pode fazer com uma mulher.

Tornando a situação ainda pior, no primeiro momento, Beatrice não reconheceu Clarice. Quando a viu caminhando em sua direção em vez de entrar no clube, Beatrice tomou a filha por uma recém-convertida. Apontou o megafone para Clarice e falou:

– Isso mesmo, irmã, dê as costas a essa casa de perversidade e ouça a palavra das Escrituras. – Finalmente, vendo que era Clarice, Beatrice disse, sem amplificação pelo megafone: – Oi, querida, imagino que ele tenha ligado para você novamente.

Clarice assentiu.

– Bem, de qualquer maneira estava quase acabando por aqui. – Mas ela ainda não havia acabado. Um caminhão entrou no estacionamento justo naquele instante e o motorista, um homem barbado corpulento, com chapéu de caubói que se movia como se já tivesse tomado alguns drinques, aproximou-se da porta de cor fúcsia do clube. Beatrice levantou o megafone novamente e urrou:

– Você é um filho de Deus. Pare de fazer o que está fazendo. Sua conduta pecaminosa vai fazer cair sobre você uma tempestade de fogo. Venha para os braços do Senhor e será salvo. – Quando o homem desapareceu dentro do Pink Slipper, ela enfiou o megafone debaixo do braço e desceu a colina.

Beatrice parou bem diante de Clarice e a olhou de alto a baixo. Clarice usava parca acolchoada e botas de neve que tinha enfiado às pressas para vir buscar a mãe depois de receber o telefonema de Forrest Payne. Beatrice franziu a testa enquanto examinava os trajes da filha.

– Não posso acreditar que você se permita ser vista em público deste jeito – falou. – Essas pessoas podem ser as mais vis das criaturas de Deus, mas isso não significa que não vão falar de você.

Clarice resmungou baixinho para si mesma:
– Amo a minha mãe. Amo a minha mãe. – Ela sabia que precisaria recordar a si mesma sobre isso com frequência durante os vários dias que se seguiriam. Aquela temporada de Natal seria dura, com Odette doente, Barbara Jean parecendo mover-se em estado semicomatoso, e Richmond mais do que nunca se comportando como Richmond. Ela não estava com estado de espírito para aturar o tipo especial de loucura de sua mãe somado a tudo aquilo. Clarice pensou seriamente em entrar no Pink Slipper e fazer de tudo para persuadir Forrest Payne a mandar prender Beatrice por invasão de propriedade privada e perturbação da paz. E deixar que a cadeia do condado a mantivesse durante as festas. Aquilo lhe serviria de lição.

Clarice abraçou a mãe e disse:
– Feliz Natal.

Na manhã seguinte enquanto preparava o café da manhã, Clarice debateu o itinerário do dia com a mãe. Ela havia programado várias coisas: marcara hora no cabeleireiro para ambas, visitas a velhos amigos da família, excursões de compras para presentes de última hora e uma ida ao supermercado para comprar o necessário para a refeição que elas teriam que preparar para os filhos de Clarice e suas famílias. Também havia toda sorte de eventos natalinos se realizando na Calvary Baptist, se fosse preciso mais para manter Beatrice ocupada. Era importante que Beatrice sempre tivesse alguma coisa para fazer. Deixada entregue a sua própria iniciativa, seus dedos começavam a ansiar pelo megafone.

As coisas ficariam mais fáceis quando os meninos chegassem, no dia seguinte. Ricky passaria aquele fim de ano com a família de sua mulher, mas os outros filhos de Clarice e Richmond viriam. Abe trazia uma nova namorada para a avó entrevistar exaustivamente e desaprovar. Carl teria dúzias de fotos para mostrar a Beatrice do último local exótico para onde havia levado a esposa de férias, em penitência pela última transgressão. E podia-se contar com o filho de Carolyn, Esai, de 4 anos, que havia herdado os genes musicais de Clarice, para ocupar sua bisavó com horas de canto e dança. Que Deus o abençoasse. Aquela criança era capaz de fazer aquilo o dia inteiro, se fosse preciso.

Beatrice usou um batom vermelho que deixou uma marca vívida na caneca branca em que bebeu o chá. Ela sempre aparecia para o café da manhã de maquiagem completa. Como aquilo envolvia uma rara incursão no uso de linguagem chula, Clarice nunca se esqueceu da opinião de sua mãe sobre ser vista, mesmo em sua própria casa, sem estar de rosto maquiado.

– Querida, é o equivalente a baixar as calcinhas e dar uma cagada na fonte em frente ao palácio da prefeitura. – Como gesto de boa vontade para com a mãe e para evitar aborrecimentos, Clarice tinha tido o cuidado de passar batom, aquela manhã.

– O que você estava tocando ontem à noite? – perguntou a mãe.

Clarice pediu desculpas por tê-la acordado. O piano ficava na sala de música, logo depois da sala de visitas. Os quartos ficavam no andar de cima, do lado oposto da casa – bem longe e fora de alcance do ouvido, havia pensado.

– Não, não, você não me acordou. Apenas me levantei durante a noite para ir ao banheiro e ouvi você tocando. Sentei na escada por algum tempo, ouvindo você tocar. Estava muito bonito. Me fez lembrar de quando você era mocinha. Eu costumava sentar na escada da nossa antiga casa, ouvindo você estudar piano. Nunca me senti tão orgulhosa de você como naquela época, ouvindo a minha garotinha dominando aquele grande piano. Você realmente tinha um dom.

Sua mãe raramente fazia elogios, mesmo elogios ambíguos. Clarice ficou calada por um momento para saborear aquele.

– Era Beethoven, a Sonata *Waldstein* – informou. – Ultimamente adquiri o hábito de tocar Beethoven no meio da noite quando não consigo dormir.

Beatrice tomou mais um gole de chá.

– Sabe, sempre achei que foi realmente uma pena você ter desistido de uma carreira na música.

E aqui vamos nós, pensou Clarice.

– Eu não desisti da música, mamãe. Tenho duas dúzias de alunos de piano, e ex-alunos se apresentando como pianistas no mundo inteiro.

Sua mãe limpou os lábios com um guardanapo.

– Isso é bom, suponho. Mas o que eu estava querendo dizer é que é uma pena que você não tenha feito mais, depois de mostrar tanto talento e promessas. Você nunca fez as gravações que aquele homem a convidou a fazer. Como era mesmo o nome dele? Albert alguma coisa, certo?

– Albertson. Wendell Albertson.

– Isso mesmo. Você devia ter gravado aqueles discos.

Quando Clarice era segundanista na universidade, tinha vencido uma importante competição nacional. Wendell Albertson, que era o produtor chefe do que, na época, era a principal gravadora de clássicos do país, fora um dos juízes. Ele havia conversado com Clarice depois da competição e a convidado a gravar. A ideia era de que ela devia gravar todas as sonatas de Beethoven durante o ano seguinte. Ele queria lançá-la como uma versão feminina de André Watts, uma Leontyne Price do piano. Mas Richmond se contundiu não muito depois da competição, de modo que a gravação foi adiada para mais tarde. Então, Richmond e Clarice ficaram noivos e a gravação foi mais uma vez adiada. Então, vieram o casamento e as crianças. Sua professora de piano, sra. Olavsky, havia recebido a notícia da primeira gravidez de Clarice com um sacudir de cabeça e as seguintes palavras: "Todos estes anos, que desperdício", antes de bater a porta de seu estúdio na cara de Clarice.

Clarice não quisera acreditar que estava tudo acabado para ela, mas o tempo havia provado que a professora estava certa. Todos aqueles anos de trabalho, tanto dela quanto da sra. Olavsky, haviam sido desperdiçados. Embora tentasse não fazê-lo, Clarice pensava na carreira que havia jogado fora sempre que precisava suportar um desempenho ruim, a interpretação deficiente de um de seus alunos mais fracos. E lamentava ainda mais intensamente aquela vida perdida quando via um de seus alunos especialmente talentosos escapar de Plainview para estudar em um bom conservatório, deixando-a para trás, ruminando sobre oportunidades perdidas.

– Sabe, com frequência me pergunto o que teria acontecido se você tivesse ido em frente e gravado aqueles discos – especulou Beatrice.

– Há anos que não penso nisso – retrucou Clarice. O que era apenas uma meia mentira porque *houvera* um tempo, principalmente quando as crianças eram pequenas, em que ela quase não havia pensado em ter deixado passar sua grande oportunidade. Mas agora aquilo ocupava sua mente durante cada uma daquelas noites que ela passava acordada, tocando piano. Ultimamente, enquanto atacava as passagens mais furiosas de Beethoven, Clarice se descobria perguntando o que teria acontecido se tivesse sido mais forte ou mais corajosa, e tivesse abandonado Richmond quando tivera oportunidade. Mas, então, não teria tido seus filhos e o que teria sido a sua vida sem eles? Ela mexeu os grãos de aveia na frigideira e tentou pensar nas compras de Natal.

O telefone tocou e Clarice tirou as últimas tiras de bacon da frigideira pequena antes de ir atender. Ao dizer alô, ouviu uma voz jovem feminina perguntar:

– Por favor, posso falar com Richmond?

Clarice estava a ponto de chamá-lo para atender ao telefone, mas ouviu o som de água correndo no banheiro no andar de cima.

– Desculpe, mas Richmond não pode atender agora. Quer deixar recado?

Houve uma pausa e então a mulher falou:

– Estou ligando para confirmar minha reunião com ele hoje. – Mais uma pausa. – Aqui é a sra. Jones.[2]

Sra. Jones. Clarice não conseguiu deixar de revirar os olhos ao ouvir aquilo.

– Pode deixar que darei o recado, sra. Jones – disse. Desligou e voltou ao fogão para mexer a aveia que já havia cozinhado demais.

Sua mãe, que havia se cansado de falar sobre a carreira musical fracassada de Clarice, começou a reclamar sobre sua vizinha no Arkansas, a tia Glory de Clarice, outro de seus tópicos favoritos. Tia Glory era pão-dura. Tia Glory era mal-humorada. Tia Glory não se dispunha a ouvir críticas construtivas. E, pior do que tudo, tia Glory dera mau exemplo e uma educação cristã tão lastimável em sua casa que Veronica se deixara dominar pela influência satânica de uma clarividente.

– Veronica não anda muito boa da cabeça desde que trocou a Calvary pela First Baptist. As pessoas da First Baptist são superficiais, fazem muita cena, mas não têm nenhuma integridade. Preste atenção e você vai ver com que rapidez eles se afastarão dela depois que acabar com o dinheiro que recebeu pela propriedade de Leaning Tree. Mas, veja bem, apesar de tudo eles são um pouco melhores do que aquele bando primitivo da Holy Family. Sei que sua amiga Odette frequenta aquela igreja, mas, honestamente, poderiam ser pentecostais encantadores de cobras.

A dor por trás dos olhos de Clarice, que começara quando Forrest Payne lhe telefonara na véspera, latejou um pouco mais intensamente a cada palavra que saía da boca de sua mãe. O que tornava a coisa pior era o fato de que Clarice havia expressado sentimentos semelhantes sobre a prima e os amigos dela da igreja inúmeras vezes. Exatamente como Veronica, sua mãe tinha um jeito especial de lembrar

---

2 Referência à canção soul "Me and Mrs. Jones", que descreve um caso amoroso extraconjugal entre um homem e sua amante, a sra. Jones. A canção foi gravada por Billy Paul e lançada com grande sucesso em 1972. (N. da T.)

a Clarice como o modo de pensar das duas era semelhante. Mas, à medida que o tempo passava, ver essas similaridades entre elas a deixava cada vez mais incomodada.

Richmond irrompeu cozinha adentro com um largo sorriso de boas-vindas no rosto. Vestia calças pretas e uma camisa de tricô marrom, justa o suficiente para realçar os músculos que ele se esforçava tanto para manter em forma. Richmond beijou a sogra na testa e sentou-se ao lado dela. Então, piscou o olho e disse:

– Bom-dia, Beatrice. Como vai a segunda garota mais bonita do mundo hoje?

Beatrice se desmanchou em risadinhas.

– Você é um querido, mesmo. Só você para dedicar tempo em fazer elogios a uma velha como eu.

– Você não envelheceu nem um dia desde que a conheci, e essa é a verdade – retrucou, ganhando mais uma risadinha em resposta. Para Clarice, Richmond disse: – Querida, vou ter que passar o dia em Louisville com Ramsey, conversando com um técnico de futebol e um garoto que estamos recrutando. Dependendo de como correrem as coisas, é possível que eu não consiga voltar para o jantar.

Ela assentiu e trouxe para Richmond uma tigela de aveia e um prato com dois ovos mexidos e bacon.

– Obrigado, meu bem – agradeceu e começou a comer.

Ela caminhou até o outro lado da cozinha, tirou a jarra de café da máquina e a trouxe para a mesa, para servir-lhe uma caneca. Talvez fosse porque sua mãe a havia distraído do que fazia ao perguntar sobre a saúde de Odette, ou talvez porque sua mente tivesse se desviado para seus planos para o dia, ou talvez porque ela tivesse flagrado de relance o sorriso orgulhoso de autossatisfação no rosto de Richmond, mas o café que Clarice serviu caiu muito longe da caneca de Richmond. Metade da jarra se espalhou sobre a mesa e a outra metade pelo colo de Richmond. Foi só quando ele gritou "Mas que droga!", e se levantou de um salto da cadeira que ela se deu conta do que havia feito.

Numa voz tão estridente e ofegante que parecia que havia sido ela, e não Richmond, a vítima do banho de café fumegante, Clarice exclamou:

– Ah, desculpe! Você está bem? Deixe-me pegar um pano para limpar isso.

Com ambos os polegares e indicadores, ele afastou o tecido quente da calça de suas coxas.

– Não precisa. Vou ter que trocar de roupa. Pelo amor de Deus, Clarice. – Ele saiu da cozinha e subiu a escada apressado.

Beatrice não disse nada enquanto observava a filha limpar a sujeira que havia feito. Ela acabara de tomar sua caneca de chá e comido seu café da manhã – uma fatia de torrada seca e um ovo pochê, a mesma refeição que fazia todas as manhãs desde que Clarice conseguia se lembrar.

Tendo perdido o apetite, Clarice colocou tudo o que havia planejado comer num recipiente de plástico, que levou à geladeira, junto com os ovos e o leite.

Richmond desceu de novo enquanto Clarice guardava na geladeira seu café da manhã. Ele agora usava calças cinza e tinha uma expressão aborrecida no rosto.

– Estou atrasado. Preciso ir.

– Mas você quase não comeu nada – retrucou Clarice.

Ele tirou o casaco do gancho perto da porta da garagem.

– Tudo bem. Como alguma coisa mais tarde.

– Richmond, realmente peço desculpas por ter lhe derramado café.

Do outro lado da cozinha, ele soprou um beijo para a esposa e saiu pela porta.

Beatrice retirou seu estojo de pó compacto do bolso do cardigã natalino vermelho e verde e reaplicou o batom.

– Clarice, acho que você devia falar com o reverendo Peterson. Ele sempre me ajudou quando as coisas corriam mal com seu pai e o nosso probleminha – aconselhou.

A mãe de Clarice chamava as infidelidades seriais de seu pai de "nosso probleminha". Clarice ficava extremamente irritada quando Beatrice descrevia a questão daquela maneira, mas sentia que legitimamente não podia falar nada. Sabia que era hipocrisia de sua parte incomodar-se com o fato de sua mãe chamar as traições de Abraham Jordan por um eufemismo confortável quando ela própria, Clarice, passara décadas fingindo que o "probleminha" de Richmond sequer existia. Mas aquilo não a impedia de ter vontade de berrar para a mãe calar a boca.

– O reverendo Peterson tem tido muita experiência – começou Beatrice. – Creia-me, não há nada que você possa dizer que vá chocá-lo. Ele pode ajudá-la a lidar com sua raiva.

– Eu não estou com raiva.

– Clarice, você precisa acreditar que tudo isso faz parte do plano de Deus. Por vezes, nós, mulheres, temos que sofrer muito e de maneira injusta para merecer ganhar as graças do Senhor. Apenas lembre-se de que você está pagando o preço de sua entrada no Reino dos Céus. O reverendo Peterson me explicou isso há muitos anos e não tive nenhum momento de raiva desde então.

Aquela era realmente a melhor de todas, pensou Clarice. Seu pai estava morto e enterrado há anos e a mãe ainda se sentia suficientemente enfurecida com o comportamento dele a ponto de viajar com seu santo megafone. E era *ela* quem lhe dava conselhos sobre como administrar a raiva? *Cuidado, sua velha chata, ou vou fazer mais um jarro de café pelando só para você.*

– Obrigada pelo conselho, mamãe, mas realmente não estou com raiva. As coisas com Richmond estão como sempre estiveram. Estamos bem.

– Clarice, querida, você acabou de escaldar o saco do homem e jogou fora a insulina dele.

– Joguei fora a insulina dele? Do que a senhora está falando?

A mãe apontou para a lata de lixo. Clarice foi até a lata e pisou no pedal que levantava a tampa. Ali, em cima das cascas de ovo, grãos de café e embalagens descartadas de vários tipos, estava a caixa que continha o estoque de insulina de Richmond, a caixa que, em algum momento durante os últimos dez minutos, ela devia ter tirado de seu lugar na geladeira e jogado no lixo.

Ela retirou a caixa com a insulina do lixo e ficou olhando fixamente para ela por vários segundos. Então, colocou-a de volta na geladeira e tirou o avental.

– Mãe, acho que vamos deixar as compras para mais tarde.

Clarice saiu da cozinha, atravessou a sala de jantar, passou pela sala de visitas e entrou na sala de música, onde estava seu piano. Começou a tocar a sonata *Appassionata*, de Beethoven, e se esqueceu de tudo, por algum tempo.

Capítulo 19

Na semana que se seguiu ao dia em que viu Chick no hospital, Barbara Jean não conseguiu manter sua mente no presente. Ela bateu papo com Erma Mae no Coma-de-Tudo, na quarta-feira à tarde, e se viu olhando ao redor, esperando a qualquer momento ver o filho de Erma Mae, Earl III – ou Três, como todo mundo o chamava –, agarrar-se ao avental da mãe com as mãos meladas. Foi apenas depois de vários segundos de desorientação que Barbara Jean se lembrou que Earl III há muito tempo tinha crescido e dado adeus a Plainview, como a maioria dos garotos de sua geração. Naquela sexta-feira, um bando de colegiais rindo às gargalhadas passou por ela na rua, à noitinha, enquanto voltava do museu para casa. Barbara Jean os olhou com carinho até que eles perceberam que estava olhando e também passaram a encará-la, dando risadinhas e cochichando entre si. Em seu constrangimento, Barbara Jean quase correu atrás deles para explicar que havia confundido algumas décadas e que estivera procurando no grupo deles os rostos mais jovens de seus amigos de meia-idade. A visão de um casal inter-racial passeando de mãos dadas pela Avenida Plainview na noite de sábado a levou a um estado de quase histeria, cheia de preocupação com as possíveis ameaças à segurança deles, o que em grande medida havia desaparecido anos antes. Cada recordação desencadeada por tais encontros a empurrou em direção a uma garrafa, um frasco de bolso, ou sua garrafa térmica de chá "batizado". As boas lembranças a deprimiram tanto quanto as más e todas elas exigiram ser afogadas em álcool, apesar de algumas serem realmente maravilhosas.

Depois que Barbara Jean beijou Chick no corredor do Coma-de-Tudo, ela criou uma rotina. Esperava até que Earl Grande, dona Thelma e Earl Pequeno estivessem dormindo, e então olhava pela janela de seu quarto para ver se havia luz na despensa do restaurante no outro lado da rua. Se tivesse, ela saía de mansinho da casa e ia ver Chick.

Eles se sentavam na cama dele, cercados por latas de trinta quilos de feijão-verde e de milho, e conversavam até um deles ou ambos não conseguirem mais ficar de olhos abertos. Quando não estavam conversando, estavam se beijando – a princípio, apenas se beijando. E todos os momentos eram celestiais.

Se não podiam se encontrar no Coma-de-Tudo, seguiam às escondidas para o quintal dos fundos da casa de Odette e se abraçavam bem apertado, no recanto protegido do gazebo coberto de trepadeiras do jardim da mãe de Odette. Por insistência de Barbara Jean, algumas poucas vezes eles seguiam por estradas cheias de sombras até a propriedade do irmão violento de Chick. Então, entravam no galpão onde Chick havia vivido com as galinhas e se beijavam apaixonadamente sobre o catre coberto de penas. Era como um ritual de purificação, que o perigo da situação tornava ainda mais irresistível.

Chick estava no último ano do colegial e pensava em ir para a faculdade, principalmente porque Earl Grande vivia dizendo que ele era inteligente demais para não ir. Earl Grande dizia a mesma coisa para Barbara Jean.

Barbara Jean gostava da ideia de ir para a faculdade, mas não tinha nenhuma ideia do que iria estudar. Ela não cultivava nenhuma paixão como a de Clarice pelo piano. Tirava boas notas e gostava bastante do colégio. Mas Loretta martelara em sua cabeça desde criança que tinha que se casar com um homem rico. Tudo o que precisava era de um tipo específico de preparação, um tipo que não exigia que você fosse para a faculdade para conseguir.

A mãe de Barbara Jean a havia ensinado a se vestir do modo que ela associava a glamour – tudo brilhante e tudo revelador. Para se assegurar de que Barbara Jean falasse como uma mulher de classe alta, a mãe lhe batia nas costas com um cinto, caso ela não pronunciasse os "s" no final das palavras, como Loretta fazia. Barbara Jean e a mãe passaram a ir a igreja First Baptist porque era a que as pessoas mais ricas e de pele mais clara da cidade frequentavam. Sua mãe a pesava toda semana para se assegurar de que seu peso estivesse sempre dentro das medidas de "agarrar um homem" – algo que ela e Clarice tinham em comum, como Barbara Jean descobriu mais tarde.

Barbara Jean achou engraçado que, quando finalmente encontrou um homem rico, as lições de Loretta demonstraram ser inúteis. Tudo o que importava era que ela passasse pelo teste de cor de pele da família dele. Quando ela foi apresentada à mãe de Lester, a velha levantou um saco de papel pardo junto ao rosto de Barbara Jean e, julgando-a um pouquinho mais clara em comparação, disse:

– Bem-vinda à família.

Durante o inverno do último ano de colegial, Barbara Jean não estava pensando nos estudos, em se casar com um homem rico, nem nada. Estava loucamente apaixonada por um garoto branco, mais pobre do que qualquer pessoa que ela conhecesse. Loretta devia estar se revirando e dando voltas no túmulo.

Ao mesmo tempo que se apaixonava profundamente por Chick, Barbara Jean via Lester cada vez com maior frequência. Ela era ingênua demais e estava cega demais por seus sentimentos por Chick para sequer perceber que as horas que passava com Lester também eram uma espécie de namoro. Com frequência, ele aparecia no Coma-de-Tudo com James e se sentava por algum tempo na mesa da janela com Barbara Jean e suas amigas. Mas Barbara Jean nunca deu importância àquilo. Ao que parecia, todo mundo passava algum tempo na mesa da janela. Earl Pequeno, aquele detestável Ramsey Abrams, a tola da prima de Clarice, Veronica. Até Chick se tornou um convidado regular à mesa, quando não estava de serviço, uma vez que ele e James haviam se tornado bons amigos.

Às vezes, Lester levava seus jovens amigos até Evansville e outras cidadezinhas próximas, para passear em seu bonito Cadillac azul, convidando-os para jantares pelos quais eles nunca teriam podido pagar. Ele era sempre um perfeito cavalheiro. Lester nunca sequer tocou na mão de Barbara Jean, e muito menos fez qualquer tipo de aproximação. Ela gostava da companhia dele e sentia-se lisonjeada de que ele quisesse ser seu amigo.

Clarice lhe disse várias vezes que Lester estava interessado nela, mas Barbara Jean não lhe deu atenção. Barbara Jean era da mesma opinião de Odette: tendo escrito o roteiro de seu final feliz com Richmond, Clarice agora estava ansiosa para escrever o de todo mundo.

Numa noite de janeiro em 1968, Lester levou James, Richmond e as Supremes para um passeio em seu Cadillac e depois para jantar num restaurante simpático em Louisville em comemoração ao fato de Richmond ter quebrado um recorde de passes num jogo da universidade. Barbara Jean se divertiu. A comida estava boa e o restaurante era o lugar mais glamouroso em que ela jamais havia estado. Mas ela mal podia esperar a hora de voltar para junto de Chick. Era o dia do aniversário dele e ela havia economizado para lhe comprar de presente um relógio Timex com pulseira de couro verdadeiro, que, na época, ela achava que era o auge da elegância. De olho em James o jantar inteiro, Barbara Jean esperava que ele começasse a bocejar, sinalizando que a noite estava encerrada. Mas James não deu sinais de cansaço até as dez da noite e eram quase dez e meia quando eles iniciaram o percurso de quarenta minutos de carro de volta a Plainview.

Quando Lester deixou Barbara Jean em casa, ela encontrou os pais de Odette na sala de visitas de Earl Grande e dona Thelma. Rindo e balançando a cabeça ao ritmo de um velho disco que tocava na vitrola, eles acenaram para Barbara Jean em meio a uma névoa de fumaça azul-acinzentada enquanto ela subia a escada para seu quarto. Os quatro ficaram por lá até tarde da noite, como sempre faziam quando se encontravam. Quando os Jackson finalmente foram embora, por volta das duas da manhã, Earl Grande e dona Thelma foram direto para a cama. Eles caíram no sono, roncando alto, cinco minutos depois que a porta do quarto se fechou. Pela milésima vez naquela noite, Barbara Jean olhou pela janela para ver se a luz da despensa no restaurante ainda estava acesa. Estava, de modo que ela desceu a escada pé ante pé e foi visitar Chick.

Ele estava sentado em sua cama estreita, olhando para baixo quando Barbara Jean entrou com a caixa de presente nas mãos estendidas. Ela correu e se sentou ao lado dele.

– Desculpe-me. Não consegui chegar antes. – Ela ia explicar sobre os Jacksons terem ficado até tarde, mas ele levantou o olhar e ela se calou.

Chick tinha um hematoma vermelho e roxo no queixo e seu lábio inferior estava rachado. Ela não precisava perguntar quem tinha feito aquilo.

– Por que você foi lá? – perguntou e imediatamente desejou não ter falado nada.

Ela estendeu as mãos e envolveu os ombros dele com os braços. De início, ele tentou se afastar, mas relaxou e encostou a cabeça contra o pescoço dela, falando baixinho em seu ouvido.

– Eu encontrei a namorada de meu irmão, Liz, esta manhã. Ela disse que Desmond vinha falando que queria que eu voltasse para casa. Ela contou que ele andava bem-humorado já há algum tempo, que não estava bebendo muito nem nada. Além disso, Liz tem uma filha pequena. Ela não é filha do meu irmão, mas me chama de tio Ray. E Liz disse que a filha andava perguntando por que o tio Ray não tinha ido vê-la no Natal. – Chick deu de ombros. – Ela me convidou para jantar. De modo que eu fui.

"Desmond já estava bastante bêbado quando cheguei, mas estava contando piadas e brincando como costumávamos fazer de vez em quando. Então, ele perdeu a cabeça no meio do jantar. Ele é assim. Muda muito depressa."

Pelos anos que vivera com Loretta, Barbara Jean sabia muito bem como uma refeição com um bêbado podia se transformar em loucura total sem qualquer aviso. Um gole a mais e um interruptor interno era acionado e as coisas desandavam muito rapidamente.

– Não houve nada que o houvesse provocado, mas, de repente, ele começou a berrar com a Liz, dizendo que ela era uma puta e que o estava traindo. Ele atirou um prato nela, de modo que Liz pegou a filha e foi embora antes que ele pudesse atirar o segundo. Então, ele partiu para cima de mim. Disse que tinha ouvido um boato de que eu estava trabalhando para um... homem de cor.

Chick falou de um modo que deixava claro a Barbara Jean que "homem de cor" não fora exatamente o termo que o irmão havia usado.

– Desmond disse que não ia deixar que eu o envergonhasse na frente de seus amigos. E começou a me esmurrar. Mas estou ficando melhor – continuou Chick. – Ele levantou as mãos e mostrou-lhe os nós dos dedos feridos e sangrando. – Acertei uns bons golpes nele desta vez. – Ele tentou sorrir e fez uma careta por causa do lábio ferido.

Todo o ar pareceu deixar seu corpo naquele momento. Ele se afastou de Barbara Jean e olhou fixamente para as mãos pousadas no colo.

– É tudo uma merda. É tudo apenas um monte de merda – disse, sacudindo a cabeça.

Ela estendeu a mão e acariciou de leve o hematoma no queixo dele, lembrando-se de como o toque de seus dedos haviam transformado para sempre as cicatrizes da fivela de cinto em seu braço em um rosto sorridente. Ela beijou-lhe a boca, evitando a parte inchada do lábio. E o beijou mais e mais. Então, pôs as mãos na cintura dele e cuidadosamente puxou a camiseta para cima, tirando-a pela cabeça. Havia mais hematomas no peito e em seus braços magros, e ela se debruçou e os beijou também.

Então, Chick pôs as mãos dos dois lados de seu rosto e também a beijou. Depois estendeu a mão e começou a desabotoar-lhe a blusa. Eles despiram um ao outro como se fizessem aquilo há anos, sem hesitar e sem pressa. E quando ambos estavam nus, eles se meteram debaixo dos lençóis da cama.

Barbara Jean era mais experiente do que Chick. Mas seu conhecimento de intimidade fora adquirido cedo demais e sob más circunstâncias, graças a homens perversos. A partir do momento em que ela e Chick puxaram os lençóis e o cobertor sobre seus corpos nus, ela se deu conta de que seria tão diferente daquelas outras vezes quanto podia ser. E aquela diferença fez com que parecesse ser a primeira vez para ela também.

Eles se enroscaram um no outro, repetidas vezes, num borrão de braços, pernas, lábios e mãos. Quando, finalmente, foram tão dominados pela exaustão que não conseguiram fazer mais nada além de permanecerem deitados, as bocas separadas por apenas poucos centímetros, um inalando o hálito do outro, Barbara Jean esqueceu tudo a respeito da passagem do tempo e adormeceu nos braços dele sob uma pilha de roupa de cama embolada.

Quando Barbara Jean acordou, Chick havia ido embora. Ela se sentou na cama e olhou ao redor do minúsculo aposento, para as latas gigantes de milho, de banha e de feijão, empilhadas até o teto contra as paredes de ripas de madeira, para o abajur que ele havia feito com uma garrafa de Coca-Cola e outros objetos resgatados de latas de lixo atrás da loja de ferragens. Ela começou a entrar em pânico, pensando que havia cometido um erro terrível. Em sua cabeça, ouviu a voz da mãe dizendo: "Eu disse a você, menina. É assim que os homens são. Eles conseguem o que querem e então se mandam."

O pânico desapareceu quando Chick voltou ao quartinho, nas pontas dos pés, ainda nu, trazendo um grande prato de sorvete com duas colheres enfiadas. Ao ver que Barbara Jean estava acordada, ele lhe sorriu.

– É meu aniversário. A gente tem que tomar sorvete.

O sorriso dele desapareceu ao ver a expressão no rosto de Barbara Jean.

– Você está bem? Você não está arrependida, está? Você não está arrependida por nós termos... você sabe, o que fizemos, está? – perguntou.

– Não estou arrependida. Apenas pensei por um segundo que você tivesse ido embora, foi só isso.

Chick sentou-se na beirada da cama e a beijou. Estava com gosto de baunilha com creme.

– Por que eu iria a algum lugar? Você está aqui.

Ela tirou o prato de sorvete da mão dele e o colocou na mesinha de cabeceira que ele havia feito, empilhando velhos caixotes de frutas. Ela chutou os cobertores e o puxou para si. Os dois riram enquanto ela cantava: "Parabéns pra você, nesta data querida...", baixinho em seu ouvido enquanto ele acomodava o peso de seu corpo novamente em cima dela.

Barbara Jean e Chick dividiam o sorvete derretido quando ouviram a porta de trás do restaurante se abrir. Alguém fez um barulho tremendo na cozinha enquanto eles escutavam. Então, o rádio foi ligado e ouviram dona Thelma cantarolar.

Barbara Jean sabia que devia ficar com medo de ser descoberta ali com Chick. Também sabia que devia pensar que fizera algo errado. Pelo menos era o que tinha aprendido nos domingos da Igreja First Baptist. Mas não conseguiu se sentir nem um pouquinho culpada por haver vivido a melhor noite de sua vida.

Ficaram na cama juntos, ouvindo o bater de panelas e frigideiras e apreciando o som da vocalização desafinada de dona Thelma. Acabaram de comer o sorvete derretido e se beijaram, comemorando silenciosamente sua nova vida em um planeta inteirinho deles.

Um blues antigo tocou no rádio e dona Thelma começou a cantar junto.

– *My baby love to rock, my baby love to roll. What she do to me just soothe my soul. Ye-ye-yes, my baby love me...*

Chick empurrou as cobertas e pulou para fora da cama. Postou-se ao lado da cama e começou a dançar, movendo lentamente os quadris estreitos em um círculo cada vez maior enquanto se virava de costas para Barbara Jean para rebolar a bunda pequenina na direção dela. Ele sorriu para ela virando a cabeça por cima do ombro, silenciosamente cantando a letra da música enquanto se movia.

Barbara Jean teve que agarrar o travesseiro e apertá-lo contra a boca para impedir dona Thelma de ouvir suas gargalhadas enquanto Ray Carlson, o Rei dos Garotos Brancos Bonitos, dançava para ela. Ela riu e riu até chorar. Seu cérebro de 17 anos girando a mil, o tempo todo ela repetia os mesmos pensamentos: *Meu Ray. Meu raio de sol. Raio de esperança.*

Barbara Jean pensou na mãe. Àquela altura, pela primeira vez na vida, pensar em Loretta não fez com que ela se sentisse mal. Pensou no que Loretta diria se ela pudesse lhe contar sobre aquela noite.

– Bem, parece que, afinal, você é bem filha de sua mãe. O que você deu foi tão bom que fez um garoto branco saltar da cama nu e dançar um blues – diria sua mãe.

Capítulo 20

Não passei exatamente incólume pelo tratamento como havia fantasiado, mas os efeitos colaterais não foram tão maus quanto fui advertida de que poderiam ser. Meu estômago, de vez em quando, ficava revirado, mas na maior parte do tempo eu podia comer como sempre havia comido. Sentia-me cansada, mas não tão exausta a ponto de ter que abandonar o emprego ou sequer faltar a um domingo no Coma-de-Tudo. Embora ressecado e quebradiço ao menor puxão, conservei uma quantidade razoável de cabelo. Mas melhor do que tudo, pude festejar a semana do Natal sem nem uma única visita de Eleanor Roosevelt. Quando chegou a festa do dia de Ano-Novo, eu estava cheia de otimismo e pronta para me divertir.

Nossa festa anual de 1º de janeiro era uma tradição de longa data, remetendo ao primeiro ano de nosso casamento. A verdade, embora James negue, é que a primeira festa foi uma tentativa por parte dele de provar a seus amigos que eu não era uma escolha tão má de companheira como parecia. Richmond e Ramsey – e outros, muito provavelmente – haviam advertido James de que uma mulher insolente, brigona e de temperamento explosivo, como eu, nunca poderia ser totalmente domesticada. Mas James estava determinado a lhes mostrar que eu podia, de vez em quando, ser tão submissa e caseira quanto qualquer outra. Desconfio que ainda esteja tentando convencê-los.

O que James de fato *conseguiu* provar foi que as pessoas virão em massa a uma festa oferecida por uma mulher brigona desde que ela apresente uma mesa boa e farta. A festa foi se tornando um pouco maior a cada ano e ultimamente podíamos contar com algo entre setenta e cinco e cem pessoas aparecendo ao longo do dia.

Normalmente, eu cozinhava durante uma semana inteira para me preparar para receber os convidados, mas, naquele ano, James brigou comigo, insistindo que eu poupasse minhas forças, encomendasse e deixasse tudo por conta de Earl Pequeno. Lutei contra até que finalmente chegamos a um acordo. Earl Pequeno cuidaria dos pratos salgados. Eu cuidaria dos doces, com alguma ajuda de Barbara Jean e Clarice.

Minhas amigas trabalharam mais que eu para preparar a festa. Clarice chegou até a trazer a mãe para dar uma mãozinha com as fornadas de bolos e doces. A sra. Jordan – que, com seus disparates escandalosos estava se mostrando uma séria adversária de mamãe na competição de mulher mais louca que Plainview jamais havia produzido – era uma mão na roda na cozinha depois que superava sua repulsa à mediocridade das minhas travessas. Apreciei o fato de ela ter vindo ajudar, embora seu hábito de parar a cada passo no processo de cozinhar para agradecer a Jesus, rapidamente ter perdido a graça e se tornar batido. Agradecemos a Ele por cada ingrediente, pelos utensílios, até pelo timer do forno. Estar perto dela me fez lembrar de uma frase que mamãe gostava de dizer:

– Eu amo Jesus, mas algumas de suas representantes realmente me enchem o saco.

No dia de Ano-Novo, os convidados começaram a aparecer por volta das três da tarde. Meus filhos, minha filha e meus netos se encarregaram de recebê-los. Denise, mandona, como de hábito, dava ordens aos irmãos mais velhos como sempre havia feito. Jimmy discutia com a irmã por causa dos menores detalhes: "Os casacos ficam no quarto do meio." "Não, não ficam. Vão para o quarto de convidados." Eric ignorava os dois e se mostrava tão feliz e animado por termos convidados como aos 6 anos de idade. Eu quase esperava que ele agarrasse um dos convidados pela mão e exigisse que o acompanhasse até seu quarto para ver seu trenzinho elétrico. Observar meus filhos adultos juntos, retomando os papéis que haviam desempenhado quando crianças, foi muitíssimo divertido para mim, embora tenha certeza de que meu genro e minha nora contassem os segundos até o momento em que poderiam fugir da minha casa e ter de volta os adultos com quem haviam se casado.

Os amigos de James da polícia foram os primeiros a chegar. Os mais jovens, que trabalhavam sob o comando de James, chegaram no exato momento em que a festa estava marcada para começar, como se estivessem respondendo à chamada nominal da manhã. A maioria era de rapazes brancos parrudos – ainda não havia mulheres na unidade dele –, trazendo flores e acompanhados por namoradas magricelas com blusas extremamente decotadas. Como sempre, os que estavam ali pela primeira vez pareceram formais e pouco à vontade até que a comida gostosa, a abundância de cerveja e algumas canções country misturadas com R & B no aparelho de som os deixaram mais soltos.

Meu irmão entrou marchando pela sala e se atirou em cima de mim como um labrador amistoso. Rudy me fez girar e me inspecionou.

– Você não me parece pior do que de costume – declarou, me dando um soco fraternal no braço e um beijo em cada face.

A esposa de Rudy, Inez, aproximou-se, deu-lhe um tapa no braço e o repreendeu por ser bruto demais comigo. Então, me deu um abraço tão apertado que me deixou sem fôlego. Inez podia parecer uma florzinha delicada – ela é da minha altura e não pesa mais do que quarenta e cinco quilos – mas cada pedacinho dela é puro músculo. Rudy gosta de fingir que sua mulher é indefesa, e ela faz de conta que é. Mas eu não gostaria de provocar a raiva de Inez. Nós três batemos um papinho rápido, pondo a conversa em dia, antes de eu deixá-los com James enquanto cumprimentava mais convidados recém-chegados.

Richmond, Clarice e a mãe dela, Beatrice, chegaram ao mesmo tempo que Veronica e a mãe, Glory. Beatrice, Glory e Veronica usavam vestidos longos, formais e muito enfeitados. Era hábito de todas as três se vestirem demais para qualquer ocasião. Elas iam a piqueniques como para um dia num iate. Apareciam em festas de formaturas como se comparecessem a uma coroação. Sempre queriam que seus anfitriões compreendessem que elas estavam a caminho ou voltando de alguma outra reunião bem mais importante.

Beatrice e Glory fizeram uma cena de não falar uma com a outra por causa de alguma discussão que haviam tido por telefone naquela manhã. Sempre que as duas irmãs idosas se aproximavam a menos de 1,50 m uma da outra, fungavam e bufavam como cavalos irritados, antes de saírem em direções opostas.

Barbara Jean causou sensação ao entrar majestosa num sensual vestido rosa-shocking com um profundo decote em "V" na frente. Os jovens policiais deixaram de dar atenção a suas acompanhantes, de olhos cravados com admiração naquela mulher com o dobro da idade de suas namoradas. Barbara Jean foi direto para a mesa de drinques e atacou a vodca com uma voracidade que me preocupou.

Meu médico, Alex Soo, apareceu de braços dados com uma mulher forte e corpulenta. Ela era tão escandalosa quanto ele era discreto, e sua gargalhada parecia o cacarejar de um galo. A mulher se posicionou ao lado de uma das mesas de comida e logo deixou claro que seu objetivo naquele dia era quebrar o recorde mundial de consumo do maior número de ovos cozidos recheados. Gostei dela imediatamente.

Ramsey Abrams e sua esposa sempre furiosa chegaram com os filhos, Clifton e Stevie, e a futura nora. Como a mãe, a avó e a tia-avó, Sharon estava vestida ao estilo de realeza em viagem. Desde o momento em que passou pela porta, ela sinalizou a intenção de passar a noite se pavoneando em seu vestido de festa, enquanto gesticulava exageradamente com a mão esquerda para exibir o caro anel de noivado que Cliford lhe dera. A garota ingênua nem percebeu que o noivo pouco respeitável suava frio a cada vez que ela brandia a pedra perto dos muitos policiais presentes.

Desejei intensamente que Ramsey e Florence tivessem tido um pingo de bom senso e deixado Stevie em casa. Ele claramente não havia superado sua obsessão por sapatos nem o hábito de cheirar cola de avião, a julgar por seus olhos vidrados. Stevie olhou fixamente para os pés de todas as mulheres que passaram por ele com uma expressão no rosto que fazia você pensar num cachorro de rua abandonado à porta de um açougue. Aquilo deixava as pessoas arrepiadas.

A filha de Clarice, Carolyn, que é uma boa amiga de minha filha Denise, prolongou sua visita de Natal por alguns dias e veio à festa com o marido e o filho, já ferrado no sono nos braços do pai. Carolyn havia feito um enorme esforço para encontrar um homem que não fosse em nada parecido com o pai. Ela havia se casado com um intelectual latino, que lecionava física em uma faculdade em Massachusetts. Ele é um homem pequeno, bem mais baixo do que Carolyn, com o corpo flácido de um homem de meia-idade preguiçoso desde que tinha 22 anos.

Quando Richmond se deu conta de que Carolyn estava seriamente interessada no intelectual, fez tudo o que podia para desviar seu interesse na direção de alguém que achasse mais adequado para ela. Vasculhou o campus até que encontrou duas réplicas de si mesmo no auge de sua juventude viril. Então, arrastou os dois homens para um grande piquenique do Dia Comemorativo dos Mortos de Guerra, em sua casa, onde fez os rapazes desfilarem como se fossem um par de touros premiados. Numa virada inesperada dos acontecimentos, que tenho certeza de que Richmond ainda estará tentando compreender até o dia em que morrer, Carolyn ficou com seu intelectual, enquanto os dois clones de Richmond deram início a um caso amoroso que ainda segue apaixonado mais de uma década depois.

Mamãe apareceu, junto com a sra. Roosevelt, tarde da noite. Ambas pareciam já ter ido a várias outras festas antes naquele mesmo dia. Os olhos de mamãe estavam injetados e a sra. Roosevelt, que usava um chapéu de papel prateado e dourado, em forma de cone, preso à sua cabeça por um elástico, parecia ter-se esquecido de suas boas maneiras habituais. Ela acenou em minha direção enquanto entrava trôpega. Então, deixou-se cair em um banquinho para apoio de pés e começou a roncar.

Quando mamãe avistou Rudy, exclamou:

– Olhem só o meu garoto! Ele não é a coisa mais linda? – Rudy é uma ótima pessoa, mas se resume principalmente a orelhas, nariz e barriga. Bonito meu irmão realmente não é. Mas eu não disse nada. Depois que mamãe acabou com o estardalhaço de se desmanchar toda com Rudy, ela começou a exagerar e se tornou incômoda ao me seguir pela casa enquanto eu me desincumbia de minhas obrigações de anfitriã.

– Ah, lá está o garoto dos Abrams – comentou quando viu Ramsey. Ele se postara perto demais da namorada de um dos jovens policiais e recebia olhares furiosos do acompanhante da garota e de sua esposa, que o olhava de cara feia a alguns metros de distância.

– Você sabe, é triste quando se pensa no assunto, falou mamãe.

– Ele provavelmente está apenas compensando excessivamente o fato de que tem um pênis muito pequeno. Todos os homens da família Abrams têm pênis bem pequenos. É por isso que são tão irritadiços. O pobre do pai e o tio eram iguaizinhos, praticamente não tinham quase nada lá nos países baixos.

Rezei em silêncio para que minha mãe me poupasse dos detalhes sobre como ela havia obtido aquela informação sobre os homens da família Abrams. Observei Clarice sentada no sofá ao lado da mãe e da tia. Franzia o rosto como se estivesse com dor de dente e sua atenção estava concentrada em algum ponto bastante afastado, ao longe. Os dedos de suas mãos tamborilavam em seu colo, como se ela estivesse tocando um piano invisível. Se a mãe dela não tratasse de sair logo da cidade, Clarice ia explodir.

Quando me aproximei para servir-lhes mais um drinque, vi que a mãe de Clarice e sua tia Glory tinham começado a se falar de novo. Elas agora se divertiam, discutindo sobre quem ficaria mais surpreendido em ser deixado para trás depois do fim dos tempos, se os católicos ou os mórmons.

Mamãe fez cara feia para elas.

– Sei que você e Clarice são amigas, mas me diga a verdade, você não tem vontade de encher a cara dessa chata da mãe dela de porrada? Se existe alguém que anda com a cabeça enfiada lá no olho do cu, ela é uma. E aquela irmã dela é igualzinha. Desde que consigo me lembrar, Beatrice e Glory sempre usaram Jesus para agirem como cadelas. – Balançou o dedo apontado para elas e, como se pudessem ouvi-la, declarou: – É isso mesmo, fui eu que disse!

Veronica fez sinal para que eu me aproximasse do lugar onde ela pontificava, mostrando o livro de planejamento do casamento de Sharon para um grupo de mulheres que eram educadas demais para se retirar. Ela indicou uma página, que tinha um recorte de revista com a foto de uma noiva flutuando em um tapete vermelho pelo corredor central de uma igreja.

– Estou pensando que Sharon devia entrar em um tapete voador – disse Veronica. – É tudo feito com truques de mágica, luzes e espelhos. Não é uma coisa?

Concordei que era uma coisa, com certeza, e tentei ignorar o fato de que mamãe estava ao meu lado às gargalhadas, morrendo de rir com a ideia de a gorda Sharon flutuar até o altar.

Ainda ao som das gargalhadas incessantes de mamãe, ouvi Veronica falando sobre a dificuldade que estava tendo para encontrar uma casa adequada e de preço acessível para os recém-casados. Sharon ainda tinha um ano por cursar na universidade, e seu noivo Clifton, afirmava Veronica, retomaria os estudos brevemente. De modo que depois do casamento, que Veronica e sua clarividente haviam determinado que deveria acontecer no primeiro sábado de julho, ela os instalaria em um lugar simpático, mas de preço razoável, aqui na cidade.

James, sempre prestativo, passou ao lado dela naquele exato instante.

– Sabe, Veronica, no momento, não temos inquilino na casa de Leaning Tree – ofereceu.

Se eu não estivesse com uma bandeja de folheados de salsicha na mão teria dado um murro na cabeça de James. Eu não tinha nada contra Sharon. Não era culpa dela o fato de ter herdado a inteligência do pai e a personalidade da mãe. Foi a ideia de Veronica entrando e saindo da casa de papai e mamãe que fez minha pressão subir.

Lancei a James meu olhar "trate de retirar esta oferta rapidamente". Mas ele era imune aos meus olhares hostis há séculos, de modo que nem por um segundo se distraiu ou titubeou. Apenas continuou sendo prestativo.

– Acabamos de colocar telhado novo e pintamos a casa. E o último inquilino cuidou muito bem do jardim. Não está como era quando dona Dora morava lá, mas não está mal.

Acabou não sendo preciso que eu me preocupasse com a perspectiva de uma presença mais constante de Veronica em minha vida. Ela torceu o nariz.

– Obrigada, James, mas não passei todos aqueles anos trabalhando para sair de Leaning Tree apenas para mandar minha filha caçula morar lá – disse.

Mamãe fungou alto.

– Isso é que é cara de pau, que sem-vergonha. Parece que agora ela se acha boa demais para a minha casa. Ela devia tentar empurrar toda essa bobagem que está dizendo para gente que não se lembra de onde foi que ela veio. E que tipo de "trabalho" ela andou fazendo para sair de Leaning Tree? Tudo o que ela fez foi viver mais do que o pilantra do pai dela. Odette, diga a Veronica que sua mãe está de volta e que ela está se preparando para assombrar e perseguir esta cretina até o inferno. Vai, diz a ela.

Eu não vi Minnie McIntyre entrar, mas ouvi o retinir de um sino, me virei e a vi de pé ao meu lado. Minnie passara a usar seu turbante de vidente com o pequeno sininho de prata o tempo todo. Dizia que, como estava tão próxima da morte, Charlemagne, o Magnífico, lhe trazia mais mensagens do que nunca. Assim, para que não perdesse nenhuma delas, Minnie sempre tinha seu sininho de prontidão. Meu primeiro pensamento foi: *Ah, que ótimo, agora é que a mamãe não vai se calar nunca.*

Enquanto mamãe estava viva, o simples fato de ver Minnie McIntyre a fazia desandar a dizer palavrões e a cuspir. Preparei-me para ouvir mamãe num de seus discursos salpicados de palavrões. Mas ela observava Denise tentando arrebanhar meus netos. Ela não estava pensando em Minnie. Ao ouvir Denise chamar a filha por seu nome, Dora, pensei que mamãe fosse cair dura no chão. Mamãe participava tanto de minha rotina que eu tinha me esquecido de que ela não fazia parte da vida diária de meus filhos. Ela não os via há anos e absolutamente não conhecia seus bisnetos. Naquele momento, ela descobriu que tinha uma xará, uma bonequinha correndo pela casa, e isso a havia deixado desconsertada. Ela calou-se e saiu atrás das crianças. Depois de todos os sustos que ela tinha me dado, foi de certo modo agradável ver mamãe ser apanhada de surpresa para variar.

Barbara Jean conversava com Erma Mae do lado oposto da sala de onde eu estava. Ela balançava a cabeça e fingia ouvir fosse lá o que Erma Mae lhe dizia. Mas eu podia ver que seus olhos estavam cravados em meus netos, olhando especialmente para William, com a mesma intensidade com que minha mãe olhava. Barbara Jean fazia isso de vez em quando, via meninos de 8 ou 9 anos e não conseguia tirar os olhos deles. Eu sabia que ela estava pensando em Adam. Como poderia não pensar? É claro, Adam e William não se pareciam em nada. Meu neto herdou meu corpo roliço e minha pele cor de chocolate, e Adam fora claro, da cor de creme de manteiga com favas. Mas ambos tinham aquela mesma energia louca e a meiguice enternecedora dos garotinhos naqueles breves anos antes que a nossa presença os entedie e eles passem a não tolerar nem beijos nem abraços. O menino de Barbara Jean nunca sairia daquela primeira fase.

Barbara Jean observou William correndo pela sala, atormentando meus gatos com excesso de afagos e seduzindo os convidados com seu grande sorriso. Quando meu genro percebeu que William estava ficando barulhento demais para a festa e o carregou, ele se desmanchou em risadinhas, se remexendo sem parar, enquanto deixava a sala debaixo do braço do pai. Barbara Jean pareceu que ia chorar. Eu teria apostado um bom dinheiro que ela estava vendo, exatamente como eu via, Lester e Adam, e se recordando de como Lester não resistia a levantar Adam no ar sempre que o menino estava a seu alcance. Por Lester, os pés de Adam nunca teriam tocado o chão. Naquele momento, Barbara Jean afastou-se de Erma Mae, seguindo na direção da vodca.

A festa daquele ano foi a maior que já tínhamos dado. Foi como se todo mundo que algum dia tivéssemos conhecido aparecesse para dar um alô. Ou, mais provavelmente, tivessem vindo para dizer adeus. Nada como um pequeno toque de câncer para fazer com que as pessoas se tornem todas sentimentais com você, quer gostassem de você antes ou não. Por volta da meia-noite, no entanto, a maioria dos convidados tinha ido embora. Mamãe se retirou para a sala íntima para namorar seus bisnetos que, àquela altura, haviam pegado no sono, deitados no sofá ao lado do neto de Clarice. Mesmo morta de cansada e louca para me deitar e descansar, me encaminhei até a cozinha para começar a limpeza. Ao abrir a porta, encontrei minha filha Denise e Carolyn, filha de Clarice, lavando a louça, rindo e conversando como tinham feito quando eram meninas. Fiquei parada ali por alguns segundos, observando-as – ambas inteligentes, fortes e felizes. Bem, pensei, parece que Clarice e eu fizemos pelo menos uma coisa certa.

Uma mão tocou em meu ombro, me virei e vi Richmond. Ele cochichou em meu ouvido:

– Escute, Odette, Clarice e eu estamos indo, e vamos levar Barbara Jean. Ela bebeu um pouco demais.

Segui-o para fora da cozinha, pela sala de visitas, até o hall de entrada, onde Clarice ajudava Barbara Jean a vestir o casaco. O humor retraído de Barbara Jean durante todo aquele dia dera lugar à melancolia. Seus olhos úmidos e a expressão atormentada de seu rosto pareciam ainda mais desoladores por causa do vestido rosa-shocking que agora parecia zombar dela em sua alegria juvenil.

Dei-lhe um rápido abraço e disse:

– Ligo para você amanhã.

Barbara Jean tentou dizer boa-noite, mas suas palavras saíram truncadas. Clarice e Richmond a agarraram, cada um por um braço e a guiaram até a rua. Foram seguidos pela ah!-sempre-tão-respeitável sra. Jordan, que olhou furiosa para Barbara Jean e estalou a língua, comentando:

– Inconveniente. Absolutamente inconveniente.

Saí para a varanda e observei enquanto Clarice e a mãe entravam no banco da frente do Chrysler de Richmond e ele ajudava Barbara Jean a embarcar no banco de trás. Depois que acomodou Barbara Jean, fechou a porta e correu para o carro dela e entrou. Eles saíram dirigindo, Richmond à frente, na Mercedes de Barbara Jean.

Fiquei na varanda por alguns minutos, apreciando o ar frio depois de tantas horas dentro da casa aquecida e cheia. Mamãe veio se juntar a mim, com a sra. Roosevelt logo atrás. A ex-primeira-dama havia recobrado a sobriedade e seu famoso sorriso caloroso e dentuço estava firmemente fixado em seu rosto enquanto ela se aninhava a meu lado.

– Detesto ver Barbara Jean nesse estado. Acho que talvez tenhamos problemas vindo por aí, você não acha? – comentou mamãe.

Não respondi por um momento. Estava distraída porque, pela primeira vez em todas as suas visitas, a sra. Roosevelt parecia ter uma presença física real. Senti o peso de seu corpo se apoiando contra o meu. E no ar frio da noite, o calor que emanava dela era quase desconfortavelmente quente. Ela e eu agora estávamos realmente no mesmo mundo. *Isso não pode ser bom*, pensei.

Quando finalmente respondi a mamãe, falei:

– É, acho que temos problemas vindo por aí.

Capítulo 21

Se você algum dia quisesse uma prova de que eu não era tão destemida quanto diziam os boatos, tudo o que precisaria fazer seria olhar para a maneira como eu lidava com os excessos de álcool de Barbara Jean. Sem sequer debater o assunto, me uni em um pacto covarde com Clarice e não disse uma palavra sobre o assunto durante anos. Nós duas tínhamos medo de que se confrontássemos abertamente o problema descobriríamos nossa amizade desmoronando como uma torre de blocos de madeira de brinquedo.

Não lidar com o problema do abuso de álcool de Barbara Jean se transformou em um quarto integrante invisível de nosso trio, uma cantora desafinada e importuna à qual Clarice e eu nos habituamos com o passar do tempo. Aprendemos a não telefonar para Barbara Jean depois das nove da noite porque ela provavelmente não ia se lembrar da conversa depois. Se ela estivesse passando por um período difícil, dizíamos que estava "cansada" e remarcávamos qualquer coisa que tivéssemos planejado para quando ela estivesse se sentindo mais energizada. Isso se estendeu durante anos, e o tempo todo eu me convenci de que não estávamos lhe fazendo nenhum mal por não confrontá-la sobre o problema. Havia períodos em que passava mais dias cansada, mas estes episódios sempre eram seguidos por fases mais longas em que ela ficava ótima.

Eu dizia a mim mesma que cabia a Lester o papel de tomar a iniciativa e dizer alguma coisa, se alguma coisa fosse ser dita. Ele era seu marido. Mas Lester agora estava morto, e pela primeira vez em séculos, Barbara Jean havia ficado bêbada em público. Tentei dizer a mim mesma que o que havia acontecido em minha festa fora um excesso típico do Ano-Novo. Quem nunca tomou um porre celebrando o Ano-Novo em algum momento da vida?

Mas aquilo fora diferente. E Clarice e eu sabíamos, mesmo que não tivéssemos dito nada. Barbara Jean estivera dominada por aquele seu lado sombrio e triste de uma maneira que eu não vira desde que ela perdera Adam. E não parecia que fosse conseguir se livrar daquilo tão cedo.

Comecei o ano de 2005 admitindo que, um dia, muito brevemente, enquanto ainda tinha chance de fazê-lo, eu teria que me arriscar a derrubar a torre de blocos de madeira.

⌒

O problema de Barbara Jean com bebida tornou-se realmente pronunciado e ficou sério pela primeira vez em 1977, durante aquele ano horrível depois que o pequeno Adam morreu. Por um longo período de meses ela esteve mais tempo bêbada do que sóbria. Eu passava na casa dela e a encontrava mal aguentando se manter de pé. Contudo, ela mostrava uma boa fachada quando estava entre estranhos; as pessoas comentavam como ela estava enfrentando bem a tragédia. Se não a conhecesse como conhecia, eu teria concordado. Mas eu ouvia as palavras se tornarem arrastadas mais cedo a cada dia. Via como ela se balançava naqueles saltos altos que adorava usar.

E o pobre Lester. A Segunda Guerra Mundial apenas conseguira acrescentar um manquejar em seu caminhar, mas a morte do filho o derrotou. Ele se tornou um velho naquele ano. A primeira de uma longa lista de doenças – um problema renal, se não me falha a memória – apareceu apenas um mês depois do funeral de Adam.

Lester afogava as mágoas no trabalho do mesmo modo que Barbara Jean medicava seu sofrimento com álcool. Com a morte de Adam, Lester começou a fazer mais viagens de negócios, ficando fora de casa mais tempo. E quando voltava, parecia mais exausto e mais infeliz.

Quando tinha Adam, o trabalho de Lester o energizava e o mantinha jovem. Barbara Jean poderia ter visto seu filho como um futuro pintor por causa de seus minuciosos desenhos a creiom, mas Lester sabia que seu garoto devia trabalhar com a terra, da mesma maneira que o pai. Nos fins de semana e durante as férias de verão de Adam na escola, Lester levava o filho consigo sempre que tinha trabalhos em andamento ao redor de Plainview. Lester se apresentava como voluntário para fazer parte do trabalho braçal, o que geralmente era deixado para os empregados de nível mais baixo, de modo que Adam pudesse ver e compreender todos os aspectos do negócio que ele um dia herdaria. E Adam havia adorado cada minuto daquilo. Vestido em seu macacão, ele seguira o pai por toda a parte, plantando, cavando e varrendo com suas ferramentas em miniatura.

Agora que não estava criando algo para passar a seu filho, não havia motivo para Lester tocar numa pá ou levantar um ancinho. Seu corpo murchou da mesma forma que seu espírito e o trabalho de sua vida inteira se transformou em um jogo de números. Lester fechava um negócio lucrativo após o outro e empilhava dinheiro como se pensasse que aquilo um dia poderia trazer felicidade para ele e para Barbara Jean.

Apesar de serem de gerações diferentes e apesar de a única coisa – ou pelo menos foi o que sempre me pareceu – que os unia como casal ter-se ido embora, Lester e Barbara Jean continuaram juntos e de vez em quando conseguiam aparentar que todo aquele dinheiro realmente lhes trazia felicidade. Cada vez mais rico, mais doente, mais triste e mais velho à medida que o choque da morte de Adam foi se apagando, eles construíram novas vidas.

Foi durante aquele terrível primeiro ano que as Supremes e a frágil vida nova que Barbara Jean e Lester estavam construindo quase chegaram ao fim, com alguma ajuda de Richmond Baker.

Estávamos à nossa mesa no Coma-de-Tudo numa tarde de domingo. Os gêmeos de Clarice estavam sentados em suas cadeirinhas altas entre ela e Richmond. Denise estava no colo de James, fazendo uma escultura de macarrão com queijo. As outras crianças estavam em uma mesa só para elas, ao alcance de um braço.

Clarice tentava entabular conversa entre bocejos. Os gêmeos realmente a tinham exaurido de uma maneira que os dois mais velhos não haviam feito. Havia dias em que ela mal conseguia manter os olhos abertos.

Naquele domingo, Barbara Jean estava divina com um vestido de tafetá de seda cor de laranja, como os cones de sinalização de trânsito. Earl Grande se levantou e aplaudiu quando ela entrou no restaurante. Lester estava fora da cidade mais uma vez, de modo que ela viera sozinha. Embora estivesse razoavelmente firme sobre os pés, Barbara Jean falava de modo irregular, demasiado cuidadosa, telegrafando seu estado de embriaguez para aqueles que realmente a conheciam.

Durante o almoço, observei enquanto uma cena curiosa e perturbadora se desenrolava. Debatíamos os últimos rounds de reformas em curso na casa de Barbara Jean, o que era uma das poucas atividades que pareciam interessá-la na época. As coisas começaram a ficar esquisitas quando ela falou:

– O que eu preciso agora é arranjar um bom carpinteiro para fazer umas alterações nos armários do quarto. Em algum momento, alguém botou prateleiras de metal e aquelas coisas andam despencando praticamente todo dia. Uma delas quase me arrancou fora a cabeça na noite passada.

– Você não precisa contratar ninguém para fazer isso – declarou Richmond. Lester pode cuidar disso com uma furadeira elétrica e alguns parafusos, em dois tempos.

Barbara Jean sacudiu a cabeça em negativa.

– Lester vai ficar fora durante as próximas duas semanas e eu preciso fazer alguma coisa agora, imediatamente. – Ela deu uma gargalhada e disse. – Creio que pelo bem da segurança de todo mundo é melhor eu não tentar fazer eu mesma.

– Eu não me importaria de ir até lá e ajudar você – falou Richmond, o caridoso senhor faz-tudo.

Barbara Jean inclinou-se por cima de James para dar uma palmadinha no braço de Richmond.

– Richmond, você salvou minha vida.

O negócio com Richmond era que ele *de fato ajudaria* um amigo em necessidade sem pensar duas vezes. Por mais que me irritasse, tinha que admitir que ele era, realmente, o sujeito que tiraria a camisa do corpo para cobrir as costas de um amigo. Infelizmente, quando uma mulher atraente estava envolvida, Richmond tiraria a camisa do corpo, mas também daria a ela suas calças e suas cuecas.

Campainhas de alarme começaram a soar em minha cabeça quando Richmond lançou seu sorriso *"à sua disposição"* para Barbara Jean. Olhei para Clarice e James para ver se eles estavam ouvindo os mesmos sinais de perigo que eu. Mas Clarice concentrava-se nos gêmeos, não em seu marido. E James balançava Denise no joelho, sem prestar qualquer atenção em nada do que acontecia na mesa.

Naquela noite, fiquei remoendo o que havia ouvido no Coma-de-Tudo. Disse a mim mesma que não era da minha conta e que meus amigos eram adultos responsáveis. Eles tomariam sozinhos as decisões certas. E mesmo se não agissem corretamente, não cabia a mim me meter. Finalmente, quando se tornou claro que as coisas que não paravam de girar em minha cabeça iam estragar o episódio de *Kojak* para mim, disse a James que precisava resolver uma coisa e saí de casa para agir de acordo com minha verdadeira natureza.

Senti o cheiro de Richmond antes mesmo de vê-lo. Desde que era adolescente, ele usava a mesma água de colônia de aroma cítrico amadeirado. Odor que sempre chegava nos ambientes vários segundos antes dele. Eu esperava na penumbra, sentada em uma das cadeiras de balanço de vime, na varanda da casa de Barbara Jean, quando ele chegou e se encaminhou para a porta.

– Alô, Richmond – falei, apenas alto o suficiente para que ele me ouvisse.

Ele se sobressaltou, pondo a mão no peito.

– Odette, você quase me matou de susto. – Então, perguntou: – O que você está fazendo aqui?

– Estou apreciando o ar noturno. E você, Richmond? O que o traz à casa de Barbara Jean esta noite?

Richmond apresentou um sorriso que eu teria acreditado ser totalmente inocente se não o conhecesse bem.

– Falei a Barbara Jean que viria dar uma olhada nas tais prateleiras que vivem caindo.

– É realmente muito gentil de sua parte, Richmond. Mas tenho más notícias para você.

– O que foi?

Apontei para a sacola em sua mão.

– Parece que você estava com tanta pressa de vir e mostrar um bom samaritano que pegou a sacola errada. Em vez da furadeira, você acidentalmente pegou uma garrafa de vinho. Deve ter sido o estresse de ter que cuidar dos gêmeos.

O sorriso dele naquele momento desapareceu.

– Escute, Odette, não é o que você está pensando. Eu estava apenas...

Eu o interrompi.

– Richmond, por que não vem até aqui e senta comigo por um minuto.

Ele tossiu e pigarreou, hesitante, argumentando que provavelmente era melhor voltar para casa.

– Só por um minuto, Richmond, realmente, eu insisto.

Ele gemeu e sentou-se na cadeira ao lado da minha, deixando-se cair nela como um adolescente convocado ao gabinete do diretor e colocando a garrafa de vinho no chão entre os pés.

– Odette, eu ia apenas fazer uma visita amistosa. Nada aconteceu e nada vai acontecer. Mas Clarice poderia confundir as coisas. Você não vai contar a ela, vai?

– Não, Richmond, não vou contar a Clarice. Mas você e eu temos que ter uma conversa porque há uma coisa que preciso lhe dizer.

Balancei a cadeira para trás e para a frente algumas vezes para pensar sobre o que queria dizer.

– Se não fosse casada com um homem que todo mundo ama, provavelmente eu não teria um único amigo de verdade no mundo, exceto por Barbara Jean e Clarice.

– Isso não é verdade – retrucou Richmond. – Você é uma mulher absolutamente adorável.

Descartei o elogio com um abanar de mão.

– Richmond, você tem muito boas maneiras. Sempre admirei isso em você. Mas não precisa perder tempo puxando meu saco. – E continuei: – Sou uma mulher dura de se conviver. Não tento ser, apenas sou assim. Não sei como James me aguenta. E, para completar, nunca fui bonita o suficiente para as pessoas deixarem passar o fato de que eu sou um pé no saco.

Ele começou a me interromper de novo, mas mais uma vez eu o impedi.

– Por favor, Richmond, deixe-me continuar. Prometo ir direto ao ponto. Sei que você provavelmente acha que eu não gosto de você. Talvez Clarice tenha lhe contado que a aconselhei a não se casar com você. – Sob a luz fraca das lâmpadas dos postes na Main Street, vi uma expressão de surpresa no rosto dele. – Ah, ela não lhe contou? Bem eu a aconselhei. E disse que você sempre seria um marido infiel, por mais que ela tentasse mudá-lo. E que ela ficaria melhor e mais feliz sem você. Eu não devia ter dito isso, mas esse é o meu jeito.

"Mas quero que saiba que eu realmente não tenho nada contra você. Compreendo por que Clarice ama você. Você é educado. Você é engraçado. Quando eu o vejo com seus filhos, noto seu lado carinhoso que é absolutamente lindo. E, mesmo odiando ter que admitir, você é um dos homens mais bonitos que eu já vi na vida."

Naquele momento, ele relaxou. Uma conversa sobre seu charme e seus dotes físicos era algo que sempre deixava Richmond à vontade.

– E eu amo Clarice, realmente amo.

– Acredito em você. Mas o que você precisa compreender é que eu farei absolutamente qualquer coisa para proteger as poucas pessoas neste mundo que realmente me amam. E, Richmond, se for atrás do seu pau e entrar na casa de Barbara Jean, ela nunca mais será capaz de ver a si mesma como um ser humano decente. Ela vai recuperar a lucidez amanhã e vai odiar a si mesma por ter permitido que acontecesse. Isso vai comê-la viva, de um modo quase tão terrível quanto ter perdido Adam. Clarice acabará deduzindo, descobrirá o que aconteceu e vai se sentir mais humilhada do que jamais se sentiu com qualquer outra de suas mulheres. E, então, Richmond – estendi a mão e agarrei-lhe o braço musculoso –, vou ter que matar você.

Richmond deu uma risada e concordou.

– Tudo bem, Odette, entendi. Vou ficar longe de Barbara Jean.

– Não, Richmond, não creio que tenha realmente entendido. – Apertei ainda mais o braço dele e falei bem devagar: – O que estou falando é tão sério quanto um ataque de coração. Se algum dia você se engraçar para cima de Barbara Jean novamente, eu vou matar você.

Enfrentei seu olhar e acrescentei:

– Não vou querer fazer isso. E não vai me dar nenhum prazer... Mas mesmo assim, vou matar você.

Nós nos encaramos por vários segundos, e eu observei os últimos vestígios de um sorriso desaparecerem de seu rosto à medida que ele compreendia que eu estava falando a verdade pura e simples.

– Compreendo – assentiu ele.

Dei-lhe uma palmadinha no braço.

– Bem, esta conversa foi muito agradável. Não sei como você se sente, mas eu me sinto muito melhor.

Puxei a manga de sua camisa alguns centímetros mais para cima no punho e, sob a luz fraca, vi as horas em seu relógio.

– Veja só isso – exclamei. – Ainda vou conseguir pegar o final do episódio do *Kojak*. – Levantei-me e caminhei até a ponta da varanda. – Por que não me acompanha até em casa?

Richmond pegou a garrafa e veio comigo, descendo a escada e caminhando pelo caminho de pedras que levava à rua Main. Enganchei meu braço no dele.

– Está realmente uma noite bonita, não acha?

Olhei por cima do ombro enquanto virávamos para subir na calçada. Apenas por um segundo, vislumbrei a silhueta de Barbara Jean espiando, por uma das janelas do andar de cima, enquanto eu e Richmond, um homem que agora me compreendia de uma maneira até melhor do que James compreendia, caminhávamos e nos afastávamos de sua casa magnífica.

Capítulo 22

Depois de se despedir de seu último aluno de piano do dia, Clarice foi visitar Odette. O final de fevereiro havia trazido consigo alguns dias de falsa primavera. As temperaturas se elevaram quase sete graus acima do que seria normal e ela se sentia energizada pela temperatura amena.

Odette estava tendo um mês ruim. Ela não reclamava, mas Clarice podia ver que ela praticamente não tinha nenhuma energia. No domingo anterior, no Coma-de-Tudo, ela havia apavorado todo mundo à mesa ao deixar, ao final do jantar, uma costeleta de porco inteira intocada no prato. De modo que Clarice decidiu aparecer para uma visita, levando consigo um pedaço de torta de pêssego, uma sacola de presentes e algumas boas fofocas que tinha ouvido. (Diziam os boatos que, a menos de cinco meses de se casar com Sharon, Clifton Abrams estava de caso com outra mulher.)

Todo mundo estava comemorando o inesperado tempo quente, abrindo as casas para deixar entrar ar. Pela primeira vez em meses, Clarice passou por uma sucessão de portas abertas à medida que os moradores de Plainview davam boas-vindas à brisa fora de época. A porta da frente de Odette e James também estava aberta e, parada na varanda, Clarice espiou através da porta de tela e os viu na sala de visitas. James estava sentado no sofá e Odette no chão a sua frente, sobre o tapete de retalhos, com as costas apoiadas nas pernas dele. Ela acariciava um enorme gato malhado de branco, marrom e preto que Clarice não reconheceu. Odette ainda recolhia gatos abandonados, de modo que aquele podia ter sido acrescentado ao bando ainda naquele dia. Dois outros gatos estavam deitados sobre as canelas de Odette. Seus olhos estavam fechados e a cabeça inclinava-se para trás. James, que tinha meia dúzia de grampos apertados entre os lábios, tentava arrumar-lhe o cabelo, num estilo que guardava alguma semelhança com o penteado que ela usara a maior parte do tempo durante as duas últimas décadas, puxado para trás num coque apertado na parte de trás do crânio.

Àquela altura, Odette havia perdido muito cabelo e o que restava não parecia cooperar com o torcer e puxar dos dedos longos e desajeitados de James. Repetidamente, ele levantava uma das mechas restantes de cabelo apenas para que ela escorregasse entre seus dedos ou se partisse na raiz e caísse flutuando sobre o ombro de Odette. Quando um chumaço especialmente grande saiu em sua mão, ele cuspiu os grampos.

– Desculpe – disse.

– Não faz mal – respondeu ela. – A maior parte já caiu de qualquer maneira. – Então, ela estendeu a mão para trás e agarrou a camisa dele, puxando-o para baixo, em sua direção e beijando-o na boca.

Quando Odette soltou o marido, olhou-o com tal ternura que Clarice só via em seu rosto quando ela olhava para James. Era uma espécie de brilho caloroso que nunca deixava de torná-la bonita.

Pela tela, Clarice observou James redobrar os esforços em pentear o cabelo de Odette. Mal levantara a mão para bater à porta quando ouviu Odette dar uma risadinha e dizer:

– Clarice vai ficar encantada quando eu ficar careca. Ela vive querendo que eu cubra essa bagunça na minha cabeça com uma peruca desde que estávamos na oitava série.

Clarice sabia que Odette não tivera intenção de fazer nenhum comentário maldoso. Sabia que Odette lhe diria a mesma coisa, feliz da vida e com um largo sorriso no rosto. Mas saber disso não ajudou muito naquele momento. Tudo o que ela queria era entrar correndo e gritar para Odette que a adorava exatamente como ela estava – com cabelo bom, com cabelo ruim ou sem cabelo. Mas Clarice não se moveu. Não conseguiu.

Seria possível que tivesse permitido à pessoa que mais amava no mundo que acreditasse que ela a via como alguém menos que bonito? E ela amava Odette mais do que todo mundo. Mais do que amava Richmond. E, pedindo a Deus que a perdoasse no mesmo instante em que pensou aquilo, tanto quanto amava seus filhos. Palavras que dissera a Odette no correr das décadas ressoaram em seus ouvidos, apagando quaisquer outros sons ou pensamentos. "Faça alguma coisa sobre essas suas roupas." "Arrume o cabelo." "Deixe-me ajudar você com a maquiagem." "Quem dera você conseguisse perder apenas oito quilos, você teria um corpo tão bonito."

Uma onda de vergonha abateu-se sobre ela com tamanha intensidade que ela afastou a mão da porta e recuou, deixando a varanda. Clarice encaminhou-se para o carro o mais rapidamente que pôde e deu a partida dirigindo com as sacolas de compras ainda consigo, descansando no banco do passageiro. Em uma delas, duas perucas, já penteadas, agora seriam destinadas ao Exército da Salvação.

Ao piano, Clarice tentava não pensar, quando Richmond voltou para casa cerca de duas horas mais tarde. Ele a surpreendeu ao anunciar que passaria a noite em casa, algo que não fazia há meses, num sábado à noite. Jantaram – sobras, uma vez que ela pensara que jantaria sozinha e não tinha preparado nada naquele dia. Então, se aninharam juntos debaixo de uma manta no sofá da sala de visitas e assistiram a um filme que ele havia trazido da locadora. Mais tarde, Clarice se lembraria que o filme provavelmente tinha sido uma comédia. Ela teria consigo uma vaga lembrança de Richmond rindo pouco antes das coisas acontecerem.

Clarice não conseguiu se concentrar no filme o suficiente para rir ou chorar. Ela ainda remoía sua visita à casa de Odette e James. Observou seu marido bonito e pensou: *Você faria aquilo para mim? Você pentearia meu cabelo se eu estivesse doente demais para levantar os braços e me pentear?*

A resposta a que ela chegou foi um decisivo sim.

Sim, Richmond pentearia seu cabelo, caso ela estivesse doente. Ele o faria por ela e faria sem reclamar. E provavelmente o faria bem. Aquelas mãos grandes e bonitas eram capazes de qualquer coisa que ele decidisse fazer com elas.

Mas ela também sabia que uma noite, enquanto estivesse penteando seu cabelo, o telefone tocaria e ele se levantaria para atender. Depois que desligasse, voltaria para junto dela com uma mentira já meio preparada para explicar por que tinha que dar uma saída rápida. Ela ficaria ali sentada com o cabelo penteado pela metade, sorrindo em seu leito de doente, e fingiria acreditar naquela mentira enquanto ele saía rapidamente pela porta. Se Clarice tivesse sorte, não haveria nenhum espelho no quarto no qual ela pudesse ver seu rosto contorcido numa imitação daquela expressão adorável e meiga que havia surgido tão naturalmente no rosto de Odette quando ela olhara para James.

Aquela visão permanecia na cabeça de Clarice quando ela se levantou do sofá, caminhou até a televisão e desligou-a.

– Ei, o que você está fazendo? – estranhou Richmond. Ele levantou o controle remoto em seu colo e o apontou para a televisão. Mas Clarice estava parada no meio do caminho e o aparelho não respondeu ao comando.

Quando ela não se moveu, ele perguntou:

– O que está havendo?

– Richmond, eu não posso mais continuar vivendo com você – respondeu ela. Aquilo saiu com facilidade e soou totalmente natural, apesar de seu coração estar batendo tão forte que ela mal conseguia ouvir sua própria voz.

– De que você está falando? – perguntou ele.

– Quero dizer que estou cansada. Cansada de você, cansada de nós dois. Principalmente, estou cansada de mim. E sei que não posso mais viver com você.

Ele deixou escapar um longo suspiro e baixou o controle remoto. Então, falou com ela no tom baixo e calmo que se reserva a crianças histéricas e adultos com lesão cerebral.

– Ora, Clarice, não tenho certeza do que deu em você para pensar que precisa criar tamanha confusão agora, mas quero que saiba que tem a minha solidariedade. Você tem passado por um mau pedaço com a doença de Odette, os problemas com sua mãe e seja lá o que for que está acontecendo com Barbara Jean. E compreendo que a menopausa pode ser mais dura para certas mulheres, desequilibrando os hormônios e tudo o mais. Mas acho que você deve se lembrar da verdade. E a verdade é que nunca fingi ser um homem diferente do que sou.

"Não que eu esteja afirmando ser perfeito. Escute, estou mais do que disposto a aceitar minha parcela de culpa por uma ou duas ocasiões que podem tê-la magoado. Mas tenho que dizer que acredito que a maioria das mulheres invejaria a honestidade que temos entre nós. Pelo menos você sabe quem é o seu marido."

Ela assentiu.

– Você tem razão, Richmond. Você nunca fingiu ser nada além do homem que é. E esta talvez seja a parte mais triste para mim. Eu realmente devia ter ajudado você a ser um homem melhor do que é. Porque, meu querido, o homem que você é realmente não é bom o suficiente.

Aquilo saiu mais venenoso do que ela tinha pretendido. Na verdade, ela nem estava com raiva, zangada – bem, não mais zangada do que de hábito. Clarice não tinha certeza do que sentia. Sempre presumira que, se esse momento algum dia chegasse, ela berraria e choraria, tentando decidir se devia queimar as roupas dele ou colar-lhe os testículos nas coxas enquanto ele dormia, como as mulheres nas novelas de TV, na sessão da tarde, sempre pareciam fazer com seus homens infiéis. Mas agora o que ela sentia principalmente era cansaço e uma tristeza que não deixavam espaço para histrionismo.

Richmond sacudiu a cabeça com incredulidade.

– Alguma coisa sobre isso não está certa. Sinceramente, estou preocupado com você. Devia fazer um check-up ou coisa parecida. Pode ser um sintoma de alguma coisa séria.

– Não é um sintoma – respondeu Clarice –, mas poderia ser a cura.

Richmond se levantou de um salto do sofá. O choque e a confusão dele haviam desaparecido. Agora ele estava apenas furioso, e começou a andar de um lado para outro.

– Isso é ideia de Odette, não é? Só pode ser ideia dela, com todo esse tempo que você tem passado com ela.

– Não, a ideia é toda minha. A ideia de Odette era castrar você em 1971. Desde então ela se manteve em silêncio no que diz respeito a você.

Ele parou de andar de um lado para outro e tentou uma abordagem diferente. Aproximou-se até postar-se bem perto dela. Com seu sorriso mais escorregadio, mais sedutor, ele pôs as mãos sobre seus braços, acariciando-os.

– Clarice, Clarice – sussurrou. – Não há necessidade de falarmos assim. Podemos resolver tudo e superar isso.

Ele a puxou para si.

– Olhe, vou lhe dizer o que eu acho. Vamos planejar uma viagem juntos. Talvez visitar Carolyn em Massachusetts. Você gostaria? Eu poderia lhe comprar um carro novo e poderíamos fazer uma viagem de carro. Só você e eu.

A boca de Richmond agora estava colada à orelha dela.

– Apenas me diga o que você quer que eu faça, querida. Me diga o que posso fazer. – Aquele era Richmond em sua melhor forma, Richmond, o amante. Aquela parte do relacionamento deles sempre fora perfeita. Mas agora, quando pensava nos talentos dele na cama, era obrigada a pensar nas incontáveis horas em que ele aperfeiçoara esses talentos com outras mulheres.

Clarice pôs a mão no peito dele e o empurrou para longe. Ela o empurrou com mais força do que pretendia e ele perdeu o equilíbrio por um segundo. Clarice espantou-se em perceber como foi prazeroso vê-lo cambalear quase caindo, de bunda, sobre a mesinha com tampo de vidro à frente do sofá.

– Evolua, Richmond. O que eu quero que você faça é *evoluir*.

Ele começou a andar de um lado para o outro novamente, cada vez mais depressa.

– Não compreendo. Todos esses anos e você agora me vem com essa. Você teve oportunidade de sobra de falar, se não estava feliz. A culpa é sua, Clarice. – E em tom mais suave: – Não é minha culpa.

Ela podia perceber as engrenagens girando enquanto ele tentava descobrir um modo de sair daquela sinuca. Quando não conseguiu encontrar nenhum jeito de inverter a situação, decidiu-se pela raiva. Pisou duro aproximando-se dela e inclinou o queixo quadrado até ficar a apenas centímetros de seu nariz. Com o hálito no rosto de sua mulher, Richmond falou:

– Vou lhe dizer uma coisa, Clarice, não vou sair de casa. Esta casa é tão minha quanto sua. Na verdade, mais, uma vez que *eu* paguei por ela. De modo que é melhor você pensar melhor nessa tolice.

Ele cruzou os braços sobre o peito largo e se empertigou, ereto e parecendo muito satisfeito por ter esclarecido seu ponto de vista com sucesso e posto a birra de Clarice em seu devido lugar.

Naquele momento, Clarice deixou a sala de visitas, seguindo para a escada e para o quarto.

– Está tudo bem, Richmond. Pode ficar aqui sem problema. Eu vou sair – declarou.

Naquela noite, depois de passar na casa de Odette para pegar as chaves, Clarice carregou uma mala de roupas e uma sacola de cosméticos até a porta da frente da antiga casa do sr. e da sra. Jackson, em Leaning Tree. Quando seu piano foi entregue, dois dias depois, Clarice inaugurou aquela nova fase de sua vida tocando a melancólica, intensa e lúdica sonata *Les Adieux*, de Beethoven, e permitindo que o segundo amor de sua vida lhe assegurasse que tinha feito a coisa certa ao sair primeiro.

Capítulo 23

Apesar de suas súplicas, os pais de Clarice continuaram insistindo para que Odette acompanhasse os encontros da filha com o namorado durante todo o último ano do colegial. Barbara Jean estava tão desinteressada em sair com rapazes quanto os rapazes estavam loucos para sair com ela, ou pelo menos era o que parecia na época. De modo que, com frequência, ela ia junto para fazer companhia a Odette. Do ponto de vista de Clarice, a situação era tolerável quando apenas as Supremes e Richmond saíam juntos para um programa. Richmond, o único homem em meio a um grupo de mulheres, gostava da imagem de estar mantendo um harém. E Odette e Barbara Jean eram generosas, sempre lhe permitindo algum tempo a sós com Richmond. O arranjo deu para trás quando Barbara Jean começou a declinar os convites de Clarice para poder passar mais tempo com Chick. Afirmando que precisava trabalhar algumas horas a mais no salão, Barbara Jean se retirou do quarteto.

De modo que Richmond passou a trazer novamente James Henry a reboque para acompanhar Odette. As noites na rua até tarde acabaram e as conversas sobre terra vegetal recomeçaram. Mesmo nas raras ocasiões em que Clarice conseguia permissão para ficar até mais tarde, geralmente como prêmio por uma apresentação de piano com excelentes críticas ou como um jeito de pôr fim a suas súplicas incessantes, a presença de um sonolento James garantia que a noite terminasse relativamente cedo. Finalmente, depois de mais uma noite entre muitas em que chegava em casa antes das dez, Clarice bateu o pé e exigiu que Richmond encontrasse alguém para Odette que tivesse horário de adulto. Foi então que Richmond começou a trazer Ramsey Abrams para servir de par a Odette.

Ramsey era um pássaro noturno, mas também era um idiota. Odette passava as noites em que estava com ele, zombando cruelmente da incessante tagarelice vazia que parecia jorrar dele naturalmente. E se Ramsey percebia suas garras se tornando mais afiadas, se contentava em ignorá-las em troca da oportunidade de passar algumas horas olhando com cobiça para seus seios.

Odette não parecia incomodada com a ausência de James. Ela só perguntou a Richmond uma vez sobre o que havia sido feito de James, e aquela única consulta foi formulada como uma pergunta sobre a saúde da mãe dele. Depois que Richmond lhe disse que, até onde sabia, a sra. Henry não estava nem melhor nem pior, Odette não voltou a perguntar por ele.

Trocar James por Ramsey funcionou muito bem no que dizia respeito a Clarice. Ela e Richmond se viam mais do que haviam conseguido em muito tempo. Ficavam na rua até mais tarde, geralmente se encontrando no Earl's e saindo para um passeio de carro, indo a alguma festa ou a algum lugar em Louisville quando dava tempo. Ramsey tinha o mínimo de bom senso necessário para não cometer o erro fatal de tentar passar a mão em Odette, e ela parecia divertir-se com o fato de ter Ramsey por perto para insultar. Todo mundo saía ganhando.

Depois de várias noites até tarde com Ramsey, Odette e Clarisse apareceram no Coma-de-Tudo, numa sexta-feira à noite de março, presumindo que Ramsey e Richmond estivessem esperando por elas na mesa da janela. Em vez disso, James Henry sentava-se na cadeira à esquerda de Richmond.

Clarice aproximou-se da mesa e disse alô. Então, puxou Richmond para o canto para manifestar sua desaprovação.

– O que *ele* está fazendo aqui? – indagou.

– Vai dar tudo certo, eu juro – respondeu Richmond e percebendo a sobrancelha erguida dela, ele acrescentou: – A questão é que

James realmente gosta de Odette. Ele descobriu que eu vinha trazendo Ramsey como par de Odette e ficou tão furioso que tive medo de que fosse me dar um murro.

Richmond estava exagerando só um pouquinho. Ele realmente não se preocupara com a possibilidade de ser agredido quando James entrara em seu quarto na noite anterior. Os bíceps de Richmond eram quase tão grandes quanto a cintura de James, de modo que, se James quisesse partir para a violência, ele sabia que o perigo era mínimo. Mesmo assim, Richmond ficara estarrecido ao ver James tão agitado. Aquilo não era do temperamento dele.

James havia trabalhado como homem para ajudar a se sustentar e sustentar a mãe desde os 13 anos. No colegial, quando Richmond e os outros rapazes estavam praticando esportes ou dividindo uma garrafa de uísque vagabundo no meio do mato, muito provavelmente James estaria em casa cozinhando ou fazendo faxina. E James nunca dava nenhum sinal de estar justificavelmente aborrecido, ou sequer parecia se dar conta de estar sendo privado de alguma coisa, pelo menos não que Richmond percebesse. Mas lá estivera James, enfiando o dedo ossudo no peito de Richmond e berrando sobre Odette Jackson. Richmond tivera vontade de rir, mas, em vez disso, havia prometido a James que o ajudaria.

Richmond pôs as mãos grandes sobre os braços de Clarice e lentamente as deslizou pelos ombros até os cotovelos e de volta, tentando acalmar sua raiva com uma massagem.

– Vai ficar tudo bem, juro – disse. – Falei a James exatamente o que devia dizer a ela. Ensinei-lhe algumas boas frases. E o enchi de café antes de virmos para cá. Vai funcionar. Confie em mim.

Quando voltaram para a mesa, James estava dizendo:

– Diga a sua mãe que ela deve pôr ervas na cerca perene para reduzir as pragas ao mínimo. – Então, James se recostou e começou a examinar Odette silenciosamente, da maneira como sempre fazia depois que esgotava sua conversa sobre jardinagem. Era como se ele fosse um cientista e ela, algo raro que ele descobrisse crescendo numa placa de Petri. Odette o encarou, os lábios apertados numa expressão de desagrado. Se ele havia tentado todas as frases que Richmond afirmava haver lhe ensinado, Clarice presumiu que não deviam ter funcionado.

Enquanto bebericavam refrigerantes e comiam asas de frango, Richmond e Clarice tentaram iniciar uma conversa. Mas nem Odette nem James falaram. James apenas olhava para Odette com uma mescla de afeição e curiosidade, enquanto ela franzia os olhos para ele numa expressão que se aproximava da fúria.

Richmond sugeriu que fossem de carro até Louisville conhecer uma boate de que ele havia ouvido falar. Clarice sugeriu que, na volta, eles parassem em algum lugar escondido na margem do rio.

Os planos para a noite estavam praticamente concluídos quando Odette explodiu:

– Que diabo há de errado com você, James Henry? – Ela se inclinou na direção dele até que seus narizes estivessem a apenas centímetros de distância. – Estou tão farta de você me olhando desse jeito, como se eu de repente fosse criar uma outra cabeça. Esta é a minha cara, James. Se não gosta dela, pode ir olhar outra pessoa.

– Ela então se recostou na cadeira. – Muito bem, você tem alguma coisa a dizer? Ou quer apenas ficar olhando mais um pouco?

James pareceu surpreso e depois encabulado. Ele rompeu o contato visual com Odette e olhou para a mesa por alguns segundos. E então falou:

– Eu amo você. E tenho andado pensando que, se você algum dia for se casar, devia se casar comigo.

Odette, Richmond e Clarice exclamaram em coro:

– O quê?

James repetiu.

– Eu amo você, Odette, e tenho andado pensando que se você algum dia quiser se casar, devia se casar comigo.

Richmond atirou as duas mãos para o alto com irritação.

213

– Juro por Deus, Clarice, esta *não* foi uma das frases que eu o ensinei a dizer.

Odette estreitou os olhos para James. Clarice sabia que Odette pensava que ele estava fazendo troça. Mas James apenas ficou ali sentado, ainda olhando para Odette. Mas agora ele tinha um sorriso no rosto, como se estivesse orgulhoso consigo mesmo por finalmente ter dito o que queria.

Naquele instante, na mesa da janela no Coma-de-Tudo, Clarice viu Odette emudecer, sem palavras pela primeira e última vez durante sua longa amizade. Clarice observou enquanto Odette perscrutou o rosto de James por um longo momento. Foi então que ela viu, pela primeira vez, aquela ternura no rosto da amiga. As rugas na testa de Odette desapareceram, seus maxilares se descerraram e os cantos de sua boca se viraram para cima apenas um centímetro. Clarice compreendeu que presenciara mais do que apenas uma visão incomum naquela noite. Havia visto algo de que Odette tinha medo. Durante todo aquele tempo, sua amiga valente e durona temera que o garoto de rosto marcado pudesse não amá-la da maneira como ela o amava.

Odette vira um número suficiente de filmes e ouvira Clarice extasiada falando de Richmond com frequência suficiente para saber que havia coisas que uma moça devia dizer em ocasiões como aquela. Ela deu o melhor de si para tentar se lembrar de uma daquelas frases, mas nada lhe veio à cabeça. Com a boca seca e o pulso acelerado, ela percebeu o princípio do que acreditava ser pânico. Mas ao perceber o sorriso satisfeito de James, sentiu-se confortada pela certeza de que ele não era um homem que jamais fosse precisar de reafirmações de fôlego ou de grandes declarações de amor. E aquilo fez com que ela tivesse vontade de atirar os braços a seu redor e abraçá-lo até que ele lhe implorasse para soltá-lo.

Odette cobriu a mão de James com a sua e balançou a cabeça, assentindo uma, duas vezes.

– Está bem, James, assim está tudo esclarecido.

Capítulo 24

Barbara Jean sabia que o fato de Clarice deixar Richmond e voltar a morar em Leaning Tree não tinha nada a ver com ela; era algo que há muito tempo estivera para acontecer. Mesmo assim, pareceu-lhe que era mais uma peça na conspiração em que o mundo inteiro estava envolvido, um plano sinistro para arrastá-la de volta ao passado e trancá-la dentro dele. Lá estavam elas, as Supremes, reunidas novamente em Leaning Tree, na mesma casa onde haviam conversado, rido e cantado juntas, ouvindo discos na vitrola portátil de Odette, cor de rosa e violeta, quarenta anos antes.

Fazendo o percurso de carro, indo ou voltando da velha casa de Odette – agora a casa de Clarice – Barbara Jean via a Leaning Tree de sua meninice por toda a parte ao seu redor, em vez da Leaning Tree que existia atualmente. Pelo canto do olho, ela avistava pontos de referência que não existiam mais há décadas: o escritório de advocacia de Abraham Jordan, a loja de produtos de perfumaria baratos onde sua mãe comprava cosméticos, a oficina de carpintaria que outrora fora do pai de Odette. Estavam todos lá, mais reais que as grandes casas e butiques caras e elegantes que os haviam substituído. Até que ela piscava os olhos e os fazia desaparecer.

As pessoas do passado também continuavam a visitá-la. E quando chegavam – Lester, Adam, Loretta, Chick, Earl Grande, dona Thelma, as outras Supremes e ela própria como garotas ainda jovens –, Barbara Jean se entregou completamente ao passado permitindo que sua força arrastasse sua mente bêbada, como se ela tivesse sido apanhada pela correnteza sob a superfície do rio congelado, com o qual agora sonhava todas as noites.

Lester pediu Barbara Jean em casamento no Dia da Mentira, 1º de abril de 1968. De início ela pensou que ele estivesse brincando. Lester havia levado as Supremes, Richmond e James para jantar. Como era segunda-feira, o programa começara cedo para acabar cedo. James trabalhava de manhã. As garotas tinham aula.

Barbara Jean foi a última a ser deixada em casa naquela noite. Lester parou o carro diante da casa de Earl Grande e dona Thelma, e ela esperou que ele descesse do carro e desse a volta para lhe abrir a porta, como sempre fazia. Mas Lester ficou sentado, olhando fixo para a frente, com o Cadillac em ponto morto.

– Bem, boa-noite, Lester – disse ela e estendeu a mão para abrir a porta.

Lester pôs a mão sobre seu ombro e falou:

– Espere um minuto, Barbara Jean. Tem uma coisa que quero falar com você. – Ele deixou a mão sobre o ombro dela, o maior contato físico que jamais haviam tido, e começou a falar. – Barbara Jean, venho tentando não fazer papel de tolo, mas tenho certeza de que, a esta altura, você já percebeu que tenho sentimentos por você.

Ela esperou que ele sorrisse e gritasse "Caiu no 1º de Abril!" Mas ele continuou com o rosto sério e ela se deu conta, com a mesma medida de temor e de interesse, de que ele falava sério.

– Você provavelmente me considera um velho...

– Não, Lester, não considero – interrompeu ela.

– Não faz mal. Você é jovem. Quando eu tinha a sua idade, achava que 42 era velhíssimo. Mas o negócio é o seguinte: ter 42 anos não é ser assim tão velho. E você sempre me pareceu uma garota muito madura para a sua idade. De modo que andei pensando que talvez você e eu pudéssemos passar mais tempo juntos.

Quando ela não respondeu, ele acrescentou:

– Para que você me compreenda bem, não estou falando apenas de beijos, amassos ou coisa parecida. Estou falando de você e eu realmente ficarmos juntos. O que eu quero é uma esposa, Barbara Jean.

Sem saber o que dizer, ela apenas assentiu e pensou: *Caramba! Você estava absolutamente certa a respeito dele, Clarice.*

– Você acaba seus estudos dentro de mais dois meses e provavelmente andou pensando no que o futuro tem reservado para você. Lester estava enganado sobre isso. Embora Barbara Jean tivesse sido criada para sempre ter um olho atento para a próxima oportunidade – "Você tem que ser uma mulher que pensa no futuro, se quiser chegar a algum lugar nesse mundo", dizia sempre sua mãe –, ela não tinha feito nada senão tentar *não* pensar no futuro desde o dia em que havia beijado Chick Carlson no corredor do Coma-de-Tudo. E aquilo estava ficando cada vez mais difícil. Praticamente toda noite, Chick sussurrava seus sonhos enquanto, deitada na cama dele, ela apoiava a cabeça em seu peito. Chick andara lendo sobre cidades onde eles poderiam ficar juntos. Ele fazia com que aquilo soasse tão fácil, tão possível. Fugiriam juntos para uma das Terras Prometidas de casamentos inter-raciais, talvez Chicago ou Detroit, e tudo seria perfeito. Barbara Jean queria fantasiar com ele, mas onde Chick imaginava pequenas inconveniências que eles poderiam enfrentar de braços dados sem nenhuma dificuldade, Barbara Jean imaginava obstáculos intransponíveis de raça, ignorância e ódio. De modo que deixava Chick falar sobre um amanhã idílico, mas bloqueava o som de suas palavras e ouvia apenas o bater de seu coração.

Lester prosseguiu:

– Quero apenas que você saiba que eu gostaria de fazer parte de seus pensamentos sobre o futuro. Tenho uma fortuna considerável em dinheiro. E se as coisas continuarem da maneira como creio que continuarão, terei muito mais em breve. Com certeza, eu poderia cuidar de você e lhe dar qualquer coisa que quisesse. Não que eu esteja querendo comprar você, nem nada disso. Apenas pensei que devia saber que eu posso cuidar muito bem de você. Poderia até comprar a Casa Ballard e reformá-la para você, se quiser. Eu me lembro que disse que gostava muito daquela casa.

– Eu disse? – perguntou Barbara Jean, não se lembrando de ter comentado tal coisa.

– Falou na primeira vez em que saímos para uma volta neste carro. Quando passamos pela casa, você comentou "Olhe só aquele lugar. Eu adoraria morar num lugar como aquele".

Barbara Jean havia pensado exatamente isso cada vez que passava pela casa, mas não havia se dado conta de algum dia ter dito em voz alta. Mas Lester a ouvira e se lembrava, tantos meses depois. Aquilo tocou seu coração.

– Você não precisa resolver nada agora. Sei que provavelmente isso não é o que você estava esperando ouvir de mim hoje – disse ele.

– Estarei em Indianápolis durante a próxima semana e meia para cuidar de alguns negócios. Você pode pensar no assunto e me dar uma resposta quando eu voltar.

As únicas palavras que Barbara Jean conseguiu pensar para dizer foram:

– Obrigada, Lester. – De modo que tudo parou por aí.

Lester tirou a mão de seu ombro. Então inclinou-se para ela e deu-lhe um beijo na face. Afastou-se dela e desceu do carro, deu a volta até o lado do passageiro e abriu a porta. Mais uma vez, ela disse:

– Obrigada, Lester.

Ela caminhou apressada pela calçada até a casa de Earl Grande e dona Thelma, sem olhar para trás, abriu a porta e entrou. Enquanto subia a escada até seu quarto, Barbara Jean pensou em sua mãe. Quando estava morrendo, Loretta passara horas rememorando sua vida e listando as maneiras como o mundo a havia prejudicado e privado do que merecia. A principal coisa que lhe havia sido negada fora "um homem capaz de me olhar nos olhos e jurar que seria meu para sempre e que sempre cuidaria bem de mim e da minha garotinha." Agora, depois do que Lester lhe dissera no carro, ela ouviu a voz ofegante da mãe sussurrando em seu ouvido:

– É isso aí, menina, aquilo pelo que estivemos esperando.

Quando chegou em seu quarto naquela noite e olhou para fora pela janela, viu que a luz estava acesa na despensa do Coma-de-Tudo. Mas baixou a persiana da janela e não foi ver Chick.

Durante dois dias, Barbara Jean guardou só para si o que Lester havia lhe dito, esperando que lhe viesse uma resposta se ela pensasse por tempo suficiente. Ela se manteve por trás da porta trancada de seu quarto e evitou todo mundo. Quando lhe perguntavam, respondia que estava doente, o que em parte era verdade, já que guardar aquele segredo em seu íntimo fazia seu estômago revirar durante cada um daqueles dias. E a persiana continuou abaixada porque sabia que, se olhasse tempo demais para a luz na despensa do outro lado da rua, correria para Chick e a decisão teria sido tomada.

Finalmente, Barbara Jean não aguentou mais e teve que contar, de modo que convocou uma reunião das Supremes. No gazebo atrás da casa de Odette, exatamente o mesmo para onde ela e Chick escapuliam tantas vezes, Barbara Jean contou a Odette e a Clarice sobre o pedido de casamento de Lester.

Clarice ficou radiante.

– Viu? Viu? Não falei que Lester estava interessado em você? Você aceitou, não foi?

– Disse a ele que ia pensar no assunto.

– Mas em que você tem que pensar? – perguntou Clarice. – Não existe uma mulher negra na cidade que não agarraria a chance de se casar com Lester. Veronica vive tentando fazer com que ele lhe dê alguma atenção desde os 13 anos. Seria melhor você tratar de agarrar esse homem antes que alguém o pegue.

Odette permaneceu calada enquanto Clarice falava sem parar, como se o pedido de casamento de Lester fosse a coisa mais fantástica que jamais tivesse acontecido a alguém no mundo. Barbara Jean pensou que Clarice parecia tão entusiasmada como quando falava de si mesma e de Richmond. Clarice levantou-se do banco de madeira que se estendia ao longo das paredes e caminhou em círculos, já planejando o casamento de Barbara Jean.

Ela enumerou dez garotas do colégio, em ordem descendente de altura, que dariam as melhores damas de honra. Desfiou um cardápio inteiro com pratos de nomes que pareciam estrangeiros e dos quais Barbara Jean nunca tinha ouvido falar, já gastando livremente o dinheiro de Lester.

Barbara Jean lhe pediu que parasse, falando que precisava pensar.

– Lester é um sujeito muito simpático, e tem dinheiro a rodo. É um pouco baixinho, mas é bonito. Não vejo o que a impede de aceitar. Você vê, Odette? – rebateu Clarice.

Foi então que Odette disse, no tom mais casual do mundo.

– Bem, Barbara Jean está apaixonada por Chick.

– Chick? Do que você está falando? – perguntou Clarice.

– Eles estão namorando há meses. Você não tem olhos, Clarice?

Barbara Jean encarou Odette, receosa e inquieta com o que sua amiga acabara de dizer. Estar apaixonada por James parecia ter imbuído Odette de uma hipersensibilidade aos sentimentos das outras pessoas, que não existira antes. Esta nova e maior capacidade de observação, combinada com sua tendência de dizer o que pensava, a tornava um tanto assustadora, além de um pé no saco.

Clarice virou-se para Barbara Jean e perguntou:

– É verdade?

Barbara Jean ia mentir, mas olhou para o rosto de Odette. Odette lançou seu olhar aberto e franco de aceitação para Barbara Jean e a verdade foi revelada. Barbara Jean descreveu a primeira vez em que tinha beijado Chick. Contou-lhes sobre as noites que eles tinham passado juntos na dispensa. Repetiu para elas o que Chick havia dito sobre fugirem juntos para Chicago ou para Detroit, sobre como naquelas cidades casais como eles não eram nada demais, e que eles poderiam se casar.

– Você deve ir conversar com Earl Grande, ver o que ele tem a dizer a respeito – ponderou Odette.

– Não posso fazer isso. O que eu vou dizer? *Imagine só, Earl Grande, tenho andado saindo às escondidas da casa na qual você me convidou para morar, para transar com o garoto branco, seu ajudante de garçom, na despensa.* Não posso permitir que ele pense em mim dessa maneira. Não posso permitir que ele pense que eu sou como... Barbara Jean parou por ali, mas tanto Clarice quanto Odette sabiam como aquela frase acabava.

Clarice sempre pensava em si mesma como sendo a mais prática das três.

– Chick é um docinho – disse. – E é muito bonito. Mas ele não tem dinheiro nem qualquer perspectiva de futuro que se possa ver. Além disso, ainda tem aquele irmão com quem a gente tem que se preocupar.

Todas elas haviam visto Desmond Carlson dirigindo devagar enquanto passava pelo Coma-de-Tudo, em sua picape vermelha, pelo menos uma vez por semana ao longo dos últimos meses. Ele nunca tinha entrado no restaurante para criar caso; Earl Grande não teria tolerado nada desse tipo, e Desmond sabia disso. Mas se via o irmão pela janela enquanto passava, fazia gestos obscenos e gritava, chamando o irmão para vir brigar na rua. Até que finalmente desistia, acelerava e ia embora.

– Aquele irmão caipira e maluco dele vai descobrir e matar vocês, mesmo se chegarem a Detroit ou a Chicago – disse Clarice.

Barbara Jean não respondeu porque a verdade daquela afirmação era evidente. E não seria apenas Desmond Carlson. Havia muita gente em Plainview, brancas e negras, que ficariam bem mais felizes em matar Chick e Barbara Jean do que em vê-los juntos. Era apenas como eram as coisas.

Quando o silêncio se prolongou por mais algum tempo, Clarice presumiu que o debate estivesse encerrado e que Barbara Jean tivesse compreendido que ela estava certa. Recomeçou a planejar um casamento grandiosamente espetacular, prosseguindo com seus planos durante todo o percurso da casa de Odette. Só parou quando Barbara Jean desceu do carro defronte à casa de Earl Grande.

Em seu coração, Barbara Jean sabia que Clarice estava certa; havia apenas uma escolha sensata e de simples bom senso. Mas o quadro deslumbrante que Clarice pintou, de um vestido de noiva bordado a mão com uma cauda de renda de três metros, construiu uma imagem ainda mais perfeita e delicada na cabeça de Barbara Jean: a visão do que ela realmente queria.

Nos anos que se seguiriam, Barbara Jean imaginaria o que teria acontecido se tivesse sido mais parecida com Odette quando era jovem. Talvez se tivesse tido mais coragem, poderia ter mandado o bom senso ir plantar batatas e corrido para aquela visão deliciosa de uma vida com Chick em Detroit, em Chicago ou em qualquer outro lugar. Talvez, se ela tivesse sido mais corajosa, seu filho estivesse vivo.

Capítulo 25

No dia 4 de abril de 1968, na noite seguinte à conversa de Barbara Jean com Odette e Clarice no gazebo da casa da sra. Jackson, o dr. Martin Luther King, Jr., foi assassinado em Memphis. Tanto Chicago quanto Detroit, as possíveis rotas de fuga para Chick e Barbara Jean, explodiram em chamas.

Barbara Jean, dona Thelma e Earl Pequeno assistiram na TV a uma sucessão de rostos sérios de homens brancos desfilar tentando explicar à América branca exatamente o que havia sido perdido naquele dia. Earl Grande chegou em casa tarde naquela noite. Assim que ele fechou a porta da frente, dona Thelma perguntou:

– Onde você esteve? Vi as luzes se apagarem do outro lado da rua há quase uma hora. Você me deixou preocupada.

– Levei Ray de carro até a casa de seu irmão – contou ele.

– O quê? Você foi se meter com aqueles caipiras idiotas e malucos? Você está ficando louco?

– Tivemos problemas no restaurante e eu não queria que ele passasse a noite lá sozinho – respondeu Earl Grande.

Dona Thelma salvou Barbara Jean de ter que perguntar o que havia acontecido ao indagar:

– Que tipo de problemas?

– Nada muito sério, apenas Ramsey e alguns de seus amigos fazendo besteiras. Eles perderam o pouco bom senso que tinham e decidiram que precisavam dar uma surra em um homem branco. De modo que Ramsey começou com Ray.

O coração de Barbara Jean começou a bater com tanta força que ela teve certeza de que todo mundo na sala podia ouvi-lo.

– Ray está bem? – perguntou dona Thelma.

Earl Grande deu uma gargalhada.

– Ele está ótimo. Odette e James estavam lá e entraram na briga. Se você bota aquela garota com raiva, você tem pela frente uma verdadeira fúria. Eu, pessoalmente, tive que tirar ela de cima do Ramsey. Amanhã ele estará com um tremendo olho preto. Isso vai ensiná-lo a não agir como um imbecil.

– Não, não vai – retrucou dona Thelma.

Earl Grande balançou a cabeça em concordância.

– Você tem razão. Não vai.

– Você devia ter trazido Ray para cá, em vez de levar o garoto para a casa do irmão – insistiu dona Thelma.

– Eu convidei, mas ele respondeu que não queria vir. Ele está com algum problema.

Ao dizer isso, Barbara Jean poderia jurar que Earl Grande a estava encarando. Mas disse a si mesma que devia ser sua imaginação; não conseguira pensar direito desde que Lester a pedira em casamento. Enquanto permanecia ali, sentada na sala em companhia dos McIntyre, assistindo a uma repetição após a outra da terrível notícia nos telejornais, pensou sobre o garoto que ela amava, sentado num pequeno barraco frio, na parte da cidade onde as pessoas, naquele momento, disparavam tiros de espingardas para o alto, em comemoração.

Plainview ficou fechada durante os dias que se seguiram ao assassinato do dr. King. A universidade estava tão apavorada que seu punhado de estudantes negros começasse uma revolta que as aulas foram canceladas. Alguns bairros brancos construíram barricadas. As pessoas tinham medo de circular pelas ruas, de modo que o comércio temporariamente fechou as portas. Alguns donos de lojas que haviam visto o que estava acontecendo pelas cidades grandes ao redor do país permaneceram em seus estabelecimentos vinte e quatro horas por dia, com espingardas no colo, esperando pelos saqueadores. Earl Grande foi um dos poucos que, desde o início, compreenderam que Plainview não ia explodir. Manteve seu restaurante aberto todos os dias.

Na tarde do dia seguinte à morte do dr. King, Barbara Jean foi ao restaurante do Earl. Clarice encontrou-se com ela logo que passou pela porta. Agarrou o braço de Barbara Jean e puxou-a em direção à mesa na janela. Depois que conduziu Barbara Jean até sua cadeira, as palavras jorraram da boca de Clarice.

– Por favor, me desculpe, Barbara Jean. A única pessoa para quem contei foi minha mãe.

No primeiro momento, Barbara Jean não compreendeu o que Clarice estava dizendo. Mas a compreensão veio bem rápido ao olhar ao redor e se dar conta de que a maioria dos olhares no salão estavam cravados nela. Barbara Jean percebeu que estava num restaurante cheio de gente que sabia de seus segredos.

– Deus do céu, Clarice! – exclamou.

– Desculpe, desculpe, sinto muito. Todo mundo estava tão deprimido e revoltado ontem à noite. Eu estava tentando pensar em coisas boas para tirar o pensamento das coisas ruins na TV e simplesmente escapuliu. Minha mãe disse que não contaria a ninguém, mas deve ter contado à tia Glory, e tia Glory deve ter contado a Veronica. E, bem, você conhece a Veronica. Ela é uma bisbilhoteira, fala demais.

Odette falou pela primeira vez.

– *Veronica* fala demais? – Então, Odette deu um tapa no braço de Clarice com tanta força que a fez gritar.

– Aaii!

Veronica e duas outras garotas da escola começaram a se aproximar. À medida que elas se chegavam, Clarice sussurrou:

– Eu não disse uma única palavra a respeito de Chick. Juro por Deus. Só falei de Lester.

Veronica deu um sorriso maldoso, do tipo que as pessoas fazem quando sabem mais sobre a vida dos outros do que deveriam.

– Então, acho que devo admitir que seu trabalho rendeu frutos. Tenho que cumprimentá-la. Não pareceu nem que você estivesse tentando. Então, quando vai ser o casamento?

As amigas de Veronica também começaram a fazer perguntas. Na verdade, elas nem se importavam se Barbara Jean respondesse ou não. Aquele era o estágio da bisbilhotice, obter os fatos direto da fonte só ia interferir com a diversão de fofocar.

Barbara Jean não poderia ter respondido de qualquer maneira; estava ocupada demais olhando ao redor do salão, procurando por Chick. Até aquele momento, a ideia de ficar noiva de Lester fora meio como uma fantasia, uma história interessante para contar às melhores amigas. Agora estava em todas as bocas, era do conhecimento dos outros, não apenas de Barbara Jean e das outras Supremes. Era algo real. Tinha o poder de ferir pessoas. Ela pediu licença à mesa da janela, passando por Veronica e suas amigas para ir ao encontro de Chick.

Ele estava sentado no canto da cama quando ela entrou na despensa. Usava o avental manchado de comida e seu cabelo estava coberto por uma rede. Antes que Barbara Jean pudesse falar qualquer coisa, ele disse furioso:

– Você ia me contar ou ia apenas me convidar para o casamento?

– Não lhe contei porque sabia que ficaria aborrecido. E, na verdade, não há nada a dizer. Eu não respondi a Lester se ia me casar com ele.

– Então, o que você disse a ele?

– Disse que ia pensar no assunto.

Chick se levantou da cama naquele momento.

– *Pensar no assunto?* O que existe para pensar?

– Existe muita coisa para pensar, Chick. Existe a minha vida em que eu tenho que pensar. Existe meu futuro em que eu tenho que pensar. – Na voz de sua mãe, Barbara Jean se ouviu dizer: – Tenho que ser uma mulher previdente. E uma mulher previdente cuida de si mesma.

A voz de Chick embargou-se quando ele falou. Seu tom de voz, normalmente grave e suave, tornou-se agudo, quase infantil.

– Pensei que você fosse deixar que *eu* cuidasse de você. Pensei que você fosse ficar *comigo*.

– Não posso ficar com você, e você sabe disso. Estivemos aqui escondidos, brincando e fingindo que poderia dar certo, mas sabemos que não pode.

– Nós podemos nos casar. Isso foi legalizado aqui há dois anos.

– Ser legalizado é uma coisa. Se eles surrarem você e pendurarem numa corda é outra.

– Então, nos casaremos em outro lugar. Já conversamos a respeito antes. Poderíamos ir para Chicago ou Detroit. Lá existem casais como nós e ninguém sequer pensa no assunto.

– Você não ouviu as notícias? As Terras Prometidas estão em chamas. Se tentássemos andar juntos por uma rua de Chicago ou Detroit não cobriríamos nem meio quarteirão antes que nos explodissem a cabeça.

– Eu vou descobrir uma maneira de fazer dar certo – insistiu Chick. – Existem muitos outros lugares para onde podemos ir.

– Não, não existem, e você sabe disso. O máximo que podemos esperar conseguir é fugir para algum lugar e encontrar alguém como Earl Grande que permita nos escondermos em uma porcaria de quartinho como este. – Ela fez um gesto abarcando a despensa. – E o seu irmão? Ele tem dirigido para cima e para baixo na rua há meses, esperando por uma oportunidade de apanhar você do lado de fora sozinho, só porque trabalha para um homem negro. Você quer contar a ele que vai ter uma esposa negra? Acredita honestamente que ele deixaria que você o envergonhasse se casando comigo? Acha que ele não vai caçar você e machucá-lo muito mais do que jamais machucou? E para onde quer que a gente vá, teríamos sorte em viver um dia sem que ninguém cuspisse em nós. Chick, você não sabe o que é ter todo mundo olhando para você com desprezo e nojo, apontando e tratando você como se fosse menos que nada. Você pensa que sabe, mas não sabe. Vivi assim quase a minha vida inteira até este último ano e não posso viver assim de novo.

– O que você está dizendo, Barbara Jean?

Ela respirou fundo e tentou conter as lágrimas que insistiam tanto em sair. E disse o que havia evitado dizer durante a semana inteira.

– Estou dizendo que vou me casar com Lester.

Chick não tentou, ou não conseguiu, impedir as lágrimas de descerem por seu rosto.

– Você me ama. Sei que você me ama – gritou ele, fazendo com que a frase soasse como uma acusação.

Ela respondeu automática e honestamente, sem pensar. Ela disse:

– Sim. Eu amo você. – Barbara Jean sentiu sua força de vontade começar a dissolver. Queria agarrá-lo e puxá-lo para a cama, sem pensar nem se importar com quem poderia encontrá-los juntos. Mas sentiu a mão de sua mãe empurrando-a em direção à porta do quarto com a mesma certeza e força, como se Loretta estivesse viva e respirando. À medida que Barbara Jean recuava e saía da despensa, Loretta usou a boca de sua filha para dizer:

– Mas amor nunca pôs comida em mesa nenhuma.

Como não podia encarar suas amigas nem as bisbilhoteiras no salão do Coma-de-Tudo, Barbara Jean escapuliu pela porta dos fundos. No beco atrás do restaurante, sentiu o estômago se contrair e teve que se dobrar para a frente e lutar para respirar. Quando afinal conseguiu acalmar os nervos e o estômago, deu a volta no quarteirão. Então, seguiu apressada para a ruela atrás da rua seguinte, de modo a poder entrar na casa de Earl Grande e dona Thelma pelos fundos, sem ser vista pelas amigas no restaurante. Quando entrou na casa pela porta dos fundos, Barbara Jean começou a se sentir um pouco melhor. Disse a si mesma que havia feito a coisa certa não só para si mesma, mas também para Chick. Aquele fora o primeiro passo rumo a uma vida nova e melhor, a vida que ela merecia. Mas ela não havia previsto o que aquele velho comediante, Deus, havia lhe reservado.

Capítulo 26

Nunca pensei que viveria para ver o dia em que Clarice abandonaria Richmond. Pensara neles como um casal desde que éramos crianças e ele implicava com ela lhe atirando nozes e gritando "Bomba-relógio!" enquanto ela fugia correndo. Eles haviam sido namorados antes que qualquer uma de nós soubesse o que significava a palavra namorar. Agora Clarice fora em frente e me deixara chocada ao se mudar para Leaning Tree. Não pude deixar de me juntar ao bando de gente que olhava para eles, examinando-os como se fossem um par de curiosidades viajando com um circo de horrores.

Muitas coisas continuavam iguais. Clarice e Richmond se encontravam todos os domingos para assistir ao serviço religioso da manhã na Calvary Baptist. Eles ainda vinham ao Coma-de-Tudo e se sentavam em seus lugares habituais à mesa.

Mas Clarice havia desistido de fingir que gostava da Calvary. Os sermões ácidos, cheios de fogo e enxofre que ela outrora usara como medida de comparação para julgar todas as outras igrejas – e considerar que todas as outras deixavam a desejar – não lhe traziam mais a mesma satisfação. Ela começara a reclamar sobre como a congregação era encorajada a fazer julgamentos duros – algo que, francamente, eu sempre havia pensado que fosse uma das coisas de que ela mais gostava naquele lugar. E ela não se dava mais ao trabalho de esconder sua irritação com o reverendo Peterson, que já se encontrara com ela duas vezes para recordá-la de seus deveres como esposa cristã e manifestar seu desapontamento com "seu desafortunado comportamento recente". E teve palavras especialmente duras sobre a Calvary Baptist e seu pastor ao abrir o boletim semanal na igreja e descobrir que seu nome fora incluído na lista das orações, ao lado dos desajustados, crianças problemáticas e outros notórios transviados da congregação.

Também houve mudanças físicas. Eu havia recorrido às velhas habilidades de cabeleireira de Barbara Jean e lhe pedido que raspasse o que me restava de cabelo, deixando apenas uma penugem preta e grisalha rente ao meu couro cabeludo. No segundo em que levantei da cadeira de barbeiro improvisada que havíamos posicionado em minha cozinha, Clarice sentou nela e ordenou a Barbara Jean que cortasse seu cabelo quase tão curto quanto o meu. Ela declarou que fazia aquilo porque, depois de quarenta anos de lidar com calor, rolinhos, produtos químicos e grampos para manter seu cabelo comprido penteado com perfeição, ela agora queria algo que lhe desse menos trabalho. Mas tanto Barbara Jean quanto eu achamos que ela fez aquilo para se vingar de Richmond por ter posto o nome dela na lista negra das orações. Durante anos, ela mantivera o cabelo comprido porque ele gostava assim. Agora Clarice estava decidida a mostrar a ele que passara a controlar a própria cabeça, em todos os sentidos.

Eu sabia que Clarice preenchia pelo menos parte de seu tempo pós-Richmond com música. Ela retomara o antigo hábito de cantarolar baixinho consigo mesma e distraidamente dedilhar um piano imaginário sobre qualquer superfície em que suas mãos calhassem de pousar, uma prática sobre a qual havíamos caçoado muito quando éramos jovens. E ela ainda se apresentava em recitais regularmente. Clarice estava mais alegre e mais descontraída do que eu havia visto em anos, ou talvez do que eu jamais vira.

Richmond havia mudado ainda mais do que Clarice. Sem a esposa presente para vesti-lo e cuidar dele, nosso elegante, engomado e impecável Richmond revelou-se um homem daltônico que visivelmente não sabia como usar um ferro de passar a vapor. Ele, que sempre havia sido bem-humorado e descontraído, agora passava a maior parte de nossos jantares de domingo olhando fixamente para Clarice e mastigando o lábio inferior. Dependendo de seu humor, ele comia as coisas mais apropriadas para diabéticos do bufê, mostrando o prato a Clarice para obter sua aprovação, ou se servia de tigelas transbordantes de doces da mesa de sobremesas e as atacava com avidez implacável enquanto olhava furioso para ela. Mas não conseguia lhe arrancar nenhuma reação. O máximo que Clarice dizia era:

– Tente não se matar. Poderia abalar as crianças.

A maior mudança, contudo, era que agora era Richmond, não Clarice, quem fantasiava para o mundo sobre seu relacionamento. Espalhara uma história de que Clarice alugara a antiga casa de papai e mamãe, em Leaning Tree, porque muitos de seus alunos de piano moravam nos novos condomínios construídos na área. Todo mundo que os conhecia sabia que ela tinha saído de casa, mas ele insistia em repetir a história fictícia de que Clarice ia para o estúdio em Leaning Tree treinar e lecionar todos os dias e depois voltava para casa e para ele a cada noite. Sempre havia pensado que teria prazer em ver Richmond levar um bom e bem dado pé na bunda, mas era triste ver o poderoso Richmond Baker reduzido a espalhar histórias como aquela.

Tal como sua atitude com relação a Clarice, os sentimentos de Richmond com relação a mim mudavam a cada semana. Ele não sabia se devia me culpar por Clarice tê-lo deixado e reagir com hostilidade aberta ou me ver como um modo de recuperar as boas graças de sua mulher, se desmanchando em gentilezas comigo. Naquela semana, enquanto esperávamos que Barbara Jean chegasse ao Comade-Tudo, ele me tratava de forma extremamente gentil, perguntando por minha saúde e me cumprimentando por um vestido que ele já devia ter visto cem vezes antes. Tudo soava desajeitado e forçado. O pobre Richmond não sabia conviver muito bem com o desespero.

Ouvi Clarice dar um gemido e olhei por cima do ombro para ver sua prima atravessando a rua e caminhando em direção ao restaurante em companhia de Minnie McIntyre. Minnie parecia engolida por seu novo traje de vidente, uma túnica prateada, dramaticamente grande e larga, que rodopiava a seu redor sob a brisa enquanto ela atravessava a rua. Toda arrumada para ir à igreja, Veronica avançava ao lado de Minnie com seu andar apressado e irregular, quase correndo. Juntas, pareciam uma alegoria de carro de desfile, na parada de Quatro de Julho, e a beldade local que acabara de cair do carro.

Elas entraram no restaurante e Minnie se encaminhou para a mesa da clarividente. Veronica fez um desvio em nossa direção. Ela tinha o livro do casamento da filha debaixo do braço. Aquele era o "livro oficial do casamento". Duas vezes mais grosso do que a duplicata que ela havia feito e dado a Clarice, o livro transbordava com pedaços de papel e amostras de tecido.

– Preciso conversar sobre várias coisas com você assim que minha sessão de leitura estiver terminada – disse Veronica a Clarice. Ela afastou-se apenas dois passos, mas correu de volta. – Deixe-me mostrar-lhe só uma coisinha.

Ela sentou na cadeira de Barbara Jean e deixou cair o livro pesado sobre o tampo da mesa. O livro bateu com uma pancada forte, que fez todos os copos e talheres balançarem de tal forma que tivemos que segurar nossos copos de água para firmá-los. Ela abriu o livro do casamento.

– Fui ver Madame Minnie e contei-lhe sobre os problemas que estava tendo com a First Baptist com relação ao casamento. Vocês podem acreditar que, depois de tudo o que fiz, eles se recusaram a me deixar soltar os pombos dentro da capela? Eu expliquei que os pombos eram de Boston, que eram sofisticados e tudo o mais, e que prefeririam morrer de vergonha a fazer sujeira. Mas eles não quiseram me ouvir.

"Bem, falei com Madame Minnie sobre o assunto e ela me disse para dar uma volta de carro que a resposta me viria. Fiz o que ela disse e encontrei a resposta na esquina do College Boulevard com a Segunda Avenida. Aqui está." Ela levantou uma ponta do livro do casamento de modo que todos nós pudéssemos ver o livreto que ela havia grampeado ali. Na capa do livreto havia a fotografia de um prédio branco de dois andares, cujo pórtico era ladeado por várias colunas muito altas. Estacionada do lado de fora do prédio havia uma carruagem branca, atrelada a dois cavalos brancos, com penas brancas afixadas na cabeça. Na legenda abaixo, lia-se: "Garden Hills Espaço para Banquetes e Reuniões Corporativas."

– Não é perfeito? – exclamou Veronica. – O pátio interno pode acomodar quase tantas pessoas sentadas quanto a First Baptist. E podemos realizar a cerimônia, o coquetel, o jantar sentado e a festa dançante tudo no mesmo lugar.

– No pátio interno? Não fica ao ar livre?

Veronica revirou os olhos. – É claro que sim. Por isso é que é chamado de pátio interno, Clarice.

Clarice ignorou os olhos revirados.

– Você quer fazer um casamento ao ar livre no sul de Indiana? Em julho?

– Tenho que fazer ao ar livre – retrucou Veronica. – A verdade é que esta casa de banquetes gostou tão pouco da ideia dos pombos quanto a igreja. Ele iam me cobrar uma fortuna pela limpeza se eu fizesse o casamento no salão fechado. Não que dinheiro seja problema, saibam. E consultei Madame Minnie sobre o tempo e Charlemagne lhe garantiu que estaria perfeito. Além disso, as luzes a laser ficarão mais bonitas ao ar livre.

– Dá azar não se casar numa igreja – falou Clarice.

– Não se ofenda, priminha, mas você fez seu casamento na igreja e veja no que resultou – respondeu Veronica.

De sua própria livre e espontânea vontade, minha mão começou a se mover em direção a um copo de água cheio demais que estava perigosamente perto da beira da mesa bem à direita de Veronica. Estava a dois centímetros e meio de acidentalmente virar o copo no colo de Veronica quando Clarice agarrou meu braço. Ela afastou o copo para um lugar mais seguro na mesa e me advertiu com um olhar para não ceder à imaturidade.

Minnie se aproximou da mesa da janela naquele momento, sua túnica prateada farfalhando enquanto ela avançava.

– Perdoe-me por fazê-la esperar, Madame Minnie – disse Veronica a ela. – Mas eu realmente tinha que contar a eles as coisas maravilhosas que estão acontecendo com o casamento. Na verdade, é tudo obra dela – Veronica apontou para Minnie. – Tudo está acontecendo exatamente como ela previu.

Minnie apontou o nariz em direção ao teto.

– Apenas em parte pertenço a este mundo. Minha verdadeira essência já está no plano espiritual.

Fiquei feliz por mamãe não estar pairando a nossa volta naquele dia. Eu não teria sido capaz de ficar séria. É claro, mamãe teria começado a reclamar, a xingar e a dizer barbaridades assim que ouvisse Veronica dizer "Madame Minnie".

– E vejam só isso – acrescentou Veronica. Ela abriu o livro do casamento numa página diferente e apontou para um recorte de jornal que havia colado nela. O anúncio era de um hipnoterapeuta em Louisville.

– Madame Minnie tem um amigo que é especialista em hipnose. Estive levando Sharon para consultar-se com ele e, deixem-me contar uma coisa, é um milagre. Ela está emagrecendo a torto e a direito. O hipnoterapeuta a põe deitada numa espreguiçadeira, acende algumas velas perfumadas, sussurra em seu ouvido por algum tempo e ela sai com horror a alimentos com amido. Se aquela garota vê um *crouton* em cima da salada, sai correndo e gritando da sala. – Veronica bateu palmas e abriu um sorriso tão largo que vimos todas as obturações em seus dentes. – Sharon já está quase entrando no vestido que escolhi para ela.

Madame Minnie fez uma reverência como reconhecimento a seu último grande feito. O sininho em seu turbante tocou, mas foi ofuscado pelo som do sino em cima da porta de entrada do restaurante, que soou enquanto Yvonne Wilson, uma das mais antigas clientes regulares de Minnie, entrava.

Yvonne estava grávida de seu sétimo filho. Duas de suas meninas mais velhas, ambas cobertas de açúcar do queixo à cintura, graças aos doces Donut Heaven que estavam comendo, entraram atrás dela. Yvonne fora uma das mais fiéis clientes de Minnie durante anos e era uma das que eram burras o suficiente para seguir seus conselhos a longo prazo. Uma década antes, Minnie havia predito que Yvonne teria um bebê tão bonito e talentoso que ele ou ela transformariam Yvonne e seu namorado em milionários do *show biz*. Estupidamente, Yvonne acreditou em Minnie e começou a ter um bebê depois do outro, esperando que a miraculosa criança fazedora de dinheiro chegasse. A cada nascimento, ela corria para Minnie e perguntava:

– É esta? – A cada vez, Minnie recebia o dinheiro e falava que Charlemagne havia mandado lhe dizer para tentar de novo. Agora Yvonne tinha seis filhos, crianças comuns, sem nenhum talento especial e ainda não havia percebido que Minnie lhe pregara uma peça perversa.

Yvonne aproximou-se de Minnie e esfregou a barriga.

– Tive um sonho ontem que este aqui estava sapateando no capô de um Rolls Royce dourado. Preciso de uma leitura de tarô imediatamente.

– Pode passar a minha frente Yvonne – ofereceu Veronica –, tenho algumas outras coisas para mostrar a Clarice. Minha leitura fica para depois da sua.

Yvonne agradeceu a Veronica e ordenou às filhas, que otimistamente havia batizado de Star e Desiree, que se sentassem quietas e sossegadas numa mesa próxima, esperando por ela. Então, seguiu Minnie até a bola de cristal no canto do salão.

Depois que elas se foram, Veronica falou:

– Aqui vai a grande notícia. Sharon vai ser a primeira pessoa na cidade a ter o Pacote de Casamento Cloud Nine.

Ela abriu o livro do casamento na página em que colocara o livreto da casa de banquetes, retirou-o e nos mostrou a fotografia da contracapa. Parecia que um gigantesco marshmallow cor-de-rosa se espremia para passar por uma porta.

– Esta é a nuvem – explicou. – A festa entra e sai através de uma nuvem cor de rosa com perfume de lavanda. Todo mundo em Nova York está fazendo isso.

Veronica nos mostrou mais detalhes sobre o Pacote de Casamento Cloud Nine, detendo-se particularmente em seu custo astronômico. Ela nos contou como cada aspecto do casamento havia sido cronometrado com perfeição. E salpicou a conversa com pequenos comentários maldosos sobre o casamento da filha de Clarice, que Clarice fingiu não perceber.

Eu estava realmente farta de Veronica e a ponto de fazer outra tentativa de derrubar o copo de água em seu colo quando Clarice, numa breve pausa no monólogo de Veronica, consultou o relógio e disse.

– Por que será que Barbara Jean ainda não chegou?

– Pensei que ela devia estar doente – respondeu Veronica. – Ela também não foi à igreja hoje.

Clarice ergueu uma sobrancelha e olhou em minha direção.

– Talvez estivesse apenas cansada demais hoje.

Veronica deu de ombros.

– Estou vendo que Madame Minnie está terminando. É melhor eu ir. Ligo para você à noite, Clarice. – Veronica nos deixou e atravessou o salão correndo até onde Yvonne Wilson estava agradecendo a Minnie e arrebanhando as filhas.

– Como Veronica pode desperdiçar dinheiro em tamanha idiotice é um mistério para mim – comentou Clarice.

Do outro lado do salão, Minnie berrou:

– Eu ouvi isso, Clarice!

A audição apurada daquela velha era algo que nunca deixava de me espantar. Mas 15 minutos mais tarde, Barbara Jean ainda não tinha aparecido. Clarice e eu pensamos se devíamos ir até a casa dela e ver como estava passando – eu fui a favor, Clarice foi contra. Tinha acabado de convencer Clarice a comer alguma coisa rápida do bufê e então irmos a pé até a casa de Barbara Jean quando olhamos pela janela e vimos o carro dela estacionando do outro lado da rua.

A Mercedes se arrastou bem devagar para dentro de uma vaga, batendo no meio-fio várias vezes à medida que ela dava marcha a ré, avançava, dava ré de novo e avançava mais uma vez, numa tentativa vã de estacionar o carro direito num espaço que poderia ter acomodado quatro veículos daquele tamanho. Barbara Jean parou com o pneu da frente do lado do passageiro em cima do meio-fio. Ficou sentada ali por muito tempo, olhando fixamente para a frente. Nós a observamos, nos perguntando o que estaria acontecendo. Então, a vimos dobrar-se para a frente até apoiar a testa contra o volante.

Clarice e eu nos levantamos e saímos, atravessando a rua correndo em direção ao carro. Clarice chegou lá primeiro e abriu a porta do motorista. Fui para o outro lado, abri a porta e entrei no carro.

Barbara Jean chorava, rolando a testa de um lado para o outro sobre a borda superior do volante.

– Como isto pôde acontecer? Como foi que eu acabei assim? – perguntava sem parecer estar falando com ninguém em particular. Quando levantou a cabeça para me olhar, seus olhos lindos e exóticos estavam vermelhos e injetados e seu hálito tinha o odor adocicado e gasoso de uísque, algo que nunca a vira beber.

Era um dia frio de princípio de primavera e havia apenas poucas pessoas na rua, mas começavam a olhar em nossa direção. Também estávamos atraindo a atenção do pessoal no Coma-de-Tudo, do outro lado da rua. Clarice fechou a porta do lado do motorista e deu a volta até o meu lado. Inclinou-se e sussurrou em meu ouvido.

– Odette, ela fez xixi e se molhou toda.

Então, vi que, realmente, o verde-claro da saia de Barbara Jean estava manchado de escuro da cintura quase até seus joelhos. Tirei as chaves da ignição e pedi a Clarice que ficasse com Barbara Jean. E voltei ao restaurante para dizer a James o que estava acontecendo. Entreguei-lhe as chaves e pedi que cuidasse do carro dela. Então, saí de novo e estacionei o nosso carro entre o Mercedes de Barbara Jean e as janelas do Coma-de-Tudo de modo que Clarice e eu pudéssemos transferi-la para o meu carro fora do alcance da vista dos clientes curiosos do restaurante. Depois que acomodamos Barbara Jean no banco traseiro do meu Honda, Clarice e eu a levamos de volta para casa, demos-lhe um banho e a pusemos na cama.

Esperamos quatro horas até que Barbara Jean acordasse. Clarice e eu passamos o tempo conversando sobre Richmond, o jardim da casa em Leaning Tree, a música que ela andava tocando agora que sua técnica ao piano havia sido recuperada, minha quimioterapia – tudo, menos o que havia acontecido mais cedo do outro lado da rua do Coma-de-Tudo.

Quando Barbara Jean desceu do quarto, Clarice seguiu para a cozinha e começou a revirar a geladeira em busca de alguma coisa para preparar para o jantar. Enquanto fervia água para o macarrão, Clarice se acomodou naquele estado de negação confortável e conhecido.

– Barbara Jean, você vai ficar boa – falou. – Você só precisa procurar descansar bastante e comer o suficiente. Tudo na vida é principalmente uma questão de nutrição.

Tive vontade de me juntar a ela e lançar mão das mesmas desculpas que sempre havíamos usado em vez de lidar com o que víamos diante de nós, nos encarando nos olhos. Mas as coisas agora haviam mudado. Eu era uma mulher doente que via fantasmas. Não tinha mais nem força nem disposição para mentir.

– Pare, Clarice. Temos que acabar com isso aqui e agora – disse.

Virei-me para Barbara Jean, sentada defronte a mim num banco alto de cromo e couro, diante do balcão no centro da cozinha.

– Barbara Jean, hoje, mais cedo, você ficou bêbada e saiu dirigindo. Poderia ter matado alguém. Podia ter matado uma criança. – Tanto Clarice quanto Barbara Jean deixaram escapar exclamações quando falei isso. E, em retrospecto, suponho que tenha sido realmente a coisa mais perversa que eu poderia ter dito. Mas já começara e não ia permitir que boas maneiras interferissem com o que eu tinha a dizer, com o que devia ter sido dito tantos, tantos anos antes.

– Você dirigiu bêbada e se mijou toda em público, Barbara Jean. Não existe nenhum modo de interpretar isso senão pelo que é. Na minha opinião, agora que Lester se foi, isso é problema meu.

– É problema *nosso*, porque nós duas amamos você – disse, gesticulando para Clarice.

Barbara Jean falou pela primeira vez desde que eu havia começado minha intervenção.

– Hoje foi um dia difícil, Odette. Você não compreende.

– Você está certa. Eu não compreendo. Provavelmente não posso compreender. Meu marido é um homem saudável. Meus filhos estão vivos. Não estou dizendo que você não tenha motivos. Estou dizendo que você é alcoólatra e mijou nas calças no centro de Plainview. E estou dizendo que não posso ficar olhando você fazer isso consigo mesma. Já tenho problemas suficientes em lidar com a *minha* doença. Não posso lidar com a sua também. O câncer é tudo o que posso enfrentar no momento.

– Odette, por favor – pediu Barbara Jean.

Mas eu havia jogado a carta do câncer e não tive vergonha de seguir em frente:

– Barbara Jean, é possível que eu não viva para ver o momento de clareza que a fará parar de beber sozinha. De modo que estou lhe dizendo agora, alto e bom som. Você tem que parar com esta merda antes que ela mate você. Amanhã, Clarice e eu viremos buscá-la e levá-la aos Alcoólicos Anônimos.

A história do AA acabara de me ocorrer de repente e eu não tinha ideia de onde encontraríamos uma reunião. Mas apesar de Plainview ser um vilarejo pequeno para aqueles que nela haviam sido criados, na verdade agora era uma pequena cidade, especialmente se você acrescentasse a universidade. E todas as cidades do país tinham pelo menos uma reunião dos AA por dia, não é verdade?

– Se não estiver pronta e esperando nós chegarmos para buscá-la, vou desistir de você.

– Odette, você não está falando sério – exclamou Clarice. E então, para Barbara Jean: – Ela não está falando sério. Está apenas nervosa.

Ela estava certa. Na verdade, eu não poderia ter lavado as mãos e abandonado Barbara Jean, mas tinha esperança de que ela estivesse confusa demais para saber disso. Reforcei meu argumento.

– Barbara Jean, não vou passar os dias que poderão ser os últimos de minha vida cuidando de uma bêbada. Tenho muito do que cuidar, um prato cheio.

Não consegui pensar em mais nada para dizer, de modo que me virei para Clarice.

– E por falar em prato, como está o macarrão? Não jantei ainda e seria melhor tratar de botar alguma coisa na barriga.

Comemos e não falamos sobre o AA durante o resto da noite. Além de preparar uma boa refeição com o que havia encontrado na geladeira de Barbara Jean, Clarice fez um belo trabalho em não nos permitir pensar no que havia acontecido. Ela nos fez dar gargalhadas contando sobre o casamento de Sharon, que decidimos começar a chamar de "casamento de Veronica", que era uma descrição mais precisa.

Segundo Clarice, pelo bem de Sharon, ela tentava injetar alguns toques de bom gosto no espetáculo que Veronica estava planejando. Quanto mais falava, mais excitada ficava. Aquilo me lembrou de como ela havia se divertido muitíssimo e tido grandes desapontamentos com o planejamento do casamento de Barbara Jean e do meu.

Ela agora afirmava ser uma fã da simplicidade, mas décadas atrás Clarice havia tentado convencer Barbara Jean e a mim que deveríamos ter no mínimo uma dúzia de damas de honra porque era improvável que conseguíssemos uma fotografia publicada na *Jet Magazine* com menos que 12. Também havia insistido que devíamos realizar nossas cerimônias na Calvary Baptist em vez de em nossas próprias igrejas porque os belos vitrais coloridos e a pintura sexy de Jesus acima da pia batismal da Calvary compunham um cenário melhor para as fotos de casamento.

 O casamento de Clarice e Richmond teve cobertura na *Jet* – por causa da carreira dele no futebol, do nascimento histórico dela e de seus prêmios em concursos de piano. Mas as coisas não correram como ela havia planejado para Barbara Jean e para mim. Eu me casei com James no jardim da casa de minha mãe, com apenas Clarice e Barbara Jean como damas de honra.

 Um dia depois da nossa formatura no colegial, Barbara Jean se casou com Lester no gabinete do pastor na First Baptist, com apenas Earl Grande, dona Thelma e a mãe de Lester presentes. O grande casamento que Clarice havia sonhado para ela estava fora de questão, uma vez que, àquela altura, Barbara Jean já estava bem avançada no quarto mês da gravidez de Adam e isso era bem visível.

Capítulo 27

As reuniões do AA faziam Barbara Jean ter vontade de beber. Ela se sentava lá e ouvia as pessoas reclamarem das provações que as haviam levado à sala no subsolo do prédio do University Hospital, onde eram servidas do café mais forte e ruim que Barbara Jean já havia tomado – mas acompanhado por bons doces, graças a Donut Heaven. Todos contavam seus dissabores e Barbara Jean pensava. *Passei por muito pior do que isso.* Mas jamais disse nada sobre si mesma naquelas primeiras reuniões. Pelo menos nada sincero. Ia duas vezes por semana e, ao final de cada reunião, saía sentindo que tinha todas as justificativas para tomar um pequeno drinque como prêmio por ter comparecido. Mesmo assim, declarou que a experiência no AA estava sendo um sucesso porque agora ela bebia mais ou menos a metade do que andara bebendo antes. Pelo menos lhe parecia que era a metade.

Ela se autocongratulou por ter jogado fora a maior parte das bebidas alcoólicas em sua casa. Embora, naturalmente, tivesse que manter à mão algumas cervejas e vinho para os convidados. E não via motivo para jogar fora o uísque, já que quase nunca bebia uísque. Na maioria dos dias, Barbara Jean parou de andar com a garrafa térmica de bebida para seus empregos como voluntária. Não bebia mais antes das cinco da tarde, quase nunca. E permitiu que o calendário determinasse a frequência de suas bebedeiras noite adentro e pela madrugada. Só bebia em datas que tinham alguma importância em particular – festas, aniversários, datas comemorativas especiais, coisas assim. Portanto, se estava bebendo todas as noites, era só porque era abril. O fato de aquele mês ser um campo minado de datas significativas não era sua culpa.

Em 11 de abril de 1968, uma semana depois de o dr. King ter sido assassinado, dona Thelma se cansou de ficar vendo Barbara Jean se arrastando pelos cantos da casa lutando para não vomitar qualquer coisa que tivesse comido. De modo que a mandou para a clínica no University Hospital. No dia seguinte, que era o dia em que Lester devia receber a resposta de Barbara Jean ao seu pedido de casamento, ela voltou à clínica e soube que estava grávida.

Barbara Jean tinha 17 anos, não tinha marido nem família – estava mais ou menos na mesma situação que sua mãe havia enfrentado em 1950. Mas Barbara Jean se sentiu aliviada quando descobriu. Quando afinal completara o percurso da clínica até o restaurante do Earl, na verdade ela se sentia feliz. A decisão que havia tomado de escolher Lester subitamente estava desfeita. Ela havia saltado do telhado de um prédio alto e descobriu que o chão era feito de borracha. Casar-se com Lester estava fora de questão. De alguma forma, Chick e Barbara Jean teriam que criar uma vida juntos. Detroit, Chicago, Los Angeles. Qualquer cidade, em chamas ou não, teria que servir.

Quando chegou ao Coma-de-Tudo, o movimento do final do expediente já havia começado. Earl Pequeno corria de mesa em mesa, anotando pedidos de bebidas e retirando pratos, mas ela não viu Chick. Atravessou o salão do restaurante e seguiu pelo corredor dos fundos, olhando para dentro da cozinha. Nada de Chick. Earl Grande estava sozinho lá, tão ocupado levantando e mexendo em panelas e frigideiras que nem reparou quando ela enfiou a cabeça e espiou para dentro da cozinha. Então, foi até a despensa.

Ela bateu de leve na porta e sussurrou:

– Ray? – Ninguém respondeu. Ela abriu a porta e entrou no quarto escuro. Tateando ao longo da parede, encontrou o interruptor e acendeu a luz. Todos os pertences de Chick haviam desaparecido.

A cama estava lá, mas sem os lençóis e cobertores. Os livros e revistas não mais se enfileiravam nas prateleiras improvisadas. As roupas dele não estavam nos cabides que Earl Grande havia pregado nas paredes. Ela girou pelo quarto, como se pudesse encontrá-lo escondido em um canto do lugar minúsculo. A única coisa que encontrou foi o Timex que lhe dera de presente de aniversário, um dia que agora parecia ter sido há mais de mil anos. O relógio estava sobre uma pilha de latas ao lado da cama, cercado pelos minúsculos cacos de vidro do mostrador de cristal quebrado. Ela pegou o relógio e o apertou com força, sentindo o vidro quebrado cortar-lhe a palma da mão.

Então, ouviu a voz grave de Earl Grande às suas costas.

– Barbara Jean, você está bem?

– Estava procurando o Ray – respondeu ela.

Earl Grande entrou na despensa, fazendo com que o espaço parecesse ainda menor com sua presença maciça. Ele ficou parado ali, enxugando as mãos no avental.

– Ray se demitiu ontem à noite, querida. Disse que ia embora daqui.

Barbara Jean conseguiu não gritar quando perguntou:

– Ele falou para onde ia?

– Não, apenas que tinha que ir embora. – Ele pôs a mão no ombro dela. – Talvez seja o melhor para vocês dois, pelo menos por enquanto.

Barbara Jean assentiu, sem saber o que dizer. Então foi-se embora rapidamente. Saiu depressa do Coma-de-Tudo e seguiu rua acima, primeiro caminhando, depois correndo. Seguiu na direção da rua Main e depois para a Estrada do Muro. Teve dificuldade de se lembrar do caminho, mas finalmente acabou encontrando a estradinha tortuosa de cascalho e terra batida que levava à casa que Chick outrora havia dividido com o irmão.

Transpirando e com a respiração ofegante, Barbara Jean viu a casa de Desmond Carlson surgir à vista. Viu a grande picape vermelha, que Desmond usava para expulsar as pessoas da Estrada do Muro, estacionada num pedaço descampado no centro do terreno coberto de ervas e mato, que ficava onde teria sido o jardim da casa. O sol já havia se posto àquela altura e a casa estava às escuras, exceto pela luz azul pulsante de uma televisão que chamejava fria através de uma janela. Ela correu para os fundos e encontrou o velho e maltratado galpão que Chick havia chamado de lar. Pela segunda vez naquela noite, Barbara Jean revistou um aposento vazio. A luz do luar brilhando pela porta fornecia apenas luz suficiente para ela ver que os poucos objetos pessoais em que ela havia reparado em suas visitas anteriores quando ela e Chick tinham vindo até ali para ficar deitados juntos no catre estreito, haviam desaparecido. Os dois pôsteres de águias em voo, a fotografia da mãe e do pai, o saco de dormir azul puído, coberto de retalhos mal cortados remendados – tudo havia sumido.

Mas, então, justo quando pensou que ia enlouquecer de desespero, Barbara Jean virou-se e o viu parado na soleira da porta.

– Ray! – gritou e correu os poucos passos que a separavam dele.

Não era Ray. Ela se deu conta quando se aproximou o suficiente para sentir o cheiro azedo de suor e sentir o hálito em sua face.

Desmond Carlson estendeu a mão e puxou a corrente da lâmpada nua que pendia do teto, de modo que ambos pudessem ver um ao outro. A coisa que mais impressionou Barbara Jean com relação a Desmond, a quem nunca havia visto de perto até aquele momento, era como ele se parecia com Ray. Tinham a mesma altura e constituição, embora Desmond fosse consideravelmente mais gordo ao redor da cintura – o corpo de um beberrão. As feições eram semelhantes, mas a boca que Barbara Jean conhecera tão bem, como um traço do rosto de Chick, estava deformada no irmão por uma cicatriz branca que se estendia logo abaixo do nariz até a covinha no queixo. E o nariz de Desmond parecia ligeiramente torto, como resultado, ela imaginou, de alguma briga muito tempo antes. Apesar de tudo, o estilo de vida que levava o marcara apenas ligeiramente. Aquele homem, que havia causado tanto tumulto e se tornado o símbolo de tudo de assustador e perverso no mundo, era bonito.

Desmond olhou para Barbara Jean de cima a baixo duas vezes – lentamente, fazendo do gesto um espetáculo. Então, fungou.

– Agora vejo o motivo de Ray ter-se passado para os crioulos. Não imaginei que ele tivesse tutano para isso. Sempre pensei que ele fosse bicha.

Barbara Jean queria fugir daquele lugar, correr para longe daquele homem, mas manteve-se calma o suficiente para perguntar:

– Onde está Ray?

– Seu namoradinho foi embora. O canalha ingrato fugiu e disse que não vai voltar. – Então ele sorriu para ela. Mas não havia nenhuma simpatia ou humor em sua expressão, e ela se afastou tanto quanto o espaço permitia. – Mas escute, docinho, se é de carne branca que você gosta, deixa eu te mostrar o que é um homem de verdade – disse ele e investiu para cima dela, apertando-a contra a parede com seu corpo. Ele esfregou a virilha contra o quadril de Barbara Jean, dando risadinhas o tempo todo, como uma criança perversa brincando. Ele parou de rir quando ela agarrou-lhe os testículos, torcendo como se fossem um pano de prato sujo. Desmond arriou no chão com o punho dela ainda entre suas pernas, agarrando e torcendo.

Ela o largou, pulou por cima dele e correu do galpão, voando pelo quintal, ouvindo-o berrar palavrões e ameaças enquanto fugia.

– Vou matar você, sua puta! – gritou ele.

Barbara Jean já estava de volta na estradinha de cascalho quando ouviu o som do motor sendo ligado e soube que ele viria atrás dela. Ela correu por ruas estreitas e enlameadas que nunca tinha visto antes, na esperança de se esconder de Desmond. Tentou ocultar-se atrás de árvores e agachando-se em valas para se manter fora de vista. Mais de uma vez, a picape de seu perseguidor passou a apenas alguns metros de distância de seu rosto enquanto ela se ajoelhava em meio ao mato alto que ladeava a estrada.

Finalmente, depois de pensar que ficaria perdida para sempre naquela área desconhecida e inóspita da cidade, Barbara Jean encontrou o caminho de volta para a Estrada do Muro. De lá, era só uma caminhada de vinte e cinco minutos até a casa de Earl Grande.

Provavelmente foi o bater trovejante de seu coração que impediu Barbara Jean de ouvir o som do motor à medida que ele se aproximava atrás dela. Não se deu conta de que estava sendo seguida até que os faróis fizeram com que sua sombra se alongasse na estrada à frente. Ela começou a correr de novo, mas só conseguiu dar mais dois passos. Estava realmente cansada demais.

Olhou para o acostamento da estrada, que descia em declive para uma vala profunda e depois para uma extensão de mata cerrada e escura. Se conseguisse sair da luz e se meter entre as árvores, talvez conseguisse se safar. Poderia se esconder, talvez a noite inteira se precisasse.

Não. Chega de me esconder, decidiu. Por apenas um pequeno período de tempo, ela tinha que se tornar uma outra pessoa. Até que tudo aquilo estivesse acabado, pouco importava como acabasse, ela tinha que ser alguém sem medo.

Barbara Jean virou-se na direção dos faróis que agora tinham parado a apenas alguns metros de distância. Então, levantou os punhos, pronta para brigar. Barbara Jean sussurrou para si mesma:

– Meu nome é Odette Breeze Jackson e eu nasci num sicômoro.

Mas ninguém se aproximou. Ela não ouviu nada durante vários longos segundos. Então, o ar silencioso da noite se encheu com o som de uma buzina de carro. A buzina tocou:

– Ooo, *Ooo*-ooo.

Lester.

Dentro do Cadillac, Lester explicou que tinha ido à casa dos McIntyre para vê-la assim que voltara à cidade. Chegara justo a tempo de cruzar com Earl Grande que saía apressado pela porta para procurar Barbara Jean. Haviam conversado e Lester persuadira Earl

Grande a voltar para o Coma-de-Tudo enquanto ele saía para procurá-la. Depois de receber instruções para seguir na direção da Estrada do Muro, era exatamente isso o que Lester estivera fazendo.

Barbara Jean não disse uma palavra durante o caminho de volta para a casa e Lester não lhe fez nenhuma pergunta. Quando estacionaram defronte à casa de Earl Grande e dona Thelma, Lester se comportou como o cavalheiro que era. Abriu a porta do lado do passageiro para ela e a acompanhou pela calçada até a casa. Quando chegaram à escada da varanda, Lester perguntou:

– Você pensou a respeito do que nós conversamos?

Ela teve um frouxo de riso. Riu tanto da bela peça que Deus havia lhe pregado que teve que se segurar no corrimão de ferro batido da escada para não cair. As lágrimas escorreram pelas faces de Barbara Jean e ela lutou para respirar. Quando conseguiu falar de novo, disse:

– Sinto muito. Mas você também vai achar engraçado, quando ouvir... Lester, eu estou grávida. Vou ter o filho de Chick Carlson. E acabei de passar a noite correndo e me escondendo atrás de árvores, tentando fugir do canalha maluco do irmão dele. De modo que você pode retirar o pedido e se considerar um homem de sorte. – Barbara Jean subiu os três degraus da varanda e virou-se, esperando ver Lester voltando rapidamente para seu Cadillac.

Mas Lester não foi embora. Ele levantou o olhar para ela e perguntou:

– O que você quer fazer?

– O que eu quero não importa. Chick foi embora da cidade. Agora, tenho que fazer planos para mim e para o bebê. Minha mãe conseguiu se virar sozinha. Imagino que eu não possa fazer nada pior do que ela fez.

– Eu estava realmente falando sério quando disse que queria me casar com você, Barbara Jean. Amo você desde o primeiro dia em que a vi, e isso não mudou. Podemos nos casar amanhã, se você quiser.

Ela esperou que Lester pensasse sobre o que acabara de dizer e recuperasse o juízo. Mas ele apenas continuou parado ali. Ela só conseguiu pensar em uma coisa para dizer. Fez a pergunta que sua mãe teria desejado que fizesse.

– Lester, você pode me olhar nos olhos e jurar que será meu homem para sempre e que sempre cuidará bem de mim e do meu bebê?

Lester subiu até a varanda, postou-se ao lado dela e pôs uma mão morna sobre o estômago de Barbara Jean.

– Juro.

Assim, Barbara Jean se casou com Lester, o homem que deu a resposta certa para a pergunta de sua mãe.

Capítulo 28

A cada primavera, a Igreja Calvary Baptist realizava uma grande reunião de *revival* em uma tenda especialmente construída. Era uma tradição que o pai de Richmond havia iniciado durante seus anos como pastor, mantida depois que ele se mudou. O *revival* era famoso nos círculos batistas de todo o Meio-Oeste. Atraía uma enorme multidão de fiéis a cada ano e fornecia um grande reforço de caixa aos cofres da igreja durante o longo período de seca entre a Páscoa e o Natal. Clarice não se lembrava de um ano em sua vida em que não tivesse comparecido.

O *revival* sempre começava na sexta-feira à noite com a montagem da tenda. Um palco improvisado era montado para o coro. Centenas de cadeiras dobráveis – cacarecos velhíssimos, lascados e tortuosamente desconfortáveis, que Clarice acreditava que tivessem sido projetadas para recordar a congregação dos sofrimentos de Cristo – eram trazidas. Havia um serviço religioso de orações para deixar todo mundo devidamente preparado para a maratona de trinta e seis horas de sermões, cânticos e salvação de almas que se seguiria. O *revival* culminava em uma procissão de mais de 1,5 km do local da tenda até os limites da cidade e de volta para a Calvary.

O status de Richmond como diácono da igreja e filho do fundador do *revival* garantia que ele e Clarice sempre conseguissem boas cadeiras. Na noite de abertura, naquele ano, eles se sentaram na fila da frente. Richmond estava num mau humor horroroso naquele dia devido à contínua recusa de Clarice em voltar para casa, de modo que Clarice se sentou entre Odette e Barbara Jean e deu a James a honra de se sentar ao lado de Richmond. Esse arranjo teve o efeito de piorar ainda mais o humor de Richmond. Ele ficou sentado, o lábio inferior projetado para fora, olhando na direção de Clarice de cara feia.

Clarice ainda via Richmond com frequência, mesmo depois de ter saído de casa. Ele aparecia em Leaning Tree algumas vezes por semana. "Onde está a minha gravata cor de laranja?" ou "Como funciona o timer do forno?" ou "Onde levo a roupa para ser lavada a seco?" Ele sempre parecia estar precisando de alguma coisa. Se estivesse num dia de bom comportamento – sem reclamar muito ou provocando discussões – Clarice o convidava a entrar. Richmond era boa companhia. E ela o amava. Ela nunca havia amado nenhum outro homem senão Richmond. Bem, também havia Beethoven, mas ele não contava realmente. O problema era que, assim que Clarice começava a pensar nas qualidades de Richmond – em como ele podia ser encantador, em como a fazia rir –, ele passava para o modo de sedução. Seus olhos de conquistador sensual faiscavam e a sua voz assumia um tom que fazia com que ela sentisse cheiro de conhaque e ouvisse lenha crepitando numa lareira.

Mas sempre que Clarice pensava em convidar Richmond para passar a noite – uma ideia prazerosa – lhe vinha à mente uma imagem que a levava a empurrá-lo porta afora. Era a imagem de James tentando, e não conseguindo, pentear o cabelo de Odette. Aquela imagem simplesmente não permitia que ela voltasse à vida que havia levado por tantos anos.

Era quase meia-noite na primeira noite do *revival* e o reverendo Peterson estava encerrando seu sermão. O reverendo Peterson sempre era o primeiro a falar na noite de abertura, antes de passar o pódio para os pregadores visitantes. Seu sermão naquela noite tinha sido bom. Ele havia contado uma história aterradora da Grande Inundação sob a perspectiva de um dos vizinhos ímpios de Noé. O sermão havia chegado ao clímax com uma vívida descrição do vizinho condenado à morte, com águas agitadas e imundas já na altura dos joelhos, socando o costado da arca e implorando a Noé que o deixasse entrar. O reverendo Peterson acrescentou maior vividez à história ao imitar os guinchos, relinchos e mugidos dos animais.

É claro que Noé não pudera fazer nada senão acenar adeus para o pecador aterrorizado, enquanto a arca começava a navegar, levando os justos e os animais barulhentos.

O sermão da Arca de Noé era típico da experiência da Calvary Baptist. A igreja não era do tipo de permanecer numa zona cinzenta. A cada domingo, os congregantes se sentavam e ouviam seu pastor lhes transmitir a última mensagem de um Deus raivoso. Eles saíam do santuário certos de que a Calvary Baptist e o reverendo Peterson eram as únicas coisas que existiam entre eles e uma eternidade de sofrimento no inferno. Os paroquianos da Calvary com certeza absoluta esperavam, como Noé, acenar adeus para todo mundo em Plainview que não frequentava a Calvary Baptist, quando Jesus despachasse a todos para se juntarem a Ele.

Quando o reverendo Peterson acabou, a multidão irrompeu num rugido de gritos, améns e falatórios. Em seus uniformes brancos engomados e luvas brancas, as obreiras da igreja correram pela tenda para socorrer mulheres que haviam desmaiado ao receber o Espírito Santo.

Tendo encerrado o sermão, o reverendo Peterson fez um apelo aos pecadores não arrependidos em meio ao público para se apresentarem e receberem a bênção do Senhor antes que fosse tarde demais. Ele caminhou de um lado para o outro, frente aos lamentos do coro e advertiu:

– Não será água, mas fogo, da próxima vez.

Quando voltava para o atril para apresentar o pregador seguinte, houve uma comoção nos fundos da tenda.

– Deixem-me testemunhar! Deixem-me testemunhar! – gritou uma voz de mulher.

Clarice e todas as demais pessoas na primeira fila se viraram para olhar, mas havia gente demais de pé, observando boquiaberta, para que eles conseguissem ver o que acontecia lá atrás. A tenda tornou-se silenciosa e uma onda de murmúrios baixos se espalhou lentamente, dos fundos até a frente, à medida que a mulher caminhava pelo corredor central na direção do reverendo Peterson.

Ela era jovem – com cerca de 25 anos, calculou Clarice. Os peitos fartos no decote fundo em "V" desafiavam a gravidade, pairando acima de um top verde justo, tipo tubo, com largura apenas suficiente para não ser ilegal. Abaixo do umbigo exposto, ela usava um shortinho vermelho arroxeado, tão revelador que Clarice imaginou que ela o tivesse tomado emprestado de alguma garota magra de 11 anos. O top em tubo e os shorts eram de lycra emborrachada brilhante que parecia molhada. A cada passo que ela dava, o movimento da lycra roçando contra lycra causava um ruído agudo que parecia perfurar o ar. Seu cabelo estava puxado para trás, afastado do rosto, e caía em cachos negros lustrosos que lhe desciam até o meio das costas.

Clarice se inclinou para Barbara Jean e sussurrou:

– Ela fez permanente.

Barbara Jean respondeu:

– São apliques.

A mulher cambaleou e tropeçou em direção palco e ao reverendo Peterson. As fartas sobrancelhas grisalhas do pastor subiam para mais perto de sua calva a cada passo que ela dava em sua direção. Clarice não sabia dizer se o cambalear da mulher se devia a ela estar bêbada ou ao fato de só calçar um pé de sapato. Uma grossa camada de lama lhe cobria cada tornozelo.

Ao chegar ao pódio, a mulher arrancou o microfone da mão do reverendo Peterson espantadíssimo.

– Acabei de ver um milagre acontecer e tenho que dar meu testemunho – berrou ela ao microfone, e a microfonia e o eco do sistema de som levaram todo mundo a tapar os ouvidos com as mãos. – Há apenas alguns instantes, depois do meu turno no Clube de Cavalheiros Pink Slipper, eu fazia uma apresentação particular no banco de trás de um Chevy Suburban no estacionamento quando ouvi uma voz. Clara como um sino, a voz disse: "Você é filha de Deus."

"A princípio, ignorei aquilo porque pensei que fosse o meu cliente. Ele é um de meus clientes habituais e costuma falar essas coisas – sempre 'Deus isso', 'Jesus aquilo', 'Deus Misericordioso' e tudo o mais." O rosto do reverendo Peterson registrou pânico e ele tentou agarrar o microfone. Mas a stripper foi mais rápida. Ela pulou para longe dele e continuou seu testemunho.

– A voz disse: "Você é uma filha de Deus. Pare o que está fazendo agora."

"Ainda pensei que fosse o meu cliente, de modo que me levantei do assoalho do Chevy e falei: 'Tudo bem. Eu não preciso continuar com o que estou fazendo? Então, me dê a porra do meu dinheiro que eu vou para casa.'

"Mas, então, ouvi a voz de novo. Desta vez, ela disse: 'Sua conduta pecaminosa vai fazer cair sobre vocês uma tempestade de fogo. Venham para os braços do Senhor e serão salvos.'

"Então, soube que não era absolutamente o meu cliente. Era um anjo vindo do céu para me dizer para mudar de vida. De modo que desci daquele SUV e segui a luz que vi ao longe. Atravessei a autoestrada 37 e passei por um grupo de árvores, até perdi o sapato andando por um campo lamacento. Mas continuei andando até que encontrei esta tenda. Agora estou aqui, pronta para abandonar minha conduta pecaminosa, como a voz do anjo disse. Se isso não for um milagre, não sei o que é."

A multidão irrompeu em gritos de louvor pelo milagre da stripper.

– Amém! – gritaram as vozes e o coro começou a cantar duas vezes mais alto que antes.

Encorajada pela resposta da plateia, a stripper prosseguiu com seu testemunho:

– No segundo em que entrei nesta tenda, algo mudou dentro do meu coração. De repente, comecei a pensar em todas as coisas boas que Deus tinha feito por mim. Comecei a pensar que talvez Ele tivesse me mantido em segurança ao longo de todas as coisas perigosas e pecaminosas que fiz por um motivo.

"E, acreditem, existem montes de coisas assustadoras lá fora. Porra, você sai para uma noite de trabalho e pode acabar com herpes, Aids, sífilis, gripe aviária e vírus Ebola." Ela espetou as longas unhas carmesim no ar enquanto usava os dedos para contar as doenças.

O reverendo Peterson fez mais uma tentativa de arrancar-lhe o microfone, mas mais uma vez ela foi mais rápida. Como boa atriz que era, deu à plateia mais um pouco do que eles queriam.

– E vou dizer a vocês, do jeito que certos homens são, pouco se importam em se proteger ou em proteger suas esposas e suas famílias. Só estão interessados no próprio prazer. Querem agir como se vivêssemos há trinta anos, antes que a merda ficasse séria. Estou lhes dizendo, a gente tem que ser uma garota que primeiro se importa com a segurança se quiser ter vida longa. Vocês sabem o que eu faço quando um desses cretinos tenta me convencer a fazer burrice? Olho para ele bem nos olhos e pergunto: "Querido, você acha que a gente vai foder até voltar a 1978? Minha xoxota pode ser mágica, com certeza, mas não é uma porra de uma máquina do tempo."

Depois de ouvir aquilo, várias pessoas avançaram para segurá-la, permitindo que o reverendo Peterson, finalmente, recuperasse o microfone. A stripper imediatamente foi retirada do palco por uma das obreiras da igreja e dois representantes do Comitê para Novos Paroquianos. Ao passar diante de Clarice, Richmond e seus amigos, a mulher parou por um segundo e virou-se para Richmond.

– Oi, Richmond, você também está sendo salvo, benzinho? – disse, antes de sair aos tropeções, arrastada por seus guardiões.

Todo mundo na frente da tenda, exceto Richmond que tinha enterrado o rosto nas mãos, se virou para ver como Clarice reagiria àquela stripper recém-redimida cumprimentar seu marido como a um velho amigo. Mas Clarice tinha outra coisa ocupando seus pensamentos. Ela pensava na voz miraculosa que havia arrancado a stripper do banco traseiro do Chevy, atrás do Clube de Cavalheiros Pink Slipper, com as palavras muitíssimo conhecidas: "Você é filha de Deus. Pare o que está fazendo agora." Clarice se perguntou há quanto tempo sua mãe e seu megafone estavam de volta à cidade.

Capítulo 29

Na manhã seguinte àquela em que a stripper amiga de Richmond apresentou-se para salvar sua alma, Clarice ouviu alguém batendo à sua porta. Era pouco antes das nove da manhã, de modo que ela presumiu que fosse sua primeira aluna do dia, chegando cedo para a aula. Do banco do piano onde tomava seu chá, Clarice gritou:
– Pode entrar.

Beatrice Jordan e Richmond entraram na sala.

Beatrice apontou para o cabelo curtíssimo da filha e fez uma careta. Por vários segundos, ela ficou parada no centro da sala olhando para Clarice como se tivesse acabado de encontrá-la dançando nua numa casa de *crack*. Richmond exibiu uma expressão presunçosa e complacente no rosto, enquanto a sogra suplicava:
– Clarice, você quer, por favor, se explicar?

No passado, aquele era o ponto em que Clarice revertia ao comportamento de uma garotinha obediente. Ela seria boazinha e pediria desculpas à mãe por qualquer coisa que tivesse feito só para que Beatrice a deixasse em paz. Mas morar sozinha em sua própria casa, mesmo que tivesse sido por tão pouco tempo, a havia mudado. Clarice descobriu que não podia reagir como antigamente.

– Já expliquei as coisas a Richmond. E creio que era tudo o que eu precisava explicar.

Sua mãe falou baixinho, como se acreditasse que alguém pudesse estar ouvindo a conversa.

– Todo mundo na Calvary Baptist está comentando sobre você. Como pôde fazer isso? Você fez um voto, uma promessa solene diante de Deus e de todo mundo.

– Richmond também fez. A senhora conversou com ele sobre os votos dele? – perguntou Clarice, sentindo o calor subir-lhe pelo pescoço até o rosto.

– É diferente para os homens e você sabe disso. Além do que não foi Richmond quem abandonou o casamento; foi você. Mas, escute, não é tarde demais para consertar tudo. Richmond está disposto a ver o reverendo Peterson com você e resolver tudo.

– Eu acho que não – respondeu Clarice. – Já vi para onde levam os conselhos do reverendo Peterson. E, sem intenção de ofender, não pretendo passar meus anos dourados berrando para prostitutas num megafone.

Ela se sentiu culpada pelo golpe baixo quando os olhos de sua mãe começaram a ficar marejados de lágrimas. Mas Clarice estivera com raiva por muito tempo e havia coisas bem piores que aquilo esperando para sair. Para se impedir de dizê-las, ela respirou fundo e tomou um gole de sua xícara de chá. O chá estava quente demais para o grande gole que ela tomou, e desceu queimando todo o percurso de seus lábios até o estômago. Aquilo doeu tanto que a deixou sem fôlego por alguns segundos, mas o tempo que ela passou se recuperando por ter queimado a língua a impediu de dizer algumas das coisas mais malvadas que estavam girando em seu cérebro.

– Mãe, eu a amo, mas este assunto não tem nada a ver com a senhora. Isso é entre mim e Richmond, e creio que já deixei bem claro para ele qual é minha posição. Estou farta das coisas da maneira como eram. Voltarei para casa, *ou não*, quando achar que devo.

Beatrice choramingou baixinho.

– Sinceramente, quando penso em como tive que lutar duramente para que nós duas vivêssemos quando você nasceu. – Ela pôs as costas da mão na testa. – Foi um circo de horrores. – Quando isso não produziu o efeito desejado, Beatrice mudou de tática. No tom de voz que usava em seus sermões no estacionamento, declarou: – A epístola aos efésios diz: "Vós, mulheres, sujeitai-vos aos vossos maridos, como ao Senhor." O que você diz a isso?

— Digo que Deus e eu teremos que resolver esta questão entre nós. Meus dias de submissão estão acabados – retrucou Clarice irritada.

Richmond falou pela primeira vez. Ele disse:

— Falei com os meninos, e eles estão chocados com o fato de você ter feito isso. Estão muito abalados e confusos.

— Você deve ter falado com quatro meninos diferentes daqueles com quem eu falei – replicou Clarice. – Quando contei a Carolyn, a Ricky e a Abie que tinha saído de casa e me mudado, eles apenas ficaram surpresos por eu ter demorado tanto a tomar essa decisão. E se Carl está abalado é porque ele é parecido demais com você e sabe disso. Em minha opinião, fiz a ele um favor que já devia ter feito há anos. Talvez agora Carl pense um pouco em toda a merda que já aprontou com a esposa e se dê conta de que, um dia desses, tudo poderá se virar contra ele e ele vai se dar mal.

Richmond virou-se para Beatrice.

— Está vendo? É como lhe disse. A cada dia que passa ela fala mais como se fosse Odette.

Beatrice assentiu.

— Sempre soube que aquela garota um dia ia nos criar problemas.

A mãe de Clarice era de opinião que uma mulher demonstrava ser bem-educada de três formas: vestir-se impecavelmente, enunciar as palavras como uma debutante da Costa Leste e passar fome até à beira da inconsciência para manter o corpo esbelto. Odette nunca havia feito sentido para ela. Mas Beatrice havia escolhido o momento errado para falar mal de Odette, a amiga doente de Clarice, que a havia apoiado todas as incontáveis vezes que Clarice precisara e que mesmo agora lhe oferecera uma casa para morar. O pingo de controle que Clarice conseguira manter sobre si mesma perigava escapulir-lhe das mãos. Ela estreitou os olhos para a mãe e para o marido e se preparou para soltar o verbo. Mas justo quando sua língua escaldante estava a ponto de metralhar uma fieira de palavras de fúria há muito reprimidas, Clarice foi distraída pelo som de uma batida suave na porta. Ela se levantou do banco.

– Minha aluna chegou.

Quando Clarice deu a volta no piano a caminho da porta para receber sua aluna, Beatrice viu pela primeira vez o que sua filha vestia. Ela deixou escapar um gemido e virou o rosto.

Durante o primeiro fim de semana de Clarice na casa, ela descera até o porão para guardar alguns objetos e encontrara uma caixa cheia de roupas velhas, deixadas para trás por uma das locatárias anteriores. Odette havia alugado a casa mobiliada para membros do corpo docente e professores visitantes da universidade. Pessoas que tendiam a ser práticas e sem frescuras. As roupas na caixa refletiam o que Clarice considerava como o estilo de moda acadêmico – peças quase disformes, de estilo hippie, feitas de algodão e cânhamo. Para comemorar sua emancipação, ela vestira as velhas saias e blusas que encontrara na máquina de lavar.

A saia que Clarice vestia naquela manhã era de tecido xadrez azul e branco desbotado. O cós alto na cintura era bordado com figuras em forma de palitos azuis e verdes. Fios de conchas naturais havaianas pendiam da barra franjada, roçando no chão e chacoalhando quando ela andava.

Beatrice apontou para a filha.

– Ah, meu Deus do céu, primeiro o cabelo, e agora uma saia de camponesa. Richmond, chegamos tarde demais.

Foi necessário recorrer a toda sua força de vontade para impedi-la de levantar a barra da saia e mostrar que usava um par de sandálias Birkenstock, comprado poucos dias antes numa loja perto do campus, onde as jovens vendedoras – que não raspavam os pelos debaixo dos braços nem usavam maquiagem – vendiam sapatos confortáveis e queijos artesanais. Ela seguiu adiante, passando pela mãe e pelo marido abalados, encaminhou-se até a porta e abriu-a. Foi cumprimentada por Sherri Morris, uma menina de 9 anos, com os dentes da frente ligeiramente separados, cujos maus hábitos de treinar pouco no piano e cuja técnica desmazelada faziam Clarice ter ataques durante uma hora a cada semana.

– Bom-dia, sra. Baker. Adorei sua saia – comentou Sherri.

Clarice agradeceu e fez uma anotação mental de acrescentar uma estrela de ouro no livro de estudos dela naquele dia, pouco importando o quanto ela tocasse mal. Falou a Sherri para encaminhar-se para o piano e começar o aquecimento, tocando algumas escalas musicais enquanto ela se despedia de seus visitantes.

Ao chegar à porta, Richmond sussurrou:

– Será que podemos terminar esta conversa no *revival* desta noite?

– Lamento, mas tenho alunos até muito tarde hoje. Estarei cansada demais para voltar ao *revival*.

Richmond suspirou e olhou para Beatrice como quem diz: "*Está vendo só o que eu tenho tido que aguentar?*" Virou-se para Clarice:

– Está bem, então, conversaremos na igreja amanhã.

– Se realmente precisa falar comigo, vejo você no Coma-de-Tudo depois da igreja. Amanhã não vou à Calvary. Estou planejando assistir aos serviços religiosos na igreja unitarista esta semana – retrucou ela.

Clarice disse aquilo por pura maldade. Embora tivesse conversado com Odette que talvez fizesse uma tentativa de ir à Holy Family Baptist, Clarice não tinha nenhuma intenção de ir à igreja unitarista naquele domingo. Mas como estava furiosa com os dois por terem vindo pressioná-la e lhe passar sermões, queria dar-lhes um bom susto. Além disso, havia alguma coisa em vestir uma saia de camponesa com fieiras de conchas na barra que havia feito o unitarismo surgir em sua cabeça.

A mãe gemeu e encostou-se em Richmond em busca de apoio. Clarice se sentiu culpada por um instante. Sabia que Beatrice teria preferido vê-la entrar para uma das congregações poligâmicas que, de acordo com os boatos, floresciam nas colinas fora da cidade, do que vê-la entregar sua alma aos unitaristas.

Mas apesar de ter dito aquilo por pura maldade, Clarice começou a pensar que talvez não fosse tão má ideia tentar os unitaristas. Por que não? Com certeza, estava disposta a conhecer algo diferente do falatório azedo que engolira durante todos aqueles anos.

Enquanto passava pela soleira da porta ainda se apoiando em Richmond, Beatrice falou:

– Vou rezar por você.

Clarice ficou maravilhada ao ver como sua mãe conseguira fazer com que aquilo soasse como uma ameaça.

Richmond falou inaudivelmente por cima da cabeça de Beatrice:

– Está vendo o que você fez? – E conduziu a sogra de volta ao Chrysler.

Clarice fechou a porta depois que eles saíram e foi para junto da aluna, que começou a massacrar brutalmente uma indefesa composição de Satie. Ela manteve a promessa que tinha feito a si mesma de dar a Sherri uma estrela de ouro, e a menina saiu feliz da vida no final da aula.

A lista de alunos de Clarice havia se expandido depois de sua mudança. Famílias ricas da nova Leaning Tree mostravam-se animadíssimas com o fato de terem uma famosa pianista local a uma distância que se poderia percorrer a pé. E sábado era seu dia mais longo de aulas. Quando a noite chegou, ela estava exausta. Preparou uma xícara de chá fresco e voltou ao piano para tocar alguma coisa curta para apagar o som dos desempenhos irregulares de seus alunos – uma espécie de *sorbet* musical.

Clarice havia acabado de se acomodar no banco quando um martelar forte na porta da frente abruptamente interrompeu o silêncio noturno. Ao olhar pelo olho mágico, esperava ver Richmond ou sua mãe de volta para mais uma rodada. Mas em vez disso, era o próprio reverendo Peterson que estava postado na varanda. Seu rosto escuro e enrugado conseguia parecer ao mesmo tempo triste, suplicante e raivoso. Ela estendeu a mão para girar a maçaneta, mas pensou melhor.

Talvez fosse apenas mais raiva projetada, mas Clarice não podia deixar de pensar que seria bem melhor para ela ficar sem os conselhos do reverendo Peterson. O histórico dele era bastante ruim, na opinião de Clarice. Durante anos e anos havia seguido suas instruções e acabara acreditando que, numa mulher, respeito próprio era o mesmo que o pecado do orgulho. E seu conselho de manter-se calada e rezar enquanto o marido a fazia de palhaça dormindo com todas as mulheres que cruzavam seu caminho apenas contribuía para que Richmond continuasse sendo um garoto mimado em vez de tornar-se um homem amadurecido. Tudo bem, talvez fosse um certo exagero culpar o reverendo Peterson por aquilo, mas Clarice não estava com disposição para ser justa.

Justa ou não, pensando claramente ou não, condenada ao inferno ou não, Clarice girou nos calcanhares e caminhou de volta para o piano. Sentou-se e, para encobrir as batidas insistentes à porta, começou a tocar o extasiante *Intermezzo em Si Menor* de Brahms. Enquanto tocava, sentiu o estresse do dia começar a se dissipar. Clarice pensou: *Deus e eu estamos nos comunicando muitíssimo bem.*

Capítulo 30

Depois de meses de bons resultados nos exames, minha quimioterapia parou de fazer efeito. Então, meu médico deu início a uma combinação diferente de medicamentos. O primeiro tratamento me deixou bem mais nauseada do que eu ficara nos piores dias com a fórmula anterior. E quando parava de vomitar, começava a me sentir fraca.

Meus chefes haviam sido muito compreensivos ao ajustar meus horários de trabalho de modo a encaixá-los com a quimioterapia, mas com o novo tratamento me derrubando daquele jeito, tive que pedir licença por motivos de saúde. Eles – o diretor da escola e o coordenador de serviços de alimentação do conselho – foram ainda mais compreensivos, afirmando que eu podia tirar o tempo que precisasse de licença antes de voltar. Mas pela expressão de seus rostos, percebi que na verdade não esperavam que eu voltasse.

Certa manhã, logo depois que James saiu para o trabalho, tive um mal-estar – senti-me febril e com dores pelo corpo inteiro. Fiquei satisfeita por não ter acontecido enquanto ele ainda estava em casa. Era quase impossível fazer James sair se ele achasse que eu não estava passando bem. Se eu não parecesse bem, ele se enchia de teimosa determinação e declarava que não me deixaria sozinha de jeito nenhum. Então, sentava-se olhando fixamente para mim, como um filhotinho de cachorro, até que eu o convencesse de que estava bem.

É claro, James não precisava se preocupar com o fato de eu ficar sozinha. Nossos filhos ligavam diariamente e me mantinham conversando no telefone durante horas. E mamãe aparecia todos os dias para me fazer companhia. Ela estava lá naquela manhã quando me arrastei do banheiro com uma toalha molhada e fria na cabeça.

— Você perdeu peso – disse ela.

Olhei para baixo e vi que minha camisola estava mais folgada agora, nos lugares onde costumava ficar justa, me apertando. Podia agarrar um bom punhado de tecido ao redor da cintura e torcê-lo num semicírculo antes que ela se justasse ao meu corpo.

— Não é incrível, todo aquele tempo que perdi querendo emagrecer um pouco e tudo o que foi necessário para isso foi um ligeiríssimo toque de câncer. Parece que vou acabar rindo por último por Clarice ficar zombando de mim por guardar no sótão aquelas roupas velhas, fora de moda, que ninguém achava que eu conseguiria vestir de novo. Vou arrasar com o pessoal do hospital com minhas calças de paraquedas e a túnica estilo Nehru. – Dei uma gargalhada, mas mamãe não achou graça.

Afugentei dois de meus gatos de seus lugares de descanso no sofá da sala. Então, me deitei, cobrindo-me com uma manta e ajeitando as almofadas para apoiar a cabeça. Os gatos vieram tomar posse de seus lugares junto a meus pés assim que me acomodei. Mamãe se sentou no chão ao meu lado, de pernas cruzadas em estilo indiano.

Depois de ficar deitada em silêncio por algum tempo, falei:

— Imagino que seja agora que eu deva começar a rezar por um milagre.

Mamãe deu de ombros.

— Sabe, não acredito muito em milagres. Creio que existe apenas o que deve acontecer e o que não deve acontecer. Então, você deixa fluir ou se opõe, tentando impedir que aconteça.

— Hmmm, vou ter que pensar sobre isso. Gosto da ideia de um bom milagre de vez em quando – retruquei.

Ela deu de ombros novamente e, depois de alguns segundos, falou:

— Tenho que reconhecer que seu James tem sido mais maravilhoso do que imaginei que ele pudesse ser durante toda esta história. Não que eu algum dia tivesse pensado mal dele. Apenas não sabia que ele podia ser assim tão bom.

– Não estou nem um pouco surpresa. James está sendo exatamente a pessoa que eu sabia que ele seria. Eu tenho sorte.

– Nós duas temos sorte, você e eu. Tenho seu pai, você e Rudy. Você tem James e seus filhos maravilhosos.

– E as Supremes – acrescentei.

Mamãe assentiu.

– É nisso que você vai pensar quando fizer a passagem, sabe. Em como seu homem era bom, ou como você amava seus filhos. Como suas amigas fizeram você chorar de rir. Isso é o que passa por sua mente quando chega a hora. Não as coisas ruins.

"Não sei se estava sorrindo ou não quando você me encontrou morta no jardim, mas devo ter estado. No final, estava pensando em você e em sua avó, e como ela vestia você com aqueles vestidos horrorosos que fazia e de que gostava tanto. E pensei como era bom beijar seu pai.

"Não me lembro de bater no chão depois de atirar a pedra naquele esquilo. Só me lembro daquelas doces lembranças e de ver seu pai debruçado sobre mim, estendendo a mão para me ajudar a levantar. Quando me levantei, meu jardim estava mais bonito do que nunca... Não havia nenhuma droga de esquilo comedor de bulbos na vida após a morte. Wilbur e eu não tínhamos dado mais do que alguns passos quando nos encontramos com sua tia Marjorie. Ela fazia flexões de braço com um braço só, parecendo mais com um homem do que nunca. Seu bigode havia crescido e se tornado realmente farto e ela havia começado a passar cera e a torcer as pontas para cima. Ficou bem nela. Meu irmão mais velho também estava lá, todo elegante em seu uniforme do exército, usando todas aquelas medalhas reluzentes que o governo nos mandou pelo correio depois da guerra. E a primeira pessoa que me cumprimentou foi Thelma McIntyre. Ela me deu um baseado, um charuto bem grande e gordo, dizendo: 'Oi, Dora. Dê um trago nesse. Mas não o fume inteiro sozinha, como você sempre faz.' Foi maravilhoso."

Eu esperava que mamãe estivesse certa. Tinha havido tantos dias lindos com James e as crianças e as Supremes, tantos dias que eu queria levar comigo quando fizesse a passagem para fosse lá o que viesse depois. E se eu pudesse me livrar dos momentos ruins, como uma pele seca, velha e sem serventia, também seria muito bom.

Sempre me sinto culpada quando recordo o dia que considero o meu pior dia de todos porque outras pessoas perderam muito mais do que eu. Mesmo assim, aquele dia ainda está na minha memória como o pior. Acredito que, não importa o que aconteça comigo daqui por diante, aquele dia terá para sempre suas garras enterradas em minha mente.

Barbara Jean acabara de servir café para Clarice e para mim na cozinha de sua casa quando a campainha tocou. Era o primeiro fim de semana de maio de 1977 e nós três planejávamos uma festa de aniversário para o meu Jimmy. Nossos filhos faziam suas festas na casa de Barbara Jean. Naquela época, Clarice e eu já havíamos nos mudado de Leaning Tree para novos condomínios de casas com pequenos jardins. De modo que deixar as crianças soltas no jardim espaçoso de Barbara Jean, com suas obras de topiaria e árvores floridas por toda a parte, era como soltá-las numa floresta encantada.

Os filhos de Clarice estavam em casa com Richmond. Os meus estavam na casa de mamãe e papai sendo subornados a se comportarem bem com tabletes de chocolate com caramelo e chips de batatas. Adam, o filho de Barbara Jean, também estava na casa de mamãe e papai – pelo menos era o que pensávamos. Ele saíra cerca de meia hora antes para a caminhada de 15 minutos até a casa de mamãe. Naquela época, ninguém pensava duas vezes quanto a mandar uma criança de 7 ou 8 anos fazer sozinha um trajeto a pé pelos caminhos conhecidos de Plainview. Foi o último dia daquela era.

Lester atendeu a porta e me surpreendi ao ouvir a voz de James. Naquela casa enorme, a cozinha ficava a meio quarteirão da porta da frente, de modo que não consegui entender exatamente o que eles diziam. Não sei se foi o tom da voz de James ou de Lester que atraiu nós três para o vestíbulo para saber o que estava acontecendo. Soube que algo terrível havia ocorrido no segundo em que vi o rosto de James.

A primeira coisa que pensei foi que algo tivesse acontecido a um de nossos filhos, ou talvez a mamãe ou papai. Então, Lester, que estava de costas para nós, se virou. Imediatamente, eu soube. E Barbara Jean também.

A pele de Lester havia se tornado acinzentada e eu podia ver que ele oscilava sobre os pés como se estivesse de pé no centro de um redemoinho. James, em seu uniforme da Polícia Estadual de Indiana, estava postado na soleira da porta com outro policial, um sujeito branco grandalhão, de rosto vermelho, que mantinha os olhos cravados no chão à sua frente. James estendeu a mão e segurou o ombro de Lester para mantê-lo de pé.

– Lester? – chamou Barbara Jean.

As lágrimas começaram a cair dos olhos de Lester enquanto ele se mantinha de pé ali, apoiado por James. Barbara Jean virou-se para James:

– O que aconteceu com Adam? – perguntou.

Foi Lester quem respondeu:

– Ele está morto, Barbie. Nosso menino está morto.

E então Barbara Jean gritou. Ela gritou como se tentasse cobrir todos os outros sons do mundo. Eu nunca tinha ouvido nada como aquilo, e espero, com fé em Deus, que nunca mais vá ouvir de novo. Ela começou a cambalear para trás, os pés perdendo a força, os braços se debatendo como se, de repente, ela estivesse caminhando sobre uma superfície de gelo. O policial branco avançou para impedi-la de cair, mas eu já a estava segurando. Caímos juntas para trás, contra a parede, e deslizamos para o elegante piso de parquê. Ela parou de gritar e começou a gemer baixinho, um som contínuo, carregado de sofrimento, enquanto eu a apertava contra o corpo e Clarice se ajoelhava ao nosso lado, afagando-lhe o cabelo.

– Onde? – ouvi Lester perguntar.

E ouvi James responder:

– Na extremidade norte da Estrada do Muro.

Lester protestou dizendo que tinha que ser um engano. Como todas as crianças negras da cidade, Adam fora advertido. Incontáveis vezes, já haviam lhe dito que pessoas malvadas dirigiam por aquele trecho da Estrada do Muro. Não podia ser Adam.

Mas James sacudiu a cabeça.

– Não há nenhum engano. É ele, Lester. É ele.

Lester empertigou-se todo e afastou a mão de James de seu ombro.

– Tenho que ir ver – declarou. E encaminhou-se para a porta.

O policial branco tentou detê-lo.

– Sr. Maxberry, o senhor realmente não devia ir. Não é uma cena que o senhor queira ver.

Mas James tirou uma jaqueta impermeável do cabide de casacos perto da porta, porque havia começado a chuviscar lá fora, e a entregou a Lester dizendo:

– Eu levo você.

Os homens saíram enquanto nós três nos abraçávamos no chão.

Quando Lester e James afinal voltaram, Barbara Jean estava em seu quarto, deitada, com os joelhos encolhidos contra o peito. Estávamos deitadas a seu lado, eu apertando sua mão e Clarice rezando, enquanto Barbara Jean murmurava ofegante o nome de Adam incessantemente, como se ele pudesse ouvi-la onde quer que estivesse e voltasse para casa. Quando ela ouviu o som da porta da frente se abrindo, saltou da cama e correu para o andar de baixo, perseguindo o último fragmento de esperança de que tudo tivesse sido um erro e que ela encontraria o lindo e pequenino Adam de pé no vestíbulo de entrada esperando por ela.

Encontramos James e Lester na biblioteca. James de pé, ao lado da lareira, observava o amigo e ex-patrão caminhar de um lado para o outro do aposento, batendo na cabeça com os punhos cerrados. O rosto de Lester não estava mais pálido, acinzentado; sua pele marrom-clara estava rubra, quase roxa de raiva.

– Você sabe que foi ele. Você sabe que ele matou meu filho – disse Lester.

James tentou acalmá-lo.

– Lester, por favor, apenas respire fundo e sente-se. Meus colegas estão na casa dele agora, neste minuto. Prometo que vamos descobrir tudo o que aconteceu. Estou lhe dizendo, as coisas não são mais como costumavam ser.

Lester fungou com desdém.

– Não há nada para descobrir. Você sabe que foi ele. Se vocês, policiais, não fizerem alguma coisa, juro por Deus que vou cuidar disto eu mesmo.

James retrucou em voz baixa:

– Lester, por favor, não permita que ninguém ouça você dizer isso.

Lester virou-se para Barbara Jean, a voz quase irreconhecível de pesar e fúria.

– Desmond Carlson assassinou nosso Adam. Ele o atropelou com a picape na Estrada do Muro. Bateu nele com tanta força que nosso bebê foi arremessado contra uma árvore. – Lester começou a bater em si mesmo, esmurrando a testa enquanto pronunciava as palavras roucamente: – O pescoço dele se quebrou, Barbie. Aquele merda daquele branco caipira quebrou o pescoço do nosso menino.

Barbara Jean deixou escapar um grunhido e dobrou-se para a frente como se tivesse levado um murro no estômago. Então ela saiu correndo da biblioteca, subiu a escada e voltou para seu quarto antes que Clarice ou eu pudéssemos nos mover. Subimos correndo atrás dela quando ouvimos os gritos recomeçarem.

⁓

Mais tarde naquela noite, James e eu olhamos fixamente para o teto enquanto ele me explicava o que havia acontecido com Adam. James contou que Adam estava a caminho da casa de mamãe quando fora atropelado. Ele tinha 8 anos e sabia que devia ir pelo caminho mais longo para chegar à casa de vovó Dora, mas Adam era um menino aventureiro. A tentação de seguir pelo atalho, ao que parecia, tinha sido grande demais. E o risco de um castigo não o havia detido.

– Acho que não fizemos um bom trabalho em meter medo neles – disse James.

James falou que Lester estava certo com relação a ter sido Desmond Carlson. As marcas de pneus na estrada lamacenta levavam direto do lugar onde Adam havia sido atropelado até a rua sem nome que serpenteava em meio à floresta e seguia até a área residencial com apenas cinco casas, uma delas a casa de Carlson. Desmond, que estivera caindo de bêbado quando a polícia chegou à sua casa, afirmou que sua picape havia sido roubada no dia anterior e que ele não tivera tempo de dar parte do roubo à polícia. A picape não pôde ser encontrada e a namorada de Desmond estava dando respaldo à história. Mesmo depois de a polícia haver encontrado a picape mais tarde naquela noite, escondida na floresta a menos de 1,5 km da casa dele, com o para-choque coberto de sangue, ele havia se atido à história de que não sabia de nada sobre o que acontecera com o pequeno Adam.

    Desmond provavelmente estivera jogando o mesmo jogo de investir com o carro para cima dos negros ao longo da Estrada do Muro como fazia há anos. Desta vez, havia chegado perto demais. Ou talvez apenas estivesse bêbado demais e não conseguira manter a picape em linha reta e tudo tivesse sido apenas uma terrível falta de sorte para todo mundo. Afinal, Adam tinha a pele tão clara que a maioria das pessoas que o via pensava que ele era uma criança branca bronzeada. O *porquê* não importava. O resultado era o mesmo.

    – Mas nós o pegaremos – afirmou James, embora sua voz não me parecesse muito segura.

    Ele calou-se por um momento e então continuou:

    – Adam estava caído no chão, de lado, contra uma árvore. Pensei que Lester fosse morrer na hora em que viu o menino. Ele fez um som terrível, como se não conseguisse exalar o ar, só inspirar. Então, caiu ao lado de Adam, agarrou-o e o embalou sentado em meio à lama.

    – Ah, James – exclamei, estendendo a mão para tocar no braço de meu marido.

    – Quando finalmente consegui colocá-lo de pé, ele apenas ficou parado ali, ofegante, olhando fixamente para Adam. Então, perguntou:

"Onde estão os sapatos dele?" – E ficou repetindo a pergunta sobre onde estavam os sapatos de Adam. Ele se recusou a sair dali e se recusou a permitir que retirássemos o corpo de Adam até encontrarmos os sapatos dele.

"Vasculhamos ao redor, no meio do mato e da vegetação rasteira pelo que pareceu uma eternidade. E o tempo todo Lester se perguntava, cada vez mais alto e chorando, 'Onde estão os sapatos dele?'

"Foi o assistente do legista quem finalmente os encontrou. Os sapatos estavam a seis metros de distância de um dos lados da estrada, pequenos tênis brancos, ali, postos lado a lado, como se tivessem sido limpos e colocados ali pela sua mãe. Deus do céu, Odette, já vi muita desgraça na minha vida desde que comecei a trabalhar na polícia, mas enquanto eu viver não creio que jamais consiga esquecer ver Lester calçando aqueles sapatos nos pés do pobre garoto morto – balbuciou James.

"O rosto dele estava inteiro. Mas a parte de trás da cabeça estava afundada e o pescoço, quebrado. E acho que também uma perna e provavelmente um dos braços. Mas o rosto estava intacto, de modo que eles poderão deixar o caixão aberto, se quiserem. Pelo menos, acho que já é alguma coisa."

James e eu rolamos um para o outro na cama e apertamos a testa uma na do outro. Trememos e soluçamos de pesar pela morte de Adam e de tristeza pelo sofrimento de nossos amigos. E choramos com um alívio culpado pelo monstro, que todos os pais mais temem, ter golpeado com suas garras afiadas e implacáveis, bem perto de nós, mas não ter levado um de nossos filhos.

Nenhum de nós conseguiu dormir na noite do mais terrível de todos os dias. Tanto James quanto eu nos levantamos pelo menos uma vez a cada hora, abrindo devagarzinho a porta dos quartos de nossos filhos para vê-los dormindo em segurança em suas camas.

Capítulo 31

A segunda rodada de quimioterapia com os novos medicamentos me derrubou com uma surra ainda maior do que a primeira. Para tornar as coisas piores, em maio, o grande amor de minha vida me abandonou. Não foi James. Foi a comida que me abandonou. Certa manhã, acordei com um gosto amargo na boca que se recusou a sair com escova e pasta de dentes, nem quis sair com bochecho de enxaguante bucal. Pior do que isso, quase tudo que eu comia tinha gosto de lata. E o que não tinha gosto de lata, eu não conseguia manter no estômago.

Mamãe e a sra. Roosevelt me receberam e me cumprimentaram quando entrei na cozinha. Meu desjejum naquela manhã foi uma xícara de café aguado – meu estômago não aguentava mais café forte – e uma pequena tigela de mingau de aveia que não consegui me convencer a comer.

Pela primeira vez na vida, meu médico se preocupou com o fato de que eu estivesse perdendo muito peso e muito depressa. Eu não estava de forma alguma magra, mas havia perdido vários quilos em um breve período de tempo e não conseguia ver maneira alguma de tornar mais lento esse emagrecimento. A comida e eu não estávamos nos dando bem.

Quando desisti do mingau de aveia e me levantei da cadeira na cozinha para jogar o resto fora, mamãe comentou:

– Sabe do que você precisa? Você precisa é de erva.

– O quê? – perguntei.

– Erva. Marijuana, maconha, ganja, diamba, fuminho, fumo de angola, rafi, jererê, bagulho.

– Pare de se mostrar. Eu sei do que você está falando.

– Chame como quiser, mas é disso que você precisa – insistiu mamãe. – Vai endireitar este seu apetite num instante.

Eu não queria admitir, mas andara pensando a mesma coisa há algumas semanas. Estivera pesquisando no computador quando James não estava em casa e pensando que talvez maconha medicinal fosse a coisa certa para me botar de volta nos trilhos. Infelizmente, eu não morava em um estado onde pudesse comprá-la legalmente.

– Pode ser que a senhora tenha razão, mas não posso ir até a farmácia e encomendar um pouco. E, por favor, não me diga para ir até o campus e circular pelos diretórios de estudantes. Nós duas sabemos qual é o resultado.

– Gatinha medrosa. Pensei que você não tivesse medo de nada – provocou mamãe.

Eu não ia me deixar provocar por aquela conversa assim tão facilmente.

– Estou falando sério, mamãe. James já tem tido muitos problemas ultimamente. Não pretendo ser presa e acrescentar mais um.

Mamãe deixou escapar um suspiro exagerado.

– Não vou deixar você ser presa, Madame Certinha. Vista-se e venha comigo.

No carro, mamãe me guiou pelo caminho conhecido que ia lá da minha casa até a antiga casa dela e de papai, em Leaning Tree. Ela me instruiu a estacionar o carro na rua, em vez de na entrada para carros, e a dar a volta até os fundos da casa. Ela me conduziu e à sra. Roosevelt ao quintal atrás da casa, em direção ao que restava de seu outrora magnífico jardim. Havia sido uma primavera úmida e meus pés afundavam na terra molhada enquanto caminhávamos. Podia ouvir Clarice tocando piano dentro de casa e me senti grata por ela estar ocupada. Com certeza, não queria que Clarice me visse esgueirando-me pelo quintal e me perguntasse o que eu estava fazendo. *"Ah, sabe, Clarice, minha mãe morta, Eleanor Roosevelt e eu apenas vamos buscar um pouco de maconha."*

Entramos no caminho de pedrinhas redondas do jardim e passamos pelo gazebo. A ramagem dos arbustos de clêmatis e de madressilvas já estava verdejante, embora ainda não tivessem florescido. Passamos pelas roseiras e pelos alhos e andamos em meio à horta abandonada, que tinha começado a virar mato naquela estação. Cortei com as mãos as folhas altas de junco e eulálias que mamãe havia plantado no fundo do jardim para impedir que olhos indiscretos vissem a plantação ilegal cuja existência James e eu fingíramos desconhecer. Um pensamento triste me ocorreu naquele momento e pôs em questão toda aquela caminhada.

Com tanta gentileza quanto consegui reunir, considerando que, àquela altura, eu estava arquejante de exaustão, falei:

– Mamãe, a senhora deve se dar conta de que já se foi há muito tempo e que ninguém cuida de suas plantas especiais há anos. Não creio que vamos encontrar nada crescendo lá atrás.

– Psiu, calada – respondeu ela. – Não é para lá que nós vamos.

– Caminhamos mais vários metros e então viramos. À nossa frente, estava o velho galpão de ferramentas de que eu havia me esquecido completamente. Era uma estrutura baixa, mais da altura de uma casa de brinquedos do que de um galpão de trabalho. Mas papai fora um homem pequeno e havia erguido aquele galpão sob medida para si mesmo. Fiquei contente em ver que ainda estava de pé e que, apesar do fato de os vestígios de sua pintura branca terem desaparecido há muito tempo, deixando expostas as tábuas de pinho lixiviadas pelo sol, ainda parecia sólido. Meu pai construía coisas para durar.

Mamãe me instruiu a abrir a porta do galpão. Foi preciso algum esforço porque, embora apenas uma tranca de girar mantivesse a porta fechada, os pés de cana-do-reino e madressilva – que espalhariam um perfume divino dentro de um mês, mas que agora eram apenas uma praga invasiva – quase haviam engolido a construção. Puxei repetidamente a porta com força até que ela se abriu apenas o suficiente para permitir me espremer pela abertura. Entramos no galpão ao som farfalhante de pequenos animais correndo para se esconder.

– Ali – mamãe apontou para a parede do fundo.

Passei por cima de um velho cortador de grama manual e uma barra de ferro enferrujada e então parei, olhando fixamente para a parede. Tudo o que vi foram teias de aranha, fezes de rato e ferramentas de jardinagem corroídas, penduradas nos ganchos de uma prancha. Perguntei à mamãe exatamente o que eu devia procurar.

– Apenas deslize aquela prancha para a esquerda e você vai ver.

Enganchei os dedos ao redor da borda da prancha de ferramentas e dei-lhe um vigoroso empurrão. Não precisava ter feito tanta força. Como se revelou, a prancha deslizou para o lado sobre o trilho de metal com tanta facilidade que era de se imaginar que havia sido lubrificada com óleo naquele dia. Atrás dela, vi uma velha prateleira de plástico para temperos aparafusada na parede. Nos nichos da prateleira havia pequenos potes de vidro, cada um deles cheio de folhas amarronzadas e rotulados à mão com a letra elegante e floreada de mamãe, com nome e data.

Peguei os potes de geleia ao acaso e li os rótulos:

– "Jamaican Red-1997", "Kentucky Skunk/Thai Stick Hybrid-1999", "Kona-1998", "Sinsemilla-1996". – Havia cerca de duas dúzias de potes.

Estendi a mão para um em cujo rótulo se lia "Maui Surprise" e mamãe disse:

– Ah, não, não, querida, ponha de volta. Esta Maui vai martelar e explodir sua cabeça. Vamos começar com alguma coisa mais suave. – Ela apontou o indicador para um pote no canto direito da prateleira e eu o peguei.

– "Soother-1998" – li em voz alta o rótulo. – Estão meio velhas. A senhora acha que ainda estarão boas?

– Pode confiar em mim. Daqui a uma hora você vai querer matar qualquer um que tentar se meter entre você e um saco de torresmos de porco.

Enfiei o pote no bolso e estava pronta para empurrar a prancha de volta para o lugar quando mamãe me deteve.

– Espere um minuto. Vamos precisar disto e daquilo. – Ela apontou para uma pequena prateleira abaixo da prancha, onde encontrei papel de seda para cigarro e uma caixa de palitos de fósforos de madeira. Peguei-os e cobri o tesouro de reservas secretas de maconha de mamãe com a prancha deslizante e saí do galpão.

Mamãe sugeriu que eu usasse minha "erva medicinal" no gazebo, mas tive outra ideia. Passando por mais folhas de junco alto, subi a colina que delimita a parte de trás da propriedade. Parei quando estávamos debaixo do sicômoro onde eu havia nascido, 55 anos antes.

Mamãe e eu nos sentamos na terra fresca, com as costas descansando contra o tronco da árvore. A sra. Roosevelt, que parecia energizada por nossa caminhada em meio ao ar fresco e primaveril, girou como Julie Andrews no começo do filme *A noviça rebelde* e, então, começou a fazer acrobacias virando algumas estrelas.

– Não dê atenção a ela. Se perceber que você está olhando, ela não vai parar nunca mais – aconselhou mamãe.

Quando abri a jarra, o selo de vedação a vácuo se abriu com um ruído que pareceu o de alguém soprando um beijo no ar. Levantei o pote até o nariz e inalei. Cheirava a terra fértil e a feno recém-cortado, com uma pitada de *skunk* borrifada por cima. A erva estava tão fresca como se tivesse sido colhida naquele dia. Mamãe podia não ter sido capaz de cozinhar coisa nenhuma, mas sabia muito bem como fechar uma conserva.

Ela começou a me dar instruções.

– O que você precisa é pegar um dos camarões maiores e rolar, apertando entre os dedos para tirar as sementes e os galhos. Então...

Eu a interrompi.

– Mamãe, acho que, ao longo dos anos, já a vi fazer isso um número de vezes suficientes para saber como enrolar um baseado.

– Então, comecei a fazer o primeiro bagulho da minha vida.

Para meu constrangimento, a tarefa se revelou bem mais difícil do que eu havia imaginado. Mamãe teve que me instruir passo a passo durante todo o processo. Mas o trabalho foi dificultado pelo fato de as sedas estarem tão velhas que se rachavam quando eu as dobrava. E o adesivo ativado pela saliva se recusou a ser ativado. Finalmente, consegui enrolar um cigarrinho funcional. Os velhos fósforos funcionaram muito bem, e logo me vi inalando os vapores adocicados e pungentes da Soother de mamãe.

Eu nunca havia fumado maconha antes, apenas tabaco, uma vez no colegial, quando Clarice e eu havíamos nos proclamado garotas rebeldes por um dia e cada uma de nós fumou e tossiu um quarto de um cigarro antes de desistir. Mas dez minutos depois aquele gosto metálico em minha boca havia desaparecido, e eu estava começando a me sentir muitíssimo bem. Tinha que admirar mamãe, ela havia batizado a Soother com absoluta exatidão.

Olhei para cima, para as folhas da árvore. Ainda mantinham o verde-claro típico da primavera, e tremiam sob a brisa contra um fundo de céu azul.

– Tão bonito – observei. – Parece uma pintura. Sabe, mamãe, acho que *tudo* parece uma pintura.

– O quê?

– Tudo. A vida. É como se você estivesse preenchendo um pedacinho a mais do quadro a cada dia. Você vai acrescentado uma pincelada de cor, depois a outra, tentando fazer com que fique tão bonito quanto você puder, antes de chegar à borda da tela. E se tiver tido a sorte de sua mãe ter parido você num sicômoro, talvez sua mão não trema muito quando você vir que seu pincel está encostando na moldura.

– Você está doidona – disse mamãe.

– Talvez, mas acho que este é o lugar mais bonito da minha tela, e quando o fim vier, acho que é aqui que eu gostaria de estar. Exatamente de volta ao lugar onde comecei – afirmei.

– Não gosto de ouvir você falar assim, me faz pensar que está desistindo. Você provavelmente não terá que pensar sobre morrer por muito tempo.

A sra. Roosevelt, que agora se ajoelhara a meu lado depois de se cansar de virar estrelas, sacudiu a cabeça e franziu a testa, como quem diz: *Sua mãe pode pensar que você tem tempo, mas eu digo que você está de partida*. Então, com a graça de um felino na floresta, Eleanor Roosevelt levantou a saia e subiu pelo tronco do sicômoro, passando por entre os galhos até estar quase no topo da árvore. Ela pôs uma mão enluvada de cetim sobre a testa para bloquear o clarão do sol e começou a vasculhar o horizonte – em busca de alguma traquinagem para fazer, sem dúvida.

– Não penso muito no assunto, nem nada. Mas quando penso a respeito, este é sempre o lugar que me vem à cabeça quando imagino o fim. Gosto da ideia de transformar esta grande bagunça que foi a minha vida em um belo círculo, bem redondo.

Mamãe assentiu e olhou para o céu comigo.

Não sei quanto tempo ficamos sentadas debaixo do sicômoro, mas botei um fim naquilo quando meu traseiro começou a ficar dormente e a umidade da terra começou a penetrar através da minha meia-calça. Eu me levantei, usando o tronco como apoio para dar impulso. Depois que me endireitei e me alonguei, limpei a terra do traseiro, dizendo:

– Bem, acho que é melhor voltarmos para casa.

Mamãe e eu – a sra. Roosevelt preferiu continuar lá em cima na árvore – começamos a fazer o caminho de volta pelo jardim. Meus primeiros passos pelo terreno macio e irregular não foram muito firmes.

– Acho que é possível que seus nervos estejam um pouco calmos demais para você dirigir. Vamos dar um tempo e sentar um pouquinho no gazebo – comentou mamãe. Eu concordei e voltamos para casa caminhando.

O lado aberto do gazebo hexagonal ficava de frente para os fundos da casa, de modo que não podíamos ver seu interior à medida que nos aproximamos dele pela parte de trás. Mesmo de frente, era impossível distinguir mais do que uma fatia estreita do interior, olhando pelo lado de fora. Não tínhamos como saber quem estava lá dentro quando ouvimos os sons inconfundíveis de um casal fazendo amor – os gemidos graves de um homem, os suspiros de uma mulher – ao chegarmos mais perto do gazebo.

– Parece que Clarice e Richmond estão se dando melhor agora – falou mamãe.

Dei as costas para o gazebo e caminhei o mais depressa que pude em direção à casa e à entrada para carro que levava de volta à rua. Não queria de jeito nenhum cruzar com Clarice e Richmond naquela situação; seria ainda pior do que ter Clarice me pegando em flagrante vindo buscar maconha.

Eu estava quase chegando à entrada para carros quando ouvi a porta dos fundos da casa se abrir e o som da voz de Clarice.

– Odette! – chamou ela. – Que bom que apareceu por aqui. Ia mesmo ligar para você e convidá-la para vir almoçar.

Confusa, olhei à volta, para o jardim. Clarice seguiu meu olhar e nós duas ouvimos vozes abafadas. Uma cabeça surgiu à entrada do gazebo e olhou para nós. Clarice se postou a meu lado enquanto observamos o rapaz entrar e sair de vista, lutando desajeitadamente para vestir as cuecas. O rapaz era Clifton Abrams, o noivo da prima de Clarice, Sharon.

Mamãe sacudiu a cabeça com pena enquanto observava Clifton se apressar para cobrir a nudez. Levantando o polegar e o dedo indicador separados pelo espaço de cerca de cinco centímetros, ela falou:

– Pobre garoto, ele sofre da maldição dos homens Abrams. Você reparou?

Uma cabeça de mulher ergueu-se olhando rapidamente para nós e recuando de volta para as sombras. Ouvimos o som de mais movimentos apressados enquanto os dois se esbarravam tentando apressadamente vestir as roupas. A moça não era Sharon.

Olhei para Clarice, me perguntando silenciosamente: *Que diabo, mas quem é ela?*

Clarice leu meus pensamentos.

– O nome dela é Cherokee.
– Como a tribo de índios?
– Não. Como o jipe. Vamos entrar e eu lhe conto tudo sobre ela. Tenho umas sobras de peito de peru. Você está com fome?

Meu estômago roncou à menção do peito de peru assado, e me surpreendi com o fato de poder responder com toda a honestidade.

– Sim, de fato, estou com fome.

Deixamos o jardim e caminhamos devagar até a casa. Mamãe veio junto.

– Eu não disse que sua mãe sabia como dar um jeito em seu apetite? – E, com isso, nós três entramos pela porta dos fundos da antiga casa de mamãe.

Capítulo 32

O padrinho de Barbara Jean no AA era um homem chamado Carlo, que lecionava logopedia na universidade. Gorducho aficionado por cabines de bronzeamento artificial, sua pele cor de cenoura tinha a textura de uma carteira de crocodilo. Carlo era alguns anos mais moço que Barbara Jean, mas parecia ser bem mais velho. Tinha um nariz extraordinariamente longo e pontudo, uma queixada larga e olhos um tanto esbugalhados. Ainda assim, apesar daquela estranha coleção de traços que pareciam brigar entre si para dominar-lhe o rosto, Barbara Jean não achava que era um sujeito feio. De alguma forma, no conjunto tudo combinava, as diferentes facetas desagradáveis eliminando-se umas às outras.

Carlo morava com seu companheiro, outro ex-alcoólatra que às vezes comparecia às reuniões do AA. Barbara Jean o havia escolhido como padrinho porque ele era gay. Durante algumas de suas noites acordada até tarde, ela assistira a programas de televisão que mostravam amigos gays perpetuamente fazendo compras e tendo conversas divertidas e espirituosas. Ela achou que ter um padrinho parecido seria muito divertido. Mas Barbara Jean ficou desapontada ao perceber que Carlo devia ter assistido a programas de TV diferentes. Ela gostou bastante dele, mas, franco e sério, ele era tão diferente daqueles homens quanto ela era das mulheres negras atrevidas e engraçadas que habitavam a TV-lândia. Carlo, como acabou por descobrir, era gay, mas também um grandessíssimo "caxias".

Mais ou menos quando Barbara Jean se convenceu de que havia compreendido plenamente a rotina dos AA e que estava tudo sob controle, Carlo a chamou para uma conversa. Combinaram de se encontrar numa cafeteria perto do campus. Era um lugar escuro e apertado, com prateleiras de livros cobrindo todas as paredes, projetado para atender a uma clientela de estudantes. O encontro foi bem cedo, logo depois que a multidão de estudantes apressados do movimento da manhã saiu. Barbara Jean veio armada com uma lista de compras, pronta para dar início à parte divertida do relacionamento deles.

Ela chegou primeiro à cafeteria e encontrou lugar em uma das mesas, que eram todas feitas de bobinas de cabos industriais recicladas. Quando Carlo se sentou a sua frente, Barbara Jean o cumprimentou, dizendo como estava contente por ele ter telefonado e que ela andara pensando que seria simpático que se encontrassem para um lanche, mas não tinha tido tempo de convidá-lo para ir à sua casa.

Ele a interrompeu.

– Barbara Jean, não me parece que eu seja o padrinho certo para ajudá-la a levar sua recuperação seriamente.

– Por que você diz isso? – perguntou ela.

Carlo cruzou os braços sobre o peito e a encarou. Uma de suas sobrancelhas se ergueu. – Seus olhos estão injetados, porra, e, neste instante, você está bêbada.

Ela pôs a mão sobre o peito e suspirou para deixar que Carlo visse o quanto estava ofendida. E teria se levantado da cadeira e saído furiosa daquele lugar se não estivesse ligeiramente, muito ligeiramente, de pilequinho e temerosa de cair de cara no chão na frente dele.

– Não posso acreditar que você tenha dito uma coisa dessas. – Barbara Jean enfiou os óculos escuros, e, enquanto ajeitava a armação, deu uma soprada rápida na mão para checar se seu hálito tinha o cheiro revelador de álcool. – Não sei de que maneira posso tomar mais seriamente a minha sobriedade. Aquela maldita Oração da Serenidade está em meus lábios praticamente o dia inteiro. E tenho ido religiosamente a três reuniões por semana há dois meses. *Três* reuniões.

Ele franziu o nariz comprido.

– Você tem certeza de que não tem ido a uma reunião por semana, mas vai tão bêbada que vê tudo triplicado?

Barbara Jean sentiu uma lágrima escorrer pelo rosto, por trás dos óculos. Agarrou um guardanapo da mesa e a enxugou o mais depressa que pôde.

Carlo suavizou o tom, o que não era de seu feitio e, ela sabia, era difícil para ele.

– Olhe, Barbara Jean, gosto muito de você. Você é ótima companhia e é uma mulher bacana. Mas não estou ajudando você. E, francamente, não é bom para mim estar na companhia de alguém que continua a beber da maneira como você bebe. Especialmente alguém de quem eu gosto, como passei a gostar de você.

Barbara Jean lutou para encontrar alguma coisa para dizer. Ela balbuciou algumas palavras sobre como ele estava enganado e como ela se sentia magoada por ele não acreditar nela. Mas, na verdade, não estava mais mentindo de coração. Ela se recostou na cadeira.

– Algumas pessoas têm bons motivos para beber, sabe. Uma droga de um motivo mais do que justo. Quero contar uma história a você. E depois que eu acabar, quero que você me olhe olhos nos olhos e me diga que eu não devia tomar um drinque de vez em quando.

Barbara Jean tomou um gole do café que havia batizado com uma dose generosa de uísque irlandês de sua garrafinha de prata antes que Carlo chegasse à cafeteria. Então, contou a Carlo a história que nunca revelara nem à Odette nem à Clarice.

Na noite do enterro de Adam, Odette e Clarice permaneceram na casa de Barbara Jean depois que todo mundo tinha ido embora. Depois que os convidados haviam enchido a casa com muito mais comida e solidariedade do que Barbara Jean podia aceitar, e depois de ajudarem a empregada de Barbara Jean a retirar a louça e os copos, ela as conduziu rapidamente até a porta. Lester, que estava a apenas algumas semanas da primeira das muitas hospitalizações que estavam por vir, desabou na cama no segundo em que tirou o terno preto. Assim que ele começou a roncar, Barbara Jean saiu de mansinho de casa.

Ela foi ver Earl Grande. A noite estava fria e cheia de neblina, mas lá estava ele, fumando um charuto e se embalando no balanço da varanda. Era como se estivesse esperando por ela. Quando Barbara Jean parou ao lado dele, Earl Grande levantou o olhar para ela e disse:

– Querida, você devia voltar para casa.

– Preciso saber onde ele está – retrucou ela, não se dando ao trabalho de pronunciar o nome dele. Embora Chick nunca mais tivesse posto os pés no Coma-de-Tudo e nunca tivesse feito nenhuma tentativa de entrar em contato com ela, Barbara Jean sabia que ele havia voltado a Plainview há pelo menos dois anos. Ela o vira, entrando e saindo da casa dos McIntyre, e ouvira Earl Grande comentar que Chick era um visitante frequente agora que dona Thelma estava doente.

– Você e Ray não se falam há nove anos – argumentou Earl Grande. Não vai ajudar coisa nenhuma vocês se falarem agora.

– Preciso ver Chick. E sei que o senhor pode me dizer onde encontrá-lo.

– Tenha cuidado, Barbara Jean, você não está em condições de tomar uma decisão acertada neste momento. Precisa dar tempo ao tempo, antes de fazer alguma coisa que talvez lhe traga ainda mais sofrimento.

– *Mais sofrimento?* – Ela deu uma gargalhada ao pensar naquilo, e Earl Grande se encolheu ao ouvir aquele som, que ao seu ouvido soava como um grito de histeria. Barbara Jean continuou: – Eu tenho que falar com Chick e tem que ser hoje à noite. Por favor, quer me dizer onde ele mora? Ou será que vou ter que dirigir até a Estrada do Muro, passar pelo lugar onde meu filho morreu e perguntar a Desmond Carlson onde posso encontrar seu irmão?

Earl Grande ficou olhando fixamente para os pés e lentamente sacudiu a cabeça. Então, ergueu o olhar para Barbara Jean e lhe disse o endereço. Quando ela saía, ele falou:

– Tome cuidado, querida. Tome cuidado.

Chick morava em um quarteirão perto da universidade que era principalmente de alojamentos para estudantes, pequenas caixas quadradas, pintadas de cores claras em tons pastel. Será que ele era estudante? Na verdade, não sabia de nada sobre a vida dele desde que Chick voltara a Plainview. Será que estava casado? Será que ela estava a ponto de acordar uma família? Barbara Jean permaneceu sentada em seu carro, do outro lado da rua da casa dele, olhando fixamente até que uma luz se acendeu nos fundos. Decidiu que aquilo era um sinal para ela, exatamente como a luz na despensa do Coma-de-Tudo, pela qual, outrora, ficava esperando. Barbara Jean atravessou a rua e bateu na porta. O barulho de seu punho contra a madeira era o som mais alto na rua àquela hora da madrugada.

Chick abriu a porta e respirou fundo quando a viu de pé ali, sob a luz impiedosa da lâmpada amarela que pendia sobre a escada que levava até a porta.

– Barbara Jean? – disse ele, como se achasse que estivesse vendo coisas. Ele não se moveu, de modo que ela abriu a porta de tela e entrou, roçando nele ao passar.

Barbara Jean entrou em uma sala de visitas pequena e bem arrumada, mobiliada com duas cadeiras dobráveis de metal, um velho e maltratado sofá forrado de couro marrom cheio de rachaduras e uma escrivaninha coberta de pilhas de livros e papéis bem ordenados. Contra uma parede havia duas mesas que sustentavam seis gaiolas e um sistema complexo de luzes. Cada gaiola continha um pequeno pássaro idêntico, com penas que formavam listras cinzentas, vermelhas e brancas, passarinhos pequeninos e bonitos, cujo piar triste ecoava pela sala silenciosa.

Chick a viu olhando para os passarinhos.

– Estudo esses pássaros na universidade – falou. – Estou trabalhando num projeto... – Sua voz foi baixando até se calar e eles se encararam.

Ali estava ele, a apenas centímetros de distância, mais uma vez, depois de todos aqueles anos. Ray, raio de sol. Ray, que havia dançado nu para ela ao som de um velho e malicioso blues.

A sala estava quente, aquecida pelas luzes acima das gaiolas, e ele estava sem camisa. Ainda era magro, mas tinha o peito mais largo do que antes. *Ele continua bonito, exatamente como era o nosso filho.* Ela se virou de costas para ele, de repente temerosa de que não conseguisse dizer o que tinha vindo dizer se ficasse olhando para ele.

– Barbara Jean – começou ele –, soube do que aconteceu com o seu...

Ainda de costas para ele, ela interrompeu.

– Só quero saber de uma coisa. Desmond o matou por nossa causa? Ele matou Adam porque ele era seu filho?

Barbara Jean esperou a resposta, mas Chick não disse nada. Depois de vários segundos, ela virou-se e olhou para ele. A boca de Chick estava aberta, frouxa, e sua expressão era de absoluto choque. Seu queixo se contraía em pequenos movimentos, mas as palavras não saíam. Quando ele afinal disse algo, foi em voz tão baixa que ela quase não conseguiu distingui-la do arrulhar dos pássaros.

– Eu não sabia.

– Você não sabia? – gritou ela, surpreendendo a si mesma com o fato de que ainda houvesse mais raiva dentro de si. – Como você podia não saber? Você nunca olhou para ele?

Toda vez que Barbara Jean olhava para Adam, ela via Chick. Seu perfil, a forma de seu corpo, o jeito de andar. Ele era Chick da cabeça aos pés. Clarice e Odette também viam. Ela sabia pela maneira como o observavam atentamente de vez em quando. Se outros amigos e conhecidos não viam a semelhança, provavelmente era porque não podiam imaginar que um homem adorasse e fosse tão louco por um filho que não era dele, como Lester era louco por Adam. E Barbara Jean compreendia que a família de Lester não percebesse nada. Eles haviam seguido o exemplo da falecida mãe de Lester, que viu seu neto de pele clara e não achou nada demais naquilo senão alegria pela nova infusão de sangue *café-au-lait* nas veias da linhagem da família. Mas como Chick poderia não ter sabido que Adam era seu filho parecia impossível para Barbara Jean compreender.

– Não consegui olhar para ele – respondeu Chick. – Quando voltei e soube que você e Lester tinham um filho, não consegui olhar para o menino. Nem para você. – Com a voz ficando mais trêmula, ele repetiu: – Eu não sabia.

Naquele momento, Barbara Jean soube que devia apenas tratar de voltar para casa. Sabia que palavras só tornariam as coisas piores. Mas ela não conseguira se impedir de contar a ele a história de sua vida no corredor do Coma-de-Tudo na época em que se dera conta pela primeira vez de que o amava.

– Eu me casei com Lester porque você foi embora, sumiu, e eu tinha que criar uma vida para mim e para o seu filho. Eu me casei com ele porque era isso ou morrer, porque eu não podia estar com você. Talvez eu tenha errado ao me casar com ele. Talvez tenha sido cruel com você. Talvez esse seja o meu castigo por passar nove anos esperando que você viesse bater à minha porta e levar a mim e a Adam com você, apesar do fato de Lester ter amado tanto o nosso filho quanto qualquer pai poderia amar e me amar mais do que eu mereço. Talvez este seja o julgamento de Deus por todas as más ações que cometi.

Então ele deu um passo em sua direção e a tomou nos braços. Apertou-a contra o corpo e Barbara Jean inalou seu cheiro, conhecido e estranho, perfeito e errado. Queria abraçá-lo e apertá-lo contra si, mas seu corpo se recusou a cooperar. Permaneceu parada, rígida, com os braços cruzados sobre o peito, como um cadáver dentro de um caixão.

– O que posso fazer, Barbara Jean? O que posso fazer para endireitar tudo isso? – perguntou ele num fio de voz carregado de sofrimento.

As palavras apenas saíram – a verdade simples do que ela queria naquele momento.

– Mate-o. Se quer fazer alguma coisa por mim, se quer fazer alguma coisa por nosso filho, você vai matar Desmond. – Barbara Jean desvencilhou-se dos braços dele e afastou-se. Espanando as penas cinzentas, vermelhas e brancas desgarradas, que haviam passado do corpo dele para o suéter preto dela, ela disse: – Tenho que voltar para junto do meu marido. Ele não está bem. – Ela o deixou parado ali, com os braços estendidos para ela.

A polícia voltou à casa de Barbara Jean no dia seguinte. Desta vez, eram policiais de Plainview em vez de agentes da Polícia Estadual de Indiana. Falaram com Lester por algum tempo no *foyer* e disseram-lhe que queriam que fosse com eles. Barbara Jean se recusou a permitir que Lester saísse de casa sem ela. Criou um caso tão grande que eles afinal a puseram dentro de uma viatura de polícia junto com o marido. Os policiais os levaram para fora do centro de Plainview até a Estrada do Muro. Barbara Jean fechou os olhos quando eles passaram pelo lugar onde Adam havia sido encontrado.

O chefe de polícia de Plainview estava postado no quintal lateral da casa de Desmond Carlson, um entre uma dúzia de policiais presentes no local – o departamento de polícia de Plainview inteiro na época. Três policiais colocavam o corpo de Desmond em uma maca quando o carro que trazia Barbara Jean e Lester se aproximou. Pelo menos Barbara Jean achou que fosse Desmond; ela não o vira de perto há nove anos. E agora ele estava praticamente irreconhecível, com metade do rosto destruída.

Eles então separaram Lester e Barbara Jean. O chefe de polícia falou com Lester a alguns metros de distância enquanto um patrulheiro perguntava a Barbara Jean onde seu marido estivera na noite anterior e durante as primeiras horas do dia.

Foi naquele momento que James chegou de carro com o policial estadual que o havia acompanhado até à casa de Barbara Jean e Lester para informar sobre a morte de Adam. Eles vieram a toda velocidade, a radiopatrulha derrapando na lama. O interrogatório acabou no instante que James se aproximou. Lester ficou junto de Barbara Jean enquanto James falava com o chefe de polícia durante vários minutos. Então, James aproximou-se de seus amigos e disse que os levaria para casa em seu carro.

No caminho de volta a Plainview, James desculpou-se pelo incômodo e explicou que não havia tomado conhecimento do ocorrido imediatamente porque a área em que Desmond morava fazia parte da jurisdição dos policiais de Plainview, enquanto a Estrada do Muro, de propriedade da universidade, era território da polícia estadual. James lhes garantiu que, depois da investigação, a conclusão seria de que Desmond, dominado pela culpa, havia se matado com um tiro na cabeça.

– Vai acabar sendo o melhor para todo mundo – disse James.

Quando o carro parou na entrada da casa de Barbara Jean e Lester, o policial branco apertou a mão de Lester e sussurrou:

– Eu teria feito a mesma coisa se tivesse sido meu filho.

E assim começou, naquele dia, o boato de que Lester havia matado ou havia sido o mandante da morte de Desmond Carlson. Com o passar do tempo, Lester também pareceu acreditar nisso. Mas Barbara Jean sabia qual era a verdade. Na casa de Desmond Carlson, enquanto o policial a interrogava sobre o paradeiro do marido, Barbara Jean olhara fixamente para os pés e observara delicadas penas cinzentas, vermelhas e brancas, exatamente como as que havia espanado do suéter na casa de Chick na noite anterior, flutuarem sobre o chão de terra batida.

Aquela noite foi a primeira que Barbara Jean passou enroscada na cama pequenina de Adam e a primeira vez na vida em que tinha se embebedado.

⌇

Quando acabou de falar, Carlo a encarou com uma expressão de empatia condoída.

– O que aconteceu com este sujeito, o tal Chick?

– Como assim?

– Quero dizer, ele foi preso, ou algo assim?
– Não. Ele apenas desapareceu. Descobri depois que foi para a Flórida, mas nunca mais tive notícias dele. E nunca mais o vi até este último verão.
– Ele está aqui? Em Plainview?
Ela assentiu.
Carlo estendeu a mão sobre a mesa e deu-lhe uma palmadinha na mão.
– Você pode fazer alguma coisa a respeito, sabe. Você pode trabalhar seu oitavo e seu nono passo.
Quando ele viu que, mesmo depois de meses frequentando às reuniões, Barbara Jean não tinha nenhuma ideia do que eram os passos oito e nove do AA, ele suspirou em exaspero. Numa voz que deixava claro o seu aborrecimento com ela, ele recitou:
– Número oito: Fazer uma lista de todas as pessoas a quem tenhamos prejudicado e nos dispormos a reparar todos os danos causados. E passo nove: Fazer reparações diretas sobre os danos causados a essas pessoas, sempre que for possível, salvo quando isso signifique prejudicá-las ou a outrem.
"Este sujeito, o Chick, parece que está na sua lista, de modo que você deve ir procurá-lo e desculpar-se com ele, a menos que ache que vai prejudicá-lo."
Ela assentiu, sem saber se estava sendo sincera.
– Quero encontrar com você amanhã na reunião das 10:30 – falou Carlo. Então, levantou-se e saiu da cafeteria. Ela observou o padrinho ir embora, aquele homem gorducho que se sentia tão à vontade ao distribuir verdades desagradáveis. Não pela primeira vez, Barbara Jean pensou que ela devia ter algum tipo especial de má sorte. Saíra à procura de um companheiro divertido e espirituoso para ir às compras e acabara com uma versão gay e italiana de Odette.
Duas noites depois de seu encontro com Carlo, o momento de clareza que Odette tentara enfiar à força na cabeça de Barbara Jean ao vê-la passar vexame do lado de fora do Coma-de-Tudo finalmente

chegou. E, para seu espanto, o momento de clareza veio em sua biblioteca, sentada em sua poltrona *Chippendale*.

Sem álcool, seu corpo lutava com o sono. Sentindo a pele formigar e incapaz de sequer pensar em descansar ou dormir, ela voltou para a sua bela poltrona *Chippendale* e para a Bíblia que Clarice lhe dera de presente décadas antes. Barbara Jean fez o que havia feito mais vezes do que podia contar. Abriu o livro e leu a página onde calhou de abrir.

O Evangelho Segundo São João 8:32: "E conhecereis a verdade e a verdade vos libertará."

Tão simples e comum quanto o sal, como os mais velhos costumavam dizer. A ponta do dedo de Barbara Jean já indicara aquela passagem com tanta frequência no correr dos anos que, normalmente, não tinha nenhum significado para ela. Mas naquela noite, o Evangelho de São João 8:32 a levou a pensar.

Talvez se já tivesse tomado um par de drinques dos bons e bem generosos, ou se tivesse tido mais um dia de sobriedade, ela tivesse ignorado aquele versículo tão conhecido. Em qualquer dos dois casos, Barbara Jean poderia apenas ter fechado a Bíblia e voltado para a cama, para mais uma tentativa de dormir. Mas ela havia ficado sóbria muito recentemente e estava pronta para uma revelação. Ela refletiu mais tarde que qualquer versículo teria cumprido a tarefa, mas naquela noite foi São João 8: 32 que ficou girando em sua mente até se transformar de adágio em um mandamento. Antes de voltar para a cama, aquele versículo exigiu e recebeu sua promessa de que encontraria Chick. Admitiria em voz alta que o havia usado, que ela o havia transformado, de pai de seu filho, do homem mais meigo que ela jamais havia conhecido, no instrumento de sua vingança contra o próprio irmão. Então, Barbara Jean teria que lhe perguntar: "O que posso fazer para endireitar tudo isso?", exatamente como ele havia perguntado a ela tantos anos antes.

Capítulo 33

Antes de as coisas se tornarem desagradáveis, Clarice, Veronica e Sharon sentaram juntas, saboreando chá gelado e uma conversa amistosa, sob um *umbrellone*, no enorme deque de sequoia canadense que envolvia toda a parte dos fundos da casa de Veronica. O deque havia sido a primeira de uma série de reformas e acréscimos a que Veronica submetera a casa de tijolos vermelhos, em estilo de rancho, depois que ela e a mãe haviam dividido o dinheiro que receberam pela propriedade em Leaning Tree. O deque ocupava dois terços do quintal dos fundos e seu lugar adequado seria a face lateral de uma mansão, de frente para o mar na Costa do Pacífico, Califórnia. As outras reformas haviam sido copiadas da enorme mansão vitoriana de Barbara Jean. Ela acrescentara um pequeno torreão, duas varandas pintadas em cores alegres na frente da casa, e, no telhado, uma plataforma cercada por balaústres. O resultado das reformas foi uma estrutura que combinava os piores aspectos de uma casa de praia do sul da Califórnia e um bordel de São Francisco. Pelas costas, Clarice chamava a casa de Veronica de o Puteiro da Barbie em Malibu.

Com as palavras "Sharon, tem uma coisa que preciso lhe contar", a atmosfera de cordialidade se evaporou. Depois que Clarice contou a Veronica e a Sharon a história sobre ter encontrado Clifton Abrams nu com uma mulher no gazebo, foi chamada de mentirosa em estéreo. Veronica começou a andar de um lado para o outro no deque, suas passadas pesadas ecoando como marteladas enquanto ela caminhava pelas traves de sequoia canadense.

Veronica recitou uma lista de ofensas que Clarice havia cometido contra ela ao longo dos anos. Começou em 1960 e seguiu adiante, especificando exatamente como Clarice a havia prejudicado e maltratado, em cada década de sua vida. O crime mais odioso, falou Veronica, fora mantê-la a distância enquanto publicamente abraçava e beijava Odette e Barbara Jean como se fossem suas irmãs.

– Isso revela muita coisa sobre seu caráter, se quer saber a minha opinião, desprezar alguém de sua própria família em favor de uma garota gorda mal-humorada, palpiteira e atrevida, e a filha de uma prostituta.

– Humm, humm – murmurou Sharon.

Clarice sabia por experiência própria que uma garota jovem e apaixonada pode encontrar muito consolo em enfiar a cabeça na areia. Assim, em vez de se dirigir a Sharon, voltou-se para Veronica:

– Esse relacionamento entre Sharon e Clifton evoluiu muito depressa. Estou apenas dizendo que existem coisas que ela ainda desconhece a respeito dele, e que deveria conhecer antes de se casar com ele.

– Minnie bem que me avisou que você ia se meter para estragar as coisas – berrou Veronica. – Aposto que tem estado louca para aprontar há meses. Não consegue suportar que outra pessoa seja importante. Tudo tem sempre que ser sobre você ou girar em torno de você. – Ela cantarolou: – *Clarice e seu piano, Clarice e seu astro de futebol.* – Então, deu uma gargalhada áspera e falou: – Você é realmente a pessoa adequada para dar conselhos sobre casamentos. Por que não perguntamos a Richmond que tal ser sempre o terceiro em sua lista, atrás *das Supremes*? – Ela pôs o dedo no queixo, fingindo estar mergulhada em pensamentos. – Ah, sim, é verdade, não podemos perguntar a ele. Ele botou você para fora de casa. Não foi, Madame Especialista em Casamento?

Clarice virou-se para Sharon.

– Realmente não vim aqui para aborrecê-la nem para criar caso – reagiu Sharon com um gemido de ceticismo. – A questão é que eu *sou* especialista nisso. Sei o que significa passar a vida com um homem infiel e o que é ser traída. E o único motivo pelo qual estou contando isso a você é porque gosto de você e não quero vê-la passar pelo que já passei.

Veronica pôs as mãos nos quadris e inclinou a cabeça para o lado.

– Exatamente porque você gosta tanto de Sharon, não vou desconvidar você para o nosso casamento. Mas seus serviços como assistente de planejamento não serão mais necessários. Quero que você, por favor, me devolva nosso livro do casamento, e obrigada. – Dramaticamente, ela estendeu as mãos, com as palmas viradas para cima, como se achasse que Clarice carregasse o livro de nove quilos enfiado num dos bolsos e pudesse tirá-lo e entregar-lhe.

Quando Clarice observou que não tinha o livro consigo, Veronica falou:

– Bem, você pode trazê-lo mais tarde. Deixe na escada da porta da frente, por favor. Não creio que você e eu precisemos ter mais qualquer outra interação. – Ela então abriu a porta de vidro de correr e entrou em casa com Sharon nos calcanhares.

Enquanto desaparecia no interior da casa, Sharon gritou por cima do ombro:

– Meu casamento será comentado por muitos anos.

Nenhuma delas sabia naquele momento como Sharon estava certa sobre isso.

Quando Clarice voltou para Leaning Tree, foi trabalhar um pouco no jardim para suar e botar para fora a frustração que sentia por causa da briga com Veronica. Depois tomou um banho e começou a preparar o jantar. Quebrou dois ovos e tirou uns restos de batatas e cebolas fritas da geladeira para fazer uma fritada. Desde que passara a morar sozinha, suas refeições tendiam a ser como aquela – pratos simples que Richmond se recusava a comer por causa de nomes estrangeiros ou porque achava que eram "comida para mulheres" por não incluírem carne vermelha.

Clarice estava mexendo os ovos quando Richmond bateu à porta da frente. Ela o viu na varanda e pensou: *Deus do céu, é a última coisa de que preciso hoje.* Ela abriu a porta e se preparou para uma briga.

– Alô, Richmond. O que você quer?

– Isso é maneira de uma esposa cumprimentar um marido que lhe traz um presente? – respondeu ele, sorrindo. Ele ergueu o envelope na mão direita e o balançou diante do rosto de Clarice.

– O que é? – perguntou ela.

– Como disse, é um presente. Um presente de aniversário.

– Mas hoje não é meu aniversário.

Ele fez bico.

– Ora, pare com isso, Clarice, me dê uma chance. Eu sei quando é seu aniversário. Isso é um presente *adiantado*.

– Desculpe. Hoje foi um dia difícil. Obrigada pelo presente. – Ela estendeu a mão para pegar o envelope.

– Você não vai me convidar a entrar?

Clarice suspirou, ainda não muito disposta a ser interrompida. Mas os anos de aprendizado de regras de etiqueta, desde a infância, foram mais fortes e ela não conseguiu continuar sendo rude.

– Entre.

Richmond a seguiu até a sala.

Eles se sentaram juntos no sofá. Como a maior parte da mobília da casa, era um sofá antigo, dos anos 1960. As molas sob as almofadas há muito tempo tinham dado o último suspiro, e o peso de Richmond fez com que ele afundasse tanto no sofá que seus joelhos se aproximaram do peito. Ele entregou o envelope a Clarice e ela rasgou a aba colada e abriu.

Clarice começou a ler a carta que ele lhe dera, mas não conseguiu entender o sentido do que estava vendo.

– O que *é* isso? – perguntou ela.

– É o que parece ser.

O que tinha nas mãos era uma carta de Wendell Albertson, o produtor musical que a havia convidado a gravar todas as sonatas de Beethoven para seu selo fonográfico mais de trinta anos antes. Clarice perguntou:

– Isso é uma brincadeira? Wendell Albertson deve estar com uns 100 anos de idade, se ainda estiver vivo. E eu sei que a gravadora dele há muito tempo deixou de existir.

– É verdade, a companhia fonográfica, de fato, deixou de existir. Mas Albertson está vivo e vai muito bem. Ele não é tão mais velho do que nós. Você tinha apenas... 20 anos, quando o conheceu? Naquela época, todo mundo com mais de 30 anos parecia velho para nós. De qualquer maneira, como você pode ver, ele ainda está trabalhando e ainda se lembra de você.

Na carta, o sr. Albertson manifestava surpresa e prazer pelo fato de Clarice ter voltado a contatá-lo depois de todos aqueles anos. Ele também agradecia às "maravilhosas gravações" que haviam acompanhado a carta que lhe havia enviado.

– Que carta? Que gravações? – perguntou ela a Richmond.

– Bem, a carta é o que você poderia chamar de uma "falsificação carinhosa", mas as gravações são suas – respondeu ele. – Levei as fitas de seus recitais até o laboratório de áudio da universidade e eles as transformaram em CDs. E eu enviei os CDs para Albertson. – Ele se recostou novamente, afundando ainda mais no sofá com um sorriso de satisfação.

Clarice sacudiu a cabeça.

– Ah, Richmond, sei que você teve a melhor das intenções, mas realmente não devia ter feito isso. Aquelas fitas são velhíssimas. Eu não toco mais como tocava antes.

– Não, você toca melhor do que tocava – retrucou ele. – Tenho ouvido você tocar. Toda vez que venho aqui, sento lá fora na varanda antes de bater na porta ou às vezes depois que me despeço e saio, fico ouvindo você tocar. Está tocando melhor do que nunca, querida, está mesmo.

A última parte da carta de Wendell Albertson debatia possíveis datas para Clarice ir tocar para ele em Nova York. Presumindo que tudo corresse bem, conversariam sobre datas de gravações e sua ideia de introduzi-la no mercado como um prodígio ressuscitado.

Ela pôs a folha de papel sobre a mesa em frente ao sofá.

– Honestamente não sei se devo beijá-lo ou bater em você.

Aquele era o momento de Richmond testar as águas dizendo: *Você poderia fazer as duas coisas*. Como ele não o fez, ela se inclinou e o beijou na boca. Então deu mais um beijo nele porque, apesar de ser uma loucura, também era a coisa mais gentil que ele jamais havia feito por ela. Pegou a carta e leu novamente só para se certificar de não ter imaginado.

– Então, você gostou do seu presente? – perguntou ele.

– Sabe, acho que gostei muito. Mas provavelmente vai explodir na minha cara. Mas gostei. Muito obrigada, Richmond.

– De nada. Fico contente em ver que ainda posso fazer você feliz.

Clarice o beijou mais uma vez, no rosto. E agradeceu de novo.

– Bem, é melhor eu tratar de ir enquanto estou vencendo – disse Richmond. Ele inclinou-se para a frente, dando início ao processo de se desvencilhar das almofadas. E levantou-se, gemendo ao pôr o peso do corpo sobre o tornozelo contundido.

Clarice deu alguns passos até a porta com ele, mas então o deteve, colocando a mão em seu braço.

– Você não precisa ir. Fique para jantar. Estou preparando uma *frittata*.

– Parece gostoso. Você sabe como eu adoro uma fri-tta-ta. – Ele pronunciou – frii-tah-tah, arrastando a palavra de tal modo que soou ao mesmo tempo engraçada e sugestivamente sacana. Ela deu um soco brincalhão no braço dele e ele a acompanhou até a cozinha.

Depois do jantar, eles ficaram sentados nos bancos altos do balcão da cozinha, conversando. Ele lhe contou as últimas notícias sobre o time de futebol e como estavam as perspectivas da equipe para a temporada que se aproximava. Clarice lhe contou que Odette estava piorando e que aquilo a assustava. Ele se gabou de estar cumprindo as recomendações do médico e tomando os remédios para diabetes quase diariamente e que estava se tornando um especialista em passar roupas. Ela lhe contou sobre estar frequentando a Igreja Unitarista e como achava que talvez fosse a igreja certa para ela. Clarice contou-lhe até a história de haver flagrado sua ex-namoradinha, Cherokee, no gazebo com Clifton Abrams.

Richmond riu até as lágrimas lhe escorrerem pelo rosto ao ouvir a descrição que ela fez de Clifton pulando de um lado para o outro nu, tentando vestir as cuecas. Mas reclamou por ela chamar Cherokee de sua namoradinha, insistindo que havia desistido de todas as mulheres num esforço para se tornar um homem melhor. Isso incluía, ele declarou, as garotas do Clube de Cavalheiros Pink Slipper. Richmond afirmou que sua única visita recente ao clube havia sido por motivos puramente teológicos.

Em resposta à gargalhada dela, Richmond levantou a mão direita como se fizesse o juramento do escoteiro.

– Não, realmente, não. Tammi, a garota que apareceu na última reunião do *revival*, tem feito apresentações de top dance com temas bíblicos nas noites de segunda-feira, no clube. Na semana passada, ela dançou a expulsão de Eva do Jardim do Éden e doou cada centavo que ganhou para o fundo para o telhado novo da igreja. Que tipo de cristão eu seria se não aparecesse e apoiasse uma jovem recém-convertida pregando o Evangelho? – Ele jurou que havia deixado o clube, sozinho, no segundo em que a dançarina e sua píton saíram do palco.

– Você me disse para evoluir, se lembra?

– Eu me lembro. Mas por favor, não mude tudo. Você ainda tem suas facetas positivas – disse Clarice. Ela se perguntou se estaria flertando com ele naquele momento por força do hábito ou se porque realmente sentia que alguma coisa nele estava diferente.

Então Clarice lembrou de sua conversa com Veronica.

– Richmond, diga-me uma coisa. Alguma vez sentiu que eu o negligenciasse ou o tratasse como alguém de menor prioridade em minha vida do que Odette e Barbara Jean?

A expressão dele revelou imediatamente que Richmond achava que ela lhe havia feito uma pergunta difícil ou que estava preparando uma armadilha.

– Por que está me perguntando isso?

– Algo que Veronica me disse hoje me fez querer saber.

Ele pensou no assunto por algum tempo.

– Sabe, se tivesse me feito esta pergunta algumas semanas atrás, eu teria dito que sim – respondeu. – Mas teria sido para fazer você se sentir culpada e quem sabe talvez voltar para casa. Mas, honestamente, sempre me senti feliz pelo fato de você ter as Supremes. Creio que isso fazia com que eu sentisse que estava tudo bem sair com Ramsey e com todas as minhas outras... Bem, digamos, *atividades*. Quando se trata de você e eu, sempre me senti amado, e esta é a verdade.

– Obrigada, Richmond. Fico grata por ter-me dito isso. Foi realmente carinhoso de sua parte.

– O que posso dizer? Sou um homem carinhoso. Foi por isso que você se casou comigo, não foi?

Recordando-se dos primeiros anos de seu namoro e da febre que a havia dominado sempre que olhava para Richmond ou sequer pensava nele, Clarice respondeu:

– Não exatamente.

– Não, imagino que ter sua mãe do meu lado decidiu a situação a meu favor.

– Em parte. Mas, para ser honesta, o que realmente me fez decidir foi uma coisa que Earl Grande me disse.

– Earl Grande?

– Humm-humm. Já tinha falado com mamãe, com o reverendo Peterson, e até com aquela embusteira da Minnie, e ainda estava hesitante. Então, certa noite fui até o Coma-de-Tudo para conversar com Earl Grande. Tanto Odette quanto Barbara Jean juravam que o homem era um gênio, e eu sempre gostara dele. De modo que pensei, *por que não?*

– Earl Grande foi a meu favor, não foi?

– Ele disse que, quando você crescesse, se tornaria um homem admirável.

Richmond engoliu em seco e a sua boca se abriu em um sorriso ligeiramente triste.

– Droga, como sinto falta daquele homem.

Clarice havia parafraseado um pouco para manter o humor agradável da noite. O que Earl Grande na verdade dissera fora: "Clarice, minha querida, acredito sinceramente que dentro de uns 25 anos, Richmond Baker tem probabilidade de demonstrar ser o homem mais admirável que esta cidade jamais produziu. Mas até lá, você pode ter um percurso um bocado difícil e tumultuado." Com aquela febre em seu sangue, Clarice havia decidido ouvir o que Earl Grande dissera como um endosso efusivo. Passaram-se anos antes que ela se desse conta de que havia ignorado uma advertência em favor de uma previsão otimista. E aquela previsão tinha sido bastante otimista. Earl Grande vira a guinada de Richmond acontecer em 25 anos. Como de hábito, Richmond estava se mostrando um retardatário na vida.

Nenhum dos dois disse nada por algum tempo. Então, Richmond consultou o relógio.

– Acho que agora realmente tenho que ir.

Clarice estendeu a mão e tocou de leve em seu rosto, permitindo que sua mão se demorasse ali por alguns segundos para apreciar a sensação conhecida dos restolhos da barba contra a palma aberta. Pensou por um momento e sugeriu:

– Não vá. Passe a noite aqui.

As sobrancelhas dele se ergueram.

– Está falando sério?

– Estou, por que não? Somos casados, não somos?

Enquanto descia de um salto do banco alto, ele sorriu daquele modo divertido e travesso que ela sempre tinha amado. Ele passou um braço ao seu redor e a puxou para si. Eles se beijaram na cozinha, no corredor, na sala e durante a subida da escada. Clarice pensara que seria como nos velhos tempos, ela e Richmond, juntos, desfrutando daquele tipo de sexo entre velhos amantes, que era uma mistura de paixão e eficiência conquistada por meio de intimidade e de familiaridade. Mas foi melhor do que antes. Morar sozinha pela primeira vez em sua vida havia mudado sua perspectiva. Não tinha mais que ver

Richmond como um marido decepcionante. Em sua casa, ele era o amante, que estava lá a pedido dela, para o prazer dela. Nesse departamento, Richmond nunca desapontava. E sem o fardo de fazer o papel da mulher enganada e traída, Clarice também podia ser a amante – uma mulher livre que usava saias de camponesa, sapatos confortáveis e dava o que recebia na cama.

Ela acordou na manhã seguinte e encontrou Richmond já desperto. Estava deitado ao lado dela, com o cotovelo direito apoiado no colchão, a cabeça sustentada pela mão erguida.

– Bom-dia – disse ele.

Ela se espreguiçou e bocejou.

– Bom-dia para você também.

Ele a beijou de leve nos lábios.

– Estou feliz por você estar acordada. Não queria ir embora antes que você se levantasse. Tenho que estar numa reunião dentro de duas horas – sussurrou.

Clarice assentiu.

– Acho uma pena que você tenha que ir.

– Eu também. – Ele deslizou para fora da cama e atravessou o quarto recolhendo as roupas que eles haviam espalhado pelo quarto inteiro no calor da noite anterior. Depois de ter juntado todas as suas roupas, Richmond sentou na beira da cama e começou a se vestir. Era o inverso do striptease a que Clarice assistira milhares de vezes. Sempre era feito na mesma ordem. A meia direita. A meia esquerda. Cuecas. Calças. Cinto. Sapatos. Então, finalmente, a camiseta e a camisa eram enfiadas sobre seu torso maciço e ainda firme. Richmond tinha um bom conhecimento de quais eram suas melhores características e não gostava de cobrir o que tinha de bom rápido demais.

Ele estava a ponto de vestir as calças quando falou:

– Escute, enquanto você estava dormindo, estive pensando que não há necessidade de você empacotar todas as suas coisas. Podemos contratar alguém para encaixotar suas roupas e qualquer outra coisa que você queira que seja levada para casa. E durante a semana, podemos chamar os transportadores de piano.

– De que você está falando, Richmond?

– De sua volta para casa. Podemos contratar alguém para fazer a mudança.

– Não vou voltar para casa, Richmond.

Ele estava de costas para ela; naquele momento, levantou-se e virou. De cueca samba-canção e meias, Richmond encarou Clarice com uma expressão pasma de espanto.

– Como assim, você não vai voltar para casa? Pensei... bem, depois de ontem à noite e do que aconteceu... – Ele gesticulou apontando de seu peito nu para o corpo nu dela na cama para ilustrar seu argumento.

Ela se sentou na cama.

– Richmond, a noite passada foi muito divertida, mas eu não vejo motivo para voltar para casa. Gosto daqui. E este breve período de tempo em que estivemos separados não é suficiente para endireitar quarenta anos de nós dois tomando decisões tolas. Você sabe disso.

Os olhos dele se arregalaram e ele levantou a voz:

– Você sabia que, se fôssemos para a cama, eu pensaria que você ia voltar para casa, foi em frente e me deixou acreditar nisso.

– Desculpe-me se foi o que você pensou. Mas nada mudou, exceto que tivemos uma noite realmente muito boa.

Richmond ficou parado ao lado da cama com a boca abrindo e fechando. Parecia um gigantesco peixe marrom atirado em terra firme. Ele apertou as calças contra o peito como se de repente tivesse ficado encabulado e tentasse se cobrir. Com a mão vazia ele apontou para Clarice e gaguejou:

– Vo-vo-você me deu trela e me usou. Foi isso o que você fez. Você me fez acreditar que voltaríamos a ficar juntos e me usou.

Clarice pensou sobre aquilo por alguns segundos e se deu conta de que Richmond estava certo. Ela soubera o que ele ia pensar depois da noite anterior, e havia deixado aquele conhecimento de lado porque estivera com vontade de ir para a cama com ele, da maneira como sempre estivera. Em algum outro dia, talvez ela se sentisse culpada. Mas, naquela manhã, não conseguiu de jeito nenhum impedir-se de achar graça e começar a rir, diante da ideia de ter usado Richmond.

Erguendo-se acima dela ao lado da cama, Richmond parecia tão indignado quanto Clarice podia se lembrar de algum dia tê-lo visto. Mas então o rosto dele gradualmente se abriu em um sorriso e ele começou a rir junto com ela. Ele riu e riu a mais não poder até que cambaleou e se deixou cair na cama a seu lado.

– Você me convidou para jantar, trepou comigo até me fazer perder o juízo e agora está se livrando de mim ao raiar do dia. Você me transformou numa trepada de uma noite só. Não, é pior ainda. Você na verdade me fez acreditar que íamos voltar a viver juntos. Caramba! Eu não sou sua trepada de uma noite só; sou sua concubina, sua amante. – Ele bateu na testa com a palma da mão e sacudiu a cabeça. – Ramsey sempre me diz: "Cara, se você der um pingo de chance, Clarice vai fazer você se transformar numa mulher." E depois de quarenta anos, finalmente aconteceu.

Ainda dando risadinhas, Clarice passou uma perna por cima dele e montou em seus quadris.

– Não precisamos contar a Ramsey sobre isso. Podemos guardar o nosso segredinho safado. – Ela o beijou longamente. E Richmond ficou por mais uma hora.

Quando ele estava indo embora, mais tarde naquela manhã, ela disse que lhe telefonaria para combinarem mais um encontro para jantar brevemente. Na porta, ela lhe deu uma palmada no traseiro firme e arredondado, e um beijo de despedida.

Depois de botar a chaleira no fogo e duas fatias de pão na torradeira, Clarice releu a carta que Richmond havia trazido na noite anterior. Pensou consigo mesma que se era assim ter uma amante – uma noite de presentes atenciosos e sexo muito bom, com a amante fora do caminho antes do café da manhã – o comportamento de Richmond ao longo das últimas décadas fazia muito mais sentido para ela.

Capítulo 34

O casamento de Sharon realizou-se no dia mais quente que o sul de Indiana já havia visto em décadas. A primavera chegara cedo naquele ano e a tendência de temperaturas recordes, que havia começado em fevereiro, continuou durante o ano. Naquela tarde, o termômetro registrava exatos 37,7 graus e a umidade estava simplesmente terrível. Somente Richmond não ofegava depois do esforço de subir a ligeira encosta que levava do estacionamento ao Espaço para Banquetes e Reuniões Corporativas Garden Hills. As Supremes e James começaram a resfolegar caminhando apenas uns poucos metros de distância de seus carros. O percurso até o salão de banquetes tornara-se ainda pior pelo fato de a alta temperatura ter feito o alcatrão no asfalto do estacionamento e da entrada para carros se tornar tão amolecido e pegajoso que era preciso um grande esforço para levantar os pés do chão.

Pararam diante da escadaria na frente do Garden Hills para apreciar a enormidade do lugar. As fotografias do livro de casamento de Veronica não haviam feito justiça ao local. O edifício tinha meio quarteirão de comprimento. As enormes colunas brancas que sustentavam a varanda do segundo andar e se estendiam ao longo de toda a largura da estrutura eram muito mais maciças do que a foto dava a perceber. Não havia mais nada na cidade, exceto pelos prédios maiores do campus, que se aproximasse do tamanho daquele lugar.

O salão de banquetes fazia parte da "outra Plainview", a Plainview que aqueles que haviam sido criados ali não reconheciam. Aquele imponente tributo ao renascimento grego pertencia à nova cidade que estava sendo construída pela universidade e pelos moradores mais recentes de Plainview, pessoas que trabalhavam em Louisville e viam muito pouco da cidade, exceto pelo que estivesse no trajeto entre suas casas enormes e as caras lojas especializadas da Leaning Tree dos tempos atuais. Cada uma das pessoas reunidas diante da fachada do prédio pensou a mesma coisa. Estavam se tornando forasteiras em sua própria cidade.

– Parece um lugar saído diretamente de *E o vento levou...* – disse Barbara Jean.

Clarice estalou os dedos.

– É isso mesmo. Tentava pensar de onde este lugar me lembrava, e é exatamente isso. É Tara, que parece saída de dentro de uma casa de espelhos. Que visão incrível!

– Será que alguém poderia, por favor, me explicar por que qualquer casal de negros que se preze quereria se casar numa casa gigantesca, típica sede de uma fazenda escravocrata sulista? – indagou Odette.

Barbara Jean sacudiu a cabeça.

– O que posso dizer é que eles estão pedindo para ter problemas ao não se casarem numa igreja. Todo mundo sabe que dá azar.

– Tirou as palavras da minha boca – disse Clarice.

Dois rapazes saíram do palacete e olharam boquiabertos de admiração para Barbara Jean enquanto o grupo passava. Clarice e Odette concordaram silenciosamente com a opinião dos rapazes. Barbara Jean estava fantástica. Nos últimos meses, ela havia esmaecido a palheta de cores de suas roupas. Podia não ter se tornado exatamente uma florzinha delicada, mas os tempos das roupas superextravagantes pareciam haver acabado. E não eram apenas as roupas que estavam diferentes. A sobriedade parecia estar fazendo maravilhas com ela. Quem poderia ter imaginado que Barbara Jean se tornaria ainda mais bonita? Tanto Odette quanto Clarice lhe falavam o tempo todo como estavam orgulhosas, mas à maneira típica de Barbara Jean, ela se recusava a aceitar qualquer crédito pelo que havia conquistado. Em resposta, balbuciava chavões tipo: "Um dia de cada vez" e então mudava de assunto. Mas Barbara Jean havia ressuscitado e isso era claramente visível.

— Vamos entrar. Está quente aqui — sugeriu James, querendo dizer que estava quente demais para Odette permanecer ali fora. James estava mais vigilante do que nunca naquele verão — parte enfermeiro, parte mãe ursa, parte guarda de prisão. Ele também estava mais consciente do que ninguém de que Odette havia perdido peso e força. Contudo, ela continuava lutando como uma valente campeã, recusando-se a admitir que alguma coisa tivesse mudado. Seu marido e suas amigas admiravam seu espírito guerreiro, mas não podiam deixar de sentir que Odette esfregava na cara de todo mundo seu lendário destemor. Quando olhavam para ela, todos sabiam que havia chegado o momento de sentir medo. E lutavam contra a vontade de sacudi-la até que ela caísse em si, recuperasse o juízo e se sentisse tão assustada quanto eles.

No lobby, as Supremes, James e Richmond foram recebidos com um jorro de ar frígido que fez cada um deles suspirar de alívio. Uma jovem e bonita recepcionista, de cabelos muito ruivos e um exagerado sotaque britânico cumprimentou os convidados.

— Boa-tarde. Estamos encantados por recebê-los aqui no Espaço para Banquetes e Reuniões Corporativas Garden Hills — dizia. — Por favor, sigam pelo corredor até as portas que levam ao pátio interno para o casamento Swanson/Abrams — e apontou o caminho de saída para eles. Suas instruções foram acompanhadas por movimentos extravagantes com os braços. A moça vestia uma saia cinza justa e uma blusa de babados branca bem decotada. Seus seios balançavam a cada um de seus movimentos exagerados. Richmond se saiu admiravelmente bem olhando para o teto em vez de fixar-se com cobiça na garota, como seu temperamento naturalmente o teria levado a fazer. Clarice teve que lhe dar um conceito "A" pelo esforço.

Ao contrário de Richmond, que procurava dar o melhor de si para mostrar que havia se tornado outro homem, Clarice não tinha certeza de que nível de esforço de sua parte seria apropriado no que dizia respeito ao seu casamento. A nova Clarice gostava de ter Richmond como amante secreto – não tinha contado às amigas que ele vinha passando as noites com ela. Mas a velha Clarice, aquela que conhecia todas as regras e ansiava por respeitá-las, havia feito um reaparecimento. De alguma forma, Clarice passara a se deleitar com a liberdade e a sensualidade recém-descobertas e a se sentir culpada por sua busca de prazer. Começara até a se orgulhar por mandar Richmond embora nas ocasiões em que ela mais queria que ele ficasse. Engraçado como era fácil voltar a se deixar levar por tudo aquilo – a culpa, a vergonha, a raiva. *Você pode tirar a garota da Calvary Baptist, mas não pode tirar a Calvary Baptist de dentro da garota*, pensou Clarice.

No final do corredor, dois rapazes de uniforme branco postavam-se ao lado das portas maciças de carvalho. Quando as Supremes, Richmond e James se aproximaram, eles abriram as portas, expondo um pátio imenso e espetacular, que talvez só pudesse ser ultrapassado em beleza pelos jardins premiados de Barbara Jean, a propriedade com o mais belo trabalho de paisagismo da cidade. Sempre-verdes intricadamente esculpidas se enfileiravam ao longo das paredes de tijolos vermelhos do pátio. Samambaias de folhas rendadas pendiam de vasos de pedra que repousavam sobre pilares envelhecidos ao estilo de ruínas romanas. Flores de cores vivas e espetaculares, de todas as variedades, cercavam os convidados do casamento.

Barbara Jean agarrou o braço de Clarice.

– Isto é incrível. Eles devem trocar as plantas toda semana para que estejam assim.

O jardim era realmente um espetáculo digno de ser visto. Infelizmente, a luz direta do sol que ajudava as flores a permanecerem tão bonitas não foi recebida com tanta aprovação pelos convidados do casamento. O sol os castigou e, à medida que mais gente chegava, o sofrimento compartilhado logo se tornou o tópico principal das conversas. Erma Mae e Earl Pequeno McIntyre chegaram ao pátio logo atrás das Supremes, abanando-se freneticamente com as mãos. Erma Mae resmungou:

– Casamento ao ar livre em julho. Esta sua prima está querendo matar todos nós, Clarice.

Erma Mae usava um chapéu de palha violeta que Clarice achou bem bonitinho. Mas o chapéu não oferecia nem um bocadinho de sombra a sua cabeça enorme e redonda. As faces e as orelhas de Erma Mae cozinharam sob o sol da tarde, e ela continuou a amaldiçoar Veronica ininterruptamente enquanto seguia com o marido para seus assentos.

Para garantir o conforto de Odette, durante o verão inteiro James andara com uma enorme bolsa térmica, cheia de produtos, para caso de necessidade. Quando, afinal, as Supremes e seus maridos haviam percorrido o caminho de tijolos que dividia o pátio na metade e se acomodado em cadeiras brancas de madeira que rangiam, James enfiara a mão na sacola e tirara cinco garrafas de água gelada e um par de ventiladores individuais movidos a pilha. Entregou a cada um dos amigos uma garrafa de água e deu os ventiladores para Barbara Jean e Odette. Em troca, James recebeu agradecimentos bastante sinceros e um pedido de desculpas de Richmond por haver feito troça por ele ter andado carregando aquela bolsa durante todo o mês anterior.

Refrescadas pela água e pelos sopros de ar dos minúsculos ventiladores que passavam de uma para a outra, Barbara Jean e Clarice se aventuraram a deixar suas cadeiras e olhar mais de perto as flores. Deram alguns passos até o canteiro mais próximo, mas pararam a cerca de 1,50 m de distância ao descobrirem que não eram as únicas admiradoras de flores. Dúzias de abelhas voejavam de flor em flor em arcos preguiçosos – uma pitoresca cena de verão, mas que seria melhor apreciar de uma distância segura. Quando comentaram o assunto mais tarde, todos concordaram que as abelhas haviam sido um augúrio.

Os dois funcionários uniformizados que tinham aberto as portas do pátio para os convidados reapareceram, cada um carregando um ventilador giratório de pé. Quando colocaram os ventiladores nos cantos opostos da área retangular ocupada pelas cadeiras e os ligaram, os convidados irromperam em aplausos. O efeito, contudo, foi principalmente psicológico. O ar úmido, a trinta e oito graus, continuava sendo ar úmido a trinta e oito graus, mesmo com um ventilador soprando a três quilômetros por hora. Mas, naquele dia, mesmo as mais ligeiras brisas eram motivo para comemoração.

A enfadonha música de elevador que saía dos alto-falantes posicionados ao longo dos canteiros de flores parou. A ruiva que recebera os convidados na porta principal entrou no pátio e pediu à multidão de convidados que se sentasse para que a cerimônia pudesse começar. James consultou o relógio e balançou a cabeça com aprovação.

– Na hora exata.

Os alto-falantes começaram a tocar música alta de novo. Desta vez foi o *Cânone em Ré Maior* de Pachelbel. Clarice resmungou consigo mesma: "Ah, isso é de uma falta de imaginação de doer." Então, repreendeu a si mesma por fazer aquela crítica negativa.

As grandes portas se abriram novamente e o reverendo Biggs entrou, seguido por Clifton Abrams e seus padrinhos – o irmão de Clifton, Stevie, tarado por sapatos, e dois rapazes de olhares astutos, furtivos e caras amarradas. Os padrinhos pareciam displicentes em seus smokings alugados com faixas verdes na cintura, combinando com as gravatas-borboleta verde-esmeralda sob o arco nupcial coberto por cravos *chartreuse*. Atrás deles, uma fonte em forma de peixe gigante lançava jorros altos de água no ar pegajoso.

Odette inclinou-se para Clarice.

– Isso é uma festa de casamento ou uma fila para reconhecimento de suspeitos da polícia? – ironizou.

– Você é terrível, bem mazinha – retrucou Clarice, apesar de estar pensando a mesma coisa.

As portas se abriram mais uma vez e a mãe de Veronica entrou de braço dado com o marido de sua neta favorita, um rapaz grandalhão que parava quase a todo momento para limpar o suor dos olhos com a mão livre. O vestido verde de Glory não lhe caía muito bem, mas ela não parecia incomodada com o calor. Na verdade, ela parecia mais saudável e mais alegre do que da última vez em que Clarice a vira. Glory e a mãe de Clarice, que estavam boicotando Plainview até que Clarice largasse "aquele culto unitarista" para o qual havia entrado, não se falavam há várias semanas por causa de mais um desentendimento teológico. A julgar pelas aparências, não falar com Beatrice tinha feito bem a Glory. Havia ali uma lição a ser aprendida, refletiu Clarice.

Minnie McIntyre veio caminhando pelo corredor logo atrás de Glory. Respeitando o padrão de cores escolhido para o casamento, Minnie vestia um *tailleur* verde-esmeralda e aquela era a primeira vez em meses que era vista usando outra coisa que não uma de suas roupas de vidente. Ela veio andando lentamente, sem acompanhante, pelo caminho de tijolos até sua cadeira na primeira fila. À medida que fazia o percurso, cumprimentava os conhecidos entre os convidados com uma ligeira inclinação de cabeça, franzindo a testa a cada vez que fazia isso. Ficou evidente para todos os espectadores que aquela entrada em cena, sem o turbante e o sininho, não era de seu agrado.

Os pais do noivo, Ramsey e Florence Abrams, vieram a seguir. Ramsey sorria como se estivesse sendo filmado para um comercial de pasta de dentes. Florence também sorria, embora com ela fosse difícil perceber. Ao longo dos anos, Florence havia torcido a cara numa expressão que mais sugeria que ela estava sentindo um cheiro desagradável do que vivendo um momento de alegria. Os músculos responsáveis pelo sorriso haviam se atrofiado muitos anos antes. Contudo, naquele dia, seu eterno sorriso afetado de sofredora parecia menos agoniado do que o habitual.

Pouco depois que Ramsey e Florence se sentaram, a música mudou para a *Chegada da Rainha de Sabá*, de Handel, uma sugestão de Clarice para marcha nupcial. Veronica apareceu.

Clarice foi obrigada a admitir que Veronica estava bem. O verde não fora uma boa cor para mais ninguém na festa até aquele momento, mas nela ficava bem. Veronica sorriu, acenou e murmurou alôs para os convidados enquanto avançava pelo corredor com seu andar rápido, de movimentos estremecidos e aos trancos. Ao passar por Clarice, Veronica fez cena ao apontar o queixo em direção ao céu para recordar à prima que não tinha se esquecido do desentendimento no deque nos fundos de sua casa, quando Clarice relatara a história do flagrante de Clifton em posição comprometedora com outra mulher.

A passagem grandiosa de Veronica foi maculada por uma súbita explosão quando ela quase chegava à sua cadeira. Florence Abrams começou a gritar e a correr, de um lado para o outro, em frente ao arco nupcial. A princípio, ninguém conseguiu ouvir o que ela gritava. Mas a causa da comoção se tornou evidente quando Florence passou correndo pelo reverendo Biggs, equipado com um microfone de lapela.

– Fui picada! Fui picada! – berrou ela e apertou o antebraço esquerdo onde uma abelha acabara de ferroá-la. Alguns segundos depois, Florence estava caída no chão, ainda gritando. Foi muito assustador porque todo mundo que conhecia Florence sabia que ela era extremamente alérgica a picadas de abelha.

Ramsey prontamente retirou a seringa de Epinen do bolso da esposa e administrou-lhe uma injeção de epinefrina para que ela não sufocasse com a própria língua na frente de trezentos convidados. Depois de cuidar da esposa, ele se aproximou do reverendo Biggs e gritou no microfone de lapela do pastor que eles já haviam passado por aquilo muitas vezes antes e que Florence ia ficar bem. Florence, contudo, continuou caída no chão por algum tempo, até a injeção fazer efeito. Tudo o que se podia ver dela eram os pés se projetando para fora de um canteiro de flores azul-céu.

Odette inclinou-se por cima de Clarice, que ocupava a cadeira do corredor, para poder ver melhor. Sempre imune à histeria, Odette comentou:

– Eu realmente gostei dos sapatos dela.

Ao som de uma salva de aplausos, Florence foi levantada do chão e levada de volta até sua cadeira. Então, o reverendo, o noivo e os padrinhos assumiram seus lugares e os alto-falantes despertaram novamente, com um alto rufar de tambores.

As portas se abriram e subitamente o perfume de lavanda se sobrepôs à fragrância das flores. E surgiu a nuvem cor-de-rosa. Não era exatamente a bola redonda, semelhante a algodão, como aparecia no folheto de propaganda do Pacote de Casamento Cloud Nine. Por causa do jato de ar dos ventiladores soprando em cima dela, a nuvem parecia mais uma bolha ondulante de isolamento de fibra de vidro, da qual irrompiam gavinhas que se debatiam ameaçadoramente no ar quente e então se evaporavam.

Uma de cada vez, as irmãs de Sharon surgiram da neblina. Cada uma usava idêntico vestido verde de veludo molhado, com mangas bufantes e grandes laços armados ao redor da cintura. Só mesmo Veronica seria capaz de fazer aquelas moças simples usarem monstruosidades tão aterradoras. Enquanto observava as damas de honra avançarem pelo corredor, Clarice pensou: *Sei que é impossível que eu seja a única pessoa aqui pensando em "Gorilas na Neblina".*

As damas de honra foram seguidas pela menina das flores, a neta de 9 anos de Veronica, Latricia. Veronica escolhera Latricia porque era a mais bonitinha de suas três netas e, consequentemente, sua favorita. Clarice tentara, tão diplomaticamente quanto pudera, convencer Veronica a desistir daquela decisão. Latricia era uma gracinha, mas ninguém jamais a acusaria de ser um pouquinho inteligente. A técnica de Latricia se resumia em correr vários passos rapidamente e então parar de repente. A cada parada, ela enfiava a mão no fundo da cesta de vime forrada de tule que trazia, tirava um punhado de pétalas de cravos verdes e atirava com toda a força diretamente na cara de quem quer que estivesse sentado mais perto dela. Ela manteve o comportamento até que sua mãe, a madrinha de honra, berrou:

– Latricia, pare já com isso! Agora! – Latricia completou seu percurso com passos regulares. Mas ao longo do caminho, ela olhou furiosa para os convidados e enfiou pétalas de flores na boca.

– Esta não é uma criança inteligente – falou Odette.

Uma fanfarra de trompetes começou e o reverendo Biggs levantou os braços para informar aos convidados que deviam se levantar para a entrada da noiva. Sharon emergiu da nuvem cor-de-rosa de braço dado com seu pai, Clement.

Sua aparição foi recebida com "oohs" e "ahhs" dos convidados.

– Céus, ela está tão magra que eu não a teria reconhecido. E está lindíssima – comentou Barbara Jean.

Era verdade. Sharon estava divina. Com a ajuda de seu hipnoterapeuta, Sharon se livrara de vinte e dois quilos em apenas poucos meses. O vestido, que a mãe havia comprado vários números menor do que ela, agora caía perfeitamente em seu corpo. Embora Clarice tivesse jurado a si mesma, como parte de sua nova vida, que desistira das dietas para sempre, não pôde deixar de pensar que, quando ela e Veronica voltassem a se falar, pediria o telefone do hipnoterapeuta.

A música de trompete acabou e uma melodia melosa começou a sair dos alto-falantes. As portas se fecharam atrás de Sharon e seu pai. Alguns passos além da nuvem cor-de-rosa, Sharon lentamente levantou o buquê até o rosto coberto pelo véu e começou a cantar "We've Only Just Begun" em um microfone escondido entre as flores.

A canção era claramente um toque de Veronica, pensou Clarice. Uma garota da idade de Sharon jamais teria escolhido uma velha canção dos Carpenters, que fizera sucesso antes de ela ter nascido, para cantar em seu casamento. E Sharon com certeza não cantava como se fosse uma de suas canções favoritas. Por toda parte ao redor do pátio, as pessoas se encolheram nas cadeiras e fizeram caretas em resposta à voz da noiva. A nova magra Sharon podia estar parecendo um anjo no vestido justo cor de marfim, que lhe realçava a silhueta, mas ela cantava como um demônio estridente, recém-libertado do mais fundo poço nas profundezas do inferno. Clarice pensou: *Por que, além da hipnose, Veronica não contratou um professor para algumas aulas de canto para Sharon?*

Na hora exata, uma dúzia de pombos bostonianos saiu voando de uma gaiola escondida atrás da fonte com o peixe que jorrava água enquanto Sharon cantava:

– "Um beijo para dar sorte e seguiremos nosso caminho."

A cerca de três metros de altura, os pombos formaram um círculo e voaram em formação em resposta aos chamados do apito do adestrador de pássaros, agachado atrás de um dos mais altos pilares pseudorromanos. O efeito foi impressionante o suficiente para merecer alguns aplausos aqui e ali.

Infelizmente aquele momento impressionante não durou muito. Enquanto Sharon avançava miando em direção ao noivo, um borrão escuro surgiu no ar, arremetendo como um raio na direção dos pombos. Numa cena que fez lembrar o programa de televisão *Mutual of Omaha's Wild Kingdom*, sobre animais selvagens e a vida na natureza, um enorme falcão cinza e marrom arrancou um dos pombos da formação e voou com ele bem seguro nas garras. O adestrador de pombos começou a apitar freneticamente, presumivelmente chamando os outros onze pássaros de volta para a gaiola. Mas os pombos continuaram a voar cada vez mais alto. Eles já haviam percebido a chegada do segundo falcão, que um instante depois arremeteu e caiu em cima deles, reduzindo o número a dez.

Piando com estridência, os pássaros restantes voltaram para o adestrador. Ele os prendeu numa grande gaiola e os retirou rapidamente do pátio. O destino dos dois pombos que faltavam foi revelado aos presentes por duas serpentinas de penas brancas que caíram preguiçosamente sobre o pátio de um grande bordo do outro lado do muro. Vez por outra, uma pena flutuava para dentro do pátio e era iluminada pela luz a laser vermelha que escrevia no ar "Sharon e Clifton", e a coloria de um tom sinistro semelhante a sangue.

Chocada, Sharon interrompeu a canção e caminhou pelo resto do corredor com o pai, ao som do acompanhamento musical.

O reverendo Biggs tentou colocar as coisas de volta nos trilhos, começando sua homilia com uma breve referência ao círculo da vida. Então engenhosamente engatou e deu início a seu discurso ensaiado.

Mas como tantas coisas naquele dia, seus comentários não puderam ser concluídos. Não muito depois de o reverendo Biggs começar a falar, as grandes portas de carvalho se abriram com um rangido alto. Todos os convidados viraram o rosto para trás, na esperança de sentir, ainda que por um breve momento, o sopro suave de ar fresco escapando do interior climatizado. Não houve nenhum alívio do calor, mas eles puderam ver de novo a nuvem cor-de-rosa, enquanto quatro policiais uniformizados saíam do meio da neblina, aproximando-se pelo caminho de tijolos. Os policiais pareceram embaraçados quando as portas se fecharam atrás deles e se deram conta de que centenas de convidados do casamento estavam de olhos cravados neles. Os policiais se afastaram para um lado, tentando se tornar menos visíveis. Mas já haviam sido vistos e o efeito foi imediato.

– É a polícia, cara – gritou um dos padrinhos. Logo ele e o sujeito mal-encarado a seu lado correram. Os padrinhos saltaram por cima de arbustos e sebes e fugiram do pátio por uma saída de emergência. Abrir aquela porta ativou um alarme, e o ar pesado se encheu de seu ressoar estridente. Clarice virou-se para as amigas.

– Não sei o que vocês acham, mas prefiro isso à cantoria de Sharon. – Odette e Barbara Jean balançaram a cabeça em concordância.

Os policiais não esboçaram qualquer movimento para perseguir os padrinhos, mantendo os olhos no noivo. Clifton Abrams reagiu àquela atenção dando um empurrão no reverendo Biggs para tirá-lo do caminho e correndo pelos canteiros de rosas-chá e plantas perenes. Acelerou na direção da treliça coberta por uma trepadeira de clematite, que se erguia contra o muro externo. Começou a subir pela treliça, com os policiais em seus calcanhares, agarrando seus tornozelos antes que ele conseguisse pular o muro. Clifton foi imobilizado, deitado num canto do jardim, coberto por margaridas amarelas.

Florence Abrams deixou escapar um grande grito e desmaiou. Ao desabar no chão, mais uma vez, tudo o que se podia ver dela eram seus pés se projetando de um canteiro de flores.

– Você tinha razão, Odette, os sapatos são realmente bonitos – comentou Clarice.

Os policiais algemaram Clifton e o carregaram para fora. Sharon os seguiu, uivando:

– Clifton! Clifton! A pequenina Latricia correu atrás de Sharon atirando pétalas verdes no ar.

– Eles realmente deveriam arranjar um terapeuta para esta criança – falou Odette.

Veronica proferiu uma profusão de obscenidades do tipo que as Supremes não ouviam desde que a mãe de Odette morrera. Veronica agarrou Minnie McIntyre em um canto perto do arco nupcial e fez uma cena, reclamando aos berros sobre a informação equivocada que seu oráculo havia fornecido.

– Onde está o meu dia perfeito, porra?!! – gritou. Seu marido e as filhas tentaram contê-la enquanto Minnie fugia correndo para dentro da nuvem cor-de-rosa, atrás dos policiais, do noivo, da noiva e da menina das flores.

Em vez de ficar em Garden Hills para canapés e fofocas discretas, Odette, Barbara Jean e Clarice decidiram ir até o Coma-de-Tudo, comer costeletas e fofocar em voz alta. Permaneceram ali apenas tempo suficiente para James botar o chapéu de policial e ir saber qual era a história com um dos guardas que haviam prendido Clifton. Então todos eles seguiram para seus carros em silêncio, cada um tentando digerir o que tinham acabado de presenciar.

Estavam no estacionamento quando Barbara Jean quebrou o silêncio que tomara conta do grupo:

– Bem, isso serve para mostrar o que acontece quando não se faz o casamento na igreja. Estava fadado a acabar muito mal.

– É o que acontece quando você é tola o suficiente para dar ouvidos aos conselhos de Minnie McIntyre – disse Clarice.

James rebateu:

– Não, isso mostra o que acontece quando o noivo é burro o suficiente para enviar pelo correio um convite de casamento para a ex-namorada enfurecida, quando ela sabe que ele tem mandados de prisão emitidos por posse de droga e furto em Louisville. O detetive disse que uma garota chamada Cherokee apareceu na delegacia à noite passada, abanando o convite de casamento e dizendo: "Se vocês quiserem prender um criminoso fugitivo, sei onde ele estará amanhã às três da tarde."

    Clarice parou onde estava e caiu na gargalhada. Mas, em seguida, acrescentou:

    – Fico com pena por Sharon, sinceramente, sinto pena mesmo. Mas eu estava segurando o riso desde a hora em que Florence foi picada pela abelha.

    As comportas se abriram. Barbara Jean se juntou a Clarice, as duas rindo tanto que as lágrimas escorreram. Richmond riu baixinho com uma mão cobrindo a boca e a outra segurando a barriga.

    Todos pararam de rir quando perceberam que Odette se deixara cair contra o corpo de James. Os dois lentamente escorregaram para o chão. Odette parecia estar apenas semiconsciente. E James parecia ainda mais abalado do que ela ao gritar seu nome.

    Clarice e Barbara Jean correram para junto de Odette e viram que seus olhos se abriam e fechavam. Antes de perder completamente a consciência, Odette balbuciou alguma coisa que elas poderiam jurar ter sido: "Saia de perto de mim, sra. Roosevelt."

Capítulo 35

Eu estava parada ali, de pé, rindo às gargalhadas e me preparando para fingir que sentia pena de Veronica quando o ar ao meu redor de repente se transformou em água leitosa. Logo, estava sentada no asfalto. Todo mundo, exceto mamãe e a sra. Roosevelt, que apareceram justo no momento em que o ar se tornara líquido, começou a se mover em câmera lenta e a se apagar. Disse à sra. Roosevelt para sair de perto de mim, mas ela me lançou um olhar triste de cãozinho magoado e chegou ainda mais perto.

Então, eu estava na UTI. Durante seis dias fiquei deitada naquele leito, não exatamente acordada e não exatamente dormindo. Não sentia dor. Não estava assustada. E Deus sabe que não me sentia solitária, não com o fluxo contínuo de visitantes que entravam e saíam – James, o pastor, as outras Supremes e Richmond, meu médico, enfermeiras, para mencionar apenas alguns. E esses eram apenas os vivos. Às vezes, o quarto ficava lotado a ponto de explodir com mamãe, Eleanor Roosevelt, Earl Grande, dona Thelma e outros amigos do mundo dos espíritos.

Na maior parte do tempo, eu me sentia cansada e pegando fogo de calor, com mais calor do que jamais havia sentido durante aqueles terríveis fogachos à noite, no início da minha doença. Sentia uma vontade imensa de me livrar de meu corpo cansado, como de um casacão pesado de lã que pinicava, e ir para longe dele, sentindo-me leve e fresca.

De vez em quando, o ar ao meu redor desanuviava e eu balbuciava algumas palavras. James sempre estava lá para responder. Ele sorria para mim.

– Alô, querida – dizia. – Eu sabia que você voltaria. – Então, trocávamos algumas palavras. Mas a torrente vinha novamente e James não mais conseguia ouvir o que eu falava apesar de eu estar berrando a plenos pulmões. Sempre que isso acontecia, Eleanor Roosevelt franzia a testa e cobria as orelhas, enquanto mamãe dizia:
– Pare com essa gritaria. Você vai acordar os defuntos. – E a cada vez que ela fazia esta piada, se desmanchava em risadinhas, como se fosse a primeira vez que tivesse dito.

Em meu primeiro dia no hospital, soube, por ficar ouvindo enquanto o dr. Alex Soo conversava com James que, pela primeira vez em meses, o câncer não era meu problema mais sério. Eu estava com uma infecção. Meu coração e pulmões disseminavam a doença por todo meu corpo e os antibióticos não conseguiam detê-la. Nas palavras de Alex, eu estava "gravemente doente".

Os quartos na Unidade de Tratamento Intensivo formavam um quadrado ao redor de um grande posto de enfermagem. Todos os quartos eram iguais: uma cama, uma cadeira, uma janela na parede externa, três paredes internas de vidro. A menos que as cortinas que pendiam das paredes de cada quarto estivessem fechadas, eu podia ver o interior de todos os quartos da UTI. Entretanto, eu não precisava espiar para saber quem estava nos outros leitos. Meus vizinhos se levantavam e davam voltas mais ou menos tanto tempo quanto o que passavam na cama. A senhora confinada ao leito no quarto ao lado do meu regularmente deixava seu corpo físico para trás e perambulava pelos corredores, executando complexos números de dança com um leque de plumas de avestruz. O homem velhíssimo no quarto defronte ao meu ia minguando enquanto um aparelho respirava por ele. Mas eu também o via como um pescador de peito largo, cabelos louros amarelados, que educadamente tirava o chapéu para a vizinha, a dançarina do leque, sempre que passava por ela a caminho de seu local secreto de pesca. Eles saíam de seus corpos doentes e alquebrados e se divertiam um bocado até serem atraídos de volta por um pico de hormônios ou alguma medicação que subitamente fazia efeito.

Eu só deixava meu corpo quando dormia. Quando estava realmente adormecida, não apenas incapacitada pela doença ou flutuando em um sonho induzido pela febre, eu sempre seguia para o mesmo lugar. Eu me sentava e relaxava sozinha, ao pé de meu sicômoro, em Leaning Tree. Deixar aquele lugar, com sua vista para o riacho de águas prateadas onde eu havia brincado quando criança e as árvores retorcidas que ladeavam a Estrada do Muro, e voltar para junto de fantasmas e sofrimento em meu quarto de hospital foi a pior parte daqueles seis dias.

Naqueles dias de hospital, descobri que, se realmente quer ouvir os detalhes secretos da vida das pessoas, tudo o que precisa fazer é entrar em coma. É como abrir a cela de um confessionário e convidar todo mundo que aparece a entrar. As pessoas apareciam em um fluxo constante, a toda hora, e me diziam coisas que não conseguiam me dizer quando eu estava consciente.

Clarice deu o chute inicial nas confissões quando veio me visitar em meu segundo dia no hospital. Ela entrou no quarto toda animada com um papo otimista. Contou a James sobre pessoas que havia conhecido e que tinham se recuperado depois de um estado bem mais grave do que o meu e seguiu adiante falando que tinha certeza de que eu estaria de pé e recuperada a tempo de acompanhar Barbara Jean e ela na viagem a Nova York quando fosse tocar para seu produtor fonográfico. Então, Clarice deu uma boa olhada no rosto abatido e nos olhos fundos de James e ordenou que ele fosse até a cafeteria comer alguma coisa. Assim que James saiu, ela se sentou na beira da minha cama e me confidenciou que estava dormindo com Richmond de novo. Barbara Jean e eu há muito tempo já havíamos calculado isso, mas Clarice estava se divertindo tanto com seu segredo que não quisemos estragá-lo dizendo que já sabíamos. Infelizmente, Clarice cometeu o erro de contar tudo a sua mãe. Agora, a sra. Jordan deixara Clarice preocupada com a possibilidade de estar condenada ao inferno. Sua mãe colocara em sua cabeça a ideia de que fazer sexo com o próprio marido ao mesmo tempo que se recusava a ser sua esposa de qualquer outra forma era o suprassumo da libertinagem.

– Talvez eu devesse apenas voltar para casa – ponderou Clarice.
– Adoro viver sozinha em Leaning Tree, mas a vida não pode ser simples assim, não é... apenas fazer o que você quer porque é bom? Mamãe sempre diz: "A felicidade é o primeiro sinal de que você está vivendo da maneira errada."
Ouvindo a conversa, mamãe comentou:
– Sempre gostei de Clarice, mas agora tenho vontade de lhe dar uns bons tabefes. Será que ela não vê a sorte que tem, com aquele homem bonitão à disposição e fazendo tudo o que ela quer? Ela precisa parar com essa droga de ficar choramingando e tratar de escrever um livro. Um bilhão de mulheres pagariam um bom dinheiro para descobrir como poderiam estar na posição dela. Seu pai era um bom homem, mas se eu pudesse tê-lo tido quando quisesse e pudesse mandá-lo embora quando estivesse satisfeita, estaria ocupada demais agradecendo a Jesus para me preocupar com a possibilidade de estar cometendo um pecado. Pobre Clarice, aquela mãe dela realmente faz mal a ela.

Considerando a peculiaridade do legado que mamãe me deixou, aquilo me pareceu um pouco o roto falando do esfarrapado; mas, por uma questão de respeito, não disse nada.

Clarice também confessou ter tentado superar o casamento de minha filha Denise ao planejar a cerimônia de sua própria filha, há mais de dez anos. Admitiu que a culpa fizera doer sua consciência desde que havia começado a ajudar Veronica a organizar o desastre daquele casamento para a pobre Sharon. Se pudesse, teria me sentado e dito: "Por favor, tente me contar alguma coisa que eu ainda não saiba, está bem?" E depois teria acrescentado: "Estamos juntas há tempo demais para dar atenção a uma merdinha sem importância como essa, maninha. Esqueça."

Richmond apareceu mais tarde naquele mesmo dia e mostrou aquele lado dele que fazia com que Clarice e tantas outras mulheres se desmanchassem na sua presença. Contou piadas e histórias até conseguir arrancar um sorriso de verdade de James. Então, do mesmo jeito que Clarice, praticamente botou James para fora do quarto, insistindo para que ele fosse jantar.

Depois que ficamos sozinhos, Richmond começou sua confissão. E, permitam-me contar a vocês, ao começar por fazer uma lista, dando nomes aos bois, de com quem, o que e onde, de tudo o que tinha feito de errado, Richmond Baker atraiu uma plateia e tanto. Os mortos, mamãe e a sra. Roosevelt, e os quase mortos, meus colegas das outras camas da UTI, não se cansavam de ouvi-lo. Deram gostosas gargalhadas e se desmancharam em risadinhas encabuladas à medida que Richmond contava alguns dos pecados carnais que havia cometido. Mamãe estava mais calada do que eu me lembrava de jamais tê-la visto, apenas exclamando de vez em quando: "Caramba!" A sra. Roosevelt tirou um saco de pipoca de sua enorme bolsa preta de pele de crocodilo e começou a comer como se estivesse numa matinê de sábado. De vez em quando, alguém resmungava em desaprovação, mas todos permaneceram para ouvir cada palavra.

Quando Richmond acabou de contar uma das histórias mais sórdidas que eu jamais ouvira, acariciou minha mão e disse que não conseguia imaginar o mundo sem mim, o que me tocou lá no coração. Então, veio a última confissão. Richmond admitiu que morrera de medo de mim durante anos, o que me deixou ainda mais feliz.

E concluiu falando sobre Clarice. Sobre como estava apaixonado por ela e como achava que não conseguiria continuar vivendo, se ela não voltasse para casa.

– Eu a amo tanto, Odette. Não sei por que faço as coisas que faço. Talvez seja um vício, uma dependência física, como o álcool ou a cocaína.

Mamãe achou que a teoria do vício parecia uma desculpa. Ela nunca tinha tido paciência com "homens mulherengos apaixonados pelo próprio umbigo". Mamãe bateu no lado da cabeça de Richmond com o baseado que ela estivera dividindo com a sra. Roosevelt – ele não sentiu – e disse:

– Cale a boca, imbecil. Você não é viciado. É apenas um homem que tem o pau na cabeça, seu filho da puta idiota. Odette, diga-lhe que ele é apenas um femeeiro e que devia ter a decência de levar um catálogo da Victoria's Secret para o banheiro e cuidar do assunto com uma punheta quando bater aquela vontade, tal como todos os outros homens casados da América fazem.

É claro que eu não diria a Richmond uma coisa daquelas, mesmo se pudesse. Existem coisas que nem eu sou capaz de dizer.

Acabei descobrindo que até os mortos ainda tinham coisas para confessar. No meu terceiro dia de hospital, Lester Maxberry me visitou. Ou melhor, veio observar Barbara Jean me visitando. Lester entrou no quarto vestido num conjunto esporte de casaco e bermuda da cor de sorvete de laranja. A bainha da bermuda ficava no meio das coxas e ele usava meias três-quartos e *espadrilles* de camurça do mesmo tom azul-claro de seu velho Cadillac.

Barbara Jean sentou na cadeira do visitante enquanto James se acomodava na cama a meu lado. A UTI permitia a entrada de dois visitantes de cada vez, mas, estranhamente, só oferecia uma cadeira por quarto. Contudo, quando a dançarina do leque faleceu rodeada por seis membros da família, reparei que eles relaxavam a regra de dois visitantes quando achavam que você estava à beira da morte. James e Barbara Jean conversaram sobre o meu estado de saúde, sobre o tempo e o novo trabalho voluntário que Barbara Jean havia arranjado. Ela ensinava crianças pobres das cidadezinhas minúsculas da colina nos arredores de Plainview a ler.

– Há tantas horas a mais no dia quando você para de beber – observou ela.

Enquanto eles conversavam, aproveitei a oportunidade para bater um papo com Lester.

– Oi, Lester, você está muito elegante – falei.

– Obrigado, Odette. Mas as roupas fazem o homem, você sabe.

– Não, é exatamente o contrário, meu amigo. Você tem passado bem?

Lester assentiu, mas na verdade não estava prestando nenhuma atenção em mim. Olhava para Barbara Jean com a mesma afeição e anseio que tivera por ela quando estava vivo.

– Ela ainda é a coisa mais bonita que já vi. E tive algumas visões espantosas durante os últimos 11 meses.

– Já passou tanto tempo assim, Lester? Juro que parece que foi ontem que nós seis estávamos juntos no Coma-de-Tudo.

– Passa sem a gente perceber, não é? Já tem quase um ano. – Ele continuou de olhos cravados em Barbara Jean. – Eu nunca devia ter-me casado com ela.

– Por que você diria uma coisa dessas? – perguntei.

– Não foi certo. Ela era praticamente uma criança e eu era um homem adulto. Eu devia ter-me comportado de maneira mais sensata. Sabia que não devia fazer aquilo. Mas quando vi que ela estava desesperada por causa do bebê, não consegui me conter. Disse a mim mesmo que ficaria tudo bem porque com o correr do tempo ela acabaria por me amar.

– Tenho certeza absoluta de que ela amou, sim, Lester.

– Talvez, mas ela ficou principalmente agradecida. E gratidão não é base para se construir um casamento. Eu tinha idade para saber disso. Ela não. Odette, eu me sentia mal com relação a isso todos os dias em que estivemos juntos, mas isso não me impediu de continuar agarrado a ela.

– Você alguma vez disse isso a ela?

– Não – respondeu ele e sorriu para mim. – Mas você pode. Da próxima vez que você conversar com Barbara Jean, pode dizer a ela que peço desculpas, que eu devia ter sido mais forte. Você faria isso por mim?

Só alguém extremamente cavalheiro e extremamente correto como Lester Maxberry poderia ter permitido que uma coisa como aquela o consumisse por décadas a fio. Qualquer outro homem teria dito "No amor e na guerra vale tudo", e passaria o resto da eternidade se gabando de como conseguira conquistar a garota mais bonita da cidade e fazer dela sua esposa. Disse a Lester que sabia de fontes fidedignas, tanto médicas quanto espirituais, que provavelmente não teria oportunidade de voltar a conversar com Barbara Jean nesta vida.

Mas ele continuou insistindo até que prometi que diria alguma coisa a ela se tivesse oportunidade. Ele me agradeceu e voltou silenciosamente a observar Barbara Jean.

Na manhã seguinte, Chick Carlson apareceu para uma visita e causou uma comoção ainda maior que Richmond havia causado. As enfermeiras no posto de enfermagem, todas mulheres adultas, se abanaram e caíram umas contra as outras, fingindo desmaios, depois que ele passou por elas. Quando Chick entrou em meu quarto, mamãe o olhou de alto a baixo e balançou a cabeça em aprovação. Até a sra. Roosevelt se empertigou na cadeira e ajeitou a estola de pele de raposa. Décadas haviam se passado, mas Ray Carlson ainda era o Rei dos Garotos Brancos Bonitos.

Chick examinou meu marido magro, abatido e de olhos fundos com um olhar alarmado e então fez o que todos os meus outros amigos haviam feito. Insistiu até conseguir convencer James a abandonar a vigília por tempo suficiente para comer alguma coisa. Chick cuidaria de mim.

Quando James saiu, Chick se sentou na cadeira de visitante e começou a conversar com meu corpo silencioso. Começou falando sobre o Coma-de-Tudo e Earl Grande, e todas aquelas coisas do passado remoto. Ele estivera em minha casa várias vezes ao longo dos meses desde que havia me feito aquela primeira visita, na sala de quimioterapia, e a cada vez que se sentava para conversar comigo, Chick queria reviver ou analisar os velhos tempos. Ele estava tão prisioneiro do passado quanto Barbara Jean.

Naquele dia na UTI, ele também contou uma história que me fez desejar poder levantar naquele instante e telefonar para Clarice. Falou como seu projeto na torre da universidade havia libertado com sucesso dois falcões peregrinos ainda no sábado anterior. Descreveu em belíssimos detalhes como seus pássaros haviam alçado voo e partido diante das câmeras de televisão e de doadores impressionados. Os pássaros, disse ele, eram majestosos e inspiravam respeito e admiração.

Pensei sobre os dois falcões que haviam aparecido no casamento de Sharon naquele mesmo sábado e disse comigo mesma: "Majestosos, inspiradores de respeito e *famintos*."

Do lado de fora no posto de enfermagem, ouvi uma das enfermeiras:

– Olá, como vai, sra. Maxberry. – Todo o pessoal do hospital conhecia Barbara Jean das muitas visitas que ela fizera à UTI quando Lester estivera internado para extirpar ou repor ou substituir qualquer coisa. Quando Barbara Jean entrou em meu quarto, Chick se levantou de um salto como se sua cadeira tivesse sido eletrificada. Eles trocaram cumprimentos e ficaram ali parados, olhando fixo um para o outro. Agiam como adolescentes no baile da escola – ambos loucos para dizer alguma coisa, nenhum dos dois sabendo como.

Chick afirmou que estava de saída, apesar de ter dito a James que ficaria até que ele voltasse.

– Bom ver você, Barbara Jean – falou. Então, pelas paredes de vidro eu o observei passar entre as enfermeiras, que se desmanchavam em risadinhas, e seguir para o elevador. A cada quinto ou sexto passo, olhava por cima do ombro para ver mais uma vez a mulher mais bonita da cidade.

Barbara Jean sentou-se na cadeira vazia de visitante e mordeu o lábio por algum tempo, então começou a falar. O confessionário de cabeceira estava de novo em pleno funcionamento.

– Meu padrinho, Carlo, diz que preciso conversar com Chick. Ele diz que tenho que fazer reparações; este é um dos 12 passos. Você entende, fiz uma coisa terrível que nunca contei a você.

Então, Barbara Jean me contou a história sobre ter ido ver Chick na noite do enterro do filho deles e como aquilo que ela havia posto em movimento naquela noite consumira sua alma durante todos os anos que haviam se passado desde então. Quando chegou ao fim de sua história, Barbara Jean chorava. As lágrimas fizeram a maquiagem borrar, escorrer e pingar em sua blusa azul-bebê em gotículas marrons e negras sem que ela fizesse qualquer movimento para limpar.

Justo no momento em que você pensa que o mundo não pode ter mais nenhuma surpresa reservada a você, pensei com meus botões. Ao contrário da maioria das pessoas que conhecia, nunca havia acreditado no boato que dizia que Lester havia matado Desmond Carlson. Apesar do fato de Desmond ter matado o pequeno Adam, Lester Maxberry nunca poderia ter apertado aquele gatilho. Ex-soldado ou não, Lester não era um assassino. A verdade era que eu sempre havia pensado que fora Barbara Jean quem fizera aquilo, provavelmente porque é o que eu teria feito. Além disso, a maneira como ela havia desmontado imediatamente depois, com o abuso na bebida e tudo o mais a faziam parecer tão consumida pela culpa quanto arrasada pelo luto. Eu apenas tinha me equivocado sobre de onde vinha a culpa.

James voltou quando Barbara Jean tentava um modo de ajeitar o rosto, limpando o rímel borrado com um punhado de lenços de papel. Compreendendo mal a situação, meu querido James se ajoelhou ao lado de minha amiga, deu palmadinhas em seu ombro e disse:

– Não se preocupe, Barbara Jean. Ela vai sair dessa.

Ela enfiou os lenços de papel de volta no bolso.

– Tenho certeza de que vai – concordou. – É só que de vez em quando tudo isso me deixa mexida. – Ela deu um beijinho na face de James e saiu do quarto, abrindo caminho em meio a uma multidão de pessoas, que haviam ficado ouvindo sua conversa, todas invisíveis para ela.

Mamãe chorou enquanto observava Barbara Jean ir embora.

– Ai, tanto sofrimento. Dessa parte da vida, com certeza, não sinto falta.

Fechei os olhos, embora não possa dizer com certeza que eles estivessem realmente abertos, e adormeci. Viajei novamente para Leaning Tree, para o riacho de águas brilhantes e para o meu sicômoro.

Quando acordei, estava escuro lá fora e James roncava na cadeira do visitante. A sra. Carmel Handy, a professora aposentada que havia posto o marido de volta no caminho da retidão com a ajuda de uma frigideira de ferro, postava-se no pé da minha cama. Fiquei surpresa ao vê-la. Nunca tinha tido nada contra dona Carmel, mas ela não gostava muito de mim quando eu era aluna em sua sala de aula, e aquilo não havia mudado ao longo das décadas que se passaram depois. Mas lá estava ela, toda elegante e bem-vestida, me visitando no hospital. Eu a vi conversando com mamãe e soube que dona Carmel tinha tomado o barco para o outro lado.

– Olá, dona Carmel. Não sabia que a senhora tinha morrido. Teria mandado um pernil de presunto para sua família se tivesse sabido.

– Acabou de acontecer hoje mesmo. E, deixe-me contar a você, foi uma grande surpresa. Eu estava no meio da limpeza depois do jantar e me senti mal com o que achei que fosse uma pequena indigestão. No instante seguinte, quando vi, estava me levantando do chão da cozinha, minha artrite havia desaparecido e meus dentes verdadeiros estavam de volta na minha boca. Então, algo me fez vir diretamente para cá. Agora sei por quê. Escute, tenho uma pequena tarefa para você.

A Lady da Frigideira chegou mais perto e sussurrou um recado que ela queria que fosse passado a James. Do mesmo modo que havia explicado a Lester, disse-lhe que provavelmente não falaria com ninguém vivo novamente. Mas ela me fez prometer que tentaria.

Dormi e sonhei pela quinta manhã seguida – isso estava se repetindo cada vez mais a cada dia. Mas tive consciência da presença de meus filhos no quarto naquela tarde. Denise, Jimmy e Eric entraram, todos cheios de esperança e de boa disposição. Contaram a James as novidades sobre os netos, seus respectivos cônjuges e a vida. Fizeram tudo que eu gostaria que fizessem para que o pai se sentisse mais animado. De tão contente e orgulhosa, usei toda a força de que dispunha para nadar até a superfície em meio à água e à neblina em minha mente para agradecer a eles. Funcionou por um breve instante. Consegui dizer algumas palavras – minhas únicas palavras para gente viva naquele dia inteiro. Então, a serenidade de meus filhos murchou como as flores caídas de meu jardim. O lábio de Eric começou a tremer. Jimmy começou a fungar. Os olhos de Denise ficaram marejados de lágrimas. Meus dois grandes garotos puseram a cabeça sobre os ombros da irmã e choraram de soluçar. O espetáculo tornava-se ainda mais penoso e desolador pelo fato de que Jimmy e Eric eram respectivamente 18 e 20 centímetros mais altos do que Denise, de modo que tiveram que se agachar para ser consolados. Era a cena que eu havia temido ver. Fiquei aliviada quando eles se dissolveram na névoa cinza e voltei a adormecer.

Quando acordei, meu quarto estava cheio da luz quente do sol da tarde. Também estava lotado de gente. James segurava minha mão. Ele tinha uma barba por fazer já tão cerrada que fiquei a me perguntar se talvez mais de um dia teria se passado enquanto eu dormia. Meus três filhos estavam postados ao lado do pai, de mãos dadas, como costumavam fazer quando atravessavam a rua juntos em crianças. Barbara Jean e Clarice sentavam-se ao pé da cama, ambas massageando minhas pernas. Richmond e meu irmão Rudy estavam atrás de Barbara Jean e Clarice, ambos de cabeça baixa. Meu pastor estava de pé do lado oposto da cama, lendo a Bíblia aberta numa voz que soava realmente alta demais no espaço exíguo do quarto de hospital cheio. Pelas expressões tristíssimas nos rostos de todos e pelo fato de que as enfermeiras haviam deixado de lado a regra de dois visitantes, ficou claro que todas aquelas pessoas estavam ali para se despedir.

Além do círculo dos que fungavam e rezavam, meus conhecidos mortos batiam papo sem se dar ao trabalho de baixar as vozes. Entre os fantasmas, estava meu pai, em boa forma e forte, em seu macacão salpicado de serragem. Quando papai se deu conta de que eu estava consciente de novo, abriu caminho entre a aglomeração de gente até chegar a meu lado na cama.

– Oi, minha querida, que bom que você está de volta. Teve uma noite difícil, filhinha.

Lester, ultraelegante em um terno de três peças cor de ferrugem, apoiando-se numa bengala de ouro, naquele momento assumiu seu lugar ao lado de papai e disse:

– Detesto incomodá-la, Odette, mas creio que poderia ser um bom momento para conversar com Barbara Jean como prometeu que faria.

Papai reagiu irritado:

– Não é o momento para ela pensar nisso, Lester.

Carmel Handy discordou:

– Ela fez promessas e precisa cumpri-las. Esta foi uma das lições mais importantes que ensinei a meus alunos. *Cumpra a palavra dada.*

– Se ela for falar com alguém, acho que devia começar por aquele traidor – disse mamãe apontando para Richmond. – Eu fiz meu pedido primeiro.

Eles começaram a discutir. Todos aqueles mortos opinando sobre o que eu devia ou não fazer com o fim da minha vida. A sra. Roosevelt foi a única que se manteve fora do bate-boca. Apenas permaneceu sentada, de pernas cruzadas sobre a máquina que emitia bipes a intervalos regulares ao lado de minha cama, cantarolando baixinho.

Tentei ignorá-los e me concentrar em meus próprios planos. Durante aquela última longa dormida, tinha estado pensando sobre a maneira como aquele final de partida devia se desenrolar. Se eu pudesse fazer as coisas direito, aqueles fantasmas carentes também poderiam ter alguma satisfação.

Eu precisava acordar completamente, apenas por um breve momento. Mas isso não era fácil. Meu corpo não me queria mais. Quanto mais tentava despertar, mais minha carne procurava me expulsar para fora. Lutei e lutei, agarrando-me a cada pensamento reanimador que conseguia encontrar. Fui buscar lá atrás no passado e imaginei mamãe, jovem e cheia de vida, gritando para que eu tratasse de sair da cama para ir à escola. Senti o cheiro do café ruim que James preparava nas manhãs frias. Lavei o rosto com a água gelada do riacho nos fundos do jardim de mamãe. Pensei na única coisa que eu queria fazer mais do que qualquer outra e tentei tirar forças dela.

À minha frente, um minúsculo pontinho de ar claro apareceu em meio à neblina. Em minha mente, corri para aquele ponto aberto e o puxei, abrindo-o com os dedos até conseguir enfiar a cabeça para o outro lado. Então, dei impulso, impelindo-me para a frente em direção à minha antiga vida, enquanto Lester, dona Carmel e mamãe gritavam palavras de encorajamento.

A primeira coisa que eu disse foi:

– Agora todo mundo cale a boca.

Meu pastor pareceu surpreso e ofendido, e parou de ler. Na verdade, estava falando com os mortos no quarto, que ainda faziam alarde e tagarelavam sem parar. Como não sabia quantas palavras me restavam, não quis desperdiçá-las com os sentimentos feridos do reverendo.

Ao som de minha voz, chiada e rouca, James gritou meu nome e começou a beijar meu rosto.

Denise saiu correndo para buscar o dr. Soo. Alguns segundos depois, Alex se espremeu pelo quarto com uma enfermeira ao lado e me examinou com um estetoscópio gelado.

– Está vendo, eu lhe disse que a minha garota ainda não estava acabada – falou James para o médico. Mas o cenho franzido no rosto de Alex, enquanto examinava meus sinais vitais, dizia que ele não acreditava que houvesse motivo algum para comemorar.

A sra. Roosevelt, o Anjo da Morte dentuço e de pilequinho, concordava com o médico. Quando fizemos contato visual, ela sacudiu a cabeça solenemente.

– Vai acontecer hoje – sussurrou.

Mas ela não precisava me advertir. Pelos cantos dos olhos, eu podia ver aquela água leitosa, mais espessa e escura do que antes, se formando de novo. De modo que meti mãos à obra.

Com voz fraca pela falta de uso, disse baixa e roucamente:

– James, você está com um aspecto terrível e cheirando mal. Viva ou morta não vou permitir que se descuide da aparência. E escute bem, Carmel Handy está aqui e quer que você saiba que ela morreu ontem.

– Anteontem – corrigiu ela.
– Desculpe, anteontem. Ela está caída no chão da cozinha. Quer que você fale com seus amigos da polícia e tome providências para que nenhum deles comece a espalhar o boato de que ela morreu com uma frigideira na mão. Ela se recusa a deixar este mundo com gente fazendo piadas a seu respeito.

Claro que eu sabia muito bem que o momento para Carmel Handy se preocupar com gente fazendo piada a seu respeito fora segundos antes de a frigideira acertar a cabeça do sr. Handy. Mas ela pareceu satisfeita com o que eu havia dito a James.

– Obrigada, querida – agradeceu.

Agora que cumprira a missão de que ela me havia incumbido, esperei que fosse embora. Imaginei que uma vez que você fizesse um favor a um fantasma, ele desapareceria aos poucos ou talvez estourasse como bolha de sabão espetada por um alfinete. Era assim que funcionava, pelo menos nos filmes. Mas dona Carmel não era um fantasma de Hollywood. Ela continuou onde estava, parecendo aliviada, mas bastante animada com o que podia acontecer a seguir.

Expressões preocupadas se espalharam pela sala como um vírus. James estava assustado. Seu olhar ia e voltava de mim para Alex Soo.

– Querida, você disse que Carmel Handy está morta *e* que ela está aqui?

– Disse – respondi. – Não queria preocupá-lo com isso, mas já faz um ano que vejo os mortos. Sei que provavelmente não é o que você quer ouvir, mas creio que nós dois sabíamos que isso aconteceria mais cedo ou mais tarde.

Do fundo do quarto, mamãe berrou:

– Ei, Odette. Diga a Richmond o que eu disse a respeito sobre ele cuidar daqueles impulsos que sente!

– Richmond, mamãe diz... – Parei para pensar em como transmitiria o recado. Não estava nem um pouco disposta a falar para Richmond Baker "leve um Catálogo da Victoria's Secret para o banheiro".

Então, falei: – Mamãe acha que você precisa de um novo hobby. Ela sugere que você adote o hábito da leitura.

Voltei-me para Clarice.

– E, Clarice, mamãe também diz que você devia agradecer aos céus por ter Richmond por perto para fazer exatamente aquilo que ele faz de melhor, sem precisar lidar com toda aquela merda que vem junto com a convivência com ele. No momento, ela quer lhe dar uns tabefes, mas creio que superará isso se você prometer esquecer o que a sua mãe diz e apenas usar Richmond até acabar com ele.

Clarice pareceu mortificada, e me agradou ver que ainda era capaz de deixá-la encabulada depois de tantos anos. Quando se recuperou o suficiente para falar, apenas sussurrou baixinho:

– Barbara Jean, acho que ela sofreu uma lesão cerebral.

– Diga que é lesão cerebral se precisar, Clarice. Apenas faça o que mamãe diz, senão nós duas viremos assombrar você.

Procurei ser mais cautelosa com Barbara Jean.

– Lester está aqui e quer que eu lhe diga uma coisa. Ele se sente mal por tê-la convencido a se casar com ele quando sabia que você não o amava. Diz que não foi correto e que devia ter agido melhor, uma vez que era tão mais velho. Ele está pedindo que você o perdoe.

Barbara Jean não pareceu nem um pouco surpresa ou abalada com as minhas palavras. Sabia que ela estava preocupada comigo, mas também podia ver que ainda trazia consigo as marcas do desespero que vira em seu rosto dois dias antes, quando havia me contado sobre Chick e seu irmão Desmond. Imaginei que, depois das assombrações que a haviam perseguido ao longo dos anos, uma mensagem do marido morto não seria nada demais.

– Diga a Lester que ele foi bom para mim... para nós. Que ele não tem nenhum motivo para se sentir mal. Sinto-me feliz por ter-me casado com ele – respondeu Barbara Jean.

Lester deixou escapar um suspiro. Ele levantou o chapéu para mim e, então, como dona Carmel, acomodou-se para observar.

– Então, você está dizendo que tem visto gente morta há um ano? – indagou James.

– Mais ou menos isso – respondi.

Earl Grande, dona Thelma e papai gritaram em uníssono:

– Diga a James que mandamos um alô para ele.

Transmiti o recado.

– Papai, Earl Grande e dona Thelma mandam um alô para você.

James torceu a boca e esfregou a cicatriz no rosto, do modo como quase sempre fazia quando estava concentrado em seus pensamentos. Sem dúvida, estava se lembrando de mamãe e de suas intermináveis conversas públicas com gente morta. Mas o meu James é tão adaptável quanto qualquer uma daquelas árvores tortas ao longo da Estrada do Muro. A testa franzida desapareceu e ele balançou a cabeça.

– Então tudo bem. – E, dirigindo-se ao quarto inteiro, gritou:
– Alô, papai Jackson. Alô, Earl Grande e dona Thelma.

James nunca deixa de me surpreender.

Senti-me como se estivesse indo embora de novo e me obriguei a respirar fundo e a me concentrar em permanecer neste mundo por mais algum tempo. Quando recuperei o fôlego, falei novamente, a voz ainda mais fraca e rouca do que antes.

– Agora, eu gostaria de algum tempo a sós com a minha família. Reverendo, Alex, enfermeira, vocês poderiam nos dar um pouco de privacidade, por favor?

Eles não pareceram gostar de ouvir aquilo, mas se retiraram como eu havia pedido. Depois que eles saíram do quarto, falei:

– O resto de vocês também pode ir – dirigi-me aos fantasmas.

Mas somente Lester e dona Carmel consentiram em sair. Lester fez uma grande e respeitosa reverência e ofereceu o braço à dona Carmel. Ela enfiou o punho pelo espaço por baixo do cotovelo dele e seguiram juntos para a porta. Ao saírem, a ouvi repetir:

– Lester, alguma vez lhe contei que sua esposa nasceu no sofá de minha sala?

Falei para Rudy e meus filhos:

– Preciso dizer uma coisa a todos vocês. – Depois que eles se aproximaram, pedi: – Preciso que vocês levem James para casa e se certifiquem de que ele se alimente direito e tome banho.

James sacudiu a cabeça em negativa.

– Eu não vou sair daqui.

– James, prometo que você não vai voltar para cá e me encontrar morta. – Podia ver que ele refletia, querendo acreditar em mim. Por medida de segurança, dei ordens a Rudy e aos gigantes que são meus filhos. – Levem-no carregado se for necessário, mas levem-no para casa.

Eric, Jimmy e Rudy se entreolharam e depois voltaram-se para James, perguntando-se o que fazer. James os livrou da situação difícil, como eu havia calculado que faria.

– Tudo bem, vou para casa tomar um banho e me cuidar. Mas volto em seguida. – E disse às Supremes: – Liguem para mim se algo acontecer. – Então, beijou a minha testa e saiu com Denise, Jimmy, Eric e Rudy.

– Clarice, quero que vá buscar duas coisas para mim. Quero que me traga aquele robe violeta que você me deu de Natal, que está na gaveta da cômoda do meu quarto. Já pedi a James, mas só Deus sabe o que ele vai trazer. E eu também seria capaz de matar por uma fatia da torta de pêssego de Earl Pequeno. Você poderia dar uma passadinha no Coma-de-Tudo e me trazer um pedaço?

Animada com a ideia de que meu apetite havia voltado, ela respondeu:

– Claro, vou buscar. – Então, voltou-se para Barbara Jean: – Não demoro.

Depois que Clarice saiu, virei-me para Barbara Jean:

– Tenho algo a lhe dizer, Barbara Jean, e não vem de nenhum morto. Vem direto de mim. Você precisa ver Chick. E não é só para aquela história de "reparações". – O queixo de Barbara Jean caiu quando do ela se deu conta de que eu ouvira e me lembrava das coisas que ela havia me contado dois dias antes, enquanto eu nadava em círculos naquele mundo entre mundos.

Ela torceu as mãos e, recuperando-se, disse:

– Vou falar com ele em breve, prometo. Estava esperando apenas me sentir forte o suficiente.

– Vá agora. E depois que tiverem acertado as contas do passado, cuide do aqui e do agora. Está mais do que na hora de ver como essa história entre você e Chick se resolve, de uma vez por todas.

– É tarde demais, Odette. Já se passaram anos e anos. É tarde demais – retrucou Barbara Jean.

Os mortos no quarto se manifestaram, gritando que eu devia dizer à minha amiga que ela estava errada. Que nunca era tarde demais, não antes que você passasse desta para a melhor e talvez nem mesmo depois disso.

– Minha mãe, meu pai e Earl Grande e dona Thelma, todos dizem que você está errada. – Deixei a sra. Roosevelt de fora porque sabia que a menção ao nome dela transformaria a coisa toda de estranha e sobrenatural em pura e simples loucura. Então, do mesmo modo como havia jogado a carta do câncer para fazê-la entrar no AA, apostei na carta de estar moribunda. – Barbara Jean, você precisa falar com Chick e acertar as coisas. Conte a ele todos os detalhes, mesmo os mais ínfimos, conte toda a verdade. Não vou descansar em paz a menos que você faça esta última coisa por mim. – Eu realmente perdera toda a vergonha.

Barbara Jean puxou e torceu o tecido da saia rodada que usava, ali sentada na ponta da minha cama, pensando. Por um momento, me perguntei se ela ia recusar. Então, ela se levantou, aproximou-se e beijou a minha testa.

– Tudo bem, eu vou. – Ela não parecia muito animada, mas pelo menos mostrava-se resignada a fazer o que eu pedira. E aquilo era suficiente. Quando ela saiu, papai e os McIntyre a acompanharam, colados em seus flancos como se a estivessem apoiando.

Fiquei sozinha com Richmond Baker e a sra. Roosevelt. Richmond se balançou nos calcanhares, como se preferisse estar em qualquer outro lugar na terra naquele momento.

– Escute, vou chamar o médico para você. – E então encaminhou-se para a porta.

– Não, Richmond. Preciso que você fique.

Eleanor Roosevelt pegou seu saco de pipoca novamente, preparando-se para ouvir mais algumas das saborosas indiscrições de Richmond.

Ele virou-se para mim cabisbaixo.

– Odette, não sei o quanto do que eu disse no outro dia você lembra, mas sei que tenho sido um mau marido e talvez também tenha sido um mau amigo. Será que posso apenas lhe dizer que sinto muito por tudo e pedir para deixarmos essa história por aí? Você não precisa me contar o que *eles* dizem. – Ele olhou ao redor do quarto como se esperasse que lençóis brancos surgissem flutuando das paredes e gritando "Buu!".

Com o fio de voz que me restava, tranquilizei-o:

– Ah, pelo amor de Deus, Richmond. Não quero falar com você. Só quero seus músculos. Preciso que você feche a porta e as cortinas. E quando conseguir me livrar desses tubos, preciso que você pegue aquela cadeira de rodas lá fora no corredor, traga até aqui e me ajude a sentar nela. Então, pode me levar até o seu carro. E se alguém tentar impedir, preciso que você seja grande, preto e assustador.

Um grande suspiro de alívio escapou-lhe dos lábios quando ele se deu conta de que eu não o havia mantido ali para uma conversinha em particular. Enquanto estendia a mão para as cortinas recolhidas num canto do quarto, ele disse:

– Graças a Deus. Quase mijei nas calças me perguntando o que você e seus fantasmas podiam inventar para mim.

Capítulo 36

Foi somente depois que Barbara Jean percorreu a pequena distância do hospital até a torre onde Chick trabalhava e viu a expressão espantada, ligeiramente alarmada da jovem no balcão da recepção que ela se lembrou do que estava vestindo. Quando James lhe ligara àquela manhã, ela havia acabado de se vestir para seu trabalho como voluntária, numa recriação de uma casa de fazenda dos rincões do oeste, no Museu da Sociedade Histórica de Plainview, fingindo bater manteiga diante de um ônibus cheio de crianças de escola. James mal conseguira articular as palavras, mas lhe contara que o médico de Odette lhe dissera que ela estava fraca demais para lutar e vencer a infecção. Não se esperava que ela passasse daquele dia. Sem trocar de roupa, Barbara Jean seguira direto para o hospital assim que desligara o telefone. Agora, horas depois, ela seguia as instruções da recepcionista para chegar ao elevador através de um labirinto de mesas de trabalho, vendo-se alvo de olhares ainda mais curiosos. As pessoas giravam nas cadeiras de rodinhas diante das escrivaninhas para vê-la passar em sua blusa de colarinho alto, saia xadrez comprida e longas botas de couro, justas e de bico fino.

O térreo da torre era tão atravancado de pequenos cubículos que serviam como área de trabalho, arquivos e prateleiras altas, que a forma redonda do edifício ficava completamente obscurecida. Mas quando Barbara Jean saiu do elevador, o espaço em que entrou era tão diferente do primeiro andar quanto poderia ter sido. O quinto andar da torre era um único aposento, um grande espaço aberto com pé-direito de 14 metros, sustentado por maciças vigas de caibros de madeira rústica. As janelas altas que dominavam as paredes de tijolos aparentes deixavam entrar tanta luz do sol que ela teve que semicerrar os olhos por um momento até ajustá-los à claridade.

Ela viu uma longa escrivaninha na extremidade mais distante do aposento. Era bastante antiga e um tanto marcada pelo tempo, mas fora recentemente encerada. Atrás da escrivaninha cheia de pilhas de livros, Ray Carlson parou de mexer nos papéis quando a viu.

Dois belos e soberbos falcões peregrinos perscrutaram Barbara Jean de dentro de suas gaiolas enquanto ela passava por eles aproximando-se de Chick. O piso de tábuas corridas rangeu a cada passo de suas botas antigas, como acompanhamento aos ruídos suaves e farfalhantes dos pássaros dobrando as asas e se movendo nos poleiros.

Chick se levantou e deu a volta na mesa para cumprimentá-la.

– Oi, Barbara Jean. É uma agradável surpresa. – Uma expressão sorridente e curiosa lampejou por seu rosto enquanto a olhava da cabeça aos pés, examinando seus trajes anacrônicos.

Ela percebeu o olhar dele e explicou:

– Eu devia estar fingindo bater manteiga.

Ele não tinha qualquer ideia sobre o que ela estava falando, mas balançou a cabeça como se a explicação tivesse feito sentido.

Por vários segundos constrangidos, Barbara Jean permaneceu parada diante de Chick, lamentando não ter ensaiado alguma coisa para lhe dizer durante a caminhada do hospital. Naquele instante, foi dominada por uma intensa vontade de correr de volta para o elevador. Mas pensou sobre a promessa que havia feito e, em vez de fugir, olhou bem nos olhos de Chick, esperando que a força que sempre a havia movido, dando voz a seus sentimentos quando estava perto dele, quer devesse ou não, assumisse o comando. Disse a primeira coisa que lhe veio à cabeça.

– Odette...

Ele pôs a mão no coração e interrompeu-a.

– Ela se foi?

– Não, não, não se foi. Está consciente, até falando. Mas está dizendo coisas estranhas.

Ele sorriu.

– Bem, já que estamos falando de Odette, dizer coisas estranhas pode ser um bom sinal.

– Talvez sim, talvez não. O médico tem certeza de que ela não passa de hoje e não creio que ele tenha mudado de opinião.

– Detesto saber disso – retrucou ele. – Bom, vamos manter as esperanças de que ela o surpreenda. – Ele gesticulou em direção a duas cadeiras de espaldar alto, de couro cor de cobre, de frente para a escrivaninha. – Você não quer se sentar?

– Quero, obrigada – respondeu ela, mas seus pés a conduziram para além das cadeiras, em direção a uma das grandes janelas.

Da janela, Barbara Jean podia ver o hospital onde Odette estava. Pensou nela e tentou encontrar forças ao imaginar como a amiga corajosa abordaria aquela situação. Odette iria direto ao ponto, pensou Barbara Jean. Ela fez o mesmo.

– Sou alcoólatra, exatamente como minha mãe foi. É uma luta, mas não bebo já há algum tempo. – Aquilo era algo que ela não tinha pretendido dizer, algo que nunca dissera fora de uma reunião do AA. Mas, uma vez dito, pareceu-lhe um ponto de partida tão bom quanto outro qualquer.

Ele franziu as sobrancelhas, como se buscasse a resposta correta ao que ela havia acabado de revelar. Terminou se decidindo por:

– Parabéns, sei o quanto isso é difícil.

– Obrigada. Vim ver você porque, no AA, nos dizem que temos que fazer uma lista de pessoas a quem prejudicamos e nos dispor a reparar os danos causados.

A cabeça de Chick balançou ligeiramente para trás e ele pareceu confuso.

– Você quer fazer reparações? A mim?

Barbara Jean assentiu.

– Sei o quanto o feri e...

Ele a interrompeu.

– Você não precisa se sentir mal sobre nada daquilo, Barbara Jean. Você era apenas uma garota. Nós dois éramos garotos. – Ele se intorrompeu. – E estávamos apaixonados.

– É isso que torna tudo pior, Ray. Era exatamente sobre isso que eu costumava ficar pensando quando permanecia acordada até tarde da noite bebendo. Sabia que você me amava, ou pelo menos que houve uma época em que você havia me amado, e usei isso. Creio que poderia ter superado a culpa se tivesse agido da maneira correta e tivesse matado Desmond eu mesma. Mas, em vez disso, usei seu amor por mim para fazer com que você apertasse o gatilho. Agora, nós dois temos que viver com isso. Não posso sequer imaginar como isso deve ter lhe feito mal.

Chick permaneceu em silêncio. Sua única resposta foi sacudir lentamente a cabeça de um lado para o outro.

Barbara Jean perguntou-se por que não estava chorando ou gritando ou qualquer coisa assim. Deus sabia que se sentia como se fosse explodir. Mas, ao mesmo tempo, mantinha-se estranhamente calma. Bem, não calma, pensou. Para ser mais precisa, sentia-se decidida, determinada. Podia sentir alguma coisa, ou alguém, impelindo-a a continuar. Imaginou vozes sussurrando em sua orelha, falando que cada palavra que ela dissesse a levava um pouco mais perto do lugar onde queria estar.

– De acordo com os 12 passos, reparar danos não deve ferir ou causar mais prejuízo à pessoa que você prejudicou – prosseguiu ela. – De modo que rezo e espero que o fato de dizer isso, e levando-o a remoer aquilo tudo novamente não o fira mais. Quero que saiba que sinto muito pelo que fiz você fazer. E se houver algum modo de demonstrar-lhe, gostaria de fazê-lo.

Os ombros de Chick se curvaram e seu rosto pareceu exausto. Num tom de voz que soou como se se desculpasse, ele disse:

– Eu não matei Desmond.

Ela levou um momento para registrar aquelas palavras e, quando compreendeu, mesmo assim não conseguiu aceitá-las. Barbara Jean viu-se novamente concentrada nos olhos dele, segura de que, mesmo depois de todos aqueles anos, ainda poderia ler neles a verdade, se olhasse com toda a atenção.

E lá estava. A garganta de Barbara Jean ficou seca e ela levou a mão à boca para sufocar uma exclamação de espanto que lhe escapava.

– Ah, meu Deus, você está dizendo a verdade – sussurrou.

Ela deu alguns passos e deixou-se cair na cadeira que ele havia oferecido antes. Uma parte dela aceitava que o que Chick tinha dito era verdade. Mas outra parte, talvez a mais forte, rememorou cada segundo da manhã em que a polícia havia levado ela e Lester até a casa de Desmond Carlson. Lembranças tão vívidas naquela tarde quanto haviam sido décadas antes a fizeram desconfiar de qualquer coisa que ameaçasse alterar o script do filme a que ela assistira em sua cabeça incontáveis vezes ao longo dos anos.

– Mas eu vi as penas daqueles pássaros das gaiolas de sua casa. Estavam espalhadas por toda a parte na casa de Desmond naquele dia. Cinzentas, brancas e vermelhas. Não havia nada que se parecesse com aquilo voando pela cidade. Você tem que ter estado lá – disse ela.

Chick afastou-se da janela e veio sentar-se na outra cadeira de couro, próxima da dela, de modo que seus joelhos ficaram a apenas poucos centímetros. O aposento se tornara mais quente desde que ela havia chegado, o ar-condicionado não conseguindo competir com o sol de julho. Mas as mãos de Barbara Jean haviam se tornado geladas. Tremiam como se ela as houvesse pousado sobre a superfície do rio congelado de seus sonhos. Chick surpreendeu Barbara Jean ao pegar-lhe as duas mãos e apertar seus dedos gelados entre suas palmas quentes. Falando baixo e lentamente, Chick contou:

– Eu estive lá. Mas não o matei. Fui ver Desmond bem tarde naquela noite, depois que você saiu da minha casa. Não sei realmente o que pretendia fazer. Em minha mente, me imaginava estrangulando-o com as mãos. Mas quando cheguei à casa de Desmond, ele já estava morto na varanda, com o rifle caído no chão a seu lado. Não sei com certeza o que aconteceu, mas o pai da namorada dele, Liz, veio falar comigo no enterro e se gabou bem na minha cara de ter matado Desmond por ele haver espancado Liz e não pela primeira vez. Ele estava caindo de bêbado quando falou, de modo que talvez seja verdade, talvez não. Meu irmão causou muito sofrimento a muita gente durante a vida, e uma longa lista de pessoas queria vê-lo morto. Imagino que também seja possível que Desmond tenha feito aquilo a si mesmo, como a polícia concluiu. Mas duvido.

"Tudo o que posso lhe dizer com certeza é que aquilo em que você acreditava... bem, era o que eu esperava que você acreditasse. Pensei que talvez não me odiasse, que talvez você acreditasse que pelo menos eu havia feito aquilo pelo nosso filho."

Barbara Jean permaneceu sentada imóvel na cadeira de couro, repassando o que ele acabara de dizer. Ficou sem se mexer por tanto tempo que Chick perguntou se ela estava bem, oferecendo-se para buscar-lhe água.

– Estou bem, Ray – respondeu ela. Mas em sua mente, ela tentava compreender seu novo papel de prisioneira exonerada. O que você faz quando a porta da cela subitamente se abre? Como abraça a liberdade que nunca conheceu? Como perdoa a si mesma por ter sido sua própria carcereira por três décadas?

A coisa mais fácil – e a mais inteligente, desconfiava ela – teria sido ir embora naquele momento. Mas ser libertada do território conhecido da culpa de alguma forma fez com que ir mais longe se tornasse menos assustador.

Ela respirou fundo.

– Odette me disse que eu precisava vir falar com você e ver como esta história entre nós deve acabar. Ela disse que estava na hora de dizer toda a verdade, de colocar tudo às claras em cima da mesa, de uma vez por todas. E disse que Earl Grande e dona Thelma concordavam com ela.

– O quê? – Chick pareceu confuso.

Ela prosseguiu, sem explicar.

– Amanhã vou ligar para meu padrinho, Carlo, e contar o que aconteceu hoje. Ele provavelmente vai dizer: "Barbara Jean, você devia ter parado ao reparar os danos causados. Você não pode confiar em seus sentimentos agora. Anos de bebida puseram seu cérebro em conserva e a deixaram presa, atolada onde estava quando era uma garota." Ou ele pode dizer que sou como uma porção de drinques, cheia de nostalgia por um passado que apenas imaginei ter vivido.

"Mas Odette e Earl Grande nunca me deram um mau conselho. E já que sei a verdade, vou falar. Assim posso voltar ao hospital e dizer à minha amiga que fiz o que ela me disse para fazer. E, se for a última coisa que eu puder lhe dizer, acho que vou poder me lembrar disso sem arrependimentos. Creia-me, aprendi muito e da maneira mais difícil sobre arrependimentos."

Naquele momento, Barbara Jean sentiu que não era apenas Odette impelindo-a a falar. Toda aquela história de fantasmas devia tê-la afetado porque as vozes que ela ouvira sussurrando em sua orelha desde o momento em que entrara no escritório de Chick naquele momento se tornaram mais altas, encorajando-a: "Diga logo, garota." "Ande! Mesmo se for tentada a mentir, diga a verdade e envergonhe o diabo." Barbara Jean teria jurado com a mão sobre aquela Bíblia em sua biblioteca, que tinha sido sua nêmese e companheira por tantos anos, que uma daquelas vozes era de Earl Grande.

Ela manteve os olhos cravados no rosto bonito de Chick.

– Ray, amei você naquele dia em que você me beijou pela primeira vez no corredor do Coma-de-Tudo e nunca deixei de amar. Amei você quando estava sóbria e quando estava bêbada. Amei você quando era jovem e ainda amo você agora que estou velha. Pensei que isso mudaria, ou que um dia eu cresceria e tudo isso passaria. Mas agora, passados todos estes anos, depois que pessoas de todos os tipos já entraram e saíram da minha vida, este fato único, insensato ou não, não mudou absolutamente nada.

Ela se calou e, exceto pelo piar ou grasnar ocasional de um dos pássaros, a sala permaneceu em silêncio. Realmente não havia mais nada a dizer. Ela deixou escapar a respiração que não tinha se dado conta de que estivera prendendo.

Enquanto falava, Chick dirigira o olhar para baixo, fixado para o chão. Naquele momento, ele soltou as mãos dela e empurrou a cadeira, afastando-se. Enquanto ele se levantava, Barbara Jean repetiu a si mesma que estava tudo bem, que *ela* estava bem. Fizera o que precisava fazer, o que Odette havia insistido que ela fizesse. Se acabasse assim, com Chick se afastando, estava tudo bem. Pelo menos desta vez eles se separariam com a verdade sendo a última coisa a ser dita. O que importava era que ela saberia como a história tinha acabado, como falara Odette.

Barbara Jean ergueu os olhos da cadeira vazia que Chick havia deixado. Ele havia se postado a alguns metros, bem ao lado de sua escrivaninha. O sol da tarde que brilhava fulgurante o iluminava por trás, transformando-o em uma silhueta. Ela não conseguia ver-lhe o rosto, mas ouviu sua voz, forte e estranhamente desafinada, quando ele abriu a boca e começou a cantar.

– *My baby love to rock, my baby love to roll. What she do me just soothe my soul. Ye-ye–yes, my baby love me...* – Ele cantou mais alto, mexendo os quadris e girando até voltar o traseiro estreito, rebolando, na direção dela.

Barbara Jean se ouviu deixando escapar um grito que também estivera esperando tempo demais, tempo demais, para sair. Ela aplaudiu, batendo palmas até as mãos doerem, enquanto Ray Carlson, o Rei dos Garotos Brancos Bonitos, requebrava ao sol, dançando um blues.

Capítulo 37

Quando afinal Richmond me levou para casa, em Leaning Tree, eu me agarrava a apenas um cantinho esgarçado do mundo dos vivos. Usara tudo que ainda me restava para explicar a Richmond o que eu precisava que ele fizesse, passando a maior parte do percurso de carro do hospital com a cabeça encostada na janela, observando a paisagem.

Ao longo de todo o breve trajeto, pensei em James e como ele reagiria quando descobrisse que eu fugira do hospital assim que tivera uma chance. A princípio, ele ficaria muitíssimo furioso. Perguntaria a Richmond por que ele havia me ajudado a fazer aquela loucura e Richmond encolheria aqueles seus ombros enormes, dizendo: "Ela mandou." James xingaria, talvez até desse um ou dois murros no amigo. Mas depois pensaria com calma e acabaria por perdoar Richmond.

Eu não tinha exatamente mentido para James. Havia prometido que ele não voltaria para me encontrar morta. E isso era verdade. Ele ficaria furioso comigo por algum tempo, mas depois admitiria para si mesmo que eu teria encontrado uma maneira de fazer o que queria a qualquer custo. E reconheceria que não conseguiria se obrigar a me ajudar. Sim, James compreenderia o que eu havia feito. Ele não podia estar casado comigo por 35 anos sem aprender a se esquivar de alguns golpes. Poderia até acabar rindo de tudo isso algum dia, talvez transformando em uma história engraçada para divertir os netos quando eles ficassem mais velhos. *"Ei, alguma vez contei a vocês sobre a última maluquice de sua avó Odette?"*

Richmond me ajudou a descer do carro e a passar para a cadeira de rodas que pegara emprestada do hospital. Quando ele me empurrou para o quintal dos fundos, atrás da casa, cruzamos com meu pai.

Papai ergueu os olhos do cortador de grama estilo anos 1960, cujo motor estava consertando. Ele me viu e sorriu. Então, limpou as mãos num pedaço de pano vermelho coberto de manchas de óleo e acenou para mim.

Richmond e eu fomos sacolejando pelo caminho de pedras redondas que levava ao gazebo. Clarice, abençoada fosse, tinha sido muito boa em cuidar do jardim de mamãe. Estava melhor naquele ano do que estivera há séculos. As rosas trepadeiras que mamãe havia prendido em treliças num arco estavam todas em flor. As flores cor-de-rosa e brancas e a rica folhagem verde ofereciam sombra à tia Marjorie, sentada debaixo do arco, fumando um charuto e bebericando uma bebida dourada de uma jarra de vidro.

– Oi, Dette – gritou ela.

Alegrou-me ouvir de novo aquela voz singular e maravilhosa, aquele som que nos levava a imaginar que ela fazia gargarejos com alcatrão e sal-gema. Mas eu não tinha tempo de dizer mais que um rápido alô para ela. Richmond, o bom soldado que conhecia bem uma ou duas coisinhas sobre violar regras, concentrava-se em cumprir a missão de que eu o havia encarregado. Ele avançou rapidamente com a cadeira, tão depressa quanto seu tornozelo ruim permitia.

Quando chegamos aos fundos do jardim, onde o mato estava alto demais para continuar a empurrar a cadeira de rodas, Richmond se deteve. Colocando-se a meu lado, ele enfiou um braço sob minhas costas e o outro debaixo de meus joelhos, me levantando. Então, me carregou colina acima até o sicômoro.

Na base da árvore, Richmond me colocou no chão, as costas apoiadas contra a casca quente de seu tronco. Ele viu que eu não tinha força suficiente para impedir minha cabeça de cair para a frente, de modo que ajustou minha posição contra a árvore. Então, levantou meu queixo para que eu pudesse olhar para cima em meio aos galhos e ver as folhas verdes contra o céu azul, sem uma única nuvem.

Eu lhe agradeci, mas ele não me ouviu. Naquele momento, larguei o pedacinho de mundo ao qual vinha me agarrando. Quando o líquido enevoado entrou em torrentes pelos cantos de minha visão, não tentei nadar contra ele. Deixei que a correnteza daquela maré me levasse para o alto em direção aos galhos da árvore onde minha mãe havia me dado à luz, seguindo o conselho de uma bruxa, tantos anos antes.

– Alô, árvore, meu primeiro berço, minha segunda mãe, fonte da minha força, a causa de meus esforços. Estou voltando para casa.

Então, vi mamãe. Ela usava seu melhor vestido, o azul-claro com flores amarelas e galhos verdes bordados. Suas pernas se cruzavam à altura dos tornozelos, e ela impulsionou os pés para a frente, como se estivesse num balanço. Ela dividia seu galho de árvore com Eleanor Roosevelt.

Respirei fundo e senti o cheiro da terra, o aroma de madressilva que vinha do jardim, flutuando pela encosta da colina, e o leve odor do charuto barato e fedorento que tia Marjorie fumava. Sentia-me bem, como se o que quer que acontecesse em seguida fosse muito bom. Flutuei e esperei.

Olhei ao redor em busca da luz acolhedora sobre a qual ouvira falar, mas não a vi. Em vez disso, tudo a volta pareceu brilhar, cintilando à luz do sol. Ouvi sons bonitos – não as vozes de entes queridos mortos, mas o riso e o canto dos meus filhos quando eles eram bem pequenos. Vi James, jovem e sem camisa, correndo atrás deles pelo jardim de mamãe. E ao longe vi Barbara Jean e Clarice, e até a mim mesma, ainda garotas, dançando ao som da música que jorrava da minha velha vitrola portátil cor-de-rosa e violeta. Lá estava eu com os dedos roçando a moldura do quadro que estivera pintando ao longo dos últimos cinquenta anos, meu marido bonito e marcado de cicatrizes, meu filhos alegres e felizes, e minhas amigas risonhas, todos bem ali comigo.

Ergui o olhar para contar à mamãe como eu estava radiante ao ver que a travessia para o outro lado era exatamente como ela havia dito que seria. Foi nesse instante que vi a sra. Roosevelt estender a mão, tirar alguma coisa da árvore e passar para mamãe. Observei enquanto mamãe rolava fosse lá o que lhe tinha sido entregue entre as palmas das mãos antes de largar. O objeto caiu de suas mãos, passando através dos galhos e folhas da árvore até cair em cima de mim, no chão – ou flutuando no ar, eu não tinha muita certeza do que estava acontecendo. Senti a coisa quando aterrissou no meu colo.

O objeto que mamãe deixara cair parou logo acima dos meus joelhos. Era pequeno, verde-escuro, com manchas marrons quase pretas. Senti o calor que absorvera do sol de verão se irradiar tão intensamente que me perguntei se poderia queimar ou abrir um buraco no robe fino que eu vestia.

Então, senti o tique-taque. Como uma bomba-relógio.

Olhei novamente para o alto da árvore. Desta vez, examinei com mais cuidado. Concentrei-me nas formas das folhas. Apertei os olhos e vi que havia cachos de pequenos frutos cobrindo a árvore. Observei enquanto Eleanor Roosevelt arrancava mais um e o deixava cair. Este último caiu bem na minha cabeça e quicou para a direita.

– Mas que droga, Richmond Baker. Isso é bem típico de você. Eu lhe peço uma coisa e você estraga tudo. E, para completar, faz isso na hora em que estou distante demais do mundo para berrar e brigar com você. Qualquer criança da quarta série sabe distinguir um sicômoro de uma árvore de bombas-relógio. Agora, aqui estou eu com nozes caindo na minha cabeça enquanto tento morrer da maneira como quero.

Peguei a noz do colo e atirei nele. Para minha surpresa, Richmond se esquivou, recuando vários metros. Depois começou a se desculpar.

– Perdoe-me, Odette. Mas, para mim, uma árvore é uma árvore. Todas elas me parecem iguais.

Mais uma surpresa. Embora houvesse acreditado que gritara de algum lugar distante, fora do alcance dos ouvidos de Richmond, aparentemente eu havia berrado bem na cara dele. E Richmond escutara pelo menos o suficiente para saber que eu estava realmente furiosa. Ele se manteve longe de mim, temeroso de que eu encontrasse forças para atirar mais alguma coisa nele.

Atirar alguma outra coisa em Richmond, contudo, não me passava pela cabeça. Estava ocupada demais tentando descobrir por que ainda vivia quando, segundo todas as indicações, devia estar acabada. Pus a mão na testa. Pareceu-me quente. Mas agora era do calor do sol, não o fogo que ardera em meu sangue desde o dia do casamento de Sharon.

– É um milagre? – perguntei para mamãe.

Ela levantou e baixou os ombros. Sua voz desceu flutuando:

– Talvez. Ou talvez seja apenas o que deve acontecer.

Richmond presumiu que eu estivesse falando com Deus, de modo que, como bom filho de pregador que era, baixou a cabeça. Comecei a me sentir arrependida por ter gritado com ele. Richmond me prestara um grande favor, um favor que eu não poderia pedir a mais ninguém. E não era sua culpa haver estragado as coisas. Aquilo era apenas típico de seu temperamento.

– Desculpe-me, Richmond. Eu não devia ter gritado com você nem atirado aquela noz. Você tem sido um bom amigo e eu agradeço.

Percebendo que o perigo havia passado, ele se aproximou e sentou-se a meu lado sob a sombra da castanheira. O calor da tarde de verão se fazia sentir e ele enxugou a testa com o lenço que tirou do bolso.

– Humm, então, quer que eu carregue você para algum outro lugar? Se me mostrar qual é o sicômoro, posso levar você até lá.

Ponderei sobre o que devia fazer, mas não consegui encontrar uma resposta decente.

– Tenho que confessar-lhe, Richmond, que não tenho muita certeza do que fazer. Eu tinha planejado o dia apenas até este momento. Ouvi do que considerava como fonte segura que a esta altura eu estaria morta.

Então, virei o rosto para o topo da árvore e lancei um olhar fulminante para a sra. Roosevelt. Estava feliz por ainda fazer parte do mundo dos vivos, mas fora um bocado de trabalho conseguir vir até o meu sicômoro – não, castanheira, graças ao burro do Richmond – para morrer em paz.

Olhei ao redor e vi o sicômoro a cerca de 45 metros de distância, mais retorcido e bonito do que nunca.

Richmond viu para onde eu olhava.

— Você quer ir para lá?

— Acho que não. Parece que não vou morrer por enquanto. Vamos voltar para o hospital. Se tivermos sorte, talvez consigamos chegar antes de James. Se ele descobrir sobre a nossa fugida, é capaz de eu morrer na hora prevista.

Richmond deu uma risadinha.

— Eu não riria se fosse você. Depois que James acabar comigo, ele vai querer um pedaço de você também.

— Bem, então é melhor tratarmos de ir. — Richmond se apoiou em um joelho para levantar, inclinou-se e me pegou no colo, erguendo-me do chão.

— Francamente, Richmond, não creio que você precise me carregar. Provavelmente posso andar, se você me ajudar.

Ele começou a descer a encosta comigo no colo.

— Não, não, você está leve como uma pena — mentiu, sufocando um gemido a cada passo.

— Sabe, Richmond, agora compreendo por que todas as mulheres adoram você. Você diz um monte de besteiras, mas faz com que as besteiras pareçam boas. — Cerrei os braços ao redor do pescoço grosso e musculoso de meu cúmplice e apreciei os solavancos da jornada.

Por cima do ombro de Richmond, sorri para minha mãe na castanheira. Ela me olhou, parecendo tão agradavelmente surpresa quanto eu, por me ver deixando aquele lugar viva. Então, concentrei minha atenção na tediosa e incômoda Eleanor Roosevelt, que me causara tanta preocupação e constrangimentos ao longo do ano. Queria que ela soubesse, antes que Richmond me levasse embora e me tirasse de vista, que ela podia ter me deixado preocupada, mas nunca com medo.

Cerrei a mão num punho e o sacudi para a sra. Roosevelt. E, pouco antes que meu amigo me carregasse para o meio da relva alta nos fundos do jardim de mamãe, gritei tão alto quanto minha voz rouca permitiu:

— Nasci num sicômoro!

Capítulo 38

Meu primeiro domingo no Coma-de-Tudo aconteceu três semanas depois que eu não morri debaixo da minha árvore. O restaurante estava lotado. Todas as cadeiras do salão, exceto as que esperavam por James e por mim, estavam ocupadas. E pela dificuldade incomum que até o magricela do James teve para passar entre os clientes, pareceu-me que Earl Pequeno havia acrescentado algumas mesas ao salão para atender ao grande número de fregueses.

Enquanto avançávamos em meio à aglomeração, todos me cumprimentavam como se eu tivesse acabado de voltar do campo de batalha. Erma Mae correu para mim e me deu um beijo em cada bochecha. Ramsey Abrams me abraçou – um pouco apertado demais e por tempo demais, como de hábito. Florence Abrams apertou minha mão e contorceu o rosto naquela careta que acreditava ser um sorriso. A cada passo que dávamos, alguém me parava para dizer como estava feliz por eu haver me recuperado. Haviam feito a mesma coisa quando eu voltara à igreja, naquela manhã, e tenho que admitir que fiquei lisonjeada com toda aquela atenção.

Quando finalmente chegamos à nossa mesa na janela, ocupei meu lugar entre Clarice e Barbara Jean. James se sentou do lado dos homens na mesa e começamos a conversar com nossos amigos.

Era como se as coisas nunca houvessem mudado e, ao mesmo tempo, estivessem completamente diferentes. Clarice, ousada e sem sutiã num vestido branco solto, de tecido esvoaçante, no qual nem morta ela teria sido vista seis meses antes, ainda era a fofoqueira mais entusiasmada que eu conhecia. Mas, graças aos unitaristas, ela agora não estava mais tão cheia de fúria, pingando veneno a qualquer história ou observação. E Barbara Jean parecia mais linda do que nunca no vestido cinza-pérola de seu novo figurino, mais sóbrio e de cores mais discretas. Exibia no semblante uma expressão que dizia que talvez sua alma estivesse verdadeiramente em paz pela primeira vez em todos aqueles anos desde que a conhecera.

Eu podia ouvir a conversa habitual sobre esportes na outra ponta da mesa. Mas eles também haviam mudado um pouco as coisas. Richmond trocara de cadeira, sentando na cadeira que Lester havia ocupado durante anos. James estava onde Richmond costumava se sentar. E Chick Carlson ocupava o antigo lugar de James.

Barbara Jean não falou sobre o futuro. Disse que planejava aceitar cada dia como viesse. Mas se você a apanhasse sozinha e a apertasse um pouco sobre o assunto, contaria o que estava acontecendo – que ela e Chick estavam juntos, tentando aprender a ser felizes –, era um milagre.

Não discuti com Barbara Jean, mas passara a concordar com mamãe com relação àquele tópico. O que chamamos de milagres é apenas o que deve acontecer. Ou aceitamos e nos deixamos levar ou impedimos que aconteça. Parecia-me que Barbara Jean finalmente tinha parado de ser um obstáculo do que estava destinado a ser. Mas quem era eu para falar? Havia escolhido me deixar levar pela maré e acabara permitindo que o fantasma bêbado de uma ex-primeira-dama me convencesse de que eu estava às portas da morte.

Quando seguimos para a fila do bufê, encontramos pouca coisa nas travessas. Erma Mae me viu servindo as últimas fatias de costelinhas na brasa de uma travessa.

– Daqui a pouquinho teremos mais – disse ela. – Pensamos que teríamos um dia de bom movimento hoje, mas não contamos que esta multidão enorme fosse aparecer. É como se todos tivessem marcado o dia de hoje no calendário e vindo correndo da igreja para assistir ao show.

Foi então que me lembrei. Há um ano, Minnie McIntyre anunciara para todo mundo que seu guia espiritual, Charlemagne, o Magnífico, a havia advertido na noite anterior de que ela teria no máximo 365 dias para viver. Agora o Coma-de-Tudo estava lotado de gente que tinha vindo ver como Minnie lidaria com o fato de acordar viva, um ano depois.

Earl Pequeno saiu apressado da cozinha com uma travessa transbordante de costeletas. Ele me viu e disse:

– Oi, Odette, que bom ter você de volta. – Earl Pequeno colocou a travessa sobre o *réchaud* com uma das mãos, enquanto com a outra retirava a travessa vazia em um gesto suave e destro. – Isso aqui está uma loucura hoje. Lamento, mas não posso ficar para conversar. – E correu de volta à cozinha.

Erma Mae sacudiu a cabeça:

– Ele não lamenta coisa nenhuma. Está saltitante da vida por ter a casa cheia como está. Quem sabe a gente não convence Minnie a prever sua própria morte todos os domingos. Assim, poderíamos nos aposentar dentro de mais um ano. – Então, alguém lhe acenou da caixa registradora e Erma Mae saiu apressada.

Nós seis enchemos o prato e nos encaminhamos de volta para a mesa. Assim que nos sentamos, Clarice disse:

– Falei com Veronica à noite passada. – Veronica voltara a falar com Clarice logo depois que tudo tinha dado tão errado no casamento. Andara telefonando para Clarice praticamente todos os dias para desabafar sua fúria sobre como as péssimas predições de Minnie haviam acabado com ela.

– Veronica está melhor? – perguntou Barbara Jean.

– Um pouco melhor. Ainda está envergonhada demais para sair de casa, mas o médico lhe receitou um remédio novo para os nervos e ela não fala mais tanto em matar Minnie. Em vez disso, agora ela anda dando muitas risadinhas em horas inapropriadas. É um tanto assustador, mas suponho que seja uma melhora.

– Estou surpresa de que ela não esteja aqui hoje. Achei que fosse querer estar presente para ouvir Minnie tentar explicar o fato de estar viva. Isso poderia lhe dar um pouquinho de satisfação.

– Não, ela está decidida a se manter fora de cena até que as pessoas esqueçam do casamento – retrucou Clarice.

– Ela vai ter que esperar um bocado de tempo – observei.

– Ouvi um boato de que o fotógrafo do casamento estava vendendo seu material para o programa de televisão da ABC *America's Funniest Home Videos*.

Clarice e Barbara Jean gritaram em uníssono:

– Verdade?

– Bem, não – confessei. – Mas a gente pode sonhar.

– E a Sharon? Como está ela? – perguntou Barbara Jean.

– Não muito bem – respondeu Clarice. – Não a vi, mas, segundo Veronica, ela se trancou no quarto e só sai para lançar olhares fulminantes para a mãe. Para completar, o tratamento de hipnose está perdendo efeito e ela tem tido dificuldade em ficar longe dos doces. Não é fácil para ela, deprimida como está, conviver com trezentos pedaços de bolo de casamento no freezer do porão.

– Com licença por um segundo – pediu Clarice.

Ela bateu de leve na mesa com os nós dos dedos e pigarreou. Quando tinha a atenção de todo mundo, falou:

– Richmond – e estendeu a mão direita, com a palma virada para cima.

Richmond tentou fazer uma cara pouco convincente de inocente por alguns segundos. Então, ele empurrou uma grande fatia de pudim de banana que estava escondida debaixo do guardanapo para o outro lado da mesa, depositando-a na mão de sua esposa de meio expediente.

Chick e James riram e começaram a caçoar no instante em que Richmond se sentou de volta na cadeira. Mas Richmond sorriu e disse:

– O que posso dizer? Minha mulher quer que eu viva.

Clarice e Richmond pareciam ter chegado a um entendimento. Clarice superara a história de ir para o inferno por querer amar sem sofrimento, e Richmond desistira de lutar para retornar à vida que tinham antes que ela o deixasse. Fiquei feliz em ver aquilo. Amava

Clarice, é claro; e, para mim, Richmond Baker também era uma pessoa bacana.

O principal motivo pelo qual havia escolhido Richmond para me tirar do hospital e me levar até o sicômoro fora por ele ser, fisicamente, a pessoa mais forte que eu conhecia. Aos 57 anos, cada centímetro dele era músculo puro. Além disso, de todos os meus amigos, Richmond havia demonstrado ser a pessoa mais disposta a fazer coisas que os outros consideravam erradas. Mas acabou por se revelar que ele tinha outras qualidades preciosas.

Para começar, anos de fazer coisas às escondidas haviam ensinado Richmond a manter a boca fechada. Voltamos para o hospital naquele dia antes que os outros tivessem voltado. Apresentei desculpas formais ao meu médico e Richmond flertou com as enfermeiras. E quando afinal James, as Supremes, meu irmão e meus filhos voltaram, um acordo fora fechado com o pessoal do hospital para fingir que minha fuga nunca havia ocorrido.

Eu pensara em contar o que havia feito a James. Mas decidi que seria melhor para todo mundo, especialmente para mim, se não contasse. A conclusão a que cheguei foi de que James já tinha mais que o suficiente para digerir. Ele era um bom marido, cuja mulher estava com câncer. Era um policial, um agente da lei que precisava continuar fingindo, pelo menos por mais algum tempo, que não sabia que eu fumava maconha todos os dias. E agora também tinha que lidar com o fato de ter um bando de gente morta entrando e saindo da vida dele. Não, aquela história da fuga para Leaning Tree era algo que eu e meu novo companheiro, Richmond, guardaremos para nós mesmos.

– Lá vem Minnie – gritou alguém e Clarice esqueceu todas as preocupações sobre a dieta de Richmond, Barbara Jean parou de olhar para Chick e eu parei de remoer meus próprios segredinhos. Como todas as outras pessoas no restaurante, olhamos para fora pela janela, para o outro lado da rua.

Examinei a frente da casa de Minnie e não vi nada.

– Onde está ela? – perguntei.

– Olhe para cima – respondeu Barbara Jean. – Ela está no telhado.

E não deu outra, lá estava Minnie se arrastando para fora – traseiro na frente – de uma janela do segundo andar e apoiando os pés na borda do telhado acima da varanda da frente.

– Céus, mas o que ela está fazendo? – perguntou Clarice enquanto observávamos Minnie perder o ponto de apoio nas telhas inclinadas. Equilibrar-se ali deve ter sido uma tarefa árdua, já que além da longa túnica roxa com os signos do zodíaco colados por toda a parte e do turbante branco, ela calçava chinelos árabes de bicos virados para cima.

– Acho que ela está se preparando para pular – observei.

Barbara Jean comentou:

– Mas é uma queda um bocado grande para fazer com que uma predição se realize. Se ela for até o fim, a gente vai ter que admirar sua dedicação ao trabalho.

Clarice revirou os olhos.

– Ah, por favor, ela nunca vai pular de lá. Vocês sabem tão bem quanto eu que Minnie McIntyre não vai morrer até contrair alguma misteriosa e prolongada doença sobre a qual vai poder se queixar durante décadas até alguém perder a cabeça de tanto ouvir Minnie matraquear sem parar e sufocá-la com o travesseiro.

Clarice pegou uma tira de galinha frita do prato e mordeu um pedaço.

– Parece que você andou pensando muito sobre o assunto, Clarice – falei. – O que aconteceu com aquela nova visão mais suave da vida que você disse que os unitaristas lhe deram?

– Não faz muito tempo que me tornei unitarista – respondeu ela acenando com o pedaço de galinha. – Ainda tenho muito trabalho pela frente.

Sempre a mais caridosa das Supremes, Barbara Jean ponderou:

– Alguém realmente devia ir até lá e convencê-la a descer.

Mas ninguém se moveu. Tenho certeza de que Barbara Jean sabia, mesmo enquanto falava, que teria muita dificuldade em encontrar uma única alma caridosa na cidade que tentasse convencer Minnie McIntyre a não pular. Ali mesmo no salão, havia uma variedade de pessoas que de boa vontade subiriam naquele telhado, mas apenas para lhe dar um empurrão, convencidas de que estariam fazendo um favor ao mundo ao apressar-lhe a partida. Não, aquele não era um grupo de prováveis conselheiros em prevenção de suicídio.

Minnie agora estava de pé, com os braços abertos estendidos como Jesus na cruz, a longa túnica púrpura esvoaçando sob a brisa, como as velas de um navio. Uma rajada de vento particularmente mais forte arrancou-lhe o turbante da cabeça. Ao tentar agarrá-lo, Minnie se inclinou e oscilou para a frente tão desajeitadamente que todo mundo deixou escapar gritos e exclamações. Ela vacilou por alguns segundos, mas logo se endireitou. Então, esticou os braços e assumiu novamente sua pose de mártir, parecendo enfurecida e desafiadora enquanto pequenos fiapos de seu cabelo grisalho se espetavam para fora da rede que ela havia colocado por baixo do turbante e dançavam ao sabor do vento.

Ficamos todos olhando por mais algum tempo. Então Earl Pequeno, que havia sido tirado da cozinha por sua mulher, deixou escapar um gemido.

– Acho que é melhor ter uma conversa com ela. – Ele tirou o avental e saiu de trás das mesas de *réchauds*. Mas se deteve na porta da frente ao ver que alguém havia aparecido no jardim de Minnie e mantinha uma conversa animada com ela.

Uma mulher magra, carregando debaixo do braço esquerdo uma caixa de papelão rosa-claro, com uma etiqueta que dizia "Donut Heaven", estava parada no centro do gramado. Usava um vestido branco comprido que parecia já ter visto melhores dias, com pedaços de tecido pendendo da bainha esfarrapada, como se alguém lhe tivesse metido uma tesoura. Manchas de tamanhos e cores variadas salpicavam o tecido. A princípio, pareceu que Minnie e a mulher levavam uma conversa casual, mas então a mulher começou sacudir o punho cerrado erguido para Minnie. Subitamente, tornou-se claro que a conversa entre elas não tinha nada de casual.

– Não consigo acreditar. É Sharon – exclamou Clarice.

Apertei os olhos e vi que, de fato, era Sharon, a quase esposa do agora novamente encarcerado Clifton Abrams. Enquanto eu observava, os movimentos de Sharon ganharam intensidade, passando de irritados para furiosos. Agora, em vez do punho, ela espetava o dedo médio para cima.

– Eu devia ligar para Veronica – falou Clarice. Ela se virou para trás para pegar a bolsa a tiracolo pendurada no encosto da cadeira e remexeu seu interior até encontrar o celular e digitar o número da prima.

– Oi, Veronica, sou eu. Estou aqui no Coma-de-Tudo e a Sharon acabou de aparecer... Não, ela não está comendo conosco; está do outro lado da rua e parece que está tendo um desentendimento sério com Minnie... Uh-hum... E, Veronica, ela está com o vestido de noiva... É mesmo? Todo dia? Bem, no momento ela está apenas parada, gritando com Minnie, com uma caixa do Donut Heaven debaixo do braço.

O grito que veio do outro lado da linha diante da menção ao Donut Heaven foi tão alto que Clarice empurrou o telefone para tão longe quanto o comprimento de seu braço permitia. Quando a gritaria diminuiu, Clarice pôs o telefone de volta no ouvido. Escutou por um momento e disse à Veronica:

– Não posso dizer com certeza a esta distância, mas me parece que é a caixa tamanho família. – Mais um berro. Desta vez foi rápido demais para Clarice conseguir afastar o telefone. Ela ouviu por mais alguns segundos e então desligou. Para nós, Clarice disse: – Ela já está a caminho.

Continuamos a assistir ao espetáculo do outro lado da rua. O restaurante agora tornara-se muito silencioso e Sharon gritava tão alto que de vez em quando podíamos ouvir uma ou outra palavra apesar de ela estar a dúzias de metros de distância e separada de nós pela grossa placa de vidro da janela. Seus gestos se tornaram mais exagerados à medida que ela se enfurecia ainda mais. A situação tornou-se crítica quando Sharon abriu a caixa de donuts, retirou uma comprida bomba de chocolate e arremessou-a contra Minnie, como se fosse um dardo, levando a plateia no restaurante a gritar e proferir exclamações de surpresa e divertimento. O doce passou longe do alvo, errando por cerca de sessenta centímetros, Minnie fez um gesto obsceno com a mão para Sharon e elas berraram uma com a outra por mais algum tempo. Earl Pequeno suspirou de novo e abriu a porta do restaurante para ir até a rua e assumir o papel de árbitro.

Clarice, Barbara Jean e eu nos entreolhamos, cada uma de nós tentando inventar uma desculpa para seguir Earl Pequeno e atravessar a rua sem que parecesse pura bisbilhotice.

Barbara Jean foi a primeira a conseguir.

– Espero que Veronica chegue logo aqui. Sharon precisa ter a família a seu lado – disse.

– Eu adoraria oferecer meu ombro a ela para chorar, mas receio que vá pensar que eu estou apenas me intrometendo – replicou Clarice. E eu não ia querer que Veronica pensasse que estou passando por cima dela. Vocês sabem como ela pode ser.

– Besteira – rebati. – Quando se é parente de sangue, não existe intromissão. É responsabilidade de família.

– E um dever cristão – acrescentou Barbara Jean.

– Vocês acham mesmo? – perguntou Clarice. Disse isso como se ainda precisasse ser persuadida, já se levantando para sair, os olhos cravados na porta.

Não querendo ser excluída de uma missão de dever cristão, fui atrás dela. De fato, quase cheguei à porta na frente de Clarice.

Quando chegamos ao gramado da casa de Minnie, Earl Pequeno havia tirado seu boné do Coma-de-Tudo e abanava o rosto com ele.

– Dona Minnie, por favor, trate de entrar de volta em casa – disse.

– Poderemos tomar uma bebida bem geladinha e resolver tudo isso.

– Ah, você bem que gostaria disso, não é? – retrucou Minnie. Então, dirigindo-se a nós, as Supremes, e aos outros espectadores que haviam decidido sair do restaurante e enfrentar o calor para ver mais de perto o que estava acontecendo, disse: – Todos vocês adorariam me ver sobreviver ao dia de hoje para que todo mundo pusesse em dúvida meu dom para a profecia.

– Dom? Isto é piada – gritou Sharon. E arremessou uma rosquinha polvilhada de açúcar em Minnie. Desta vez a pontaria de Sharon foi certeira. Acertou Minnie no peito, deixando um círculo branco de açúcar de confeiteiro na túnica púrpura de Minnie.

Justamente naquele instante, ouvi o cantar de pneus de um carro atrás de nós. Pensei com meus botões: *Veronica chegou bem rapidinho*. Mas quando olhei por cima do ombro, em vez do Lexus cinza prata de Veronica, vi um velho e enferrujado Chevy estremecendo para parar. Yvonne Wilson, a crente mais devota das habilidades de previsão de futuro de Minnie, desceu do carro com um bebê nos braços. Seu namorado e as seis crianças decepcionantes que ela tinha dado à luz, depois da predição de Minnie de que uma delas a tornaria rica, saltaram do carro atrás dela.

Arquejando para respirar, Yvonne correu, colocando-se na frente de Sharon e pedindo ofegante:

– Não pule antes de me dizer se este aqui é o tal!

– Vá embora, Yvonne. Não posso perder tempo com você agora – rosnou Minnie.

Yvonne balançou a criança, que agora chorava, bem alto no ar.

– Mas eu realmente preciso saber.

Minnie pôs as mãos nos quadris. Depois torceu a boca numa expressão de aborrecimento.

– Charlemagne diz que não. Tente de novo – berrou, estendendo os braços para os lados novamente e aproximando as pontas viradas dos chinelos ainda mais para perto da beira do telhado.

Yvonne passou o bebê que uivava para o namorado, que já segurava no colo outros dos filhos.

– Mas que droga! Vamos embora para casa – disse. Os nove tornaram a se enfiar no Chevy enferrujado e saíram sacolejando.

Enquanto eu observava a família de Yvonne desaparecer no carro que tremia e arrotava fumaça, me vi pensando em mamãe. Desejei poder mostrar-lhe aquilo. Se ela estivesse ali, eu teria dito: "Mamãe, este é um daqueles momentos, uma daquelas situações que são tão boas que vou querer levar comigo quando, um dia, eu realmente passar desta para a melhor." Também desejei poder dividir aquele sentimento com Clarice e Barbara Jean de um modo que fizesse sentido para elas. Ambas haviam feito o melhor que podiam com relação ao tópico de mamãe e da comunidade de fantasmas em cuja companhia eu começara a andar. Na verdade, não conversáramos muito sobre isso desde que eu saíra do hospital.

Mas talvez existam certas coisas a respeito das quais você não precise ter conhecimento da existência de um mundo invisível para compreender. Justamente quando eu pensava sobre como gostaria de falar sobre as maravilhas daquele dia com mamãe, senti Barbara Jean enganchar seu braço esquerdo no meu direito. De meu outro lado, o cotovelo de Clarice envolveu o meu.

Ficamos as três paradas ali, no gramado de Earl Grande, olhando umas para as outras com aquele tipo de expressão que poderia ter-se tornado um sorriso largo e rasgado com a mesma facilidade com que poderia ter-se desmanchado em lágrimas. Fomos dominadas por um sentimento que não precisava de palavras, uma compreensão de que não existia nenhum outro lugar na terra onde devêssemos estar naquele momento, de que não havia mais ninguém com quem pudéssemos dividir tão plenamente aquele estranho e belo dia. Nós nos apertamos, chegando mais perto umas das outras, nos inclinamos e colamos nossas testas, formando nosso próprio triângulo particular. Finalmente, Clarice falou:

– Vamos voltar para o outro lado da rua onde poderemos rir bem alto. Você não precisa estar aqui fora neste calor, Odette. E todas nós sabemos que aquela velha falsa e mentirosa não vai pular.

Do telhado, Minnie, com aquela sua audição privilegiada, gritou:
– Ouvi isso! Não me chamem de falsa e mentirosa! – Nós nos viramos para ela bem a tempo de vê-la atirar-se no ar com as longas unhas pintadas de púrpura apontadas para Clarice, prontas para arrancar-lhe os olhos.

Pareceu-me que só no momento em que seus pés perderam o contato com a calha de metal foi que ela se lembrou de que estava em cima do telhado e não ao nível do chão com Clarice. Eu me recordo claramente de ver a expressão em seu rosto se transformar de louca de fúria em louca de surpresa e terror enquanto caía. Minnie gritou enquanto despencava rapidamente em direção ao gramado, a túnica púrpura panejando no ar ao seu redor como um paraquedas.

Num golpe de sorte, ela não caiu em cima de Clarice nem no gramado. Aterrissou em cima de Sharon. O impacto fez com que Sharon caísse para trás em cima de Earl Pequeno, e os três rolaram pelo gramado num borrão púrpura e branco. Como o gramado fazia um ligeiro declive em direção à rua, o bolo formado por Minnie/Sharon/Earl rolou pelo declive até parar contra a cerca baixa amarela que demarcava a frente da propriedade.

Os três foram imediatamente acudidos por gente querendo prestar socorro. A primeira dificuldade foi desemaranhá-los da túnica púrpura e da renda rasgada do vestido de noiva. À medida que mais gente perguntava se eles estavam machucados, Minnie empurrava para longe as mãos prestativas e se punha de pé de um salto, ainda disposta a partir para cima de Clarice. Mas assim que deu um passo na direção de Clarice, desabou de novo no chão, agarrando o pé.

– Aaii! – uivou. Então, apontando para Clarice, choramingou:
– Você quebrou meu tornozelo.

Erma Mae, que viera correndo assim que vira Earl Pequeno desabar no chão, examinava o marido para ver se estava ferido, apesar de ele insistir que estava muito bem.

Com o rosto manchado de lágrimas e grama, mas incólume, Sharon engatinhou pelo gramado, recolhendo doces amassados e jogando-os de volta dentro da caixa cor-de-rosa.

Ouvi o som de cantar de pneus novamente e olhei para a rua a tempo de ver Veronica saltando de seu carro cinza reluzente. Ela correu para onde Sharon estava ajoelhada na grama em seu vestido de noiva destruído e, pondo-se de joelhos, abraçou a filha. Veronica beijou o topo da cabeça de Sharon e tentou consolá-la, enquanto ao mesmo tempo tentava tirar-lhe a caixa do Donut Heaven das mãos.

Da orla da multidão que não parava de crescer no gramado de Minnie, ouvi uma voz dizer:

– Puxa, foi um espetáculo e tanto. – Eu me virei e lá estava mamãe. Todas as outras pessoas estavam ocupadas. Clarice tentando impedir um cabo de guerra entre Veronica e Sharon por causa da caixa da Donut Heaven. Barbara Jean bancava a ama-seca de Minnie. O resto da aglomeração ocupava-se discutindo o que havia acabado de ver, já começando a exagerar. Afastei-me da comoção, descendo a rua com mamãe.

Eu a vira andando em círculos pelo hospital nos dias entre a minha saída da UTI e a liberação para voltar para casa. Mais tarde, eu a observara perambulando pelo meu quintal, fazendo cara feia para o estado de minhas flores. Mas não tínhamos conversado desde aquele dia em Leaning Tree quando pensei que fosse me juntar a ela na vida após a morte.

– Você está com uma cara ótima – disse mamãe.

– Obrigada. Estou me sentindo bem, mesmo considerando a meia-idade e o câncer.

– Bem, você não vai ter que lidar com o câncer por muito mais tempo. Tenho um pressentimento de que em breve vai superar isso – comentou.

– Sinceramente, não quero ofender, mamãe, mas acho que para mim basta de ouvir predições sobre se vou ou não me recuperar.

Mamãe fez uma careta como se o meu comentário a tivesse magoado.

– Lamento muito. Pode acreditar em mim, dei uma bronca daquelas em Eleanor por ter enganado você. Ela jura por Deus que não foi uma brincadeira. E estou inclinada a acreditar nela. Foi um golpe duríssimo para sua autoconfiança, descobrir que estava errada em relação a você. Ela ficou muito abalada – sussurrou mamãe: – Anda bebendo como um peixe.

– A senhora pode lhe dizer que não estou zangada – retruquei. – Se existe uma coisa que não vai me deixar zangada com alguém, é esse alguém ter se enganado sobre eu estar às portas da morte.

A sra. Roosevelt apareceu ao lado de mamãe naquele instante, como se estivesse por perto esperando para me ouvir dizer que tudo estava perdoado. Ela me agraciou com um largo sorriso dentuço e um adeusinho tímido. Eu a cumprimentei com um aceno de cabeça, e continuamos caminhando.

Na esquina, demos meia-volta e refizemos o percurso. A cerca de meio quarteirão da casa de Minnie, vi uma ambulância estacionar junto ao meio-fio. Observei os paramédicos assumirem a tarefa de cuidar de Minnie e Barbara Jean voltar para o Coma-de-Tudo, agora que não precisavam mais dela. Veronica entrou em seu Lexus levando Sharon, e Clarice também atravessou a rua de volta para o restaurante.

– Olhe, eu vou ter minha última sessão de quimioterapia na terça-feira – falei para mamãe. – Isto é, espero que seja a última.

– Que maravilha. Vamos fazer um chá. Vou convidar todo mundo para comemorar... seu pai, Earl Grande, Thelma, Eleanor e talvez sua tia Marjorie.

– Que tal só a senhora e papai? – retruquei. – Gostaria de manter as coisas um pouco mais tranquilas daqui para a frente.

– Você tem razão. Assim provavelmente será mais simpático. – Sua voz baixou tanto que mal consegui ouvi-la quando acrescentou: – Além disso, não podemos ter sua tia Marjorie na mesma festa que *esta aqui*. – Ela apontou para a sra. Roosevelt, que passeava ao lado de mamãe meio trôpega, bebendo de uma garrafinha de prata que ostentava o selo presidencial. – Ponha as duas na mesma sala e você terá quedas de braço e bebedeira ininterruptas.

Quando nos aproximamos, os paramédicos prendiam Minnie com tiras numa maca com rodinhas. O calor do dia tinha afugentado os espectadores. Agora, só restava Earl Pequeno. Enquanto eles a empurravam para fora do gramado, Minnie falou para o enteado.

– Trate de dizer a todo mundo que vivi uma experiência de quase morte quando bati no chão. E diga a todos que falei que isso conta como realizar a predição. – Acenei um adeusinho para Minnie enquanto as portas de trás da ambulância se fechavam. Earl Pequeno saiu apressado para seu carro, seguindo a madrasta até o hospital.

Agora que toda ação tinha acabado, comecei a sentir o sol queimando a minha pele.

– Tenho que sair desse calor – falei.

– Vejo você na terça-feira à noite, está bem? – indagou mamãe.

– Está certo.

Então, nós nos separamos. Mamãe e Eleanor Roosevelt caminharam em direção ao balanço na varanda dos McIntyre. Eu atravessei a rua e fui me juntar a meus amigos.

Pela janela, vi Barbara Jean e Clarice com as cabeças coladas. Desconfiei que estivessem discutindo se deviam ou não perguntar se eu saíra sozinha para conversar com fantasmas. Do lado dos homens na mesa, Richmond arrancava gargalhadas de Chick e de James enquanto tentava, e repetidamente não conseguia, pegar pequenos cubos de gelatina sem açúcar com a colher sem deixá-los cair no peito da camisa de seda dourada.

James deve ter sentido que eu o olhava. Deu as costas aos amigos e fez contato visual comigo através do vidro. Piscamos o olho um para o outro.

Fora um belo quadro aquele que me havia sido permitido pintar – meu homem e meus amigos todos juntos. Era, realmente, o melhor que poderia existir, mesmo que a mão que o havia desenhado estivesse insegura e apesar do fato de que a idade tivesse desbotado algumas das cores. Não estava nem um pouco disposta a me preocupar com a moldura de meu quadro, não quando ainda havia tanta coisa boa para pintar.

Estendi a mão para abrir a porta do Coma-de-Tudo.

Agradecimentos

Meus mais sinceros e profundos agradecimentos a: Julia Glass, por sua incrível gentileza e generosidade. Ao meu fenomenal agente, Barney Karpfinger, por seu encorajamento e conselhos. À minha editora, Carole Baron, por me permitir ser o beneficiário de seu imenso talento. Aos meus primeiros leitores, Claire Parins, Harold Carlton, Grace Lloyd e Nina Lusterman, pela paciência. Meu pai, reverendo Edward Moore, por toda uma vida de força e bondade verdadeiras. Minha mãe, Delores Moore, por aquele primeiro cartão de sócio de biblioteca. E a Peter Gronwold, por absolutamente tudo.

Impressão e Acabamento:
GRÁFICA STAMPPA LTDA.
Rua João Santana, 44 - Ramos - RJ